기적의 분식집

기적의 분식집

슬리버 지음

몽스북
mons

Contents

Part

1

1 이계로 통하는 차원 문 8

2 이계의 숲 (1) 16

3 이계의 숲 (2) 46

4 돈을 벌어보자 66

5 요리사는 아니지만 88

6 여기는 내 땅, 저기도 내 땅 111

7 뜻밖의 일 (1) 135

Part 2

1 뜻밖의 일 (2) 160

2 너의 목소리가 보여 169

3 뜬금없는 제안 186

4 문명의 흔적 203

5 꼬마의 탈출 226

6 새로운 메뉴 249

7 수능 이벤트 261

8 조금씩, 앞으로 277

Part 3

1 누들로드 288

2 울프가 떠나다 310

3 가야산의 짐승 325

4 계절 나기 345

5 귀여운 녀석들 360

6 살아남은 종족 382

Part 1

1 ◆

이계로 통하는 차원 문

"흐으윽."

강성호는 기지개를 켜며 일어났다. 오늘도 지겨운 하루가 시작된다. 먹고살기 위해 꼭 해야 하는, 그러나 잘 되지는 않는 그런 일.

"아이고, 두야……"

이불을 정돈하고 단칸방 바닥에 떨어진 머리카락을 물티슈로 대충 치운다. 그의 방은 가게와 붙어 있다. 무슨 가게냐 하면, 분식집이다.

부산 동아여중, 동아여고, 동아대 앞이라는 환상의 입지를 가졌지만 손님은 시원치 않다. 그의 가게가 학교 길 건너편에 있기 때문이다. 튀김이나 김밥 따위를 길을 건너면서까지 사 먹는 사람은 많지 않다. 학교 앞에도 분식집 두어 군데가 있다면 더더욱.

"하아암."

하품을 하며 얼굴을 대강 씻는다.

2010년 여름. 특이할 것 없는 하루, 특이할 것 없는 일을 시작해야 한다.

"보자, 재고가……"

슬리퍼를 신고 가게로 나간다. 어제 팔다 남은 튀김이 많이 남았다. 초여름이라 그런지 가게에는 파리가 날아다니고 있었다. 탁자 4개, 에어컨은커녕 낡은 선풍기 따위로 감지덕지해야 하는 오래된 분식집이 그의 일터다.

"시작해 볼까."

아침마다 가게를 깨끗이 청소하는 것은 어느덧 습관이 되었다. 천성적인 부지런함은 강성호를 따라올 사람이 많지 않다.

열아홉 어린 나이에 그는 부모를 여의었다. 별다른 유산도 없이 세상에 나온 그가 할 수 있는 일은 많지 않았다. 그나마 조선업이 활기를 띠고 있어 그곳에서 아르바이트를 하다가 군대에 간 것이 다행이라고 할까. 굶어 죽을 걱정은 하지 않아도 되었다.

성호는 그렇게 십 년 가까이 조선소에서 일했다. 이십 대 청춘을 조선소에서 보내면서 돈을 꽤 모았지만 사기를 당해 한순간에 날려버렸다. 같이 일하던 형님에게 돈을 빌려주었는데 그대로 사라진 것이다.

뒤늦게 수소문했지만, 이 좁은 대한민국 땅에서 대체 어디로 꺼졌는지 찾을 수 없었다. 단돈 2천만 원이 남았고, 그걸로 할 수 있는 일은 많지 않았다. 조선소로 돌아가려니 오만 정이 떨어졌다. 인간관계에 근본적인 회의감이 들었다. 술친구, 노름, 인맥 등을 정리하고 나자 겨우 둘이 남았다. (그리고 어린 시절부터 밥해 먹던 실력을 살려 남은 2천만 원으로 분식집을 냈다. 혼자서 조용히 요리하는 건 성호가 제법 좋아하는 일이었다.)

탁탁탁탁—

김밥 재료를 준비하는 그는 꽤나 큰 키에 호리호리한 체격을 갖고 있다. 여고생으로부터 훈훈한 아저씨란 말을 듣기도 했으니 못난 외모는 아닐 것이다. 그렇다고 해서 뭐가 되는 것은 아니었지만.

"오늘은 장사가 좀 되려나."

그의 분식집은 장사가 썩 잘되는 편은 아니다. 메뉴를 바꿔보고, 재료를 좋은 걸로 써봤지만 매상은 변함이 없었다. 홍보가 부족한가 해서 이벤트도 열어봤지만 그때만 반짝할 뿐 달라지는 건 없었다.

장사는 가게 위치가 모든 것을 결정한다고 한다. 이는 곧 그의 분식집이 학교 길 건너편에 위치해 있는 한 매상이 극적으로 상승할 가능성은 없다는 얘기다.

"그렇다고 해서 여기를 떠날 수도 없고 말이지."

보잘것없는 처지에 쓴웃음을 짓는다. 그때 2층과 연결된 계단에서 누군가가 내려왔다.

"고생하는구먼."

"할머니 일어나셨네요."

주인 할머니다. 나이를 너무 자셔서 거동이 꽤 불편하신데 성호에게 가게를 싸게 임대해 준 고마운 분이다.

"요즘 장사는 좀 되는가?"

"뭐, 늘 그렇죠."

"총각처럼 부지런한 사람이 잘되어야 하는 건데."

"언젠가는 잘될지도 모르죠. 근데 어디 가세요?"

"텃밭에."

2층 건물 뒤에는 할머니가 가꾸는 텃밭이 있다. 상추나 대파 등을 키우는데 성호도 가끔 일을 거든다. 이런저런 식재료를 쏠쏠하게 얻을 수 있기 때문이다.

청소를 하고 재료를 준비하다 보니 점심시간이 되었다. 요즘 학생들은 급식을 먹지만, 한창때라 그런지 밖에 나와서 군것질을 하는 경우가 많았다. (다만 번잡하게 길 건너 분식집까지 찾아오는 학생은 별로 없을 뿐이다.)

점심시간에도 매상은 신통치 않았다.

대충 식사를 때우는데 여고생 한 명이 가방을 메고 터덜터덜 걸어왔다. 긴 팔다리에 하얀 얼굴이 눈에 띄게 예뻤기에 성호는 그녀의 이름도 기억하고 있다. 윤미혜.

"여기 김말이하고요, 만두 섞어서 3천 원어치 주세요."

식은 걸 다시 튀기고 찐다. 미혜는 김말이를 튀김기에 빠트리는 걸 보며 입맛을 다셨다.

"이거 많이 먹으면 살찌겠죠?"

"아무래도 튀긴 거다 보니까."

"요즘 엄마가 잔소리 막 해서 짜증 나 죽겠어요. 왜 이렇게 살쪘느냐고요. 아저씨가 보기에도 그래요?"

"글쎄요."

전혀 살찐 것 같지는 않지만 여자들은 보는 눈이 다른 모양이다.

"여기 포장 나왔습니다."

그녀는 종이봉투에서 만두를 꺼내 한 입 깨물며 꾸벅 고개를 숙이곤 다시 갈 길을 갔다.

'아이돌 해도 되겠네.'

성호는 그녀의 뒷모습에서 눈길을 뗐다.

저녁이 되어도 딱히 달라지는 건 없었다. 가게 앞에 나와서 팔짱을 끼고 학생들이 하교하는 걸 지켜보았다. 그의 나이 서른하나, 이제 적당히 자리를 잡고 가정을 꾸려야 할 나이가 되었다. 하지만 매상도 제대로 안 나오는 분식집을 하면서는 언감생심이다.

"이번 생은 혼자 살 팔자인가 보다……"

뒷머리를 긁적이는데 세 명의 여학생이 재잘거리며 다가왔다. 하늘색의 얇은 교복이 산뜻하다.

여학생 세 명이 가게 앞을 지나치다가 문득 걸음을 멈추었다. 미혜가 방긋 웃으며 인사했다.

"안녕하세요, 아저씨."

"뭘 드릴까요?"

"분식 말고요. 김치찌개 돼요?"

"어…… 찌개요?"

메뉴에는 없다. 하지만 손님이 원한다는데 메뉴에 없는 게 문제랴. 성호는 흔쾌히 고개를 끄덕였다.

"밑반찬 포함해서 1인당 5천 원입니다."

"잘됐네. 여기서 먹고 우리 집에 가서 놀자."

"여기 장사 안 되는 덴데……"

안경 쓴 여학생의 말이 성호의 가슴을 푹 찌른다. 미혜가 그녀를 나무랐다.

"아저씨 앞에서 그만 좀 해."

얼굴뿐 아니라 마음도 예쁜 학생이다. 성호는 큰 감명을 받고 냉장고에서 돼지고기를 꺼내 김치찌개 만들 준비를 했다.

잠시 후 찌개가 보글보글 끓으며 냄새가 확 퍼지자 휴대폰을 보고 있던 세 여학생이 코를 킁킁대며 속삭였다.

"되게 맛있는 냄새 난다, 그지?"

식사가 나오자 잡담이 끊겼다. 셋은 김치찌개 냄비를 각자 받아 들고 먹기 시작했다.

"으음, 맛있다."

"김밥지옥 것보다 더 시원하고 깊은 맛이 나네."

"반찬도 맛있어. 꿀맛."

김치찌개의 맛이야 거기서 거기일 테지만 아무래도 공장에서 나온 팩을 뜯어 내놓는 김밥지옥보다야 금방 끓인 성호의 김치찌개가 훨씬 나을 것이다. 학생들은 연신 '개꿀맛'을 외치며 밥그릇을 뚝딱 비웠다.

"아저씨, 계산할게요."

미혜가 카드를 내밀었다. 1만 5천 원을 긁고 서비스로 슬러시를 한 잔씩 주자 환호하며 받아 든다.

"하…… 시원하다. 아저씨 고맙습니다."

"잘 먹었습니다."

김치찌개를 끓여서 그런지 손님이 제법 찾아온 저녁이다.

밤이 되자 손님들의 발길이 뚝 끊겼다. 가게를 청소하면서 김치찌개를 메뉴로 내놓아야 할지 진지하게 고민해 본다.

'동아대학교 학생들이 이쪽으로 오면 좋은데.'

동아대 학생들은 여기로 오지 않고 후문으로 많이 빠져나가는데, 술집과 식당 등 상가가 밀집해 있다. 결국 작은 행운은 오늘로 끝날 것 같았다.

드르륵.

문을 닫고 화장실에 들어가 몸을 씻는다. 가게에 딸린 단칸방에 들어가 티브이를 켜니 연예인들이 왁자지껄 떠들고 있었다.

1년 365일 내내 이런 삶이다. 곧 학생들이 방학에 들어가면 약간 변화가 있을 테지만, 결코 반가운 방향은 아니었다. 매상이 더 안나올 테니 가게 문을 닫고 아르바이트라도 해야 한다.

'조선소라도 들어가볼까.'

요즘 부쩍 이 생각이 많이 든다. 힘은 좀 들어도 돈은 제법 버니까. 바닥에 드러누워 천장을 바라본다. 방수가 제대로 안 되어서 여기저기 얼룩진 곳이 보인다.

"하아……"

*

요즘 꾸는 꿈이 현실이라면 정말 좋았을 것을. 꿈에서의 그는 신비한 대륙을 누비는 사냥꾼이었다. 숲에는 이름 모를 열매가 가득

했고 바다에는 손으로도 건져 올릴 정도로 물고기가 풍족했다.

하지만 꿈은 오래가지 않았다. 푸른 문, 물결치는 푸른 문이 시야를 가득 메우고 나면 꿈에서 깨어나곤 했다.

"……"

깜빡 잠이 들었나 보다. 밖은 이미 어두워져 있었다. 더듬거리며 리모컨을 찾는 성호의 눈에 이상한 것이 보였다.

"뭐야, 저거."

물결치는 푸른 문이 방구석에 얌전히 자리하고 있었다. 마치 처음부터 거기에 있었던 것처럼.

2 ◆

이계의 숲 (1)

"희한하네…… 거참."

이리저리 봐도 사라지지 않는다. 꼭 디아블로에 나오는 포탈처럼 생겼는데, 누구를 유혹하기라도 하듯 물결치고 있었다. 이게 꿈일까, 생시일까. 슬쩍 다가가 손을 뻗어보니 차가운 뭔가가 만져졌다.

'감촉은 일단 젤리 같은데……'

손을 더 집어넣으니 막힘없이 쑥 들어간다. 성호는 그 희한한 감촉에 기겁하며 손을 뺐다.

'혹시 어딘가로 통하는 차원 문이나 그런 거 아냐?'

그런 차원 문이 별 볼 일 없는 방구석에 왜 생겼을까? 밥상 위를 뒹굴던 나무젓가락을 집어넣자 그 안으로 사라졌다.

'어디론가 사라진 건가? 그냥 폐기처분?'

한참 동안 관찰해도 푸른 문은 사라지지 않았다. 성호는 용기를 내어 팔을 깊게 밀어 넣은 뒤 손바닥으로 바닥을 쓸자 놀랍게도 풀이 만져졌다.

"허······ 이게 뭐지?"

놀랍기 그지없는 일이다. 푸른 문 너머는 다른 나라, 혹은 차원임이 분명했다. 옆을 더 더듬자 돌멩이와 흙도 느껴졌다. 게다가 피부로 느껴지는 공기의 온도가 꽤나 싸늘하다. 지금이 여름인 걸 감안하면, 푸른 문으로 통하는 세상은 적어도 한국은 아닌 것 같다.

"조, 좋아······"

별로 밑질 것 없는 인생이다. 마음을 단단히 먹은 성호는 엎드린 자세로 머리만 푸른 문에 들이밀었다. 언제라도 엉덩이를 뺄 수 있도록. 그러자 놀라운 광경이 보였다.

"······"

울창한 숲이 그를 반겼다. 따사로운 햇살이 높게 솟은 나무 사이로 내려와 대지를 비추고 있었다. 근처에 개울이 있는지 물 흐르는 소리가 들렸다. 얼굴 피부를 통해 느껴지는 기온은 꽤나 서늘하다. 적어도 겨울에 근접한 것 같다.

"여긴 어디지?"

성호는 자신도 모르게 몸까지 푸른 문 안으로 들이밀었다. 숲으로 완전히 들어오자 싸늘한 공기가 몸을 감싼다.

"으····· 춥네."

추위를 견디지 못한 그는 방으로 되돌아와 옷을 챙겨 입고 다시 푸른 문 안으로 들어갔다. 동시에 놀라운 일이 생겼다.

"응?"

시야에 뭔가 이상한 글자가 주르륵 내려왔다. 처음에는 먼지인가 해서 눈을 비볐는데 아니었다. 마치 허공에 글자가 새겨져 있는 것 같다.

「사용자 확인 중」

「완료」

「위시 리스트 준비 중」

「완료」

「위시 마법 가동」

"어?"

숲이 빛으로 가득 찼다. 눈부신 섬광 가운데에서 성호의 시야에 정체불명의 문자와 숫자가 주르륵 나열되었다.

'이게 뭐지? 내가 지금 꿈을 꾸고 있는 건가?'

볼을 꼬집었더니 아픈 걸 봐서는 결코 꿈은 아니었다. 게다가 차가운 공기가 현실임을 일깨워주고 있었다. 시야 한쪽에 얌전히 자리 잡은 문자 배열에 주목했다.

'뭔 머드 게임도 아니고.'

요즘이야 다들 그래픽으로 게임을 즐기지만, 십여 년 전만 하더라도 머드 게임을 즐기곤 했다. 시야에 나타나 있는 창은 그 머드 게임의 캐릭터 창과 상당히 흡사했다.

'힘, 민첩…… 스킬이라고? 스킬도 있나? 이거 게임이야?'

꽤 자세하게 나와 있다. 성호는 정신없이 캐릭터 창을 구경했다.

「지구력: 12 힘: 12 민첩: 11 지능: 9

화염 저항: 7% 냉기 저항: 0% 독 저항: 0% 비전 저항: 0%

스킬 일람: 없음」

'화염 저항만 7이 있네.'

다른 저항은 0%인데 왜 화염 저항만 7%일까. 곰곰이 생각하다가 조선소에서 산소 절단기를 오래 다룬 것이 생각났다. 그걸 가지고 두꺼운 철판을 자르고 있으면 한겨울에도 더울 정도다.

'그럼 냉기 저항은 강원도 정도에 있으면 올라가는 건가.'

알 수 없다. 이 스탯°창이 자신의 것이라고 확신하기도 어려웠다.

'그나저나 지구력, 힘 이런 건 내 스탯이 맞긴 맞나?'

조선소에서 오래 일했기에 체력과 힘에는 나름 자신이 있다. 보통 사람의 스탯을 전부 10으로 놓는다면 이 스탯 수치도 이해가 간다. 육체적으로는 제법 뛰어나지만 지능은 약간 떨어지는.

어디선가 향긋한 냄새가 풍겼다.

'이게 무슨 냄새지…… 되게 좋은데.'

조금 걷자 웬 열매를 가득 품고 있는 작은 나무가 보였다.

「겨울딸기: 요리에 첨가 시 한 가지 효능을 부여할 수 있다.

○ 스탯(stats): 롤플레잉 게임을 비롯한 다수의 비디오 게임에서 사용자의 능력 수준을 숫자로써 가시화하는 체계. 통계를 뜻하는 영단어 Statistics의 약자 Stats를 표기하는 데서 유래하였다.

효능: 2시간 동안 [시원함/1] 버프° 활성화」

'……이거 진짜야?'

말도 안 된다는 생각이 먼저 들었지만 스탯을 볼 수 있는 세상이다. 열매 하나를 따서 보니 검붉은색을 띠고 있다. 산딸기와 매우 비슷한데 알이 좀 굵다.

'먹어도 될까…… 되겠지?'

성호는 자신도 모르게 열매를 입에 넣고 말았다.

조금 맛을 보니 보통 딸기와는 비교도 안 되는 새콤달콤한 즙이 입안에서 확 퍼졌다. 게다가 향은 어떤가. 딸기 향을 농축해서 퍼트려도 이 정도는 아닐 것 같다.

'이거 팔면 장난이 아니겠는데.'

다만 이런 딸기를 어디서 가져왔느냐고 추궁당할 위험이 있긴 하다.

'아프진 않은데…… 에라 모르겠다.'

이래 죽으나 지루하게 사나 매한가지다. 겨울딸기를 입에 홀라당 넣고 우물우물 씹는다. 봄철에 나는 한국의 딸기와는 비교 불가능한 맛이 입안을 즐겁게 한다.

'크…… 끝내주는군.'

'요리…… 요리에 첨가하면 효능이 부여된다고 했지. 여름이니까 시원한 슬러시에 넣어서 팔면 좋을 텐데.'

○ 버프(buff): 온라인 게임 등에서 캐릭터의 기본 능력치를 일시적으로 증가시켜주는 모든 효과 내지는 스킬

겨울딸기 나무의 위치를 단단히 봐둔 후 숲속 탐험에 나선다. 뒤를 흘깃 보니 푸른 문은 그 자리에 그대로 있었다.

'가만히 있어라, 어디 사라지지 말고.'

만약 문이 사라진다면 그는 꼼짝없이 죽은 목숨이다. 여기가 외국인지 다른 차원인지는 모르겠지만 이런 날씨에 노숙이라니, 상상도 하기 싫었다.

조금씩 활동 영역을 넓혀 가니 개울이 보였다. 매우 차갑고 맑아 보인다.

손가락 크기의 작은 물고기들이 물의 흐름에 휩쓸리지 않으려고 안간힘을 쓰고 있었다. 알림 창이 떴다.

「개울치: 요리에 첨가 시 한 가지 효능을 부여할 수 있다.

효능: 1시간 동안 [살찌지 않음/1] 버프 활성화」

'살찌지 않음 버프가 활성화된다고.'

말인즉슨 1시간 동안 아무리 먹어도 살로 가지는 않는다는 뜻 아닌가? 이쯤 되면 이 문구를 믿어도 되는지 의심스럽다.

[시원함]과 [살찌지 않음]을 기억해 두고 푸른 문으로 향했다. 혹시라도 돌아가지 못한다면 어쩌나 하는 두려움이 앞선다. 하지만 걱정은 기우에 불과했다. 푸른 문을 통과하자 단칸방이 보였다.

다만……

"시간이 이상한데. 이거밖에 안 지났나?"

분명 문으로 들어가기 전 9시 31분이라는 걸 확인했다. 최소 몇 분을 그 숲에서 보냈는데 아직도 32분을 가리키고 있었다. 이건 말도 안 되는 일이다. 겨울딸기 나무 앞에서 보낸 시간만 해도 최소 1분은 넘었을 것이다.

'혹시 시간의 흐름이 다르다면……'

확인해 볼 가치는 있다. 방으로 돌아온 성호는 휴대폰과 배낭을 챙기고 등산화까지 신은 뒤 차원 문을 다시 통과했다.

'통화권 이탈.'

낡은 폴더 폰이 고장 나지는 않았지만, 삐삐거리는 소리가 나며 통화권 이탈 표시가 떴다. 근처에 기지국이 없는 모양이다.

'인적도 없고…… 하여튼 더 살펴보는 수밖에.'

폰으로 시간을 확인하며 겨울딸기를 따자 알림 창이 떴다.

「채집 스킬 레벨이 1로 상승」

'채집 스킬이라……'

스탯 창을 확인해 보니 어느새 채집 스킬이 추가돼 있다. 성호는 비로소 확신을 가지게 되었다. 이건 진짜다!

'대체 왜 이런 게 있는지는 모르지만 이건 진짜야. 믿을 수 있어.'

겨울딸기를 하나 따는 것에서 약간의 경험치를 얻어 채집 스킬 레벨을 획득했다고 보면 될 것이다. 게임으로 친다면 1에서 2로 올리기는 어렵지 않겠으나 레벨이 올라가면 갈수록 고난도가 될 테고 말이다.

'꿈이 현실이 되다니, 이거 참.'

성호는 이런 꿈을 꾼 적이 있다. 밤에는 판타지 세계로 들어가서 사냥꾼의 삶을 살고, 낮에는 현실로 돌아와 수확물을 판다는 내용이다. 지금 겪고 있는 것은 꿈속의 내용과 아주 흡사했다.

'가만, 처음에 이상한 문구가 떠올랐었지. 위시 마법이라니, 혹시 그게……'

어쩌면 여기는 그의 꿈을 현실로 만들어주는 공간이 아닐까?

'좋아. 진짜인지 시험해 보면 되지.'

우선은 버프란 녀석을 직접 시험해 볼 참이다. 겨울딸기를 몇 움큼 따서 배낭에 넣은 다음 개울로 가서 개울치 몇 마리를 잡았다. 힘차게 파닥이는 물고기를 물과 함께 비닐봉지에 넣어 터지지 않도록 잘 보관해 둔다.

'미안하다. 나도 먹고살아야지. 살을 발라서 튀김을 만들어볼까?'

적당히 생선 살 튀김 정도로 포장하면 팔릴 것 같기도 하다. 겨울딸기는 잘 으깨서 슬러시와 함께 섞으면 되고 말이다. 하지만 누군가 먹고 배탈이라도 나면 곤란하니 조심해야 한다.

'일단은 내 몸으로 시험해 보는 게 좋겠군.'

이리저리 돌아다니다 보니 채집 스킬이 어떻게 적용되는지 알 수 있었다. 어떠한 방향으로 시선을 돌리면 거기에 채집할 게 있다고 알림 창이 뜨는 식이다.

'이게 이렇게 되는구나. 거리는 스킬 레벨에 따라 달라지나 보지?'

이번에 발견한 것은 태양사과다. 노란 열매가 한 그루에 수십 개나 매달려 있다.

「태양사과: 요리에 첨가 시 한 가지 효능을 부여할 수 있다.
효능: 2시간 동안 [활력 증가/1] 버프 활성화」

'이걸 먹으면 기운이 난다는 건가?'
단어에 집중하자 알림 창이 떴다.

「활력 증가: 기운차게 활동할 수 있게 됨」

'그럼 [살찌지 않음] 버프는?'

「살찌지 않음: 먹어도 살이 찌지 않음」

'크…… 여자들이 아주 좋아하겠는데. [시원함]은 뭐지?'

「시원함: 주변 기온을 서늘하게 내림」

확실히 그가 생각한 대로다.
조심스레 태양사과를 따서 깨무니 상큼하고 달콤한 과즙이 입안으로 흘러 들어왔다. 맛도 대단하지만 성호는 향에 주목했다. 마치 사과 주스에서 헤엄치는 듯했다.

‘하여튼 이대로 먹으면 효과가 없단 말이지. 그럼 요리를 해보자고.’

몇 알 따서 배낭에 넣자 제법 묵직해진다. 그런데 어디선가 야옹거리는 소리가 들려왔다.

‘뭐지? 고양인가?’

성호는 고양이를 좋아하는 편이다. 분식집을 운영하니까 길고양이가 반가울 리는 없지만 가끔 새끼 고양이가 멋모르고 찾아오면 먹을 것을 챙겨 주기도 하고 말이다.

고개를 돌리니 이게 뭔가. 본 적이 없는 길쭉한 고양이가 그를 주시하고 있었다.

「산고양이」

단지 산고양이라는 표시만 뜰 뿐, 다른 설명은 없다. 성호는 자신도 모르게 손바닥을 내밀어 녀석을 불렀다.

“야옹.”

보통 고양이와는 덩치 차이가 제법 있다. 게다가 무늬도 표범처럼 신기한 모양이다. 날렵한 것이 제법 귀태가 난다.

“이리 온.”

“야옹.”

녀석은 야옹거리기만 할 뿐 다가오려 하지 않았다. 배낭에서 개울치가 든 비닐봉지를 꺼내자 입맛을 다신다.

“이거 먹을래?”

“야옹.”

“자, 먹어봐.”

개울치 한 마리를 꺼내 바닥에 떨어트려 놓고 물러섰다. 녀석은 잠시 주위를 둘러보더니 조심스레 발걸음을 옮겼다.

‘동작도 되게 우아하구나.’

녀석은 앞발로 개울치를 건드려보더니 파닥거리는 걸 확인하곤 바로 입에 물었다. 까드득 하며 개울치를 씹어 삼키자 알림 창이 떴다.

「동물 친화 스킬 레벨이 1로 상승」

스킬의 효과는 확실했다. 동물 친화 스킬을 배우자마자 놀랍게도 산고양이가 야옹거리며 다가와 성호의 바지에 머리를 비볐다. 이건 명백히 친근감의 표시다.

「산고양이: 이름」

이름 부분이 깜빡거린다.

“이름을 지으라고?”

“야옹.”

아무래도 맞는 모양이다. 뭐가 좋을까 1초 정도 고민한 후 옛날에 길렀던 똥강아지의 이름을 붙여준다.

“딩고…… 그래, 딩고로 하자.”

녀석은 기분이 좋은지 발라당 배를 까고 드러누웠다. 적당히 긁어준 후 머리까지 쓰다듬자 귀가 바짝 눕는다.

성호는 한동안 숲을 탐험했다. 딩고는 마치 껌딱지처럼 찰싹 달라붙어 졸졸졸 따라왔다.

'오늘은 여기까지만 하고…… 일단 방으로 돌아갈까.'

그가 푸른 문 쪽으로 향하자 딩고는 무서워하며 가까이 다가오려 하지 않았다. 계속 부르자 후다닥 달아나버렸다. 아쉬움을 느끼며 배낭을 메고 단칸방으로 돌아왔다. 이것저것 시험해 볼 것이 많아 마음이 들뜬다.

이름 모를 숲에서 구한 것들을 직접 시험해 본다. 겨울딸기는 믹서에 곱게 갈아서 슬러시 기계에 넣어 혼합하면 OK. 개울치는 살을 떠서 튀김으로, 태양사과는 주스로 만들면 된다. 문제는 그게 요리로 인정받느냐. 동시에 손님들에게 팔아도 되는가 하는 일말의 불안감이 싹텄다.

'아, 그러고 보니 그 창이 안 보이네.'

숲에선 시야 한구석에 내내 자리 잡고 있던 스탯 창이 보이지 않는다. 답답한 마음에 차원 문으로 달려가 얼굴을 들이미니 그제야 정상으로 보였다.

'그럼 버프니 뭐니 하는 것도 여기에선 안 될 수도 있겠는데.'

믹서를 꺼내 겨울딸기를 곱게 간 뒤 슬러시 기계에 넣어 돌렸다. 어느새 익숙해진 스탯 창이 시야 한구석에 자리 잡았고 슬러시 기계 위에 알림 창이 떴다. 왜 안 보이나 걱정하고 있던 성호는 한시름을 놓았다.

「요리 스킬 레벨이 3으로 상승」
「겨울딸기 슬러시 완성: 2시간 동안 [시원함/1] 버프 활성화」

"오오오, 이게 되는구나."

너무 반가워서 웃음이 나온다. 이름 모를 숲에서 시스템의 힘을 얻은 후, 뭔가 경험치를 쌓아야 비로소 보이는 것 같다. 한참 동안 기다려도 스탯 창은 사라지지 않는다.

"좋아, 그러면……"

컵을 가져와서 슬러시 기계의 레버를 올려 슬러시를 따랐다. 오렌지 슬러시에 빨간 겨울딸기 과육이 섞여 있으니 퍽 먹음직스럽게 보인다. 꿀꺽꿀꺽 들이켜자 목 안이 시원해졌다.

"오오?"

스탯 창이 갱신되었다.

「지구력: 12 힘: 12 민첩: 11 지능: 9

화염 저항: 7% 냉기 저항: 0% 독 저항: 0% 비전 저항: 0%

스킬 일람: 채집: 1 동물 친화: 1 요리: 2

적용된 버프: [시원함/1]」

'채집과 동물 친화 스킬은 내가 얻은 게 맞고…… 요리는 내가 조금 익혔던 게 있어서 2인가? 시원함 버프도 맞아…… 그런데 뒤에

표시된 1은 뭐지?'

곰곰이 생각해 보니 아무래도 버프의 레벨을 말하는 것 같다. 겨울딸기 설명에 2시간이라고 쓰여 있었으므로 1레벨의 한계로 봐야 될 것이다.

'아, 시원하구나……'

초여름에 에어컨도 선풍기도 틀지 않은 가게 안은 무덥지만 슬러시를 먹고 나니 몸은 시원했다. 시원한 숲속에 있는 느낌이라고 봐야 할까. 초원 위에서 산들바람을 쐬는 것 같기도 하다.

용기를 얻은 뒤 바로 다음 작업에 들어간다. 비교적 만들기 쉬운 태양사과 스무디를 만들어보기로 했다. 믹서에 갈아 주스를 만들면 너무 걸쭉해진다. 태양사과를 송송 썰어서 믹서에 요플레와 우유를 같이 넣고 힘차게 돌린다. 작동이 멈추자 알림 창이 '팟' 떴다.

「태양사과 스무디 완성: 2시간 동안 [활력 증가/1] 버프 활성화」

'맛을 볼까.'

건더기를 빼내도 되겠지만 일단은 같이 먹어보기로 한다. 한 모금 꿀꺽 삼키자 약간의 새콤함과 함께 단맛이 확 올라왔다. 청량감이 느껴지는 단맛이란 게 특이한데, 굳이 비교하자면 망고스틴의 맛과 닮았다. 마찬가지로 버프가 갱신되었다.

「적용된 버프: [시원함/1] [활력 증가/1]」

"음…… 확실히 기운이 좀 돌아온 것 같네."

활력 증가라는 버프가 결코 대단한 수준은 아니다. 하지만 왠지 몸에 힘이 들어가는 듯한 기분이 든다. 하루에 활력을 90% 정도 소모했다면 20%를 채워주는 그런 느낌.

'다음에는…… 개울치. 살을 뜨는 것 자체는 문제가 없지만 이걸 속이면 안 되는데. 태양사과나 겨울딸기는 일단 과일이긴 하잖아. 그런데 이놈은 민물 고기란 말이지.'

고민 끝에 서비스로 제공하기로 마음먹었다.

기름이 담긴 웍에 불을 붙이고 개울치를 손질해서 살을 떠둔다. 손가락만 한 녀석이라 먹을 것은 별로 없지만 그래도 튀김옷을 입히니 새우 크기 정도는 된다. 기름 온도가 오르길 기다리다 방에 가서 푸른 문을 확인해 보곤 가슴을 쓸어내렸다.

'제발 어디로 사라지지 말아줘……'

각박하고 지루한 삶을 살아오던 성호에게 있어 갑작스레 생긴 푸른 문은 활력소 그 자체였다. 안도의 미소를 지으며 기름 온도를 확인한다. 온도가 적당히 오르자 튀김옷을 예쁘게 입힌 개울치를 투입. 이윽고 네 덩이의 튀김이 만들어졌다.

'일단 맛은 있어 보이는데.'

뜨끈뜨끈한 튀김을 한 입 베어 물자 담백한 속살이 느껴졌다. 성호는 자신도 모르게 '호' 하고 입을 벌렸다.

"괜찮네."

「개울치 튀김 완성: 1시간 동안 [살찌지 않음/1] 버프 활성화」

「적용된 버프: [시원함/1] [활력 증가/1] [살찌지 않음/1]」

알림 창이고 나발이고 일단 맛이 있어야 한다. 맛이 없는 튀김 따위는 존재 가치가 없으니까. 다행스럽게도 개울치 튀김은 담백하면서도 고소한 게 꽤나 맛이 있다. 허겁지겁 다 먹어 치웠지만 버프가 중복되지는 않는 모양.

"하긴 중복되면 개사기지."

[시원함]과 [활력 증가] 버프보다는 [살찌지 않음] 버프가 정말 황당하다. 아무래도 그가 이해하지 못하는 힘이 작용하는 모양인데, 어떤 원리인지 정말 궁금했다.

1시간 동안은 적당히 먹어도 살이 찌지 않는다? 그러면 모든 다이어트 약과 방법론이 사장될 것이다. 식사하기 전에 개울치 튀김을 하나 먹으면 되니까.

'일단은…… 내일부터 슬러시하고 스무디만 팔아보자. 개울치 튀김은 서비스로 끼워 주고.'

가게를 적당히 정리하고 방에 들어와 눈을 감았지만 도무지 잠이 오질 않았다. 물결치는 푸른 문을 보며 억지로 잠을 청한다. 내일 아침에도 남아 있길 바라며.

*

일어나자마자 반사적으로 고개가 돌아간다. 성호는 푸른 문이 그대로 있는 걸 확인하고서야 안도의 한숨을 내쉬었다. 문이 사라지지 않았다는 것 자체만으로도 힘이 생긴다.

가게 여기저기를 쓸고 닦고 있자니 할머니가 바구니를 안고 내려왔다.

"일어나셨네요."

"어제 시간이 안 맞아서 말이야, 이거나 좀 받아."

바구니째로 내민다. 안에는 상추와 고추, 당근이니 하는 채소가 잔뜩 들어 있다. 할머니가 손수 재배한 작물이다.

감사의 의미로 시원한 태양사과 스무디를 한 잔 뽑는다.

"이 나이가 되면 이가 시려."

"드시면 괜찮을 겁니다."

"총각이 먹으라고 하니까 먹긴 하겠지만……"

할머니는 스무디를 한 잔 들이켜고는 놀란 표정을 지었다. 머리 위에 마치 농담처럼 알림 창이 떠오르더니 곧 사라졌다.

「버프 적용 중: 2시간 동안 [활력 증가/1]」

"이걸 먹으니까 몸이 좀 낫네 그려. 사과즙인가?"

"비슷한 겁니다. 사과하고 이것저것 갈아서 만든 거예요."

"신통한 걸 만드는 총각이구먼. 총각 같은 사람이 잘되어야 하는 건데. 아무튼 난 가네."

"예, 할머니."

대단한 효과는 아니지만 2시간 동안 활력이 충만한 느낌은 받을 수 있을 것이다.

'다른 사람에게도 확실히 효과가 있어.'

그걸 확인한 것만으로도 마음이 편해졌다. 기쁜 마음으로 청소를 끝내고 아침부터 영업을 시작한다. 그런데 고양이 손님이 왔다.

"야옹."

"응? 새끼네."

가게 문 앞에서 새끼 고양이 한 마리가 울고 있다. 어제의 산고양이와 비교하면 확실히 작다는 게 실감 난다. 전형적인 고등어 무늬 고양이다. 손바닥보다 작은 녀석이 애처롭게 우는 걸 보니 마음 한 구석이 아려 왔다.

"에구, 불쌍한 녀석."

혹시 동물 친화 스킬에 영향을 받은 걸까. 녀석은 도망가지도 않고 성호의 손 냄새를 맡더니 얌전히 올라탔다.

'키울 곳도 마땅찮은데.'

가게 뒤의 단칸방은 좁아서 키울 곳이 못 된다. 풀어놓고 키우려니 가게 위생이 문제가 되었다.

'일단은 뭘 좀 먹이고.'

혹시나 해서 어제 발라놓은 개울치 살을 떼어서 주자 허겁지겁 먹는다.

"오오, 잘 먹네."

알림 창은 뜨지 않았다. 혹시 인간에게만 적용되는 걸까. 알 수 없는 일이다. 적당히 배를 채우자 기분이 좋은지 하품을 하며 '고로롱 고로롱' 소리를 낸다. 바닥에 놓아주자 성호의 발치를 따라다닌다.

"그래…… 이런 것도 인연이지. 여기서 살아라."

당분간은 성호의 앞치마 주머니에 들어가 있기로 했다.

점심시간이 되자 여중, 여고에서 학생들이 우르르 쏟아져 나온다.

분식집 앞을 몇 명의 여중생이 지나치다가 성호의 앞치마 주머니에 들어가 있는 고양이를 목격했다.

"아, 고양이다."

"새끼 고양이네, 귀여워."

"아저씨, 만져봐도 돼요?"

고양이를 꺼내 주고 손을 씻고 하는 과정은 꽤나 귀찮다. 하지만 인상도 쓰지 않고 순순히 고양이를 꺼내 건넸다. 여중생들이 꺅꺅거리며 새끼 고양이를 만지고 난리다. 눈에서 하트가 뿅뿅 튀어나온다. 그중 한 명이 슬러시를 열심히 섞는 기계를 보고는 입맛을 다신다.

"아저씨, 저거 세 잔 주세요."

나름대로 고양이를 만지고 논 것에 대한 지불인 모양이다.

"예. 여기 있습니다."

겨울딸기 슬러시를 세 잔 뽑아주자 몸을 부르르 떨며 마신다.

"아, 맛있다."

"되게 시원하네."

"으음, 되게 달다."

여중생 셋은 연신 시원하고 달다를 외치며 컵을 비웠다. 셋의 머리 위로 동시에 알림 창이 떴다.

「버프 적용 중: 2시간 동안 [시원함/1]」

"우와, 이거 마시고 나니까 몸이 서늘해."

"나도. 지금 여름인데 하나도 안 덥네."

통통한 여학생이 호들갑을 떨었다. 두 여학생도 동감을 표시하며 고양이를 쓰다듬고는 성호에게 건넸다.

"아저씨, 잘 먹었습니다."

고양이 버프에 힘입은 덕인지 점심때의 매상은 꽤 좋게 나왔다.

점심시간이 거의 끝나갈 즈음, 모퉁이에서 한 여학생이 튀어나왔다. 분식집 앞을 지나치다가 고양이가 '야옹' 하는 소리를 들었는지 바로 멈춘다.

"어? 고양이다."

어제 김치찌개를 먹고 갔던 윤미혜가 눈을 반짝이며 성호의 배, 그러니까 앞치마에 담긴 고양이를 보고 있었다.

"아저씨, 안녕하세요."

"어서 오세요."

"우와, 되게 작다…… 어제만 해도 없지 않았어요?"

"오늘 아침에 갑자기 나타났거든요. 어미를 잃은 모양인데."

"불쌍해라…… 아저씨가 키우는 거예요?"

"일단은요."

"만져봐도 돼요?"

"아! 맞다! 아저씨, 저 김밥 한 줄하고 저기 슬러시 한 잔만 싸 주세요. 빨리요!"

"감사합니다."

숙련된 솜씨로 김밥을 말고 겨울딸기 슬러시를 뽑아 준다. 미혜는 한 모금 마시더니 몸을 부르르 떨었다.

"우와, 뭐가 이리 시원해요?"

"주변 공기가 차가운 느낌이죠? 1~2시간 정도는 갈 겁니다."

미혜는 성호의 말을 단지 농담으로 생각했는지 헤헤 웃는다.

"그랬으면 좋겠어요. 안녕히 계세요!"

그녀가 타다닥 달려 횡단보도를 건넌다.

*

금요일 야간 자율 학습 시작 전 저녁 시간. 미혜는 은주와 함께 분식집으로 달렸다. 낮에 본 새끼 고양이가 눈에 어른거려 참을 수 없었다. 더구나 시원한 슬러시 역시 생각났다.

하은주는 미혜의 단짝이다. 다소 까불대는 미혜와는 달리 차분한 성격이다. 얼굴에 난 여드름이 콤플렉스인데, 미혜는 시간 지나면 나을 거라고 말해 주곤 했다. 정작 자신은 여드름 하나도 난 적없으면서.

동아여고 앞 분식집. 가게의 상호가 그냥 분식집이다. 주인은 키큰 아저씨다. 키가 엄청 크고 어깨가 넓어서 그에게 관심을 가지는 여고생들도 조금 있다. 소매를 걷어붙인 팔뚝과 손등에 핏줄이 툭

툭 튀어나와 있는 게 매력이라는 아이도 있고. 취향의 세계란 참으로 넓다.

하지만 오늘은 뭔가 좀 다르다. 초여름에 항상 가게 앞을 지키고 있는 슬러시 기계 두 대가 멈춰 있었다. 그리고 서너 명의 여중생이 새끼 고양이를 데리고 놀고 있다.

미혜는 그걸 보곤 기분이 확 나빠졌다.

"슬러시도 없고, 고양이도 뺏겼네."

은주가 허탈하게 걸었다. 미혜는 터덜터덜 걸어가 아저씨에게 따지듯 묻는다.

"아저씨, 슬러시 어디 갔어요?"

"슬러시는 다 팔렸어요. 방금 여중생들이 몰려와서."

성호가 난처하게 답하자 미혜가 울상이 된다.

"슬러시는 없지만, 사과 스무디는 있습니다."

"스무디요?"

"네. 아직 메뉴에는 없는 거지만 싱글 사이즈 2천 원입니다."

"두 잔 주세요."

"감사합니다."

오늘따라 장사가 잘되니 신이 난다. 벌써 평일 매출의 3배를 초과했다. 큰 고양이는 징그럽다고 쫓아내는 사람들도 새끼 고양이의 귀여움에는 어쩔 수가 없나 보다.

학생들은 새끼 고양이를 데리고 한참 동안 놀다가 떡볶이와 튀김 등을 사 먹고는 사라졌다. 미혜와 은주는 그녀들이 간 뒤에야 고양이를 차지할 수 있게 되었다.

"배 봐. 완전 핑크색이야. 아저씨, 얘 이름 뭐예요?"

"아직 이름은 안 정했어요."

성호가 스무디 두 잔을 건넸다. 둘은 노란 음료를 쪽쪽 마시다가 눈을 동그랗게 떴다.

「버프 적용 중: 2시간 동안 [활력 증가/1]」

둘의 머리 위로 동시에 알림 창이 떴다.

"이거 먹으니까 왠지 힘이 좀 나는 것 같은데, 착각인가?"

"아냐, 나도 그런 느낌이 들어."

"우리, 여기서 밥 먹자."

"왜? 김밥지옥 가기로 했잖아."

"나 움직이기도 싫어. 그리고 여기 고양이도 있으니까."

"마음대로 해. 그런데 여기 되는 메뉴 별로 없지 않아?"

"아저씨, 혹시 돈가스 돼요?"

"네, 됩니다. 5천 원이에요."

"근데 돈가스 먹으면 살찌는데……"

은주가 울상을 하며 옆구리 살을 집자 미혜는 손을 팔랑팔랑 흔들었다.

"괜찮아, 괜찮아. 내일부터 다이어트, 다이어트."

'살 안 찌게 만들어 주면 되겠군.'

개울치는 다 나가고 딱 두 개가 남았다. 어린 학생들이 주 손님이라 싫어할 줄 알았는데 아니었다. 튀김을 먹는 학생들에게 하나씩 곁들여 주니 맛있다며 찹찹 먹었다.

튀김기에 돈가스를 튀기면서 개울치도 슬쩍 넣어둔다. 넓은 접시에 특제 샐러드, 단무지에 김치, 밥까지 세팅해서 돈가스 두 장을 테이블에 척 올리니 대식가도 만족할 만한 상차림이 완성되었다.

"여기 있습니다."

"……"

둘은 접시를 바라보더니 울상이 되었다.

"이거 먹으면 내일 아침 체중계에 못 올라가……"

"아저씨, 이거 다 못 먹는데요. 너무 많이 주셨는데……"

"괜찮습니다. 남기세요. 그리고 또 모르죠. 살이 안 찔 수도."

"에이, 아저씨 농담이죠? 1킬로그램은 찌겠는데요."

성호는 웃음을 지으며 테이블을 떠났다. 둘은 먹고 죽자고 결의했는지 포크와 나이프를 들고 덤벼들었다. "원래 다이어트는 내일부터 하는 거"라는 말을 되뇌며.

"아저씨, 이 튀김은 뭐예요?"

"생선 살 튀김입니다. 서비스예요."

"빙어 종류인가요? 너무 쪼그매."

"음, 맛있다. 맛있어, 은주야."

튀김인데 맛이 없을 리가 없다. 여고생 둘은 게 눈 감추듯 개울치 튀김을 먹었다.

「버프 적용 중: 1시간 동안 [살찌지 않음/1]」

둘은 그 넓은 접시에 있던 걸 다 먹어치우고 말았다. 슬러시에 김밥에 스무디에 돈가스에…… 미혜는 내일 아침 체중계에 올라가는 게 두렵다.

"은주야, 주말은 굶자."

"……응."

*

그날 매출은 꽤나 짭짤했다. 이대로만 나와 준다면 소원이 없을 정도다. 가게를 정리하고 문을 닫은 뒤 성호는 휴대폰과 배낭을 챙겨 이계의 숲으로 뛰어들었다.

"야옹."

"어? 너 여기 계속 있었니?"

푸른 문을 통과하자마자 다리에 머리를 비벼대는 녀석이 있었다. 산고양이 딩고다.

'잠깐만, 어제부터 지금까지 거의 20시간이 흘렀는데. 그럼 여기 시간으로는 200시간이 지났다는 소리잖아.'

몇 번의 실험으로 현실 세계와 이계의 시간이 다르다는 사실을 알게 된 성호는 오랜 시간을 기다려 준 딩고가 더 반갑다. 물론 딩고가 계속 자리를 지키고 있었는지는 알 수 없다. 하지만 이렇게 자신을 반겨주는 고양이를 보니 뭔가 울컥 올라왔다. 냥냥거리는 녀석의 배를 쓰다듬자 기분이 좋은지 '그르릉 그르릉' 모터 돌아가는 소리를 냈다.

"그래그래, 오구오구, 날 기다렸어? 늦게 와서 미안해. 가자."

엉덩이를 통통 두들겨주자 앞발을 구르며 냥냥거린다. 겉모습만 보면 영락없는 소형 표범인데 이리도 친근하게 굴다니 동물 친화 스킬이 대단하다는 말밖에 나오지 않는다.

딩고는 마치 성호를 호위하듯이 찰싹 붙어서 주위를 두리번거렸다. 녀석의 머리를 쓰다듬어준 후 탐험에 나선다.

공기가 꽤나 차갑다. 겨울이 다가옴에도 이토록 푸르른 숲이 매우 이질적이다.

'여기 전체가 마법에 걸려 있는 것 같은데.'

이리저리 돌아다니다 보니 개울가를 거쳐서 태양사과 나무를 다시 만났다. 열 개 정도의 열매를 땄던 가지에서 다시 열매가 자라고 있다.

"이렇게 열리는 건 또 처음 보네……"

열매는 아주 작았지만, 태양사과라는 것을 알 정도는 되었다. 현실 세계에서는 겨우 하루가 지났을 뿐인데 이렇게 자라다니 놀랄 노 자다. 하여튼 이 숲에서 기이한 일이 일어나고 있음이 틀림없다. 배낭을 열어 태양사과를 절반쯤 채워 넣고 발걸음을 재촉한다.

"겨울딸기는 완전히 다 자랐구먼."

어제 땄던 흔적이 없다. 즉, 새로 열매를 맺은 것이다. 대체 어떤 힘이 작용하기에 이토록 빨리 자라는 것일까? 유난히 맑은 공기와 좋은 향기가 그것과 관련이 있는지도 모르겠다.

'가만, 텃밭에 있는 걸 여기에 심으면 빨리 자라려나?'

밤이어서 확인하기엔 무리다. 내일 아침, 할머니에게 씨앗을 얻기로 하고 힘차게 발을 내디딘다.

몇 분 걷지도 않았는데 시야에 알림 창이 하나 떴다. 희미하게 빛나는 식물이 존재감을 과시하고 있다.

"빛이 나네?"

가까이 가서 보니 웅웅거리는 소리가 들린다. 민들레처럼 생겼는데 알림 창에는 깜짝 놀랄 만한 사실이 적혀 있다.

「꿈풀: 요리에 첨가 시 한 가지 효능을 부여할 수 있다.
효능: [지구력 1] 영구 증가」

"응? 꿈풀?"

딩고가 야옹거리며 앞발로 꿈풀을 건드리자 신비로운 소리가 들렸다. 성호는 조심스레 무릎을 꿇고 꿈풀을 건드려본다. 지구력에 시선을 집중하자 단어 풀이가 나왔다.

「지구력: 어떠한 일을 오래 견디며 버티는 스탯」

'활력과는 다른 건가?'

활력이라는 단어에 집중해 본다.

「활력: 지구력의 실질적인 표시」

그러니까 지구력은 활력의 다른 이름이라는 말이 되겠다. 태양사과의 [활력 증가]라는 버프는 하루 동안 소모된 활력을 채워준다는 말이지, 버프 적용자의 지구력 스탯을 올려준다는 얘기는 아니다.

'힘하고 민첩은 말 그대로이고…… 지능은 뭐지?'

「지능: 버프 시간과 스킬 경험치에 관계되는 스탯」

'말 그대로의 지능을 얘기하는 게 아니구먼.'

성호는 입맛을 다셨다. 지능 스탯이 늘어나면 머리가 좋아지는 건 줄 알았는데 아닌 모양이다. 그래도 버프 시간을 늘리고 스킬 경험치를 올려준다면 대단한 스탯이라 할 수 있다.

이것저것 고민하고 있는데 딩고가 꿈풀을 물어뜯으려 하고 있었다. 황급히 녀석의 머리를 밀고 꿈풀 주변의 흙을 손으로 파서 뿌리부터 들어 올렸다. 꿈풀을 파냈는데도 여전히 희미한 빛과 소리가 나왔다. 비닐 팩에 싸서 배낭에 넣는다.

'꿈풀로는 뭘 만들지? 죽에 넣어서 먹어야겠다.'

게임에서 스탯을 올려주는 아이템은 대단히 희귀하고 비싸기 마련이다. 꿈풀이라는 놈을 발견한 성호의 발걸음은 몹시 가벼웠다.

푸드득―

얼마 지나지 않아 공터가 보였고, 그곳에는 한 무리의 새가 있었다. 놀랍게도 새들은 성호와 딩고를 보고서도 도망을 가지 않는다.

"야옹."

알림 창이 떴다.

「화조: 요리에 첨가 시 한 가지 효능을 부여할 수 있다.

효능: 2시간 동안 [화염 저항/1] 버프 활성화」

불에 대한 저항력을 증가시켜주는 버프인 것 같다. 화조는 닭보다 큰 새인데 날지 못하는지 걷기만 하고 있었다.

'닭 잡는 것 정도야 어렵진 않지만 지금은 배낭에 넣을 공간도 없고.'

새에게서 순순히 물러서자 딩고도 눈치를 보며 덤비지 않았다. 야생의 새가 이렇게 사람을 보고 도망치지 않는다는 건 참으로 이상한 일이다.

'동물 친화 스킬이 때에 따라서는 불필요할 수도 있겠는데. 이 스킬을 끌 수는 없나?'

스킬을 주시하자 글자가 깜빡거리더니 색이 옅어졌다. 원래는 흰색이었는데 회색이 되어버린 것이다. 동시에 화조들이 푸드득 날아올랐다. 딩고는 성호를 약간 경계하는 듯했지만 왠지 모를 친근감을 느꼈는지 주위를 돌아다니며 바지 밑단에 머리를 비벼댔다.

'아, 이게 이렇게 되는구나.'

한참을 걸으니 왠지 바다 냄새가 난다. 바닷가에서 나고 자란 성호는 이 냄새를 쉽게 구분할 수 있다. 포구의 비린내와는 상당히 달랐다. 그저 해풍에 소금기가 실린 냄새다. 그 방향으로 걸어가자 어이없게도 드넓은 백사장이 드러났다.

"여기 해안가였어?"

주위를 둘러보자 야자수를 오르고 있는 야자집게들이 보였다. 덩치가 어마어마한데 커다란 집게발에 손이라도 걸리면 싹둑 잘릴 것 같았다. 백사장에는 수많은 참게가 기어 다니고 있었다. 이곳의 참게는 흔히 보는 꽃게보다 더 컸는데 살이 꽉 들어찼는지 상당히 무겁다. 이 녀석들로 게장을 담그면 무슨 맛이 날까 상상하며 군침을 삼킨다.

"폰카로 찍히려나?"

주머니에서 폴더 폰을 꺼내는 그 순간 무언가가 먼바다의 수면 위로 솟아올랐다. 성호는 녀석의 정체를 확인하고 경악했다.

3 ◆

이계의 숲 (2)

촤아아악—

긴 촉수가 솟았다가 떨어진다. 아주 먼 곳에 있는데도 크게 보였다. 딩고가 나타날 때 그랬던 것처럼 녀석의 이름이 뜬다.

「크라켄」

"크, 크라켄?"

왠지 어디서 들어본 이름이다. 분명 바다 몬스터였나? 문어인가, 오징어인가 하는 것은 크게 중요하지 않다. 녀석이 이 바다에 있다는 게 중요하다. 촉수는 수면으로 떨어지면서 거대한 물보라를 만들었다.

크라켄의 이름이 사라졌지만 성호는 망부석이 된 듯 움직이지 못했다. 딩고가 사납게 하악거리고 참게가 바지를 기어오르자 그제야 퍼뜩 정신을 차린다.

"위, 위험한 곳이구나…… 여긴."

성호는 갑자기 마음이 불안해져 숲으로 돌아가려 했다. 야자나무에 뭔가가 쓰여 있었지만 보이지 않았다.

"위험해, 위험해……"

바다에 그런 괴물이 있다면, 육지에도 괴물이 있다고 보는 게 타당하지 않을까? 이런 숲에서 아무런 무기도 없이 괴물을 마주하긴 싫었다. 성호는 주위를 두리번거리며 길을 찾았다. 채집 품에 나타나는 알림 창으로 대략의 방향을 정할 수 있다. 개울치가 저 멀리 희미하게 보인다.

그런데 어디선가 이상한 소리가 들렸다. 누군가가 끙끙 앓는 것 같다.

'누구지?'

이 숲에선 뭐든지 경계해야 한다. 성호는 조심스레 나무 뒤로 몸을 숨겼다. 이윽고 나타난 것은 갈색 털을 가진 걸어 다니는 개…… 아니 코볼트였다.

「코볼트」

'개…… 아닌가?'

생김새는 영락없는 개다. 아니 개와는 약간 다르게 생겼지만 개로 보인다. 골든 레트리버가 사람처럼 걸어 다닌다고 하면 딱 저런 모습일 것이다. 물론 이 녀석은 흉측하고, 지저분하다. 들고 있는 몽둥이에는 검붉은 핏자국이 묻어 있고 등에는 뭔지 모를 보따리를 짊어졌는데 매우 낡았다.

'잠깐, 상처를 입은 것 같은데.'

녀석의 다리에서 피가 뚝뚝 흘러내리고 있었다. 쩔뚝쩔뚝 걷는 걸 봐서 상당히 심한 부상인 모양이다. 이대로 그냥 지나가길 바랐지만, 딩고가 갑자기 하악거리는 바람에 녀석이 이쪽을 돌아봤다. 주둥이를 씰룩거리자 누런 이가 드러났다.

"컹컹!"

코볼트는 화가 났는지 희한하게 짖으며 달려왔다. 성호는 숨이 멎는 것을 느꼈다. 사람과의 멱살잡이라면 몇 번 해 봤지만 몽둥이를 든 상대와 마주하는 것은 처음이었다. 더구나 사람이 아니라 걸어 다니는 개, 코볼트는 말이다. 벌써부터 시큼한 냄새가 풍겨 왔다.

"으악!"

몸을 굴러 몽둥이를 피했다. 녀석은 힘겹게 몽둥이를 들어 올리더니 희한한 웃음을 지었다. 코볼트에 대해 전혀 알지 못하는 성호로선 '저게 미쳤나?'라고 생각할 수밖에 없다. 녀석은 성호를 사냥감으로 보고 있는 게 틀림없었다.

증거는 저 웃음!

"컹컹!"

코볼트는 쩔뚝거리며 몽둥이를 다시 휘둘렀다. 어린애가 휘두르는 것도 이보다는 나을 것이다. 힘은 제법 있는 모양이지만 폼이 영어설프다. 성호는 어렵지 않게 거리를 벌릴 수 있었다.

'이대로 도망갈까? 쫓아올 텐데. 다리를 절뚝이는 걸 봐선……'

그 짧은 순간에도 몇 가지 생각이 들었다. 동시에 저 따위 똥개

하나 처리하지 못하나 하는 생각이 든다. 덩치도 작고, 상처를 입었다. 몽둥이만 뺏으면 어떻게든 될 것 같다.

"야!"

용기를 내어 고함을 쳐본다. 사냥감이 갑작스럽게 소리를 내자 코볼트는 당황한 모양이었다. 그러나 곧 뾰족하고 누런 이빨을 드러낸다.

성호는 녀석의 주위를 빙빙 돌았다. 천천히 숨을 내뱉으며 녀석의 눈을 노려보고 있는데 갑자기 주둥이가 쩍 벌어졌다. 동시에 몽둥이가 날아온다.

"헉!"

'될 것 같은데'와 실제로 싸움을 하는 것은 크게 다르다. 성호는 갑자기 날아온 몽둥이에 당황해서 팔을 얻어맞고 말았다. 팔뚝이 시큰해지며 고통이 밀려들었다. 엉겁결에 녀석을 껴안고 뒹군 것은 다행일까, 불행일까. 시큼한 냄새가 나며 이빨이 보이자 반사적으로 녀석을 밀어내었다. 바닥에 등이 닿으며 아픔이 전해져 온다.

"아욱!"

"깨갱!"

코볼트는 엎어져서는 바들바들 떨었다. 운 나쁘게도 머리를 바닥에 박은 모양이다. 아픔을 참고 일어나 녀석의 손 근처에 뒹굴고 있는 몽둥이를 집어 든다. 단숨에 코볼트의 머리를 겨냥해서 내리쳤다.

빡!

성호는 그제야 숨을 몰아 쉬며 바닥에 털썩 주저앉았다. 알림 창의 내용이 약간 바뀐다.

「마법에 홀린 코볼트 - 죽음」

"죽은…… 건가."

몽둥이로 몇 번이나 머리를 내리쳤으니 아마 죽었을 것이다. 그런데 앞의 수식어는 뭘까? 코볼트가 어떤 마법에 걸려 여기까지 왔다는 추측이 가능하다.

"한 마리를 죽이니 이름이 업데이트되네. 이것도 경험치인가?"

아무래도 이 시스템은 성호가 얻는 경험에 따라 알림 창을 바꾸는 것 같다.

"아이고, 팔이야."

성호는 팔을 움켜쥐었다. 싸울 때는 몰랐는데 몽둥이에 얻어맞은 팔이 퉁퉁 부어 올랐다.

'며칠 고생 좀 하겠는데. 되게 아프네. 그나저나 저 보따리는 뭐지?'

사냥을 했으니 전리품을 얻어야 하지 않겠는가. 보따리를 열어 보니 알싸한 약초 냄새가 풍겼다.

"이건 또 뭐지?"

말라비틀어진 풀 쪼가리를 꺼내자 알림 창이 떴다.

「힐링 허브: 포션으로 만들 시 한 가지 효능을 부여할 수 있다.

효능: 10분 동안 [상처 치료/1] 버프 활성화」

"힐링 허브? 포션? 상처 치료면…… 이걸로 포션을 만들면 상처를 치료하는 버프를 얻는 건가?"

타박상을 입은 지금 상황에서 환영할 만한 효과다. 그러나 포션을 어떻게 만드는지부터 알아야 한다.

「포션: 유리병에 재료와 식물성 기름을 혼합해서 만드는 기본 재료. 재료마다 효능이 달라진다.」

"유리병? 꼭 유리병이 필요한 건가. 그리고 식물성 기름은 또 뭐야?"

보따리를 더 뒤적거리니 희한하게 생긴 물컹거리는 것이 손에 잡혔다.

"뭐지? 기름인가?"

꺼내 보니 마치 벌레잡이통풀처럼 생긴 관에서 기름이 새어 나오고 있었다. 알림 창에는 '식물성 기름'이라고 적혀 있다.

관 안에 기름이 잔뜩 들어 있는 것 같았다. 끝을 잘라내어 확인해 보니 찰랑거리는 기름이 보인다. 약간 노란색인데 퀴퀴한 냄새가 났다.

"이게 식물성 기름이면…… 이 힐링 허브하고 혼합하면 상처 치료 버프를 얻는다 이거지?"

"야옹."

냄새를 맡은 딩고가 기름통을 건드렸다. 코볼트 시체는 건드리지도 않는 걸로 봐서 나름 먹이를 가리는 모양이다. 하긴 성호도 시체에는 손도 대기 싫었다. 보기 싫으니까 어떻게든 치워야 하긴 하겠지만……

"에고고고. 일단은 집에 가자."

현실에서 16시간 동안 생활하다가 잘 시간, 8시간만 투자하면 이쪽에서는 무려 80시간을 쓸 수 있다. 푸른 문으로 들어와서 바로 자고, 활동하다가 다시 자는 식으로 하면 거의 3일 이상을 활동할 수 있는 셈이다.

"햐…… 이거 좋은데."

단, 수명 문제가 걸렸다. 10배로 활동한다는 말은 나이도 그만큼 먹는다는 말이니까.

"노화 방지 뭐 그런 마법은 없나."

그는 쩝쩝거리며 주위를 둘러봤다.

여기에서 살려면 이것저것 준비가 필요하다. 도구가 있어야 되고, 집도 지어야 하고…… 아무래도 철물점에 다녀와야 할 것 같다. 성호는 개울치를 몇 마리 포획한 뒤 차원 문을 찾았다. 딩고 녀석은 여전히 야옹 하고 울기만 할 뿐 문 안으로 따라 들어오려고 하진 않는다.

"안 올래? 너 여기 있으면 나이만 먹을 텐데."

"야옹."

다가가서 안아 들려고 해봤지만 녀석이 도망가서 어쩔 수 없었다. 성호는 발걸음을 옮겼다. 차원 문이 사라지지 않기를 바라며.

이상한 일이다. 분명 방에 돌아오기 전에는 이것도 해야지, 저것도 해야지 하며 단단히 마음먹었건만 약간 피곤한 마음에 이부자리에 눕자 잠이 쏟아지듯 몰려왔다. 그래서 그냥 자버렸다. 깨어나 보니 새벽이다.

"아이고야."

코볼트가 휘두른 몽둥이에 맞은 팔이 퉁퉁 부어 올랐다. 이런 덴 약도 없고 시간이 지나야 낫는다. 혹시나 해서 어제 코볼트의 보따리에서 찾은 힐링 허브를 꺼냈다.

"이걸로 힐링 포션을 만들 수 있단 말이지……"

[상처 치료]라는 버프가 정확히 어떤지는 알 수 없으나 밑져야 본전이다. 슬리퍼를 꿰어 신고 가게로 나갔다. 시간은 넉넉하다.

"혼합을 어떻게 해야 하나."

고민 끝에 일단 힐링 허브를 사발에 넣고 갈아 가루를 만들었다. 그럼에도 알림 창이 사라지지 않는 걸 보면 효능이 유지되긴 하는 모양이다. 찐득한 통에서 식물성 기름을 컵에 따라 붓고 사발에 조금씩 넣어 슬슬 혼합한다.

「힐링 포션 완성: 10분 동안 [상처 치료/1] 버프 활성화」

완성된 포션은…… 딱히 맛은 없어 보인다. 성호는 한숨을 내쉬곤 포션을 들이켰다. 목 넘김은 나쁘지 않았지만 오래 방치된 방에서 나는 듯한 퀴퀴한 냄새가 확 들어왔다. 스탯 창을 보자 [상처 치료/1]이라는 새로운 버프가 활성화되었다.

'적용 시간은 겨우 10분……'

하지만 실망하기에는 이르다. 통증이 천천히 사라지고 부기가 빠르게 빠지고 있었다. 성호가 놀라는 사이 벌겋게 달아올랐던 피부가 진정되었고 통증이 완전히 사라졌다. 10분이 지나자 몽둥이에 맞은 흔적이 거의 없어졌다. 그야말로 눈이 뒤집힐 일이다.

'……숨기자.'

'포션이 좀 남았으니까…… 유통 기한 같은 건 없겠지?'

바닷가에서 크라켄을 보고 튀었을 때, 야자나무에서 뭔가를 본 기억이 난다. 분명 음식 같았는데 자세히 보진 못했다.

다음번에 이계에 들어갈 때 필요한 도구를 메모지에 기입해 두고 조심스레 보관해 둔 꿈풀을 꺼낸다.

'죽에 넣어서 먹어볼까.'

아침은 간단하게 먹는 성호다. 쌀죽을 끓여 어제 팔다 남은 오징어튀김과 새우튀김의 살을 적당한 크기로 조각내 투입했다. 죽이 부글부글 끓자 잘 다듬은 꿈풀을 넣었다. 다시마 간장과 소금으로 간을 하니 꽤 향이 좋다.

"희한하게 향이 좋네. 꿈풀을 넣어서 그런가?"

「꿈풀이 들어간 쌀죽 완성: 섭취 시 지구력 1 증가」

무엇보다 향이 상당히 좋다. 어디에서 이런 향을 맡아봤나 했는데 귤피에서 나는 향과 아주 흡사했다. 의식적으로 스탯 창을 보지 않으려 노력하고, 설거지까지 끝낸 후 창을 본다.

「지구력: 12(+1) 힘: 12 민첩: 11 지능: 9

화염 저항: 7% 냉기 저항: 0% 독 저항: 0% 비전 저항: 0%

스킬 일람: 채집: 2 동물 친화: 1 요리: 3

적용된 버프: 없음」

"오오?"

절로 경탄이 나온다. 진짜 지구력이 1 올랐다. 다만 여러 버프와는 달리 이걸 느끼려면 일을 해봐야 한다. 8% 정도 오른 수준이니 당장은 크게 체감하지는 못할 것 같다.

'꿈풀 말고 스탯을 올려주는 다른 것도 있겠지. 그걸 다 찾아 먹으면 호호호……'

웃음이 나오려는 걸 간신히 참고 가게를 청소했다. 2층에서 주인 할머니가 내려왔다.

"할머니 일어나셨네요."

"그런데 말이야, 총각. 그 전에 나한테 췄던 거…… 그거 좀 있는가?"

'아, 태양사과 스무디.'

"아, 사과 스무디 말씀하시는가 보네요. 효과가 좀 있던가요?"

"하이고, 말도 말아. 요즘엔 잠을 자도 잔 것 같지가 않았는데 그거 먹고 나니 몸이 편해졌어. 잘은 모르겠는데 힘이 생기는 것 같더라고."

"그럼 드려야죠."

가게와 단칸방을 싸게 빌리고 채소를 공급받는 등 언제나 신세를 지고 있는 주인 할머니에게 스무디 몇 잔쯤이야. 태양사과 스무디를 만들어서 드리니 연신 "달달하네"를 외치며 금방 드신다.

"요게 뭔지는 몰라도 약발이 잘 드는 것 같어. 동네 영감탱이들이 좋아할 텐데."

"하하, 그러게요……"

차마 동네 분들에게 돌리겠다는 말은 할 수 없었다. 그가 발견한 태양사과 나무는 한 그루뿐이기 때문이다. 주인 할머니도 성호의 곤란함을 눈치챘는지 웃으며 가게를 나갔다.

주인 할머니는 건강이 별로 좋지 않은 게 걱정이었다. 건물주라면 건물주인데, 달랑 2층인 데다가 1층은 월세도 별로 안 되는 성호의 분식집과 단칸방이 차지하고 있으므로 수입은 별로 많지 않을 것이다. 자식이나 손주들이 찾아오는 건 한 번도 보지 못했다.

철물점에 들러 이계의 숲에서 사용할 삽이니 호미, 톱, 전지가위와 각종 도구를 사 왔다.

'참, 보일러실에 캠핑용품하고 낚싯대가 있었지.'

남해안의 조선소에 다니는 사람들은 낚시를 취미로 하는 경우가 꽤 있다. 성호도 같이 일하던 형님들의 영향을 받아 낚시를 자주 다녔다. 형님들 차를 얻어 타고 놀러 다닐 때 쓰려고 사둔 캠핑용품도 있다.

시계를 보니 오전 10시다. 토요일이라서 오가는 사람은 별로 없다. 점심시간이 되어서야 비로소 매상이 좀 나올 것 같았다. 그렇다면 11시 30분 정도까지는 괜찮지 않을까?

'여기에선 1시간 30분이라도 거기에선 15시간이 된단 말이지.'

'아니다. 여유 있게 가게 문을 닫고 가는 게 낫겠다. 오늘 밤에는 낚시를 해봐야지.'

크라켄에 놀라 도망치긴 했지만 잘 생각해 보면 녀석은 먼바다에 있었다. 해안가에서만 논다면 다칠 일도 없다.

'그래도 코볼트 같은 놈이 또 나타나면 곤란하니까…… 정글도를…… 아니면 야구 배트나.'

활은 어떨까. 한 번도 쏴본 적은 없지만 요즘 활은 성능이 좋으니까 나름의 위력을 발휘할 것 같았다. 이것저것 숲에서 할 일을 생각하다 보니 첫 손님이 왔다. 성호는 자리에서 일어나 손님을 맞았다.

"어서 오세요."

*

삑삑삑삑삑삑—

띠리릭—

현관문이 열린다. 미혜는 청소기를 든 채로 달려 나가 엄마를 맞았다. 통칭 김 여사. 나이 41세. 국내 굴지의 캠핑용품 전문 회사 더 글램의 사장이다.

"엄마 왔어?"

"에구구, 엄마 힘들어. 이것 좀 받아."

"또 뭘 가지고 왔어. 반찬이야?"

"반찬 아니야. 그래도 수험생인데, 영양제하고 몸에 좋은 거 좀 사 왔어."

냉장고를 열어 본 김 여사는 한숨을 내쉬었다. 반찬이 별로 줄지 않았기 때문이다. 요 며칠 분식집에서 밥을 사 먹었다니 이렇게 남은 것도 당연하다. 돌아서서 딸 미혜의 몸을 눈으로 훑는다.

"솔직히 말해. 살쪘지?"

"하나도 안 쪘거든요?"

"체중계 가져와. 엄마가 확인해 보게."

가볍게 체중계에 올라서는 미혜. 놀랍게도 체중이 전혀 늘지 않았다. 아니, 오히려 약간 빠졌다. 김 여사는 이게 말이 되나 하면서 놀랐다.

"뭐야, 살이 빠졌네?"

"봤지? 살 안 찐 거?"

"대체 뭔 조화라니? 김치찌개, 돈가스, 김밥 이런 거 먹으면 살찌는 데 직빵인데."

미혜가 엄마 곁에 찰싹 달라붙는다.

"나 분식집 가서 포장해 올까? 거기 양도 많고 되게 맛있어."

사실은 새끼 고양이를 보러 갈 속셈이다. 한눈에 심장이 덜컥했다고나 할까.

"분식? 있는 밥 먹지 무슨 분식이야."

"엄마도 거기 슬러시 먹어보면 반할걸? 진짜 시원해. 아이이잉."

딸이 이렇게 애교를 부리는데 마냥 거절할 김 여사가 아니다.

"알았어, 사 와."

"은주도 우리 집에 와서 먹으면 안 돼?"

"은주? 안경 쓰고 공부 잘하는 애 말이지?"

"응응."

"괜찮으면 오라고 그래."

성호네 분식집에선 가끔 철 지난 노래가 흘러나온다. 30대 이상에겐 추억의 노래로, 요즘 세대에겐 옛날 노래로 기억되는 1980~90년대 가요들이다.

"아저씨, 안녕하세요."

"뭘 드릴까요?"

"네, 어…… 김치찌개 3인분 포장돼요?"

"포장은 되는데 조금 기다려야 되겠는데요."

"괜찮아요. 그거하고요, 김밥 3인분하고 만두 2인분요. 그리고 딸기 든 슬러시도 3개요."

"조금만 기다려주세요."

미혜는 의자에 앉아서 폰을 꺼낸다. 그녀의 눈에 벽에 기대어 있는 낚싯대가 보인다.

'아저씨도 낚시하나?'

여긴 부산이니까 낚시를 취미로 가진다고 해서 이상할 건 없다. 언제나처럼 미튜브에 들어가 오징어 낚시를 하는 영상을 본다.

성호가 다가와 접시를 하나 내밀었다.

"이거 하나 먹어보세요. 서비스입니다."

"이거 전에 먹었던 거 그거죠?"

"네. 생선 살 튀김이에요."

"근데 무슨 생선이에요? 빙언가?"

"빙어는 아니고 연안 물고기예요. 포를 떠 튀긴 겁니다."

"음, 맛있네요."

대충 설명하자 미혜도 그러려니 한다. 자연스럽게 아저씨에게 낚싯대에 대해 묻는다.

"아저씨, 낚시 잘하세요?"

"잘하는 편은 아니고 취미 정도인데."

"그렇구나…… 저도 낚시를 좋아해서요. 기다리는 건 싫어하고 잡아서 먹는 거 좋아해요."

"뭐, 다들 그렇죠. 낚시꾼들은 기다림마저 미덕이라고 하지만."

말을 하면서도 김밥을 쓱쓱 만다.

"저 어릴 적에는 아빠하고 같이 낚시 많이 다녔거든요. 그래서 저도 낚시 좋아해요. 특히 먹는 거."

"그래서 이런 영상 보는 거예요?"

"네. 이런 거 보면 재밌잖아요. 막 낚아 올리고, 손질해서 먹고. 근데 꽝 치면 재미없어요."

"하긴 뭐라도 잡아야 보는 사람 입장에선 재밌겠죠. 아, 찌개가 넘치네."

후다닥 달려간다. 불을 줄이고 찜기에서 만두를 빼서 포장한다. 김밥을 마저 말고 김치찌개를 용기에 담는다. 서비스로 튀김을 몇 개 넣고 마지막으로 슬러시를 뽑는다.

"참, 슬러시 하나 더 뽑아 주세요. 그나저나 이 안에 뭐 들었어요? 먹고 나니까 엄청 시원해요."

미혜가 카드를 내밀며 변명하듯 말했다.

"저 혼자 먹을 건 아니고요. 오늘 엄마가 와서요. 친구하고 같이 먹을 거예요."

"감사합니다."

그녀는 봉지를 쥐고 달렸다. 성호는 그녀의 뒷모습을 흐뭇하게 바라보았다.

*

그날 밤, 가게 문을 닫자마자 바로 차원 문을 통해 이계의 숲에 들어갔다. 성호는 이 정체불명의 땅을 통틀어서 판타지아라고 부르기로 했다. 크라켄과 코볼트 같은 괴물이 있고, 온갖 희귀한 생물과 먹을 것이 넘쳐나는 환상적인 곳이라는 의미에서다.

낚싯대 가방에 배낭까지 둘러메자 무게가 상당했다. 이제 꽤 추워진 숲에 발을 내디딘다.

"딩고야."

산고양이 딩고가 보이지 않는다. 대체 어디로 간 걸까?

낚싯대에, 텐트에, 캠핑용품에 삽을 비롯한 도구까지 몸에 짊어지고 있으니 어깨가 제법 무겁다. 그래도 오늘은 이 숲에 거주지를 마련할 각오로 왔다. 남들이 24시간 하루를 보낼 때, 16+80시간을 보낼 수 있으면 얼마나 이득인가.

한참 걸으니 바닷가가 나타났다. 처음 봤던 광경 그대로다. 성호는 주변을 천천히 살폈다.

먼저 야자집게.

「야자집게: 요리에 첨가 시 한 가지 효능을 부여할 수 있다.

효능: 2시간 동안 [고통 내성 증가/1] 버프 활성화」

아무래도 저 무식하게 튼튼한 갑각과 고통 내성이 뭔가 관계가 있는지도 모른다. 한 마리 잡고 싶었지만 야자수 높이 매달려 있는 데다 괴물같이 튼튼해 보여서 엄두가 나지 않았다.

'티브이에서 보던 것보다 훨씬 큰데…… 잡으면 살이 많이 나오겠지?'

꿀꺽.

본능적으로 군침을 삼키고는 야자집게를 잡기로 결정한다. 코볼트도 아니고 그냥 나무에 매달려 있을 뿐인 집게 아닌가. 좀 크긴 하지만.

'돌멩이, 돌멩이.'

돌멩이를 집어 휙 던지자 어처구니없이 빗나갔다. 몇 번 집중해서 던지자 알림 창이 떴다.

「투척 스킬 레벨이 1로 상승」

짱돌을 던지자 그제야 야자집게가 툭 떨어져 바닥에서 버둥거리다가 몸을 뒤집는다.

"크다……"

진짜 크다. 괴물로 착각할 정도로 크다.

"집게에 잘못 걸리면 팔목이 아작 나겠는데……"

녀석은 화가 났는지 뒤로 물러서면서 집게를 위협적으로 까닥거렸다. 몸통이 성호의 머리보다 더 컸고 집게발은 팔뚝만 하다. 갑각이 엄청나게 두꺼운데 총알도 막아낼 것 같았다. 정글도를 쥐고 조심스레 녀석에게 다가간다.

"미안하다. 무슨 맛인지 진짜 궁금하거든."

힘을 써서 뒤집자 녀석은 일어나지 못했다. 집게발을 최대한 피해 눈을 겨냥해 정글도를 박아 위아래로 흔들었다. 야자집게는 다리를 파르르 떨더니 축 늘어졌다. 이제 손질해서 먹는 일만 남았는데……

갑각이 너무 두껍고 단단해서 칼이 제대로 들어가지 않는다. 녀석을 먹으려면 망치로 두들겨야 할 판이었다. 하는 수 없이 넓은 돌과 뭉툭한 돌멩이를 가지고 와서 쾅쾅 내리찍었다. 마치 원시인이 된 듯한 기분이다.

"크…… 죽이는구먼. 이게 다 살이라 이거지."

집게발 하나에서 주먹만 한 살덩이가 세 개나 나왔다. 주위를 둘러보던 성호는 적당한 장소를 찾아 짐을 몽땅 내려놓았다. 본격적으로 텐트를 치고 나뭇가지를 모아 화로에 집어넣고 불을 붙였다.

"참, 물이 없네."

개울가에 가서 물을 한가득 떠 와 코펠에 담는다. 원래 이런 갑각류는 삶으면 맛이 없지만 어쩔 수 없다. 제대로 된 찜기가 없으니 삶아 먹는 수밖에.

"내장은 일단 나중에 시도하기로 하고…… 야자나무 저것도 있었지."

야자나무에선 두 가지 재료를 발견했다. 하나는 꼭대기에 매달려 있는 야자고, 다른 하나는 야자 잎이다. 전자는 놀랍게도 [변비 완화] 버프가 적용된다고 쓰여 있었다. 정말 놀랄 노 자가 아닐 수 없다.

"학생들이 좋아하겠네. 그럼 야자 잎은……?"

「야자 잎: 10시간 동안 음식을 처음 상태로 보존 가능, 일회용」

음식물을 보존한다는 건 쉬거나 썩지 않게 한다는 것이다. 바나나 잎과 비슷하게 생겼는데 넓어서 음식물을 포장하기에 좋을 것 같았다.

"처음 상태로 보존 가능이라고 했으니까…… 따뜻한 음식을 계속 따뜻하게 보존할 수도 있는 건가?"

그건 시험해 봐야 할 일이다. 조심스럽게 몇 잎을 따서 텐트로 가지고 왔다. 그 사이에도 코펠에 넣은 야자집게가 부글부글 끓고 있었다. 적당히 삶아지자 나이프로 푹 찔러 꺼내 소금을 치고 맛을 본다.

맛있다. 삶았는데도 생각보다 맛이 있다. 바닷가재와 맛이 비슷하리라 생각했는데 오히려 대게와 더 흡사하다. 하나를 완전히 먹고 나자 스탯 창이 바뀌었다.

「지구력: 12(+1) 힘: 12 민첩: 11 지능: 9

화염 저항: 7% 냉기 저항: 0% 독 저항: 0% 비전 저항: 0%

스킬 일람: 채집: 2 동물 친화: 1 요리: 3 투척: 1

적용된 버프: [고통 내성 증가/1]」

'고통 내성 증가. 이건 싸울 때 적용되면 좋을 것 같은데.'

하지만 이런 게살류는 금방 상한다. 야자 잎에 싸서 보관한다 해도 10시간이 한계다. 전투에 써먹으려면 다른 요리법이 필요하다. 그렇게 생각하며 집게 살을 하나 더 꺼내는데 숲에서 야옹거리는 소리가 들렸다.

"딩고야, 딩고!"

"야옹."

딩고가 돌아왔다. 녀석은 입가에 뭔가를 물고 있었다. 그걸 확인한 성호의 얼굴이 굳어졌다. 화살이다.

4 ◆

돈을 벌어보자

「경상을 입은 산고양이」

"피…… 딩고, 너 다쳤어?"

"야옹."

딩고의 울음소리가 특히 애처롭게 들린다. 황급히 녀석을 살펴
보니 뒷다리 하나가 피로 물들어 있었다. 화살을 빗맞았는지 털이
뭉텅 깎여 나갔다.

"잠깐만, 잠깐만 기다려."

이 조그마한 것이 얼마나 아플까. 배낭을 열어 작은 유리병 두 개
를 꺼낸다. 이 숲을 헤매기 위해 반드시 필요한 것, 힐링 포션과 태
양사과 스무디다. 손바닥을 오므려 포션을 부어 내밀자 딩고가 다
가와 살짝 핥았다.

"야옹."

"그래, 먹어. 너한테 좋은 거야."

진심이 전해졌는지 딩고는 포션을 계속 핥아 먹었다. 녀석의 뒷다리에 나 있던 상처가 천천히 아무는 게 눈에 보인다.

'허…… 진짜 신기하네.'

체격이 작은 고양이인 만큼 효과가 더 빠른지도 모르겠다. 스무디를 다른 손에 부어 내밀었다. 고양이는 단맛을 거의 못 느낀다고 하지만 그래도 맛있게 할짝거린다. 다소 처져 있던 어깨가 올라가고 녀석이 머리를 쳐들었다. 갑자기 몸에 활력이 돌자 놀란 듯하다.

딩고는 쪼그려 앉은 성호의 다리에 머리를 비비며 애교를 부렸다. 그와 동시에 코펠에 관심을 가진다.

"애교 한 번 부렸으니까 먹을 거 내놔라 이거냐? 알았다, 알았어."

두툼한 집게 살을 돌멩이 위에 내려놓자 3일 굶은 것처럼 허겁지겁 먹는다. 그러고 보니 배가 홀쭉하다.

'그건 그렇고……'

성호의 시선이 화살로 향했다. 이 신비로운 땅에도 문명이 있다는 유력한 증거. 코볼트의 것이라고 생각되진 않았다. 놈들의 짧은 팔로 다루기엔 화살이 너무 길다. 게다가 화살대에 정밀하게 가공된 은색 촉을 달고 깃털을 박아 넣은 모양이 고풍스러우면서도 자연스러운 멋이 살아 있다. 인간과 비슷한 어떠한 생물이 날린 게 분명했다.

'혹시 딩고가 멀리 갔다 온 게 아닐까? 7~8일이면 충분히 그럴 수 있는 시간인데.'

저 화살의 주인이 마음에 걸린다. 딩고를 추적해서 지금쯤은 성호에게 화살을 날릴 준비를 하고 있는 게 아닐까 불안해진다. 거기까지 생각이 미치자 텐트와 다른 것을 모두 접고 딩고와 함께 차원 문을 통해 단칸방으로 돌아왔다. 누군지도 모를 놈이 날린 화살에 맞아 비명횡사하는 건 딱 질색이다.

차원 문을 넘어오자 성호가 없는 동안 단칸방을 차지하고 있던 엄마 고양이와 아기 고양이가 딩고에게 하악질을 해댔다. 성호는 셋을 비교해 보고서야 딩고가 상당히 큰 고양이라는 것을 깨달았다.

"딩고, 너 의외로 잘생겼구나."

두 고양이가 경계하건 말건 딩고는 성호의 이부자리를 차지하더니 드러누워 버린다.

'최소 하루는 지나야 돼.'

있을지도 모르는 추적자를 대비해 단칸방에서 시간을 보낸다. 성호는 시계를 보며 기다렸다. 2시간, 3시간이 흐르고 완전한 밤이 되자 비로소 몸을 일으킨다.

'30시간 정도 지났으니까 이제 괜찮겠지.'

물론 괜찮을 거라는 보장은 전혀 없다. 그냥 추측이다. 하지만 지레 겁먹고 아무것도 안 하는 것보다는 낫다. 이제 그의 일상에서 판타지아를 배제한다는 것은 어려우니까.

"가자, 딩고야."

"야옹."

두 고양이가 들어오지 못하게 차원 문 앞을 가구로 막아두고 짐을 챙겨 길을 떠난다.

아침인지, 햇살이 창창하게 나무 사이를 뚫고 내려왔다. 성호는 잠시 햇볕을 쬐며 숲의 차가운 공기를 들이마셨다.

"후아…… 좋구먼. 역시 사람은 이런 곳에서 살아야 돼. 좀 춥긴 하지만."

조심스럽게 주변을 살피며 해변을 걷는다. 위급 상황이 생길 시 언제든 정글도를 휘두를 수 있게끔 짐을 내려놓을 준비를 하고서. 다시 해변에 도착했지만 특이한 것은 없었다. 발자국이든 뭐든 있으면 긴장했겠지만 보이지 않는다.

"……아무래도 추적자는 없는 것 같지?"

"야옹."

이제 적당한 자리를 찾을 때다. 백사장이 펼쳐져 있는 이런 해안은 뭘 잡기에 적당한 곳이 아니다. 성호는 한참을 돌아다닌 뒤에야 갯바위 뒤쪽에 자리를 잡았다. 그 뒤로는 텐트를 감싸듯이 숲이 넓게 펼쳐져 있다.

"좋아. 당분간은 여기서 지내는 거다. 좀 춥긴 하지만……"

아무래도 방한 대책을 세워야 할 것 같다. 딩고와 함께 조심스럽게 갯바위로 나가 보니 물이 가둬진 곳에 물고기가 수십 마리나 떼를 지어 몰려다니고 있었다. 심지어 하나하나가 팔뚝만 한 제법 큰 종이다. 가만히 보니 그렇게 다니면서 새우를 썹어 먹고 있었다. 또한 바닥에는 큼지막한 소라가 잔뜩 있었다.

"크…… 생선에 새우에 소라라니 삼위일체로구만."

「모래숭어: 요리에 첨가 시 한 가지 효능을 부여할 수 있다.

효능: 2시간 동안 [냉기 저항/1] 버프 활성화」

「흰뿔새우: 요리에 첨가 시 한 가지 효능을 부여할 수 있다.

효능: 2시간 동안 [피부 재생/1] 버프 활성화」

「대왕소라: 요리에 첨가 시 한 가지 효능을 부여할 수 있다.

효능: 2시간 동안 [독 저항/1] 버프 활성화」

일단 판타지아에 성호를 위협할 만한 것이 제법 있다는 것은 확인했다. 반면 몸을 지킬 수 있는 수단은 거의 없다. 정글도로는 부족하다. 보다 크고 강력한 무기가 필요하다.

낚싯대를 꺼내서 설치하고 낚싯줄을 물속으로 드리운다. 간이의자에 앉아 미끼를 달고 낚싯줄을 이리저리 움직이니 모래숭어 떼가 그걸 쫓아다녔다. 그물이라도 있으면 몽땅 다 잡을 수 있겠지만 그럴 이유가 없다.

'유통할 시간도 없고 자금도 부족해.'

필요한 만큼, 분식집에서 팔 수 있을 정도로만 잡는 게 최선.

촤악 소리와 함께 숭어 한 마리가 미끼를 물고 올라왔다.

「낚시 스킬 레벨이 3으로 상승」

「낚시: 물고기를 잡기가 쉬워짐」

'간단하구먼.'

한 마리 잡았으니 손질을 해서 먹을 차례다. 즉석에서 피를 빼고

살을 발라낸다. 확실히 덩치가 커서 그런지 살의 양도 꽹장히 많다. 색감은 전체적으로 가숭어와 거의 흡사했다. 과연 맛도 그럴까?

"흠......"

초장도 간장도 없지만 회를 조금 먹는다. 맛은 딱 가숭어다. 그런데 이렇게 날것으로 먹으면 요리로 쳐주지 않는 모양이다. 아무런 알림 창이 뜨지 않았다.

딩고가 애처롭게 울기 시작했다. 녀석에게 살점을 잘라 주면서 조금 다른 생각을 해본다. 그가 던진 미끼에 모래숭어 떼가 따라다니는 걸 보면 혹시 부산 인근의 물고기들도 그렇지 않겠는가 하는 의문이다.

'되겠지? 아마 될 거야.'

미끼를 던질 때마다 물고기가 덥석 물고 올라와준다면 낚시꾼으로서 그것보다 기쁜 일이 어디 있겠는가.

'좋아, 바다로 던져보자.'

이런 구덩이가 아니라 바다에서 본격적인 낚시를 해보기로 했다. 물때고 조황이고 뭐고 필요 없다.

'스킬 님이 다 알아서 해주실 거야.'

5초도 지나지 않아서 미끼를 문다. 바로 챔질에 들어가자 낚싯대가 엄청나게 휘어진다.

"크다, 크다."

아무리 동물 친화 스킬이라고 해도 낚았을 때 얌전하게 해주지는 않는가 보다. 약간의 실랑이 끝에 뭉툭한 물고기 한 마리를 낚았다.

「뾰족입볼락: 요리에 첨가 시 한 가지 효능을 부여할 수 있다.

효능: 2시간 동안 [수영+1] 버프 활성화」

'이거 스킬도 버프가 있네.'

모래숭어와 뾰족입볼락의 서덜을 작은 반찬통에 넣고 구멍을 뚫었다. 그걸 통발에 집어넣고 물구덩이에 집어넣자 흰뿔새우가 좀비처럼 달려들었다. 가만 보니 대왕소라도 슬금슬금 움직이는 게 보인다.

제법 시간이 지나자 통발이 가득 찼다. 새우와 소라 수십 마리가 들어 있으니 무게도 상당하다.

"끄응차."

끌어 올려서 보니 흰뿔새우가 몸통을 힘차게 흔드는 소리가 가득하다.

"우와, 많다, 많아. 이걸 다 어떡하냐."

통발 주위를 돌면서 폰카로 촬영한다. 너무 자세하게 보이면 안 되므로 적당히 떨어져서, 대충 뭔지만 확인이 가능하도록.

'얘네들을 어떻게 팔 방법이 없나……'

직판장에 넘기는 방법은 애초부터 무리다. 횟집이나 수산 시장에 대는 것도 어렵다.

'새우…… 새우는 튀김을 하면 되겠고.'

분식집이다 보니 소라는 쓸 데가 없다. 먹을 양만 남겨두고 모조리 풀어주기로 결심한다.

주변을 정리한 후 텐트에 들어가 잠을 청한다. 내일은 조금 빨리 일어나야 할 것 같다. 현실에서도 스킬의 영향력을 받는지 확인해야 하니까.

*

학교 앞 분식점들은 대개 일요일엔 문을 열지 않는다. 주 고객인 학생들이 없어서 매출이 나오지 않아서다. 하지만 성호네 분식집은 그거라도 벌기 위해 열고는 했다. 이른바 틈새 장사인데, 지금까지는 그저 그랬다. 인건비도 안 나온다고나 할까. 하지만 얼마 전부터 슬러시가 인기를 끌고 고양이 두 마리까지 돌아다니니 매출이 조금씩 늘어나고 있었다. 고양이가 귀여워서 보다가 슬러시나 스무디를 한 잔씩 사 먹는 식이다.

"아저씨, 새우튀김 하나에 얼마예요?"

"한 개에 천 원입니다."

"새우 엄청 큰데 되게 싸네요? 그럼 4천 원어치 주세요."

흰뿔새우를 손질해 잘 튀겨서 내놓자 반응이 상당히 좋았다. 일단 크기가 컸기 때문이다. 가방을 메고 있던 여중생 둘은 커다란 새우튀김을 한 입 베어 먹고는 놀라워했다.

「버프 적용 중: 2시간 동안 [피부 재생/1]」

"우왕~ 엄청 크당."

"대박. 나 이렇게 큰 거 처음 봤어."

천 원이라는 가격표까지 붙여두자 아이들과 함께 지나가던 아줌마들이 왜 이렇게 싸냐고 묻는다.

"유통 쪽에 아는 사람이 싸게 공급해 줘서요."

"우리 남편 안줏거리로 사 가야겠네. 1만 원어치만 주세요."

수십 마리를 해체한 보람이 있다. 흰뿔새우 튀김은 순식간에 팔려나갔다. 슬러시도 인기가 좋고, 고양이 두 마리는 바닥에 길게 뻗어 있다. 딩고를 데리고 오지 못한 게 아쉬웠다.

"아저씨!"

그때 미혜가 다다다 달려왔다. 언제나처럼 새끼 고양이를 쓰다듬더니 헐떡거리며 말했다.

"아저씨, 혹시 된장찌개 돼요?"

"된장찌개요?"

"어제 엄마하고 친구하고 김치찌개 먹었거든요. 근데 엄마가 엄청 맛있다는 거예요. 오늘은 엄마가 된장찌개를 먹고 싶대요. 근데 아저씨, 어제 김치찌개하고 김밥 이런 거 잔뜩 먹었는데 몸무게가 하나도 안 늘어났거든요. 진짜 이상한 일이죠?"

여기까지 숨도 쉬지 않고 다다다 읊고는 다시 숨을 몰아 쉰다. 성호는 멍하니 있다가 간신히 이해했다.

"된장찌개 몇 인분 드릴까요?"

"넉넉하게 5인분 주세요. 김밥하고 만두, 튀김도 주세요. 세 명이서 먹을 정도로요."

"감사합니다."

아무래도 개울치 튀김을 또 서비스로 넣어 줘야 할 것 같다. 성호가 준비를 하러 들어간 동안 미혜는 매의 눈으로 가게 안을 살폈다. 그런 그녀의 눈에 낚싯대 대신 양동이 한가득 담긴 소라가 보인다. 엄청 크다.

"우와, 아저씨 이거 소라죠?"

"예. 어제 잡아 온 겁니다."

"크다…… 이런 거 어떻게 먹어요?"

"회로 먹어도 되고요. 삶아 먹어도 맛있죠."

"맛있겠다."

"많이 주문했으니까 서비스로 몇 마리 드릴게요."

"정말요? 아저씨 감사해요!"

미혜는 아무래도 해산물을 진짜 좋아하는 모양이다. 그녀가 보는 앞에서 소라 몇 개를 꺼내 손질에 들어간다.

"헐. 뭐가 이렇게 커요?"

"가끔 이런 종이 있어요. 소라라고 하지만 다 같은 종이 아니라서."

당연히 그냥 하는 말이다. 딱지와 침샘, 내장 등 못 먹는 부위를 제거해도 큼지막한 덩어리가 남는다. 보통 소라와는 비교도 안 되는 양이다. 미리 갈아놓은 칼로 슥슥 썰자 미혜가 감탄했다.

"아저씨가 자갈치시장 아줌마들보다 더 잘 써는 거 같아요."

얼추 포장이 끝났다. 미혜는 카드를 건넸고 성호는 음식 한 보따리를 건넸다. 그러면서 당부의 말을 잊지 않는다.

"튀김 중에 작은 거 있죠? 그거 맛있으니까 꼭 먹어야 됩니다."

"안 그래도 다 먹을 거예요. 엄마하고 친구가 튀김 좋아하거든요. 저기 슬러시도 세 잔 주세요."

"고맙습니다."

미혜는 서둘러 집으로 향했다. 집에 와서 보따리를 풀어놓자 김
여사와 하은주의 눈이 휘둥그레진다.

"아니, 이거 뭐야? 소라회 아냐? 분식집에서 이런 것도 파니?"

"응응. 분식집 아저씨가 잡아 온 거야."

"웬일이니, 웬일이니. 안 되겠다. 은주야, 초장 좀 가져올래?"

"네."

회를 별로 안 좋아하는 은주는 튀김에 먼저 손을 대었다. 큼지막
한 새우튀김을 집어 들고 한 입 크게 물자 바삭한 튀김옷과 탱탱한
새우 살이 느껴졌다.

"이거 되게 맛있어요."

"아저씨가 이거 꼭 먹으래. 조그만 거."

"그 집 주인은 장사는 안 하고 고기만 잡으러 돌아다닌다니?"

미혜는 어깨를 으쓱했다.

"나도 몰라. 근데 엄마, 된장찌개는 안 먹을 거야?"

"아휴, 소라회가 워낙 오랜만이라서……"

세 여자는 그렇게 분식집 요리를 가지고 포식을 했다. 시원한 슬
러시를 마시며 소파에 늘어져 잠깐 낮잠을 즐긴다. 얼마 후 잠에서
깬 은주는 이를 닦으러 화장실에 갔다가 문득 거울을 보곤 놀랐다.

"응?"

보기 싫게 올라와 있던 여드름이 사라지고 없지 않은가? 도저히

믿기지 않아 손으로 얼굴을 더듬었지만 확실했다.

"아, 아침까지만 해도 분명 있었는데?"

정말 희한한 일이었다.

"미혜야, 미혜야!"

"왜에……"

거실에서 미혜의 게으름 터진 목소리가 들린다.

"나 여드름 다 들어갔어!"

"구라 안 사요."

"진짜라니깐, 진짜!"

"에효……"

투덜거리며 화장실로 오는 미혜. 은주가 얼굴을 보여주니 무슨 귀신을 본 듯 경악한다.

"히이익!"

"진짜지? 하나도 없지?"

"뭐, 뭐야 이거…… 네 여드름 어디 갔어?"

"나도 몰라. 그냥 일어나 보니 이렇던데."

"아니, 분명히 아침까지만 해도……"

"희한하지, 그지?"

두 여고생은 아마 모를 것이다. 김 여사와 둘의 머리 위에 보이지 않는 자그마한 알림 창이 떴다가 사라진 것을.

「버프 적용 중: 2시간 동안 [피부 재생/1]」

달칵, 달칵—

성호의 단칸방에는 오래된 노트북이 있다. 인터넷 회선은 없지만 근처의 와이파이 하나를 잡아서 쓴다. 인터넷 쇼핑몰에서 40파운드 스포츠용 활과 화살을 주문했다. 실전용 도검까지 주문하려 했지만 가격이 만만치 않았다. 대신 철물점에 가서 큰 정글도나 하나 더 구하기로 했다.

낚시 관련 미튜브를 보는 사람도 있다는 이야기를 들은 성호는 자신도 미튜브에 영상을 올리기로 마음먹었다.

'계정명은…… 부산어부……'

후원 계좌까지 설정해 두고 첫 동영상을 올린다. 사실 이런 영상을 올리는 것으로 후원이 들어올지는 의문이었다. 이왕 찍었으니까 그냥 한번 올려보는 것일 뿐.

*

어젯밤에는 판타지아에 가지 않고 친구와 술을 한잔했다. 그 때문에 하루 일과를 평소보다 훨씬 늦게 시작했다. 시장에 가서 장을 봐 온 후 밑준비를 다 해놓자 오전 11시다. 월요일이라 그런지 손님이 별로 없다. 어제 그 새우튀김이 인상적이었는지 튀김이 있는가 물어보는 손님과 슬러시와 스무디가 맛있다고 사 가는 사람들 정도.

그런데 어느새 가게 앞을 어슬렁거리고 있는 고양이들이 사람들의 인기를 끌고 있었다.

"여기, 여기. 얘네들 되게 귀엽다."

"길고양이 아니야?"

"사람 보고 도망가지도 않네. 귀여워."

역시 고양이는 사람들에게 귀여움을 받기 위해 태어난 생물임이 틀림없다.

"아저씨, 스무디 두 잔 주세요."

"감사합니다."

겨울딸기 슬러시는 [시원함] 버프가 있고, 태양사과 스무디는 [활력 증가] 버프가 있으니 먹고 깜짝 놀라는 사람이 많다.

월요일 오전, 좀비처럼 흐느적거리던 한 대학생의 눈이 말똥말똥해졌다.

"우와, 이거 효과 죽이네요. 뭔 자양 강장제라도 들었어요?"

"아뇨, 그냥 사과 스무디입니다. 요플레하고 우유를 조금 섞었고요."

"맛있긴 한데. 거참 희한하네요……"

더벅머리 학생은 그 자리에서 스무디를 비우곤 힘찬 걸음으로 멀어져 갔다.

드디어 방학인지 동아여중, 동아여고에서 학생들이 쏟아져 나왔다. 오전 수업으로 끝낸 모양이다.

성호네도 최근에는 고양이가 있는 분식집으로 꽤 유명해진 모양이다. 여고생들이 왁자지껄 떠들며 몰려왔다.

적막감이 감돌던 분식집은 순식간에 아수라장이 되었다. 장사를 시작한 뒤 이렇게 많은 사람이 몰려든 적이 없었다. 한꺼번에 너무 많은 주문을 받아 패닉이 올 지경이었지만 그래도 메모지에 써가며 겨우겨우 주문량을 소화해 낸다.

"아저씨, 어제 먹었던 튀김 없어요? 새우튀김요."

"아, 그건 다 떨어졌는데요."

"그거 맛있었는데……"

예쁘장한 학생이 아쉬워하는 걸 보니 죄를 지은 듯한 기분이다. 오늘은 하늘이 두 쪽이 나도 판타지아에 들어가리라 다짐한다.

'대충 끝났나.'

김밥을 하나 말아 점심 식사로 때운다. 저 멀리서 긴 머리칼을 휘날리며 달려오는 여학생들이 보인다. 미혜와…… 하여튼 세 명이다. 한 명은 안경을 꼈고 다른 하나는 날라리처럼 보인다. 그리고 보니 전에 김치찌개를 먹으러 왔던 학생인 것 같다.

"아저씨! 저희 방학했어요!"

이걸 축하해야 하나 위로해야 하나. 요즘 학생들은 방학이라고 해서 놀지만은 않는다는 걸 성호도 알고 있다. 그래도 방학은 방학인지 다들 얼굴에 생기가 돈다. 안경을 낀 은주가 그를 유심히 쳐다보고는 가게 안으로 들어갔다.

'왜 나를 빤히 쳐다보지?'

분식집 주인의 얼굴 따위를 볼 사람이 어디에 있을까 의아해하던 성호는 세 여고생의 대화를 듣고선 비로소 알게 되었다.

"어제…… 여기서 분식을 포장해 가서 집에서 먹었거든. 근데 있잖아? 은주 피부가 진짜 좋아진 거야. 근데 그게 얼마 가진 않더래. 자고 나니까 여드름이 막……"

"그만 좀 해. 짜증 나."

'아, 새우튀김의 버프 효과로군.'

은주란 학생은 평소 여드름이 많은 난 상태인 모양이다. 이팔청춘, 한창 예쁠 나이인데 얼굴에 여드름이 있으니 얼마나 상심했을까. 어제 성호가 준비한 새우튀김을 먹고 겨우 가라앉았는데 하룻밤이 지나자 말짱 도루묵. 그래서 속이 상해 분식집에 왔다는 게 이들의 스토리였다.

'흰뿔새우는 이제 없는데.'

안타까운 노릇이다. 여드름 얘기가 끝났는지 미혜가 쪼르륵 달려왔다.

"아저씨, 여기 돈가스 세 개요. 그리고요. 저 오늘부터 방학이거든요? 독서실 다니는데 도시락 싸 주실 수 있어요?"

"도시락을요?"

"네. 점심 도시락이요. 저녁은 여기 와서 먹고요."

도시락 주문은 또 처음이다. 분식집에서 도시락을 팔질 않으니 당연하다.

"도시락을 어떻게 해야 할지……"

"그냥 튀김하고요. 어제 싸 주신 것처럼 반찬 조금, 국이랑 주시면 되는데."

"그 정도라면 뭐…… 알겠습니다. 가격은 한 개당 6천 원인데 괜찮아요? 저기 동아대 후문 쪽에 있는 두솥도시락이 싸게 팔던데."

"두솥도시락은 전부 튀김만 있잖아요. 엄마가 그런 거 먹지 말랬어요."

지금까지 튀김이나 만두를 실컷 먹어 온 여고생이 그런 말을 하니 조금 웃기긴 한다. 어쨌거나 손해 볼 것은 전혀 없으므로 알겠다고 했다.

"그리고요. 어제 엄마가 소라회를 진짜 맛있게 드셨거든요. 전 잘 모르겠는데 단맛이 난대요. 이번 주에도 오실 건데 소라회 좀 해 주시면 안 돼요?"

"뭐 안 될 건 없긴 하죠."

그리 말하자 미혜가 예쁘게 미소 지었다.

"고맙습니다. 엄마가 제값 다 주고 오라고 하셨거든요."

"소라 좀 비싼데."

"괜찮아요."

유복한 집안의 딸일 거라고 추측했는데 사실인 모양이다.

윤미혜, 하은주, 정나경. 셋은 돈가스를 먹고 슬러시와 스무디까지 야무지게 마신 후 고양이와 노느라 정신이 팔려 있었다. 그 모습이 참 예뻐서 성호도 잠시 바라보았다.

'내가 이럴 때가 아니지.'

그에겐 할 일이 아주 많다.

*

'할머니가 어디 가셨나.'

요즘 2층에 불이 꺼져 있다. 올라가 볼까 했지만 괜한 오지랖인 것 같아 머리만 벅벅 긁는다. 자식이나 친지들을 보러 가셨을 수도 있으니까.

드르륵—

가게 셔터를 내리고 단칸방 안으로 들어간다. 딩고를 빨리 보고 싶었고 판타지아 안에서 해야 할 일이 많았지만, 궁금해 죽겠는 게 또 하나 있었다. 노트북으로 미튜브에 접속해 업로드한 동영상을 확인하자 댓글이 몇 개 달려 있었다.

— 여기 어디임? 아는 사람?

— 애들 데리고 가고 싶은데 어딘지 아시는 분 있나요?

└ 애들은 왜요? 애들 데리고 갈 생각하지 마요. 좀 내버려두라고.

— 확실한 건 부산은 아님. 부산에 저런 데 없음. 밀치가 저렇게 떼 지어 있으면 벌써 다 잡아갔지.

└ 태국에 가면 저런 거 양식함.

└ 저기 태국 아니잖아.

꽤 재미있는 반응이다. 최근 댓글 중에는 강조된 게 하나 있는데 바로 후원 댓글이었다.

— 밀치, 볼락, 새우 잡는 거 아주 좋습니다. 손질해서 먹는 것까지 나왔으면 더 좋았을 텐데…… 약소하지만 후원금 놓고 갑니다.

「충무김씨님이 5,000원을 후원했습니다!」

성호의 눈이 커졌다. 진짜 후원금이 들어왔다.

"이게 진짜 돈이 되네."

몇 년 전부터 파프리카를 비롯해 미튜브 등에서 인터넷 방송 열풍이 불었던 건 알고 있다. 최근에는 잡담, 게임, 먹방 등 온갖 분야로 방송이 확장되었고 그중에는 낚시 방송도 있다고 한다. 다만 낚시란 게 워낙 시간이 많이 걸리고 꼭 잡는다는 보장도 없는지라 시청자는 많지 않다. 그래서 미튜브에 올린 성호의 동영상이 낚시 카테고리에선 나름 인기를 끌고 있었다. 과정은 짧게, 결과는 길게 보여주니까. 빨리 결과를 보고 싶어 하는 요즘 세대에 딱이다.

*

동영상을 확인한 후 성호는 서둘러 판타지아로 들어갔다.

"으…… 춥다……"

오늘은 차원 문을 통과하고부터 난관이었다. 어느 정도 예상하고는 있었는데 이렇게 추울 줄은 몰랐다. 숲은 새벽으로 물들어 있었고 강추위가 나약한 인간의 몸을 엄습했다.

"주, 죽겠다."

단칸방에 들어와 패딩을 비롯해 겨울옷을 입고서야 겨우 숲으로 들어갈 수 있었다.

"야옹."

"딩고야, 너 안 춥냐?"

딩고는 바닥에 엎드려 있다가 벌떡 일어났다. 녀석이 얼마나 기다렸을까를 생각하니 안타까웠다. 머리를 쓰다듬어주고 어제 설치해 놓은 해변가의 텐트로 향했다.

'조금 더 활동 영역을 넓힐 필요가 있는데 말이지.'

여기에 들어온 지 며칠 되지도 않았건만 벌써부터 그런 생각이 든다. 더 멀리 가고 싶다, 새로운 것을 발견하고 싶다는 욕망이 차올랐다. 그러나 정글도만 가지고 탐험하기에는 무리가 있었으므로 조금 기다려보기로 한다.

발걸음을 재촉해 해변으로 향했다. 그런데 숲에서 나오자마자 바람이 장난 아니게 불었다.

"으…… 춥다."

본격적으로 한겨울이 도래한 모양이다. 텐트를 쳐둔 곳으로 향하는데 당연히 있어야 할 것이 보이지 않는다.

"어, 없어?"

텐트가 없다. 캠핑용품 등을 챙겨 둔 가방만 있을 뿐, 텐트가 보이질 않았다. 분명 큰 돌로 고정해 뒀는데 찢겼는지 잔해만 나풀거렸다. 바닷바람이 텐트를 날려버린 것일까?

"아이고, 아까워라."

한창 캠핑 붐이 불었을 때 제법 비싸게 주고 샀는데 허망하게 사라지다니. 이로써 성호는 하나의 교훈을 얻게 되었다. 바닷바람이 심한 곳에는 텐트를 치지 말 것.

"야야, 안 되겠다. 후퇴다, 후퇴."

조금 들어가더라도 숲에 텐트를 쳐야 한다. 지금 당장은 텐트가 없고, 주문하더라도 며칠은 걸린다. 그렇다면?

'집을 하나 지어볼까.'

요즘은 미튜브나 여러 경로를 통해 정보를 얻기가 쉽다. 혼자서 비바람을 피할 만한 작은 피신처 정도는 비교적 쉽게 만들 수 있을 것이다. 스킬의 도움이 있다면 더더욱.

숲으로 들어가 해변이 바로 보이는 평지에 자리를 잡는다. 큰 나무로 둘러싸인 곳이라 바람을 막기가 수월하다.

"딩고야, 여기 있어. 알았지?"

"야옹."

마치 성호의 짐을 지키기라도 하듯 가만히 옆에 엎드려 있는 걸 보면 기특하다. 성호는 단칸방과 이계를 부지런히 드나들며 짐을 옮긴다.

"후우, 후우…… 이거 은근히 운동 되네."

별로 달린 적도 없지만 배가 쑥 들어간 느낌이다.

바닥에 톱과 망치, 못을 비롯한 공구를 좌르륵 늘어놓고 전체적인 그림을 그려본다.

피신처를 만드는 데 있어 중요한 것 중 하나는 틈을 없애는 것이다. 그래야 비바람을 막을 수 있다. 큰 비닐도 준비해 오긴 했지만 일단 최대한 밀폐하는 게 중요하다. 열심히 톱질하다 보니 우지끈 나무 하나가 쓰러진다. 알림 창이 하나 떠서 성호를 기쁘게 했다.

「목재 가공 스킬 레벨이 2로 상승」

열심히 만들고 있지만, 은신처 여기저기 구멍이 숭숭 뚫려 있다.
비가 오지 않기만을 바랄 뿐이다.

5 ◆

요리사는 아니지만

판타지아에서 쓸 만한 피신처를 만들기 위해 막일을 시작한 지 3
일. 겨우 만들어낸 피신처는 바닥으로 냉기가 올라오고 외풍이 숭
숭 들어오는 지독한 것이었다. 성호는 외벽에 비닐을 둘렀다. 비록
뼛속까지 스며드는 추위를 완전히 막아주진 못한다 하더라도 그게
어딘가.

결과물은 오두막과 피신처 사이의 모호한 집이다. 어쨌거나 이
한 몸 눕힐 수 있으니 만족할 수밖에. 덤으로 목재 가공 스킬은 3까
지 올랐다.

툭, 툭, 툭—

집에 멍하니 앉아 있으니 빗방울이 떨어진다. 어찌할 새도 없이
후두둑 하더니 폭우가 쏟아졌다. 딩고의 귀가 바짝 섰고 성호도 긴
장했다. 과연 이 어설픈 오두막이 견뎌줄까?

쏴아아아—

배수로를 미리 파놨기에 망정이지 큰일 날 뻔했다.

거의 4일 정도를 판타지아에 있으려니 지루해 죽을 지경이다. 여기는 티브이도 없고, 인터넷도 안 되고, 하여튼 할 수 있는 게 거의 없다. 자연과 딩고를 벗 삼아 원시 생활을 즐기는 것도 하루이틀. 이제 슬슬 단칸방으로 돌아갈 때가 왔다. 축축한 숲을 건너 차원 문 앞에서 멈춰 선다.

"딩고야, 여기 계속 있을래?"

"야옹."

"가자, 우리 집에."

"야옹."

녀석과 함께 차원 문을 넘어 단칸방으로 돌아왔다.

*

딩고의 등장은 가게를 지나는 사람들에게 꽤 놀라운 소식이었다. 보통의 고양이와는 체격이 다르다. 몸통은 길쭉하고, 목도 상당히 길다. 다리는 새카맣고 마치 표범 같은 얼룩무늬 털을 가졌다. 머리는 삼각형인데 상당히 작아서 균형미가 있다. 거기에 긴 꼬리는 여심을 유혹할 듯 살랑거린다. 목줄을 매놓지 않아도 가게 앞에 얌전히 앉아 손님들을 맞이하는 그 모습은, 그야말로 '접대 냥이' 그 자체. 덕분에 성호의 분식집은 손님들로 들끓었다.

"얘 사바나캣 아니에요?"

"모르겠어요. 그냥 길냥이인데 여기 왔거든요."

딩고는 수많은 구애를 받았지만 별로 내키지 않는 듯 성호의 뒤만 따라다녔다. 그 모습에 많은 학생이 아쉬워했다.

'슬슬 도시락을 싸야겠군.'

도시락 용기는 아침에 사놨다. 미혜 한 명에게만 팔 것이라 수지가 안 맞긴 하지만 이런 것도 시도해 보는 게 도움이 된다. 도시락 메뉴를 정식으로 추가할지 안 할지는 모르는 거니까.

'이럴 줄 알고 야자 잎을 가져오길 잘했지.'

무려 10시간 동안 음식을 처음 상태로 보존 가능한 기적의 아이템이다. 일회용이긴 하지만 널린 게 야자 잎이라 별 상관없다. 야자 잎을 깨끗이 씻어서 도시락 용기 밑에 깔고 밥과 반찬을 담는다. 양념해 구운 집게 살이 메인 메뉴, 새우튀김은 부메뉴다. 김치와 단무지, 과일 샐러드를 담고 달걀국을 포장하고 나니 꽤나 먹음직한 도시락이 완성되었다.

'요즘 나오는 편의점 도시락이 2천~3천 원 정도이지.'

그에 비하면 2배 이상 비싸긴 하지만 내용물은 비교도 되지 않는다.

"안녕하세요!"

언제나 활기찬 미혜가 왔다. 범생이와 날라리를 대동한 채다. 셋은 뭐라 말하려고 하다가 가게에서 나오는 딩고를 보고는 깜짝 놀랐다.

"어? 얘 뭐지?"

"크다…… 엄청 커."

"아저씨, 뭔 고양이가 이렇게 커요?"

좀 무서운지 다가가지는 못하고 쩔쩔매고만 있다.

"딩고야, 딩고. 이리 와."

성호가 부르자 딩고가 쪼르르 달려와선 바짓가랑이를 등반해서 등에 매달린다. 여고생 세 명의 눈이 휘둥그레진다.

"우와…… 말을 알아듣네요?"

"사실 알아듣는 건 아니고, 그냥 손짓만 보죠. 이렇게."

성호가 땅바닥을 가리키자 딩고가 잽싸게 내려와 그를 올려다본다. 마치 지시를 기다리고 있는 강아지처럼. 은주와 나경이는 고양이를 안고 싶은 얼굴이었다. 그런데 덩치가 너무 크니까 좀 무서운가 보다.

"물지 않아요. 한 번씩 만져보세요."

"지, 진짜 안 물죠?"

"……확답은 못 하겠네요."

셋은 어색한 미소를 지으며 조용히 딩고를 포위했다. 녀석은 '내가 이런 것도 받아줘야 해?' 하고 묻는 듯한 표정을 지었다.

'내가 고양이 표정을 알아보다니, 살짝 정신이 나간 건가.'

어쨌거나 딩고는 세 여고생에게 붙잡혔다. 나름 반항한다고 하악질을 해봤지만 용감한 그녀들에겐 통하지 않는다.

"진짜 귀여워."

"무늬가 꼭 표범 같아."

"나 얘 티브이에서 본 적 있어. 사바나캣이래."

정확히 말하자면 산고양이다. 서벌과 고양이의 교잡종인 사바나캣과는 달리 다리가 장화를 신은 듯 검다. 그 외의 신체적인 특징은 비슷하다.

"아저씨, 도시락 가지러 왔어요."

"여기 있습니다."

미혜는 도시락을 건네받은 후 아쉬워하는 친구들을 재촉해 독서실 옥상으로 올라갔다. 여기는 그녀들만의 아지트다. 아무도 올라오지 않는 곳. 은주는 집에서 싸 준 도시락을, 나경이는 편의점에서 사 왔다. 둘은 분식집에서 싸 준 미혜의 도시락을 궁금하게 여겼다. 6천 원짜리라니.

"한번 열어 봐."

"잠깐 기다려. 근데 이건 뭐지?"

"바나나 잎 아냐?"

"이거 까니까 좀 있어 보인다."

확실히 그랬다. 바나나 잎을 도시락 아래에 까니 뭔가 신선해 보이는 느낌이 있다. 뚜껑을 완전히 열자 김이 모락모락 나는 도시락이 모습을 드러냈다. 여름이래도 음식은 따뜻해야 먹음직스럽다.

"와…… 이거 게살이야? 맛살이지?"

은주가 젓가락으로 집게 살을 가리키자 나경이가 잽싸게 하나 집어서 먹는다.

"냠…… 게살인데? 되게 맛있어, 먹어 봐."

"그거 내 거거든? 계집애야."

"너의 것은 나의 것이로다."

쿡쿡 웃는 나경이의 어깨를 한 번 밀치고는 맛있어 보이는 긴 새우튀김을 입에 넣었다.

"음…… 음…… 진짜 맛있네. 이거 전에 먹었던, 그건가 보다."

"그래? 나도 한 입만."

"새우 살 진짜 크네. 이런 거 넣어도 되나?"

"모르지 뭐. 아저씨가 알아서 했겠지."

그렇게 미혜의 도시락은 한 입만 달라는 마녀들에 의해 바닥나 버렸다. 커피를 홀짝홀짝 마시며 수능 이후에 대한 얘기를 하는데 나경이의 표정이 이상해졌다.

"야…… 은주야. 너 여드름……"

"여드름 얘기 꺼내지 말랬지."

사납게 나경이를 째려보는 은주. 하지만 미혜마저 놀랍다는 얼굴로 그녀를 쳐다보고 있었다.

"은주야, 은주야, 너 여드름 엄청 많이 없어졌어. 손거울로 봐."

"어, 엉? 진짜?"

"진짜, 거짓말 안 하고."

웬일이니, 웬일이니. 진짜 여드름이 절반은 사라졌다. 여드름이 없으니까 얼굴이 훨씬 좋아 보인다. 은주는 손가락으로 얼굴을 더듬었다. 확실, 확실하다.

"미혜, 네 도시락에서 먹은 거는 새우튀김밖에 없는데."

"그렇지? 그럼 그 새우가 범인이네. 아니면 튀김옷?"

누구도 튀김옷이 범인이라고는 생각지 않는다. 은주가 벌떡 일어났다.

"잠깐만 기다려."

나경이가 하품을 하며 그녀가 내려가는 것을 본다.

"새우튀김 먹고 여드름이 가라앉는 건 또 처음 본다야."

“그러게. 그 분식집 희한하네. 전에 있잖아, 내가 슬러시를 먹었
거든? 그랬는데……”

“그런데?”

나경이의 귀가 솔깃해졌다.

둘이서 그러거나 말거나 은주는 독서실 계단을 뛰어 내려가고
있었다. 여드름은 그녀의 인생에 있어 크나큰 장애물이다. 친구들
에게 여드름만 없으면 소원이 없겠다고 종종 말하기도 했다. 의사
도 약도 못 고치는 그녀의 여드름. 보기 싫어 짰다가 흉이 져서 엄마
한테 혼나기도 한 기억. 그게 단박에 사라진다니 이보다 급한 일이
어디에 있을까. 왜 여드름이 사라졌는가는 중요하지 않다. 단지 사
라졌다는 게 그녀를 분식집으로 이끌고 있었다.

“하아…… 하아, 아, 아저씨!”

“어서 오세요.”

“그, 튀김요, 새우튀김 있어요? 많이 주세요. 많이요!”

“많이요?”

“있는 대로 전부 다요!”

“음……”

이 대목에서 성호는 이 여자애가 다소 흥분하고 있다는 걸 알았
다. 미혜와 같이 온 학생…… 아마 은주란 이름을 가졌었지. 범생이
와 여드름 조합은 흔하지만 미혜의 곁에 있으니 그럭저럭 특징이
된다.

‘애가 그때 날 빤히 쳐다보던 애였나.’

미혜가 너무 예뻐서 친구들이 묻혀버린다.

"무슨 일인지는 모르지만, 새우튀김을 전부 다 팔기는 좀 그래요. 양이 너무 많거든요."

"저 한꺼번에 사뒀다가 하나씩 먹을 거예요."

결연한 의지에 차서 말하는 은주. 동그란 안경을 쓴 얼굴이 제법 귀엽게 보인다. 여드름만 없으면 나름 예쁘다는 소리를 들었을 테지만.

"이러면 어떨까요? 학생이 먹을 거는 남겨둘게요. 언제든지 와서 사 먹으면 돼요. 연중무휴니까."

"어…… 그래도 돼요? 제 건 남겨주실 거예요?"

"그럼요. 세 개 단위로 파는데 하나는 남겨둘게요. 그럼 됐죠?"

"그럼…… 일단 4천 원어치만 주세요. 그리고요. 저도 미혜처럼 도시락 만들어 주실 수 있어요? 새우튀김 꼭 넣고요."

"어렵지 않죠."

도시락을 두 개 싼다고 해서 배로 힘들지는 않다. 어차피 하는 것, 하나 더 추가하면 되니까. 은주는 새우튀김을 사서 콧노래를 흥얼거리며 돌아갔다.

'피부 재생이란 게 트러블을 없애주는 거였군.'

온 세상의 여성들이 이걸 알게 되면 성호는 하루 종일 흰뿔새우를 잡아야 할 것이다. 혹시 새우튀김을 먹고 무슨 효과를 봤느냐고 묻고 싶었지만 그러지 않았다. 적당히 모르는 척 파는 게 제일 낫다.

"택배 왔습니다."

이윽고 택배가 도착했다. 쉬는 시간에 잠시 단칸방에 들어가 포장을 뜯어 보았다. 림을 접을 수 있는 휴대용 활이다. 화살은 아홉

발, 화살집도 구입했기에 의외로 돈이 많이 들었다. 적당히 힘을 주어 튕기자 알 수 없는 느낌이 들었다. 당장이라도 판타지아에 들어가 이걸로 사냥을 하고 싶지만 참았다.

'뭐든지 순서가 있는 법이지.'

활을 잘 챙겨두고 다시 가게로 나왔다. 오늘 밤이 기다려진다.

*

또다시 판타지아에서의 하루가 시작되었다. 오늘은 도착과 동시에 억수같이 비가 내렸다. 다행히도 어렵사리 만든 오두막은 거센 빗줄기에도 끄떡없이 버텨냈다. 방에서 챙겨 온 짐을 잘 보관해 두고 딩고와 함께 활 연습에 들어간다.

휙—

탁—

"잘 안 맞네."

처음 쏴보는 활이 몸에 쉽게 익숙해질 리 없다. 활대를 놓치는 것은 예사고, 기껏 쏴도 엉뚱한 곳으로 날아가기를 수차례. 겨우 자세를 잡고 쏘니 알림 창이 떠올랐다.

「궁술 스킬 레벨이 1로 상승」

활을 내려놓고 제대로 자세를 잡아 정글도로 나무를 몇 번 내려치자 알림 창이 떴다.

「검술 스킬 레벨이 1로 상승」

'아하, 이게 이렇게 되는구나.'

요컨대 여기서는 마음먹기에 따라 습득하는 게 달라진다. 처음 산고양이를 만났을 때, 녀석을 보고 입맛을 다시지 않았기에 버프를 주는 식재료로 인식되지 않을 것이리라. 만약 그가 고양이 고기를 한 번이라도 먹었다면 지금쯤 딩고는……

만약 코볼트 같은 놈이 다시 나타난다면 어떻게 해야 할까. 머릿속에 명확한 이미지가 떠오르지 않았다. 싸워본 경험이 없기 때문이다. 전에 코볼트와 드잡이를 한 건 흥분해서 그런지 잘 기억나지 않았다.

우선은 검술 같은 위험한 스킬은 제쳐두고 궁술을 올리는 게 좋을 것 같았다.

'가만, 이걸로 쏴볼까?'

딩고가 물고 왔던 고풍스러운 화살. 시위에 메기고 쏘니 쉬잇 하는 바람 소리가 나며 나무에 퍽 박혔다. 화살에 대해 문외한인 성호가 느끼기에도 뭔가 다르다는 게 확 와 닿았다.

'멋진데. 왠지 궤적도 훨씬 바른 것 같고.'

이 화살을 만든 존재는 아마 장인의 수준에 이르러 있으리라. 연습을 계속하고 싶었지만 어깨와 옆구리가 저려 왔다. 원래 안 하던 짓을 하다 보면 몸이 고달픈 법. 활을 내려놓고 그루터기에 걸터앉아 쉬고 있는데 제법 견고하게 만든 오두막이 눈에 들어왔다.

'오두막…… 캠핑…… 오두막…… 캠핑……'

미튜브에 올린 짧은 물고기 채집 영상이 약간의 호응을 얻었다. 5천 원이긴 하지만 후원금도 받고. 이런 숲에서 공구를 사용해 집을 만드는 과정을 보여주면 상당한 관심을 끌 수 있을 것 같았다.

'그리고 조회 수에 따라 정산도 된다고 했지.'

잘하면 광고를 집어넣고 후원을 받는 것도 꿈만은 아니다. 그러자면 역시 구독자 수가 중요한데 성호의 부산어부 계정은 아직 초짜다.

'초짜면 뭐 어때. 나한테는 판타지아가 있는데.'

다른 미튜버들이 할 수 없는 것을 할 수 있다. 단단히 마음먹고 오두막 해체에 나선다. 딩고는 저놈이 미쳤나 하는 뜨악한 얼굴을 하고 있다.

"집을 다시 만드는 거야, 딩고야. 내가 왜 이러는지 궁금하지?"

"야옹."

마치 말을 알아듣는 것 같다. 착각이겠지만.

'콘셉트는…… 고독한 탐험가로 하자. 여기가 한국이면 안 되니까 캐나다에 이민 온 사람으로……'

한국의 숲이나 산에선 함부로 벌목하는 것이 허용되지 않는다. 어차피 부산어부 계정으로 한국에선 볼 수 없는 영상을 올린 후다. 끝까지 외국인 척 위장하는 게 나을 것 같았다.

오두막은 만드는 데는 엄청 오래 걸렸지만 해체하는 데는 한 시간도 채 걸리지 않았다.

"딩고야, 궁금하지? 대체 뭘 허튼 짓을 하려고 이러는지."

"야옹."

"돈 좀 벌어 먹고살려니 이렇게 힘들다."

재료 전부를 안 보이는 곳으로 치워버린다. 모자에 거치대를 달고 폰을 장착하면 시청자들은 성호가 보는 방향을 정확히 볼 수 있게 된다. 모든 것을 처음부터 다시 시작하는 건 매우 지루하고도 힘든 작업이다. 그러나 몇 번 시행착오를 겪고 완성한 것이 도움이 됐는지 오두막을 짓는 것에 속도가 꽤 붙었다.

'아이고, 힘들다.'

콘셉트가 고독한 탐험가이므로 말을 하지 않고 묵묵히 톱질과 망치질, 삽질만을 계속한다. 해가 지고 정체 모를 산새가 울면 구워 놨던 생선구이와 새우 등을 먹는다.

"쩝쩝."

영상에는 사람과 고양이가 허겁지겁 먹는 소리만이 담겼다.

'그럼 이제 끄고……'

사실 영상을 촬영하는 것보다 더 중요한 게 있다. 바로 편집이다. 부산어부로 올린 첫 동영상을 노트북으로 봤을 때 어찌나 쪽팔리던지. 딴에는 흔들리지 않게 찍었다고 생각했는데 그게 아니었다. 인내심이 강한 시청자가 아니면 참아주기 힘들 정도로 엉망이었다.

'아무래도 삼각대가 필요해. 이런 고정된 작업을 보여주려면……'

성능 좋은 카메라가 여러 대 있으면 더 좋은 영상을 보여줄 수 있을 텐데.

오두막을 완성한 후 영상을 대충 확인하니 처음보다는 확실히 나았다. 영상 중간에 딩고가 잠깐씩 등장하는 게 매력 포인트다.

'그런데 내가 이걸 하러 들어온 게 아니었는데.'

그는 서둘러 오두막을 완성시켰다. 촬영도 거기서 종료되었다.

다음 날 아침, 성호는 해가 뜨고 화조들이 시끄럽게 꽥꽥댈 때 일어났다.

'첫 사냥감은 뭐로 하지.'

성호는 고민 끝에 해변으로 나가기로 했다. 숲을 제대로 탐험하는 건 무리라는 생각이 든다.

해변으로 나가니 여전히 참게가 바글바글하다. 몽땅 잡아서 게장을 만들면 좋겠지만 그걸 팔 수가 없다. 참게탕이라도 끓일 요량으로 몇 마리를 포획한다. 세 시간 동안 [모발 재생/1]이라는 엄청난 버프를 주는 녀석이다.

성호의 눈에 아주 가까이 접근한 화살새가 보였다. 물고기를 낚느라 해변가에 머리를 처박고 자맥질을 하고 있다. 때는 바로 지금이다. 활을 들고 신중하게 겨냥하여 쏘니 불쌍하게도 엉덩이에 화살이 푹 박혔다. 녀석은 물고기를 잡다가 고혼이 되었다.

'헐, 아프겠다. 미안.'

딩고 녀석이 슬슬 눈치를 본다. 성호가 팔을 뻗어 가리키자 아주 가냘프게 울어댔다.

"너 수영 잘하지? 빨리 갔다 와."

「화살새: 요리에 첨가 시 한 가지 효능을 부여할 수 있다.

효능: 5분 동안 [수중 호흡/1] 버프 활성화」

"수중 호흡? 물속에서 숨을 쉴 수 있게 해주는 건가?"

5분이라는 짧은 시간을 보면 그럴 법하다. 아무래도 화살새가 바다에 머리를 담그고 사냥감을 찾는 것과 관계가 있는 것 같다. 당장 확인해 보고 싶었지만 여기에서 손질할 수는 없다. 화살새를 배낭에 매달고 돌아서려는데 딩고가 어디론가 후다닥 달려갔다.

"딩고야."

"야옹."

마치 이리로 오라고 말하는 것 같다. '대체 뭐지' 하면서 가보니 놀랍게도 모래에 반쯤 파묻혀 있는 거무튀튀한 상자가 보였다.

"설마 이건……"

보물 상자일까? 성호는 두근거리는 가슴을 진정시키고 상자를 끄집어내었다. 머리통만 한 녀석이 제법 무겁다. 나무로 만들어진 상자인데 녹슨 자물쇠가 달려 있다.

"어디에 난파선이라도 있나?"

판타지아에도 문명이 존재한다는 두 번째 증거. 상자를 바닥에 내려놓고 망치로 두들기자 잔뜩 녹슬어 있던 자물쇠가 떨어져 나갔다. 끼익 하고 상자가 열렸다.

상자에는 단검 하나와 은화가 몇 개 들어 있다.

'이건 뭐 해적 선장의 보물 상자냐.'

그렇다고 하기에는 안에 든 것이 너무 초라하다. 성호는 은화보다는 단검에 더 관심을 가졌다.

「바스티그의 단검: 영원히 녹슬지 않음」

"엥?"

이런 단검에도 알림 창이 떠오를 줄이야. 하긴 야자 잎에도 알림 창이 떠올랐는데 단검이라고 뜨지 않으란 법은 없다. 그건 그렇고 영원히 녹슬지 않는 단검이라면.

성호는 군침을 삼키며 단검을 잡았다. 검집은 고풍스러운 검은 목재와 은세공으로 만들어져 있었고 손잡이는 약간 휘어졌는데 그게 멋스러웠다. 슬쩍 꺼내니 스르릉 하고 소름 끼치는 소리가 들렸다.

"멋지군. 캠핑용으로 쓰면 딱이겠네."

검집의 뒷면에는 허리띠에 차도록 걸쇠까지 마련되어 있다. 옆구리에 탁 차니 마치 숙련된 탐험가처럼 느껴진다.

'그나저나 이런 상자가 그냥 떠내려 왔을 리는 없단 말이지.'

난파선에서 떨어져 나왔을 확률이 높다. 먼바다를 바라보니 거무튀튀한 그림자가 보였다. 너무 멀어서 제대로 보이지 않는다.

'해안가에서 떨어진 곳인데. 혹시 암초에 올라앉은 건지도 모르겠네.'

다음으로는 은화다. 성호가 알지 못하는 문자가 가득 쓰여 있다. 은이 맞기는 한 모양인지 제법 무겁다. 적어도 판타지아에 화살과 단검, 은화를 제조할 수 있는 하나 이상의 문명이 있음은 분명해 보였다.

'어떤 사람들인지…… 아니, 사람이 아닐 수도 있어. 팔다리가 네 개씩 달린 괴물일지도.'

그나저나 바다 너머 저 검은 그림자에 가보고 싶은 욕망이 꿈틀거린다. 하지만 갔다가는 크라켄에게 공격당해 제 명에 못 살 것이다. 또 다른 바다 괴물이 있을지도 모르고.

'일단 봄이 되면 스노클링 장비나 사서 올까.'

지금 들어가기엔 바닷물이 너무 차가웠다. 성호는 나무 상자까지 들고 캠프로 향했다. 별거 없지만 또 많은 것을 얻은 하루다.

*

낮엔 분식집을 열고 밤에는 판타지아를 누비는 생활. 미혜와 은주에게 도시락을 싸 주는 매일이 계속되었다. 그 사이에 성호는 영구적으로 힘 스탯을 올려주는 꿈버섯을 구해 먹었다. 딩고와 자주 다닌 덕분인지 동물 친화 스킬도 2로 올라갔다.

요리 스킬 레벨이 4가 되자 극적인 변화가 있었다. 버프 뒤의 숫자가 바뀌며 효능이 적용되던 시간이 늘어났다. 예전에 겨울딸기 슬러시를 먹으면 2시간 동안 [시원함/1] 버프가 유지되었으나 이제는 3시간 동안 [시원함/2]로 바뀌었다. 덕분에 성호네 분식집은 슬러시가 엄청나게 팔려나갔다.

그러던 어느 한가한 오후. 선풍기를 틀어놓고 소라와 새우 등을 손질하고 있는데 미혜와 나경이가 들어왔다.

"어서 오세요."

"아저씨, 안녕하세요. 저희 놀러 왔어요."

"예. 뭐, 있다 가세요."

겉으로는 환영했지만 속으로는 '대체 뭐하는 애들이야' 하고 투 덜거린다. 독서실 끊은 지 며칠 됐다고 땡땡이를 치고 있다니.

"아저씨, 그거 무슨 새우예요?"

"흰……다리새우예요. 요즘에 시장에서도 많이 팔죠."

"튀김에 들어가는 그거요?"

"네. 통째로 들어가요. 잠깐만요."

찬장에서 다시마 간장을 꺼내 종지에 쪼르륵 붓고 손질한 새우 를 살짝 올려놓았다. 그녀의 눈이 성호에서 새우로 이동한다.

"저…… 먹어요?"

"드세요."

"와, 맛있겠다. 감사합니다."

미혜는 크고 탄탄해 보이는 새우를 간장에 살짝 찍은 후 앙 하고 입에 넣었다. 탱글탱글한 육질과 감칠맛 나는 간장의 조화가 아주 좋다.

"응, 진짜 맛있어. 나 이렇게 맛있는 새우 처음 먹어봐."

"계집애, 오버하기는. 자갈치 시장에 가면 이런 새우 깔렸어."

"아냐~. 나도 엄마 따라 자주 횟집에 갔었거든. 이렇게 큰 새우 없어."

둘은 티격태격하다가 맛을 더 본다는 데에 합의한 모양이다. 부 자 엄마를 둔 미혜가 말을 꺼낸다.

"아저씨, 이거 저희 만 원어치만 주시면 안 돼요?"

"지금 드릴까요?"

"네, 저희 여기서 먹을 거니까 손질해서 좀 주세요."

과연 부잣집 따님은 화끈하다. 분식집에 와서 새우 까는 걸 구경하다가 즉석에서 주문하니 말이다. 성호가 무심하게 새우를 다 까고 소라를 손질하고 있자 이제 티브이에서 나오는 리듬에 맞춰서는 춤을 추기 시작한다. 고3 학생들이 독서실을 째고 이래도 되는 건가 싶다.

"난나난 내가 제일 멋져~ 다른 누구보다아 내가 제일 예뻐어"

분식집에서 이게 뭔 난린가. 하지만 주접을 떨어도 여학생들이 떠는 게 낫다. 만약 시커먼 남학생들이 들어와서 법석을 떨었다면 당장 쫓아냈을 것이다. 묵묵히 소라를 썰고 있는데 갑자기 노랫소리가 뚝 끊겼다.

"윤미혜."

얼음장 같은 목소리가 들렸다. 누군가 해서 보니 문밖에 웬 중년의 여성이 팔짱을 끼고 있다. 미혜가 마네킹처럼 굳었다.

"어, 엄마……"

"자알 한다. 잘해. 여름 방학이라고, 응? 독서실 간다고, 응? 여기가 독서실이니? 너 지금 공부하고 있어?"

"뭐, 뭐, 그냥 새우 먹고 있었거든?"

"요 계집애가, 너 엄마한테 거짓말할래? 다 들었거든?"

기껏 미혜가 반격했지만 원 펀치로 K.O를 당하고 만다. 궁지에 몰린 친구를 대신해 나경이가 나선다.

"어머니, 안녕하세요. 미혜 친구 나경이에요."

"아, 응…… 안녕?"

딸내미 친구의 인사를 무시할 순 없는지 받아준다. 미혜는 그때를 놓칠세라 잽싸게 엄마의 팔을 껴안고 안으로 들어왔다.

"엄마, 전에 있잖아. 소라 맛있다고 했잖아. 그게 이거야."

"얘가 지금 뭐라는 거야. 아니 잠깐만, 그럼 그 분식집이 여기
니?"

"응응."

김 여사는 깜짝 놀랐다. 딸내미가 하도 분식집 아저씨, 아저씨 해
대서 진짜 아저씨인 줄 알았는데 이건 웬 듬직한 청년이 눈을 껌뻑
이고 있지 않은가. 아무리 봐도 20대 후반, 혹은 30대 초반이다. 떡
벌어진 어깨와 핏줄이 툭툭 불거진 굵은 팔뚝이 범상치 않다.

미혜가 필사적으로 살려달라고 성호에게 눈빛으로 호소한다.
VIP의 요청을 거절할 수 없어 일어나 고개를 숙였다.

"안녕하세요, 미혜 학생 어머니 되시죠?"

"아, 네…… 미혜 엄마예요. 저번에 소라회 싸게 잘 먹었어요."

"별말씀을요."

하여튼 희한한 상황이다. 분식집 사장과 거기 자주 들르는 학생
의 어머니가 뭔 접점이 있겠는가.

"엄마~, 이 아저씨 요리 되게 잘하거든? 엄마 게장 좋아하잖아.
저걸로 담그면 되게 맛있을 거야?"

"어…… 그럴까?"

방앗간을 그냥 지나치는 참새는 없다고 했다. 꽃게가 얼마나 큰
지 홈쇼핑에서 보는 것과는 비교도 되지 않는다. 정말 같은 종이 맞
나 싶을 정도다. 저 게로 온갖 재료를 넣어서 게장을 담근다면 내장
과 살이 얼마나 맛있을까. 성호는 미혜의 해산물 좋아하는 취향이

어디에서 왔는지 알게 되었다.

　"사, 사장님. 혹시 게장 될까요? 간장하고 양념하고……"

　그 어머니에 그 딸이다.

*

　서울 강남구 역삼동. 수많은 빌딩 숲 가운데 캠핑용품 전문 회사
더 글램의 본사 사무실이 있다. 회사 규모는 작은 편에 속한다. 직원
이라고 해야 사장 김수정을 포함해 35명. 그러나 이 회사는 2000년
중반부터 불어오기 시작한 캠핑 문화에 성공적으로 탑승했다. 알루
미늄과 티타늄을 아낌없이 사용한 세련된 캠핑용품이 회사의 주력
상품이다.

　특히 최고급품인 시그니처 블랙 라인은 평범한 사람이 보면 눈
이 뒤집힐 가격이지만 그만큼 뛰어난 품질과 디자인으로 사람들에
게 인정받고 있다. 더 글램은 국내 캠핑용품의 선두 기업으로서 자
리매김했다.

　더 글램의 전체 사무실 안에는 촬영실이 하나 있다. 회사에서 만
드는 각종 캠핑용품을 촬영하는 곳이다. 이번에 제품 촬영을 위해
고용한 모델은 회사에서 각고의 노력을 들인 30대 후반의 남성 배
우다. 이름은 김도준. 주로 아침 드라마의 악역을 맡아 아줌마들에
게 질펀하게 욕을 얻어먹다가 영화계로 진출했다.

　"샷 들어갈게요. 조금 더 웅크리고요. 제품 잘 보이게. 좋아요."

　찰칵, 찰칵, 찰칵—

김 사장은 말없이 촬영을 지켜보고 있었다. 최근 방송계에 리얼 버라이어티가 뜨고 있다. 스튜디오가 아닌 밖에 나가서 멤버들끼리 게임하고 먹고 자고 하는 일종의 야생 예능 프로그램이다. 개중에는 멤버들이 외국에 나가서 2박 3일 동안 생존하는 프로그램이 상당한 인기를 끌고 있다. 그 프로그램이 얼마나 히트를 쳤는지 PPL 하나 없는데도 더 글램의 전체 매출이 7%나 오를 정도였다.

"촬영 종료할게요. 수고하셨습니다."

"수고했어요."

누군가 촬영실 문을 빼꼼 열었다. 동글동글한 얼굴을 가진 총무과의 이유정 대리다.

"사장님, 부산에서 아이스박스가 왔는데요."

"아, 그거네."

며칠 전 부산에 내려갔다가 땡땡이치는 딸내미를 분식집에서 검거한 적이 있다. 꽃게가 맛있어 보이기도 했고, 딸내미가 워낙 성화를 해서 게장을 주문했는데 이제야 배달되어 왔다. 삼삼오오 직원들이 모였다. 탕비실에서 자주 밥을 먹는 멤버들이다. 여직원 셋, 남직원 둘, 그리고 탁자 위의 수상쩍은 아이스박스 하나.

"사장님, 이거 뭐예요?"

여직원들이 궁금해 죽겠다는 얼굴이다. 김 사장은 과도를 꺼내 아이스박스의 테이프를 잘라 직원들 앞에서 박스를 열었다. 첫 줄에 가지런히 담긴 여섯 개의 게딱지가 보인다.

"우와아~ 이거 게장 아니에요?"

"간장 게장, 양념 게장 다 있네."

"맛있겠다. 사장님, 이거 우리 먹이시려고?"

"부산에서 특별히 공수한 거야. 요즘 이렇게 큰 꽃게가 있나 모르겠네. 자, 그럼 먹자."

"잘 먹겠습니다!"

그 뒤로는 흡입의 시간이다. 등딱지 크기가 차원이 다른 만큼 안에 든 게 내장과 살도 과연 풍족했다. 한 입 베어 물고 뜨거운 김이 나는 밥을 한 숟가락 떠서 입에 넣으면 짭조름한 감칠맛이 폭발한다.

"으음, 으으음. 진짜 맛있다."

"여기 알게도 있어. 알 봐."

한 여직원은 아주 행복한 표정으로 게 알을 입안에 넣고서 오물오물 씹었다. 김 사장은 뿌듯하게 차오르는 뭔가를 느꼈다. 딸내미 말만 믿고 시켜봤는데 배달되어 온 건 기대 이상이다. 그때 반쯤 열린 문 사이로 누군가의 머리가 삐죽 튀어나왔다. 배우 김도준이 머쓱하게 웃었다.

"아, 죄송합니다. 맛있는 냄새가 나서요."

손님을 매정하게 대하는 건 결코 김 사장의 방식이 아니다. 김 사장은 손가락에 묻은 간장을 빨며 손짓한다.

"들어오세요, 들어오세요. 아직 식사 안 하셨어요?"

"지금 막 나가려던 참인데 매니저가 맛있는 냄새 난다고 해서…… 하하."

쑥스러운 듯 머리를 긁는 김도준. 여직원들은 아침 드라마에서 자주 봤다며 자기들끼리 쑥덕댔다. 인상은 엄청나게 날카로운데 성격은 의외로 부드럽다. 매니저와 함께 탕비실로 들어오더니 게장을 보고는 눈이 커졌다.

"햐…… 어디서 이런 게장을 사셨어요? 남도에서요?"

"아뇨, 부산에서요. 제가 아는 사람이 담가 보내준 거예요."

"제가 또 게장 킬러인데…… 먹어도 되죠?"

"그럼요. 많이 드세요."

별로 먹을 것도 없다. 배 속에 먹깨비를 키우는 직원들이 거의 다 먹어치웠기 때문이다. 그래도 김 사장이 양보해 준 덕분에 김도준과 매니저는 게 두 마리씩을 먹을 수 있었다. 그들은 밥을 두 그릇이나 먹고도 모자란지 입맛을 쩝쩝 다시며 빙그레 웃는다. 이들은 모른다. 자신들의 머리 위에 보이지 않는 알림 창이 떴다는 걸.

「버프 적용 중: 3시간 동안 [모발 재생/2]」

김도준은 매니저와 함께 인사를 하고 탕비실에서 나와 자신도 모르게 머리를 긁다가 소스라치게 놀랐다. 가발이 삐뚤어지면 큰일이다. 그런데 갑자기 머리는 왜 간지러운 걸까?

6 ◆

여기는 내 땅, 저기도 내 땅

미혜 어머니가 주문한 게장을 만들어 보낸 그다음 날. 성호는 주인 할머니가 돌보는 텃밭을 찾아갔다. 요 며칠 할머니가 보이지 않는다. 작물들이 바짝 말라 있어 수도꼭지에 호스를 연결해 물을 뿌렸다.

'무슨 일이 있으신가?'

일주일 동안 집을 비우는 건 분명 예삿일이 아니다. 하지만 세 들어 사는 처지에 주인 할머니 집에 올라가 볼 수도 없다. 그런데 오후가 되어 공터 앞에 멈춰선 택시에서 주인 할머니가 내렸다. 예전과 달리 지팡이를 짚었는데 한눈에 보아도 몸이 많이 편찮으신 걸 알 수 있다.

"할머니, 괜찮으세요?"

"총각이네, 그랴. 요 며칠 병원에 입원해 있었어."

"아이고, 많이 아프셨겠네요."

"몸 여기저기서 죽는소리를 내네. 이 나이 되면 다 그래. 늙으면 죽어야지."

지팡이를 턱턱 짚으며 2층으로 올라가시는 할머니. 가다가 멈춰 서선 성호를 돌아보았다.

"총각, 혹시 먹을 것 좀 있는가?"

"점심 못 드셨어요?"

"병원 밥은 맛이 없어서 못 먹겠어."

"그럼 가게에 들어가서 기다리세요. 제가 금방 만들어 오겠습니다."

"신세 좀 지겠네."

기력이 쇠한 할머니에게 뭐가 좋을까. 잘 넘어가고 소화도 잘되는 음식이어야 할 텐데.

'아, 해물 죽이 좋겠다.'

"총각은 참 요리를 잘해. 장사만 잘됐으면 좋겠구먼."

"그래도 요즘에는 장사가 제법 잘되는 편이에요. 앞에 고양이가 사람을 꼬시나 봐요."

"그려? 거참 요망한 놈들일세."

할머니는 적지 않은 양의 죽을 깔끔하게 비웠다. 서비스로 내드 린 시원한 태양사과 스무디까지 들이킨다.

"하이고…… 이제 좀 살 것 같네. 매번 총각한테 얻어먹기만 하고. 나도 뭘 좀 줘야 할 텐데. 하여튼 고맙네."

예전에 한가할 때는 같이 반찬을 만들기도 했고 밥을 같이 먹은 적도 여러 번이다. 성호는 가족이 없었고, 할머니도 쓸쓸하게 혼자 살아오신 것 같았기에. 할머니는 계단을 올라가다가 뒤를 바라보며 말했다.

"총각, 혹시 말이네. 아침에 내가 밑으로 안 내려오거든…… 확인 좀 해줄 수 있는가? 그냥 문만 두들겨주면 되네."

"그렇게 하죠. 어려운 일도 아닌데요."

"고마우이."

할머니 나이쯤 되면 죽음을 벗 삼아 지낸다고 한다. 잠들었다가 다음 날 아침에 못 일어나는 경우도 부지기수. 문득 느껴지는 세월의 무상함에 성호는 한숨을 내쉬었다.

*

요즘 성호는 이것저것 쇼핑하는 재미에 빠져 있다. 판타지아에 가서 유용하게 쓸 각종 도구들, 캠핑용품이 바로 그것이다. 더 글램의 제품들은 품질이 좋긴 하지만 덥석 구입하기엔 너무 비쌌다. 튼튼한 화로 하나에 7만 원이 넘어가니 마우스를 쥔 손이 부들부들 떨린다.

'저번에 미튜브에 영상을 올렸었지.'

워낙 바쁘게 살다 보니 까먹고 있었다. 미튜브 계정에 들어가니 상당한 댓글이 달려 있다.

— 오! 이번에는 집 짓기임? 근데 사유지가 아닌 이상 함부로 벌목하면 안 되는데.

└ 입고 있는 옷 보면 모름? 저기 한국 아님.

└ 캐나다도 아니고, 유럽도 아닌 것 같은데요? 패딩 입고 있는데 겨울이란 뜻이잖아요.

— 난 이 아저씨 먹는 거 참 마음에 들더라. 깨작깨작 안 하고 와구와구 씹어 먹음.

— 근데 저 고양이 뭐임? 졸귀탱이네.

— 님들 그거 암? 잘 때 이 영상 틀어놓고 자면 잠이 솔솔 옴.

— ㅇㅇ 진짜임. 완전 수면제 그 자체.

이 뒤로 수십 개의 댓글이 달렸다. 아무것도 없는 상태에서 불을 피울 수 있는가에 대한 싸움이었다. 불똥은 영상의 주인에게로 튀었다. 저번에 5,000원을 후원했던 충무김씨라는 유저가 뭔가를 제안했다.

— 낚시하는 장면이 나왔다면 좋았을 텐데,,, 아쉽습니다. 다음 영상에서 아무것도 없이 불 피우는 데 성공하면 50,000원 후원하겠습니다. 약소하지만 여기 후원금 놓고 갑니다.

「충무김씨님이 5,000원을 후원했습니다!」

'아하, 그러니까 미션을 성공하면 50,000원을 후원한다는 거구나.'

가능할까? 라이터도 아무것도 없이 불을 피우는 건 매우 어렵다. 생각보다 중노동이고, 실패할 확률이 너무 높다. 그러나 어차피 한

번은 넘어야 할 관문이라면 시도해 봄직하다. 나중에 진짜 고립될 수도 있으니까.

'좋아. 다음 영상은 그거다.'

댓글을 쭈욱 훑어보니 영상의 퀄리티에 대한 불만이 많았다. 대장 융털로 찍었느냐부터 폰 좀 사라는 항의가 줄기차게 이어졌다. 낚시/캠핑 카테고리에서 유의미한 반응이 나오는 건 성호의 영상 외에는 몇 개 없었다.

그도 그럴 것이, 다른 미튜버들의 영상에는 흔하디 흔한 한국의 모습밖에 담기지 않았기 때문이다. 냇가에 페트병 넣어서 물고기 잡는 게 뭐 그리 큰 인기가 있겠는가. 먹지도 않는데.

성호는 비싼 가격에 혀를 내두르며 액션 캠과 메모리 카드를 구입했다. 이것저것 액세서리를 구입하다 보니 배보다 배꼽이 더 커졌다. 많이 찍을 욕심에 추가 배터리까지 구입하니 백만 원이 날아갔다. 투자라고 생각하니 그나마 속이 덜 쓰렸다.

'자막도 좀 넣어달라고 했었지.'

영상을 편집해서 좀 더 재미있게 만들고 싶긴 하지만 그러자면 성능 좋은 컴퓨터가 필요하다. 휴대를 겸하려면 노트북이 딱이지만 가격이 너무 비쌌다.

언제 한 번 기장군에 나가 제대로 낚시를 해보기로 마음먹고 있을 때 가게를 어슬렁거리던 딩고가 방에 들어와 냐옹거렸다.

"야옹."

"여기 심심하다고? 그래, 알았다. 거기로 가자."

성호는 준비를 단단히 한 다음 판타지아로 들어갔다. 해변은 돌아봤으니 이제 숲을 둘러보고 싶었다. 위험한 건 알지만 꽤 익숙해지기도 했고 무엇보다 정체 모를 동물의 울음소리가 뭔지 확인하고 싶었다.

'곰이었나? 곰치고는 울음소리가 너무 뾰족하던데.'

아무튼 확인해서 나쁠 건 없다. 정 안 될 것 같으면 식량을 던지고 도망가면 되니까. 눈앞의 확실한 식량을 버려두고 도망가는 불확실한 식량 후보를 쫓아갈 동물은 많지 않으리라.

'아니 재미 삼아 쫓을 수도……'

동물의 본능을 어떻게 알까. 최후의 최후에는 동물 친화 스킬이 도와주리라 믿는다. 비록 스킬 레벨이 2밖에 안 돼서 불안하긴 하지만.

딩고와 함께 숲을 누빈다. 활을 메고 복잡하기 그지없는 숲을 돌아다니는 그의 모습에서 숙련된 사냥꾼의 냄새가 풍겼다. 물론 성호는 사냥에 대해선 쥐뿔도 모른다. 그저 딩고가 어그로를 끌면 시위를 당겼다 놓을 뿐. 그래도 그 방법이 나름 효과가 있었는지 바다토끼 두 마리를 잡을 수 있었다.

'언제든지 돌아갈 수 있도록 표식을……'

자신만 알아볼 수 있는 표식이 필요하다. 그래서 고안해 낸 방법은 풀줄기를 엮는 것이었다. 여간 주의하지 않으면 아예 보이지 않는다. 한 번 엮어놓으니 딩고가 그걸 보고 소리를 내어 알려준다. 살아 있는 알람이랄까. 여러모로 도움이 되는 녀석이다.

'점점 안 보이기 시작하는군.'

숲이 어두워지고 있었다. 경사가 약간 진 길을 걷다 보니 조금씩 호흡이 거칠어진다. 그런데 갑자기 괴성이 들렸다.

"으워엉."

'왔다!'

성호는 잽싸게 수풀에 몸을 숨겼다. 예전에 들었던 그 울음소리다. 딩고도 귀를 뒤로 접고는 성호의 옆에 붙었다. 위쪽의 수풀이 사사삭 흔들리더니 희한한 괴물이 정체를 드러냈다.

"으워엉."

「아울베어」

'뭐, 뭐냐, 저건?'

부엉이와 곰이 합쳐졌다. 머리와 날개는 부엉이인데 몸체와 뒷발은 곰이다. 녀석은 온몸에 상처를 입고는 피를 흘리고 있었다. 딩고가 낮게 하악거렸지만 기겁한 성호가 재빨리 녀석의 입을 틀어막는 통에 낑낑거린다.

'그렇게 크지는 않은데…… 다치기도 했고.'

아무래도 성체가 아닌 모양이다. 주위를 둘러보는 모습에서 어설픔이 물씬 풍긴다. 날개에 난 가시도 날카롭지 않다. 무엇보다 등 여기저기에 창이 꽂혀 있고 매우 지쳐 있는 듯했다. 창을 빼내려고 나무에 등을 긁다가 고통스러운 괴성을 질렀다.

'저 정도면 잡을 수 있을 것 같은데.'

아무래도 동물 친화 스킬은 저런 괴물에겐 통하지 않는 모양이다. 그건 그렇고 저 창의 주인은 누구일까? 창대가 짧은 것을 보아 팔다리가 길지 않은 생명체가 던진 것 같았다. 아마도 범인은 코볼트 무리. 일전에 마법에 홀려 여기로 들어온 코볼트와 같은 무리일 가능성이 높다. 그렇다면 성호가 있는 이곳은 코볼트 무리와 아울베어 성체가 돌아다니고 있다는 말이 된다.

'위험해, 위험해.'

공격, 방어. 둘 중 하나를 선택해야 한다. 얌전히 물러가는 것도 방법이겠지만 이 땅의 영유권을 주장하고 싶었다. 성호는 고개를 들어 올려 화살을 시위에 걸었다. 딩고가 물고 온 그 화살을.

씨잇!

힘껏 시위를 당겨 놓자 화살이 바람을 갈랐다. 목표는 아울베어의 배. 동물의 머리를 노리는 것은 굉장히 미련한 짓이다. 두개골이 두꺼울 뿐만 아니라 명중률이 굉장히 떨어진다. 그래서 숙련된 사냥꾼은 동물의 내장 기관을 노린다. 피를 흘리게 해서 추적하는 방법이 가장 좋다.

하지만 아울베어의 내장이 어떻게 되어 있는지 전혀 모른다. 녀석이 일어선 틈을 타 아랫배를 조준할 수밖에. 퍽 하고 소리가 나서 성호는 자신도 모르게 자신의 아랫배를 내려다보았다. 놈이 고통스럽게 괴성을 질러댔다. 어쩔 줄 몰라 하며 뒤로 주춤주춤 움직인다.

"딩고야, 잘할 수 있지?"

"야옹."

용감하게 앞으로 뛰쳐나가 온몸의 털을 세운다.

"으워엉."

아울베어는 부리를 쳐들고 울부짖었다. 검붉은 피가 아랫배를 흥건히 적셨다. 성호가 다시 화살을 시위에 걸었을 때, 녀석은 작은 소리를 들었다. 몸의 절반이 부엉이라는 게 어떤 의미인지 성호는 몰랐다. 그건 작은 소리도 아주 잘 듣는다는 뜻이다.

"헉!"

아울베어가 딩고를 무시하고 돌진하기 시작했다. 그 모습은 충격과 공포 그 자체. 성호는 다리가 굳어버려 움직여지지 않았지만 겨우 힘을 주어 옆으로 굴렀다. 그가 숨어 있던 수풀과 나무 한 그루가 우지끈 소리를 내며 바닥에 쓰러졌다.

'에라 모르겠다!'

궁술 스킬의 보정은 집중력을 필요로 한다. 언젠가 달리면서 활을 쏜 후 알아낸 것이다. 레벨이 낮은 지금, 효과적으로 궁술 스킬을 적용받기 위해서는 선 자세에서 집중해 쏘아야 한다. 최대의 공격력을 발휘하려면 회피할 수 없는 것이다. 놈이 공격하기 직전에 피할 정도로 민첩하면 좋겠지만.

파앗!

둔탁한 소리를 내며 화살이 날아갔다. 아울베어의 어깨에 툭 꽂혔고 녀석은 주춤하면서도 이쪽을 향해 달려왔다. 시커먼 부리를 쩍 벌린 그 모습은 오금이 저릴 정도로 무섭다.

'여덟 발!'

마음속으로 남은 화살의 숫자를 세는 게 큰 도움이 된다. 덜덜 떨리는 손으로 화살을 시위에 걸고는 그대로 놓았다. 아울베어의 목에 화살이 퍽 꽂히자 녀석은 긴 깃털이 난 날개로 목을 감싸고 울부짖었다.

'일곱 발.'

상처가 심한지 녀석이 삐이익거리는 소리를 냈다. 이제 놈과 성호의 거리는 불과 4m도 되지 않는다. 다시 화살을 쏜 순간, 아울베어는 최후의 발악인지 거구를 날렸다. 깜짝 놀라 몸을 피했지만 녀석의 앞날개에 달린 가시에 팔이 긁히는 것만은 피할 수 없었다. 불로 지지는 듯한 화끈한 통증이 일었다.

"큭."

"캬아아아악!"

딩고가 주인의 위기를 감지하고 용기 있게 나섰다. 아울베어의 뒷발을 물고 늘어졌고 성호는 그 틈에 데굴데굴 굴러 공격권에서 빠져나올 수 있었다. 꾸욱, 꾸욱 하는 부엉이 특유의 소리가 들리더니 아울베어의 몸이 천천히 앞으로 넘어졌다.

"씁…… 아……."

황급히 상처를 살펴본다. 팔뚝이 길게 갈라져 있었다. 뒤늦게 피가 줄줄 새어 나오기 시작했고, 딩고가 다급하게 울어댔다. 주인이 위기에 처한 거라고 생각하는 모양이다.

"진짜 아프네."

침착하게 배낭과 활을 내려놓고 무릎을 꿇었다. 가방을 뒤져 힐링 포션과 집게 살 구운 것을 꺼낸다. 집게 살은 고통 내성 버프를 걸어준다. 전투 직전에 먹는 것이 가장 효율이 좋지만 공격받을 수 있으므로 끝나고 먹는 것이 나았다.

집게 살을 씹어 삼키자 오른쪽 하단 시야의 스탯 창에 버프 문구가 떠오르더니 고통이 확연히 줄어들었다. 힐링 포션 뚜껑을 열고 꿀꺽꿀꺽 마시자 줄줄 새어 나오던 피가 금방 멈췄다.

"크…… 효과 죽이는구먼."

이 둘만 있으면 어지간한 상처를 입어도 금방 회복할 수 있다. 판타지아를 탐험할 때의 필수품이라고 할까. 만약 준비하지 못했다면 차라리 안 가는 게 낫다고 할 정도도. 다만 힐링 포션이 얼마 남지 않았다. 식물성 기름을 구해야 하는데 좀처럼 눈에 띄지 않았다.

"됐나? 됐지?"

"야옹."

딩고가 다행이라는 듯 부드럽게 울며 머리를 바지에 비볐다. 휴지에 물을 적셔서 팔뚝을 닦는다. 아무리 힐링 포션을 마셨다고 해도 이 정도의 상처를 회복하기 위해선 시간이 제법 걸린다. 느긋하게 바람을 쐬니 통증이 거의 가라앉았다.

"흉터는…… 어쩔 수 없구먼. 방에 가서 새우튀김이나 먹어야겠다."

그나저나 아울베어의 시체를 보니 죽음이라고 쓰여 있다. 코볼트와 같은 문구다. 혹시 뭐 가져갈 거라도 있나 찾아봤지만 아무것도 없었다. 코볼트 녀석은 피 묻은 몽둥이와 보따리라도 남겨놓았는데. 딩고와 함께 녀석이 나타난 곳을 찾아보았다.

'동굴……'

아울베어의 보금자리가 아닌가 싶다. 녀석이 성체가 아니라고 가정한다면, 이제 어미에게서 독립해 막 둥지를 가졌다고 생각할 수 있다.

딩고가 앞장섰다. 인간 따위는 어둠 속에선 쓸모가 없으니까 대단하신 내가 이끌어주겠다는 거만한 발걸음이다. 어이는 없었지만 얌전히 녀석을 따랐다.

"야옹."

"거, 거기냐?"

동굴 안은 정말 아무것도 보이지 않았다. 딩고를 믿는 수밖에. 녀석은 조금씩 나아가며 성호를 인도했다. 그리고 울음소리가 가깝게 느껴지는 순간, 가까이 모퉁이에 빛이 환하게 들어오는 것을 발견했다.

"……"

그리고 드러난 황홀한 절경. 동굴 입구의 반대편은 절벽이었다. 밑에는 거대한 강이 굽이쳐 흘렀고 수많은 새들이 그 위를 날아다녔다. 저 멀리에는 구름까지 봉우리가 치솟은 거대한 산이 보인다. 왼쪽으로는 해변가가 쭈욱 이어져 있다.

"대, 대단하구나……"

이 절경을 굳이 말로 표현할 필요는 없다. 그냥 눈으로 보고 느끼면 된다. 성호는 딩고를 안고 한동안 절벽 밑을 살폈다.

휘이잉—

바람이 크게 일었다. 암만해도 높이가 최소 50m는 되어 보인다.

"다른 길은 없는가 본데."

나무 위로 올라가서 주변 지형이 어떻게 되어 있는지 확인하고 싶지만 너무 위험하다.

"딩고, 일단은 이 주변을 내 땅으로 하는 거야. 알겠지?"

"야옹."

그런데 여기가 이렇게 막혀 있는데 딩고는 대체 어디로 드나든 걸까? 해변과 숲을 왔다 갔다 했거나 어떤 비밀 통로를 찾아냈을 수도 있다. 배낭에서 메모지를 꺼내 대략적인 전경을 스케치한다.

'흐음, 오두막에서 3km 정도 떨어져 있는 것 같은데. 오두막 뒤쪽은 그냥 해변가고……'

탐험할 방향은 이미 정해졌다. 오두막에서 해변가를 따라 앞으로 쭉 가면 된다. 하지만 절벽은 극복할 수 없으니 이쯤에서 탐험을 중지하고 기반을 다져야 한다. 사람은 집이 튼튼해야 비로소 안심을 하게 된다.

*

성호는 며칠 동안 판타지아와 현실을 오가면서 이런저런 일을 했다. 집을 보다 튼튼히 짓고, 열혈 구독자 충무김씨가 내놓은 불 피우기 미션을 클리어해 5만 원을 후원받았다. 그 동영상을 업로드한 이후 500명밖에 되지 않던 구독자가 몇 배로 늘어났다.

물고기 낚아서 모닥불에 구워 먹기, 오두막 보수하기 같은 영상도 상당한 조회 수가 찍혔다. 낚시/캠핑 카테고리에선 5위였는데, 1, 2위가 막장으로 유명한 미튜버고 3, 4위가 업체라는 점을 생각해 보면 대단한 성과다.

'이게 구독자가 중요한 거구나.'

구독자가 많으면 단가가 좋은 광고가 붙는다. 후원 금액도 상당히 늘어났다. 아직은 분식집을 때려치울 정도는 아니지만 이 상태로 1년 정도만 지난다면 대형 미튜버로 성장할 수 있을 것 같았다. 그렇다고 해서 분식집을 그만둔다는 건 아니고.

'이제 슬슬 작물을 재배해야 하는데.'

시험 삼아 오이, 가지, 고추 같은 것들을 판타지아에서 길러보면 좋으련만 할 게 너무 많아서 시도도 못 하고 있었다. 이제 오두막을 증축하고 창고를 만들면 본격적으로 밭을 일굴 계획이다.

'대충 씨만 뿌려둬도 잘 자랄 것 같긴 하지만.'

숲에 있는 수많은 작물이 그것을 증명한다. 말 그대로 맨땅에서 쑥쑥 자라고 열매를 맺으니 그렇게 생각할 수밖에.

언제나처럼 가게를 깔끔하게 청소하고 문을 연다. 이제 그의 분식집은 동아대학교 학생들에게까지 인기를 끌고 있었다. 소문에 소문이 퍼지니 당연한 노릇이다.

미혜와 나경이는 아예 대학 진학을 포기했는지 오후 세 시쯤만 되면 슬그머니 놀러 왔다.

"근데 아저씨 이름은 뭐예요?"

어느 토요일, 미혜가 뜬금없이 이름을 물었다. 의자에 반대로 걸터앉아 양팔로 턱을 괸 채 성호를 멀뚱히 바라보고 있다.

"내 이름?"

"네, 아저씨 이름이요. 오늘 아침에 엄마가 물어봤는데 대답을 못 했더니 넌 이름도 모르고 뭐하는 애냐고 막 그래서."

"성호입니다. 강성호."

이름을 왜 물어볼까 싶었는데 서울 사무실로 보낸 간장 게장이 상당한 인기를 끌었다고 한다. 이뿐만 아니라 같이 게장을 먹었던 모 배우가 집에 돌아가선 머리카락이 돋아나는 기적을 체험했다고 한다.

'뭐, 뭐지? 탈모인이 있었나?'

확실히 참게의 효능은 [모발 재생/2]이다. 게장을 섭취했다면 3시간 동안 모발이 돋아나는 기적을 체험했을 터…… 어지간한 탈모인이라면 눈이 뒤집혔으리라. 버프의 지속 시간이 3시간이라고는 하지만 끝났다고 해서 머리카락이 바로 빠지는 건 아니다. 1~2시간 후에 탄력이 사라지며 힘없이 빠지는데, 성호는 그 대목에서 배우가 느꼈을 막막한 감정을 이해하게 되었다. 머리카락이 올라오다가 빠져버리다니 공포 영화가 따로 없다.

"하여튼 그래서요. 그 배우 아저씨가 난리가 났대요. 자기가 그 시간에 먹은 건 게장밖에 없다면서. 아저씨 가게 막 가르쳐달라고 그랬대요. 엄마도 처음에는 모른 척하려고 그랬는데 그 배우 아저씨가 자기 탈모라고 털어놓는 바람에……"

"설마, 게장에 탈모 치료 효과가 있으면 난 갑부가 되겠죠."

"그렇죠? 암만 봐도 우연인데. 그 아저씨가 워낙 눈이 뒤집혀 가지고…… 엄마가 이번 주에 내려온대요. 아저씨하고 얘기할 게 있다나 봐요."

보나 마나 게장 얘기겠지. 그 배우가 대체 누구이기에 그럴까 싶었는데 미혜가 말하길 최근 주가를 올리고 있는 악역 전문 배우 김도준이라고 한다.

"야야야, 미혜야, 미혜야, 〈2박 3일〉 해!"

"진짜?"

미혜는 의자를 드르륵 끌며 티브이 앞으로 바짝 붙었다. 〈2박 3일〉은 요즘 한창 인기를 끌고 있는 생존 버라이어티 프로그램이다. 장소는 대개 무인도가 선택된다. 다섯 명의 멤버가 최소한의 물품만을 가지고 2박 3일 동안 생존하는 게 주 내용이다.

미혜와 나경이는 화면에서 눈을 떼지 못하고 있었다. 섬의 멋진 풍경이 마음에 드는 모양이다.

"야야야, 미혜야, 저거, 저거 봐봐."

"와~ 좋다!"

두 여고생은 화질이 좋지도 않은 티브이 앞에서 미크로네시아의 환상적인 바다 풍경을 감상하기에 바빴다. 멤버들의 생존과는 별개로 제작진 측에서 수중 촬영을 통해 보여주는 것이다. 곧이어 멤버들이 흩어져서 식량을 찾는 모습이 나왔다. 코코넛 나무에 올라가다 떨어지고, 물고기를 잡는답시고 바다에 들어갔다가 파도에 휩쓸려 쓰러지는 어설픈 모습이 연거푸 나왔다.

"낚시도 하네. 나도 낚시하고 싶어. 물고기 잡고 싶어."

미혜가 기어가는 목소리로 중얼거렸다. 성호는 그녀의 마음을 아는지 모르는지 묵묵히 새우를 까고 있었다. 조금 있으면 판타지아에도 봄이 오는데, 어떤 장비를 갖춰야 바다로 나갈 수 있을지 고민 중이다.

'역시 스노클하고 오리발 정도면 되겠지? 작살하고…… 호흡은 길게 할 수 있으니까 걱정 없어.'

화살새 구이를 먹으면 최대 5분 동안 수중 호흡을 할 수 있다. 판타지아의 바닷속은 어떤 세상일까. 그걸 상상하는 것만으로도 절로 웃음이 나왔다. 나경이가 그런 성호를 이상한 눈빛으로 쳐다보았다.

*

판타지아에도 봄이 찾아왔다. 단순히 생각하면 시간 비율이 10:1이므로 현실에서 여름이 지나가는 동안 판타지아는 계절이 몇 번이나 바뀌어야 한다. 그러나 판타지아는 이제 막 겨울 티를 벗고 있었다. 온도가 올라가며 패딩을 벗어 던져야 할 시기가 왔다. 신기한 것은 숲에 있는 온갖 작물이 자라는 데는 날씨와 큰 상관이 없다는 점이다. 겨울에도 태양사과 나무는 어김없이 열매를 맺었다.

그동안 성호는 오두막을 증축하느라 바빴다. 두 명이 겨우 누울 만한 집이 너무 초라해 보였던 것이다. 그리하여 서점에서 건축 관련 서적을 몇 권 사서 따라 하기 시작했다.

뚝딱뚝딱—

고요한 아침, 숲속에 망치 소리가 울려 퍼졌다.

'내 영역……'

집을 증축하기 전에 먼저 다짐한 것이 있다. 겉과 밖을 구분해야 한다는 것이다. 그러니까 울타리라도 쳐서 집과 정원을 만들겠다는 얘기다. 목재 가공 스킬이 4까지 오르자 목재를 다루는 손길이 정밀해졌다. 기계톱 없이도 어지간한 나무를 쓱싹 베어냈고 대충 잘라

127

도 직선이 나왔다.

성호가 이렇게 열심히 작업을 하는 동안, 딩고는 완전한 발정기에 들어섰는지 하루 종일 간드러지게 울며 주위를 돌아다녔다. 보통은 가만히 앉아서 성호를 지켜보거나 잠을 잤지만 발정기가 되니 가만히 있지를 못했다.

'짝을 찾고 싶은데 나 때문에 못 가고 있는 건가.'

측은한 마음에 동물 친화 스킬을 끄자 녀석은 멈칫해서는 성호를 바라보았다. 왼쪽 앞발이 내려가지 않고 망설이고 있다. 그러다가 다른 쪽으로 발을 딛더니 부리나케 달아나버렸다.

"딩고야!"

"냐아아옹."

녀석은 뒤를 흘깃 보고는 숲을 향해 열심히 뛰었다. 성호는 아쉬운 마음에 삽을 내려놓았다.

'그냥 데리고 있을 걸 그랬나.'

하지만 애타게 울부짖고 있는 걸 그대로 지켜보기도 괴로웠다.

'좋게 생각하자.'

짝을 찾은 다음, 새끼를 낳고 다시 돌아오기를 바라는 수밖에. 성호는 딩고가 떠나고 나자 심히 적적해 더더욱 열심히 일했다. 삼각대에 액션 캠을 끼우고 적당한 곳에 설치한 뒤 열심히 나무를 두드리는 모습을 담는다.

미튜브 구독자들은 왜인지 모르겠지만 성호가 뭔가를 열심히 하는 모습을 좋아한다. 일하다 보니 슬슬 더워져서 웃옷을 벗으니 제법 선명한 복근이 보였다.

128

'거참 신기하네.'

따로 근력 운동을 하지도 않았는데 자연스럽게 살이 빠지면서 몸이 보기 좋게 변해 가고 있었다.

'우선 밭을 만들어보자.'

역시 농사만큼 힘든 것도 없다. 대단한 것도 아니고 대충 텃밭을 만든 것뿐인데도 상당히 피곤했다. 미리 만들어둔 태양사과 스무디를 꿀꺽꿀꺽 마시자 활력이 솟았다.

'딩고가 없으니까 외롭네.'

딩고가 있을 때는 그래도 말을 건네는 척하면서 혼잣말이라도 했는데.

성호는 짓던 창고를 마저 지었다. 각종 도구를 보관하는 창고도 되고, 고기를 훈제해서 먹기 위해 훈연실을 만들었다. 이 숲에도 사슴이나 멧돼지 등이 있으니까 녀석들을 잡아서 먹으면 된다. 바닥에 드러누워서 쉬는데 멀리에서 희한한 소리가 들렸다. 개가 짖는 소리와 씩씩거리는 소리다.

"컹컹컹!"

성호는 벌떡 일어났다. 뭔가 위험하다. 조심스레 정글도와 활을 챙기고 소리가 난 쪽을 주시했다. 여기는 판타지아의 숲이고, 뭐가 나타나도 이상할 것은 없다. 토끼, 사슴, 멧돼지 등이 있는데 상위 포식자가 없다면 그게 더 이상한 일일 것이다.

오두막에서 죽치고 있는 것도 좋겠지만 일단 뭔지 확인해 두고 싶어 조심스레 발을 뗐다. 북쪽을 향해 걸은 지 10분 정도가 되었을까. 울창한 덤불 너머에 거대한 멧돼지가 누워 있는 게 보였다.

「흑멧돼지: 요리에 첨가 시 한 가지 효능을 부여할 수 있다.

효능: 3시간 동안 [힘+2/2] 버프 활성화」

스탯 버프는 처음 본다. 그것도 쪼잔하게 1이 아니라 2나 올려주다니. 흑멧돼지가 엄청나게 힘이 세서 그런 걸까? 아무튼 녀석은 천천히 숨을 몰아쉬고 있었다. 한눈에 보아도 죽음이 임박했음을 알 수 있다. 그리고 다른 쪽에는 웬 앙증맞은 강아지 한 마리가 낑낑거리고 있었다.

「다이어울프」

'강아지가 아니구나.'

그러니까 새끼 늑대라는 말이다. 포유류의 새끼가 다 그렇듯 엄청나게 귀여웠다. 품에 쏙 들어올 만한 작은 녀석이 뒷다리를 질질 끌면서 낑낑거렸다.

'다이어울프가 뭔지는 모르지만 설마 저 녀석이 흑멧돼지와 싸웠을 리는 없고.'

새끼 늑대의 뒤에 굴이 입을 벌리고 있다. 그를 통해 추정해 보면 이 근처에 어미가 새끼들과 함께 있다가 갑자기 튀어나온 흑멧돼지를 공격, 그 와중에 새끼가 다쳤다고 할 수 있겠다. 흑멧돼지는 제법 심한 상처를 입었는지 곧 죽고 말았다. 머리가 반쯤 함몰되어 있는 걸 봐서는 어미 다이어울프에게 물린 모양이다.

'제기랄, 그럼 이 근처에 저 멧돼지를 죽일 수 있는 괴물이 있단

뜻이잖아.'

우선은 저 다이어울프 새끼를 구조하기로 했다. 서럽게 깽깽 울고 있어서 너무 애처롭다. 가까이 다가가니 녀석이 귀를 쫑긋 세우더니 더더욱 애처롭게 깽깽대기 시작했다.

울음소리가 너무 처절하다. 성호가 황당해서 중얼거렸다.

"아직 손도 안 댔다?"

여전히 뒷다리를 질질 끌고 도망가려는 새끼 늑대. 다리를 건드리지 않고 안아 올리자 그야말로 세상 떠나가라 울어댔다.

"다리가…… 씹혔네."

저 흑멧돼지에게 허벅지를 씹힌 녀석의 다리는 피로 물들어 있었다. 어지간해서는 어미가 포기하지 않을 텐데 다리를 못 쓰니 그냥 놔두고 가버린 모양이다.

'잠깐, 다른 새끼를 옮기느라 어디 갔을 수도 있어.'

어미가 돌아올지도 모르기 때문에 일단 녀석을 내버려두고 몸을 숨겼다. 그러나 어미는 돌아오지 않았다. 10분, 20분, 30분이 지나자 새끼의 움직임이 점점 느려졌다.

'안 되겠다. 일단 살리고 보자.'

다시 가서 녀석을 안아 올렸다. 이제는 울 기운도 없는지 축 늘어져 있다. 이대로 1~2시간만 있어도 새끼 늑대는 차디찬 시체가 될 것이다. 성호는 녀석을 안고 오두막으로 뛰었다. 배낭을 가지고 나와 힐링 포션을 손바닥 위에 조금 부었다. 녀석이 먹으려 하지 않자 말리고 있는 모래숭어의 살점을 조금 찢어 섞었다.

할짝할짝할짝―

그제야 포션을 핥아 먹는 새끼 늑대. 포션의 약효가 퍼지는지 상처가 점점 아물어간다. 물론 흉터는 지겠지만 늑대에게 그게 문제랴. 자그마한 몸에 힘이 들어가는 게 느껴진다.

워낙에 체구가 작아서 약발이 아주 잘 듣는 것 같다. 녀석을 내려놓자 처음에는 절룩거렸지만 차츰 움직임이 나아졌다. 껑충껑충 뛰지는 못했지만 그럭저럭 정원을 걸어 다녔다.

'이름을 입력하라는 창이 안 뜨네.'

그러고 보니 아울베어 때도 뜨지 않았다. 딩고와 이놈들의 차이점은 뭘까.

'몬스터라서 그런 건가? 산고양이는 그냥 동물이고?'

그렇다면 불곰 같은 상위 포식자는 어떨지 궁금해졌다. 녀석도 분명 흉포성 면에서는 어지간한 몬스터 못지않을 텐데.

'그나저나 이 녀석을 어떤다.'

새끼 늑대가 배고파하는 것 같아서 말린 모래숭어를 통째로 주자 며칠 굶은 것처럼 허겁지겁 먹는다. 식사를 다 마친 녀석과 놀고 있는데 어디선가 저릿한 시선이 느껴졌다. 성호는 굳은 상태로 천천히 시선을 돌렸다. 괴물이 거기에 있었다. 황소, 황소만 한 은빛 늑대다. 너무 놀라 숨이 멎을 뻔했다.

'크, 크다……'

녀석은 고요히 성호를 노려보고 있었다. 푸른색 눈이 빈틈없이 이쪽을 주시한다. 금방이라도 공격할 것 같았지만 다행히 덤벼 오진 않는다. 왜일까? 왜 처다보고 있는 걸까?

'아, 이 녀석 어미인가.'

뒤늦게 새끼가 없어진 것을 발견하고 흔적을 쫓아온 건가? 그렇다면 이 녀석을 어미에게 보내야 하지 않을까. 새끼 늑대를 안고 천천히 움직였다. 어미가 잘 볼 수 있는 자리에 내려놓자 새끼 늑대는 불안감에 휩싸였는지 끼잉끼잉 울기 시작했다. 어미 늑대는 그런 새끼를 잠깐 지켜보고 있다가 머리를 숙이며 다가왔다. 입으로 새끼의 뒷목을 살짝 물었고 새끼는 그대로 굳었다.

대롱대롱.

어미는 새끼를 물고 성호를 바라본 다음 천천히 방향을 돌렸다. 사라진 지 한참이 되어서야 성호는 겨우 숨을 내쉴 수 있었다.

오두막으로 돌아가던 성호는 소스라치게 놀랐다. 새끼 흑멧돼지 한 마리가 다리를 질질 끌고 있지 않은가? 아직 살아 있었다. 대체 누가 흑멧돼지를 갖다 놓았을까?

'혹시 다이어울프 어미가?'

새끼를 구해 준 보답으로 먹으라고 던져놨을지도 모른다. 성호는 꾸익거리는 흑멧돼지를 유심히 바라보았다. 대부분의 포유류 동물이 그렇듯이, 새끼의 고기는 야들야들하다. 성체에게서 나는 냄새도 거의 없고 말이다.

'나름의 선물인 모양인데…… 그럼 공격당할 걱정은 없다고 봐도 되겠지.'

물론 장담할 수는 없다. 다이어울프에 대해 전혀 모르니까. 그러나 공격당할 것을 두려워해 움츠리고 있는 것은 그의 성미에 맞지 않았다. 일단 뭐든지 해봐야 한다. 정글도를 가져와 흑멧돼지의 멱을 땄다. 천장에 매달아 피를 빼고 내장을 제거했다. 미리 떠다 놓은 개울물로 팔에 묻은 피를 깨끗하게 씻어낸 후 흑멧돼지의 가죽을 벗기며 물을 끌어올 필요성을 느꼈다.

'여기가 약간 낮은 지대니까 배관을 짜서 물을 끌어올 수는 있어.'

다만 거리가 제법 된다. 체감상 500m는 되어 보이는데 그 거리를 배관으로 연결하려면 돈이 너무 많이 들 게 뻔하다. 대신 호스를 연결해도 괜찮을 것 같았다. 땅을 파서 시멘트를 발라놓으면 나름 수조가 되는데, 거기에 수동 펌프를 연결해 호스로 물을 내보내면 된다. 전력이 전혀 없으므로 그 외의 방법은 불가능하다.

'그렇게라도 해야지 어쩌겠어.'

물의 중요성은 아무리 강조해도 지나치지 않다. 흑멧돼지를 도축하느라 성호의 손이 시뻘건 피로 물들었다. 잡 부위를 잘라낼 건 잘라내고 고기 모양을 잡고 나자 머리통만 한 허벅다리가 두 개 생겼다. 이제 이걸로 햄을 만들어볼 참이다. 다른 정형육은 불고기를 해 먹으면 괜찮을 것 같았다.

성호는 흑멧돼지의 허벅다리 두 개를 어깨에 걸쳐 메고 훈연실로 향했다. 왠지 즐거운 것 같다.

7 ◆

뜻밖의 일 (1)

누구에게나 머리카락은 소중하다. 탈모인에게는 더욱 그렇다. 이제 전성기에 들어섰다는 평을 받으며 아침 드라마가 아닌 영화계에 발을 들여놓은 배우 김도준에게는 더더욱 그렇다. 배우는 이미지다.

그가 비중 있는 조연을 맡게 된 이유 역시 종잇장도 안 들어갈 것 같은 냉철한 이미지를 잘 관리했기 때문이다. 아침 드라마를 보는 아줌마들도, 영화를 본 관객들도 다 그렇게 생각한다. 김도준 하면 실제 성격도 그럴 것이라고 지레짐작하곤 했다. 그가 이미지 관리를 잘해 왔다는 증거다.

그런데 말이다. 그 김도준이 사실은 탈모인이란 게 알려진다면 어떻게 될까? 대놓고 비웃지는 못하겠지만 이미지에 금이 가는 것은 너무나도 쉬운 일이다. 그래서 김도준은 머리가 후퇴하기 시작한 30대 초반부터 가발을 썼다. 조금이라도 탈모 사실이 드러날 가능성이 있는 장면은 필사적으로 촬영을 피했다.

'간신히 희망이 생겼는데……'

희망이 무너진 것은 순식간이었다. 그러나 김도준은 그 짧은 시간 동안 모발이 자라난 것을 분명히 확인했다.

'제발…… 제발.'

실낱같은 희망이라도 놓칠 수는 없다. 아파트 주차장에 검은색 밴이 기다리고 있다. 오늘 그와 동행할 사람은 JM엔터테인먼트의 제작기획팀 오현수 팀장이다. JM엔터는 김도준의 소속사다. 동아 대학교 축제와 관련해서 오현수 팀장이 부산으로 급파되는 김에 김도준을 픽업해서 가기로 한 것이다.

드라마 촬영 스케줄은 아니고, 더 글램의 김수정 사장과 연관이 있다. 간장 게장의 출처를 알아내기 위해 얼마나 애를 썼던가. 김 사장은 간장 게장을 만들었다는 사람을 말해 주려 하지 않았다. 나중에 이유를 알고 보니 그럴듯했다.

'물량이 한정되어 있어서 너무 많은 사람들에게 알려질까 봐.'

밴의 문이 열렸다. 오현수 팀장이 차에서 나와 도준에게 인사한다.

"도준 씨."

"오 팀장님 벌써 와 계셨네요."

"빨리 가서 스케줄 진행해야죠. 타세요, 타세요. 부산 갑시다."

밴은 속도 제한을 무시하고 부산으로 내달렸다. 오 팀장이 몸을 비스듬하게 돌렸다.

"푹 자고 싶은데, 그러지도 못하네요."

"무슨 고민이라도 있으십니까?"

"본부장님이 달달 볶으니까 그렇죠. 우리 NG 프로젝트 아시죠?"

"대충은요."

NG 프로젝트란 JM엔터의 새로운 걸그룹 론칭 기획이다. JM엔터는 무한걸스란 공전절후의 걸그룹을 데뷔시킨 바 있지만 웬일인지 후속 그룹은 전부 말아먹고 있었다.

남자 아이돌은 그나마 선방한 데 비해 여자 아이돌은 처참했다. 음악 방송에 출연하지도 못하고 음악 차트 100위권에 얼굴을 들이미는 즉시 나가떨어졌다. 곡이 문제인가 싶어 스타 작곡가를 붙여보고 콘셉트도 바꿔봤다. 하지만 너무 잦은 콘셉트 변경이 오히려 독이 되어 그때까지 남아 있던 골수팬까지 이게 뭐냐고 성토하는 지경에 이르렀다. 공식적으로 해체는 하지 않았지만 회사에서 어떤 활동도 지원하지 않으니 끝이라고 봐도 된다.

"남아 있는 연습생 애들 전부 훑어봤는데 이거다 싶은 애가 없어요. 데뷔는 12월 중순으로 정해져 있는데. 그래도 어쩌겠어요? 본부장님이 하라는데."

"하하, 그것참 곤란하겠네요."

소속 배우에게 이런 말을 하는 것도 우습다. 하지만 얼마나 답답했으면 이런 말까지 하나 싶어 고개를 끄덕여주었다.

"동아대에 가는 것도 그냥…… 좀 답답해서 가는 겁니다. 서울-경기권은 징하게 훑어봤으니까. MG 애들이 행사하는 것도 좀 보고."

MG란 무한걸스의 프로젝트명을 의미한다. 오 팀장은 한숨을 푹 쉬었다가 김도준에게 물었다.

"그런데 도준 씨는 무슨 일로 매니저도 없이? 스케줄도 없는 걸로 아는데……"

차마 간장 게장을 찾으러 간다고는 말할 수 없었다. 그의 매니저에게도 비밀로 하고 튀는 중이다.

"모처럼 휴일이라, 부산에 맛있는 집이 있다고 해서요."

"오…… 부산까지 내려갈 정도면 맛이 상당한 모양이죠?"

"뭐 그럭저럭요."

"어딥니까? 나중에 애들 데리고 한 번 가게요."

대화가 거기까지 이르자 김도준은 식은땀을 흘리기 시작했다. 그가 말한 맛집은 볼품없는 분식집이라고 김수정 사장이 말했기 때문이다.

"그게……"

오 팀장은 웃으며 그의 말을 기다렸다.

*

성호의 가게는 고양이 분식집으로 유명하다. 상호도 없는데 학생들이 그렇게 부르고 있었다. 가게 앞에 매일 고양이들이 나와서 놀고 있으니 그렇게 불릴 수밖에. 딩고가 사라진 다음에는 몇몇 여중생이 큰 고양이 어디 갔느냐고 묻기도 했다.

장사를 위해 어묵을 꼬치에 꿰고 있는데 전화가 걸려 왔다. 단칸방으로 들어가서 전화를 받았다.

"예."

"강 사장님 되세요? 전에 게장 주문했던 미혜 엄마예요. 직접 찾아뵙고 부탁드릴 게 있었는데 일이 너무 많아서…… 죄송해요. 전에 게장 있죠? 도저히 믿기지는 않는데, 김도준 씨가 그걸 먹고 뭐랄까…… 효과를 봤다고 해요."

"탈모에 관한 거죠?"

"네. 미혜한테 얘기 들으신 모양이네요. 진짜 안 믿기는데, 김도준 씨가 저한테 하도 부탁을 하는 바람에…… 자기가 탈모인 걸 알리는 사람이 얼마나 있겠어요. 그래서 강 사장…… 성호 씨 가게를 가르쳐줬어요."

"제 가게를요?"

"네. 스케줄 비면 바로 가겠다고 말을 했는데, 그게 오늘 아니면 내일일 거예요. 그래서 미리 전화 드렸어요."

"그렇군요. 걱정 안 하셔도 됩니다. 저는 뭐 아무것도 모르거든요. 탈모인지 뭔지, 게장 먹고 그게 나았다는 것 자체가 말이 안 되지 않습니까?"

거짓말을 하려니 입술이 바짝 마른다.

"그렇죠? 저도 우연이라고 생각하긴 하는데, 김도준 씨는 지푸라기라도 붙잡고 싶은가 봐요."

"제가 적당히 말씀드리겠습니다. 미리 알려주셔서 감사합니다."

미혜 엄마는 성호에게 감사하다는 말을 하며 전화를 끊었다. 가게로 나오는데 나경이가 성호의 휴대폰을 본 모양인지 쿡쿡 웃었다.

"아저씨 폰 진짜 오래된 것 같네. 좀 보여줘요."

다행히 미튜브 영상은 다 지워서 없다.

그때 나경이가 밖을 쳐다보았다.

"우와! 미혜야. 저거 봐. 연예인들이 타고 다니는 차야."

검은색 밴이 공터에 들어왔다. 나경이의 말마따나 연예인들이 자주 타고 다니는 차다. 미혜의 눈이 동그랗게 변했다.

"실제로 보니까 엄청 크다!"

"막 안에서 연예인들 나오는 거 아냐? '부산의 맛집이 여기라면서요?' 이러면서."

하지만 문을 열고 나온 사람은 배가 조금 나온 중년의 남자와 날카로운 외모를 가진 장년의 남자였다. 미혜가 고개를 갸웃했다.

"나경아, 저 아저씨 어디서 많이 본 것 같지 않아?"

"그러게. 어디서 봤더라?"

성호는 그가 누군지 알고 있다. 악역 전문 배우 김도준. 놀랍게도 그가 직접 여기까지 찾아온 것이다. 서울에서 여기까지 달려온 걸 보면 머리카락에 대한 그의 열망이 얼마나 강한지 알 수 있다. 확신 따위 없고 아주 희미한 희망뿐일 텐데도.

성호는 팔짱을 끼고 그를 기다렸다. 김도준보다 조금 늦게 내린 오 팀장은 가게에 앉아 있는 한 여학생을 보고는 그 자리에서 멈췄다.

'맙소사! NG 프로젝트의 비주얼을 맡을 인재가 여기에 있다니.'

미혜와 나경이는 갑자기 아저씨 둘이 들어오는 바람에 집에 갈

타이밍을 놓치고 말았다. 후덕한 아저씨는 할 말이 있는지 입술을 달싹거리고 있다. 분식집에 들어왔으면 뭘 먹든가 하지.

김도준은 주인장이 키 큰 청년인 걸 보고 조금 놀랐다. 떡 벌어진 어깨와 굵은 팔뚝, 툭툭 튀어나와 있는 핏줄 등 요리와는 백만 년 정도는 떨어져 있는 것처럼 보여서다.

"안녕하십니까, 사장님. 김도준이라고 합니다. 김 사장님께 말씀 들었습니다."

"아, 예, 강성홉니다."

어색한 분위기가 작은 분식집을 채운다. 도준은 재빨리 가게 안을 스캔했다. 분식집 특유의 기름내가 나지만 일단 깔끔해 보인다. 구석에 있는 양동이에 해산물이 가득하다. 분식집에 해산물이라니 어색하지만 그가 신경 쓸 바는 아니다. 목적은 오로지 하나.

"사장님, 잠깐 시간 좀 내주실 수 있습니까?"

"그러지요. 잠깐 이쪽으로……"

두 남자가 사라진 사이 미혜와 나경이는 후덕한 아저씨의 시선을 뻘쭘하게 견뎌야 했다. 옷차림을 보면 변태 아저씨는 아닌 모양인데 왜 저렇게 쳐다보고 있는 걸까.

"저, 잠시만요. 전 JM엔터테인먼트의 기획제작팀장 오현수라고 합니다. 잠깐 얘기 좀 나눌 수 있을까요?"

"무슨 얘기요?"

미혜는 나경이의 뒤에 살짝 숨었다. 성호 아저씨가 있었다면 괜찮았을 텐데, 다른 아저씨를 따라가고 없다.

"JM엔터라면, 그 무한걸스 소속사 아니에요?"

나경이가 아는 척을 했다. 오 팀장은 가슴을 쓸어내리며 웃었다.

"맞습니다. 무한걸스가 지금 동아대에 와 있죠? 축제 때문에."

"그럼 아저씨가 무한걸스 관리하는 거예요?"

미혜가 고개를 빼꼼 내밀며 물었다.

"아니죠. 매니지먼트 팀이 가수와 배우 등을 담당하고요. 저는 단기 프로젝트와 행사 등을 맡고 있습니다. 예를 들면 새로운 걸그룹 론칭이라든가."

미혜의 눈이 커진다.

"걸그룹 론칭이라고요? 지금 JM에서 준비하고 있는 그룹이에요?"

"자세한 건 이후에 말씀드릴 수 있겠네요. 학생 혹시 이름이?"

"미혜요, 윤미혜."

"저는 왜 안 물어봐요?"

나경이가 팔짱을 꼈다. 오 팀장은 뒷머리를 긁으며 안경을 쓱 들어 올렸다.

"저희가 지금 한 명만 필요해서 말이죠. 연습생을 받으려고 하는데, 미혜 학생은 지금 몇 학년이죠?"

"고3인데요."

"딱 좋네요. 혹시 연습생 해볼 생각 없습니까? 미혜 학생 정도라면 바로 컨펌이 떨어질 텐데."

미혜는 아직까지 이 아저씨를 완전히 믿지 못하고 있었다. 나경이가 간단히 요약했다.

"그러니까 쉽게 말하면 JM엔터에서 걸그룹을 론칭하려고 하는데 그 멤버로 미혜가 적격이다 이거죠? 연습생 얘기는 그냥 하는 거고. 바로 꽂을 거라는 말 아닌가요? 포지션은요?"

오 팀장은 난처하게 웃었다.

"하하, 학생이 잘 아네요. 대강 맞습니다. 포지션은 일단 미혜 학생과 좀 면담을 해봐야 되겠죠. 여러 의논할 사항도 있고요. 노래도 좀 듣고."

오 팀장은 미혜를 보고 첫눈에 비주얼감이라고 판단했다. 그러므로 노래 실력은 별 상관없다. 보컬 트레이너가 달라붙어서 교정해 주고 MR도 깔아주면 어지간하면 못 부른다는 소리는 안 나온다. 거기에 요즘 걸그룹은 라이브로 노래할 일도 별로 없다.

"아저씨, 저 노래 잘해요."

눈을 반짝반짝 빛내며 웃는 미혜. 나경이는 미혜가 하도 못 미더웠다. 물가에 내놓은 애 같아서 말이지.

"근데 미혜가 지금 대답해야 하는 건 아니죠? 애 엄마가 반대할 텐데요."

"천천히 생각해 보고 연락해 주면 됩니다. 혹시 어머님을 설득하지 못할 것 같으면 제가 책임지겠습니다."

연습생과 그 부모를 많이 다뤄본 팀장쯤 되니까 이런 말도 할 수 있으리라. 미혜는 오 팀장에게서 명함을 건네받고는 만지작거렸다. JM엔터테인먼트. 무한걸스의 소속사.

'어쩌면 나에게도……'

둘은 서둘러 가게를 빠져나왔다. 한편 가게 뒤 텃밭으로 빠진 성호와 도준은 매우 진지한 이야기를 나누었다.

"혹시 대충 얘기는 들으셨습니까?"

"네. 머리가 가늘어졌는데 게장을 먹고 조금 완화되셨다고요?"

차마 탈모를 입에 올릴 수 없어 우회적으로 표현한다. 도준은 씁쓸한 목소리로 말했다.

"안 믿기시죠? 저도 그렇습니다. 처음 그걸 먹고…… 아, 그 게장 정말 맛있긴 하더군요. 하여튼 그걸 먹고 집에 가서 씻는데 조금 올라와 있는 머리카락을 발견했죠. 정말 그때의 충격이란…… 아니, 희열이라고 할까요? 산 채로 관 속에 파묻혀 있다가 누군가의 목소리를 들은 듯한 기분이었습니다. 그런데 그게 얼마 못 가더란 말입니다. 정말 기뻐서 계속 거울을 바라보고 있었거든요. 3~4시간? 그쯤 되니 머리카락에 힘이 없어지더군요. 그리고 제가 보고 있는 사이에 빠지더군요. 마치 낙엽처럼요."

성호는 김도준의 말을 들으며 어떻게 얘기해야 좋을까 망설였다.

"물론 저도 확신하지는 못합니다. 아니, 솔직히 말하면 믿기지가 않습니다. 겨우 게장 먹고 머리카락이 났다? 누가 들으면 미쳤냐고 할 겁니다. 하지만, 하지만 말입니다. 희망 정도는 가질 수 있는 거잖습니까? 이제 겨우 주목받게 되었는데, 김도준이란 이름 세 글자가 연예계 뉴스에 오르내리게 되었는데, 그걸 포기할 수는 없습니다. 언제 '김도준 탈모' 기사가 뜰지 모릅니다. 저를 좀 도와주십시오."

처절하게 외치지는 않았으나 그에 맞먹는 절박함이 실려 있다. 성호는 자신도 모르게 고개를 끄덕이고 말았다.

"하지만 그 게장을 먹고 다시 머리카락이 나리란 보장은 전혀 없습니다. 일본에 수출되는 걸 돌려 제가 받는 식이라 물량도 제한되어 있고요."

갑자기 도준이 성호의 어깨를 덥석 붙잡았다.

"제가 비싸게 사겠습니다. 사장님께 책임을 돌리는 일도 없을 겁니다."

"정 그러시다면야. 다만 이 건에 대해선 비밀로 해주셨으면 합니다. 시끄러워지는 걸 원치 않거든요. 이유는 말씀 안 드려도 대충 아시죠?"

"물론이죠. 저 또한 바라는 바입니다."

일본으로 수출되는 꽃게를 일부 돌린 거란다. 그러니 물량에 제한을 받는 건 당연하다.

"알겠습니다. 제가 구해 가지고, 이번 주 중으로 택배로 부치도록 하겠습니다."

"꼭 좀 부탁드립니다."

그는 홀가분해졌는지 어깨를 훌훌 털었다. 가게로 들어가니 여고생 둘은 없고 오 팀장만 티브이를 보고 있다가 고개를 돌린다.

"얘기는 잘 됐습니까?"

"예. 아주 잘."

"여기까지 왔으니까 뭐 좀 먹어야 할 텐데. 사장님, 여기 밥 됩니까? 분식집이라서 안 되려나."

"찌개류하고 생선구이 정도는 됩니다."

"메뉴판이…… 없네요?"

"학생들 상대하는 장사라서요. 일인당 6천 원 받고 있습니다."

"어이구, 싸네요. 된장찌개 2인분 좀 부탁합니다. 생선구이도요."

보글보글 된장찌개를 끓이고 뾰족입볼락을 천천히 굽는다. 보통 남해안에서 나는 볼락의 크기는 20~25cm 정도로 작지만 판타지아에서 잡아 온 건 제일 작은 게 30cm를 넘어간다. 참게 반 마리를 된장찌개에 넣고 뭉근하게 끓인다. 2인분이 완성되자 가져다준다. 둘은 찌개를 떴다.

"어, 시원하다."

시원하다는 말이 절로 나온다. 된장 맛이 결코 옅지 않음에도 텁텁하지 않고 속이 확 풀리는 개운한 맛이 올라왔다. 약간 알싸한 게 딱 오 팀장의 입맛에 맞았다. 김도준도 그렇게 느꼈는지 국물을 더 맛본다.

띠리리릭—

오 팀장의 전화가 울렸다.

"어, 어, 드라이 리허설 끝났다고? 애들 밥 먹이게? 그럼 이쪽으로 와. 뭐, 도시락 시킨 거 없지? 여기…… 동아여고 찍고 오면 돼. 그래."

김도준이 슬그머니 일어섰다.

오 팀장이 성호에게 말했다.

"사장님, 혹시 무한걸스 아십니까?"

"티브이에서 몇 번 봤습니다."

"지금 애들 올 거니까 잘 좀 부탁합니다. 여자애들은 분식 좋아하잖아요. 어차피 많이 먹진 못하지만."

"새로 좀 만들어놔야겠네요."

무덤덤한 그의 반응이 조금 이채롭다. 그래도 무한걸스 하면 요 몇 년간 국민 아이돌로 불릴 정도로 인기 폭발인 걸그룹인데.

"그럼 전 먼저."

원하던 바를 이룬 그렇게 김도준은 먼저 떠났다. 이윽고 검은색 밴이 공터에 도착했다. 모자와 선글라스, 허벅지까지 가리는 외투를 입은 여성들이 줄줄이 내린다. 성호는 연예인을 처음 본다.

'작고, 하얗고, 예쁘구나.'

단지 그 생각밖엔 들지 않았다. 다들 너무 날씬해서 비현실적인 느낌이 든다. 매니저로 보이는 몇 명과 무한걸스 담당 실장이 인사하며 들어왔다.

"오 팀장님."

"어, 여기 맛있더라고. 그래도 조금만 먹어, 조금만. 내일 무대 올라가야 되니까."

"조금만 먹으래."

오래간만에 가게가 시끌벅적하다. 성호가 넌지시 물었다.

"어떻게 드릴까요?"

무한걸스 멤버들이 동시에 성호를 바라보았다.

"조금씩 섞어서 주세요. 분식 종류 다요."

"예, 잠시만요."

"아저씨, 스무디도 한 잔 주세요!"

"저도요!"

떡볶이와 튀김, 김밥과 만두 등을 가지런히 담아 테이블에 내려놓았다. 멤버 중 하나가 손을 맞잡고 감탄했다.

"새우튀김 진짜 크네. 먹어봐야징."

"나도."

손이 여러 개 튀어나와 튀김을 쏙쏙 집어 간다. 성호는 볼품없어 보이는 개울치 튀김을 따로 마련해 슬그머니 밀었다.

"이건 서비스인데요. 아주 맛있습니다."

"서비스래."

"아저씨, 고맙습니다."

그냥 튀김 접시에 두었다면 손도 안 댈 것 같아 서비스로 준 것이다. 아이돌이니 몸무게가 늘면 안 좋을 테니까.

그나저나 성호는 가게 셔터를 빨리 내리고 판타지아로 가고 싶었다. 딩고가 돌아왔는지 확인부터 해야 한다. 그리고 이제 스노클링을 해도 될 정도로 바닷물 온도가 올랐다.

'참참, 망원경도 사야지.'

바다 멀리에 있는 그림자를 확인해야 직성이 풀릴 것 같다. 수조를 만들어 물도 끌어와야 한다. 이렇게 할 일이 많으니 무한걸스 멤버들에겐 도무지 시선이 가질 않는다. 그가 자기 할 일만 하고 있자 멤버들은 조금 기운이 빠졌다. 당연히 사인해 달라고 그럴 줄 알았는데 말이다.

*

그날 저녁, 성호는 아쿠아 숍에 가서 스노클 장비를 사고 마트에 들러 망원경을 구입했다.

'노트북······ 노트북도 필요한데.'

가게가 잘되자 통장의 잔액도 점점 늘어가고 있었다. 미튜브에 올릴 영상을 편집하기 위해선 좋은 노트북이 필요하다. 하다못해 자막이라도 넣을 수 있으면 좋으련만, 지금 노트북으로는 편집 프로그램을 띄우는 것 자체가 버겁다. 그의 미튜브 구독자들은 점점 새로운 것을 원하고 있었다. 뻔한 영상은 안 본다는 거다.

'슬슬 다른 것도 해봐야지.'

판타지아로 돌아간 성호가 창고에 수조를 만들었더니 마치 시골집 같은 분위기가 풍겼다. 실컷 펌프질을 하자 오두막에 만들어놓은 수조에 물이 콸콸 쏟아졌다.

성호는 기쁜 마음으로 샤워를 하곤 텃밭으로 나왔다. 채소 씨앗을 심은 지 얼마 되지도 않았는데 벌써 튼실하게 자라 있다. 오이나 가지 등은 아직 수확할 정도는 아니었고 상추는 내다 팔아도 될 만큼 자랐다. 다만 종자가 여기 것이 아니어서 그런지 버프 설명은 없었다. 아마 판타지아 고유종만 버프를 가지고 있는 것 같다.

'이거 팔 수도 있겠는데.'

워낙 빨리 자라니까 겨울에 내다 팔면 쏠쏠한 수입이 들어올지도 모른다. 마침 친구 지훈이 녀석이 청과상을 하고 있지 않은가? 채소류도 제법 취급하고 있기에 녀석에게 팔면 괜찮을지도.

'이제 여기는 이쯤 하고.'

화조를 잡아 와서 기르고, 숲에 널려 있는 여러 작물을 옮겨 심는 일이 남았지만 그건 천천히 진행하기로 했다.

149

지금 가장 급한 것은 따로 있다. 수영복 차림으로 스노클 장비를 착용하고 작살을 든 채 바다로 나선다. 이 참게 녀석들은 계절과 관계없이 발발거리며 돌아다닌다. 화살새 고기를 씹어 삼키자 수중 호흡을 할 수 있다는 버프 문구가 떠올랐다.

성호는 바다에 풍덩 빠져들었다.

'이야……'

바닷속은 아주 멋진 풍경을 자랑하고 있었다. 수백, 수천 마리의 물고기가 떼를 지어 몰려다녔다. 수심이 낮은 바다에 햇살이 비쳐 환하게 빛났다. 바닥에는 산호인지 뭔지 알 수 없는 생물들이 복잡하게 얽혀 있었다. 언젠가 티브이에서 봤던 동남아나 태평양의 그것보다 훨씬 풍요로운 모습이다.

한꺼번에 버프 창이 너무 많이 떠서 시야가 혼란스러웠다. 조금 깊이 들어가자 알림 창이 떴다.

「수영 스킬 레벨이 1로 상승」

'무섭다……'

그가 빠져도 구해 줄 사람이 없다는 막막함이 공포를 불러왔다. 저 멀리에서 뭔가 커다란 생명체가 어른거리고 있는 게 보였다. 알림 창은 나타나지 않았지만 너무 커서 가까이 다가가기조차 꺼려진다.

'일단 후퇴다.'

첫 바닷속 탐험을 마친 기념으로 바닥을 뿔뿔거리며 기어 다니던 바닷가재 한 마리를 작살로 쿡 찍는다. 크기도 제법 커서 먹을 만할 것 같다. 성호는 녀석을 들고 바다에서 빠져나왔다. 그런데 어디선가 야옹 하는 소리가 들린다.

"딩고!"

"냥냥냥냥."

녀석이 돌아왔다. 오두막 모퉁이에서 돌아 나오더니 이쪽을 향해 종종걸음으로 뛰어왔다.

「동물 친화 스킬 레벨이 3으로 상승」

꽤 오랫동안 2에 머물러 있던 게 드디어 3으로 올랐다. 동시에 딩고의 이름 뒤에 문구가 추가되었다.

「산고양이: 딩고(불안, 새끼)」

"응?"

이게 뭘까? 딩고가 냥냥거리며 성호의 다리에 몸을 문질렀다. 녀석의 몸은 떠날 때에 비해 상당히 부어 있었다. 아니, 살이 찐 건지도 모르겠다. 앞발을 들어 올려 배를 확인하자 선명한 젖꼭지가 보였다.

"딩고, 너 새끼 뱄구나."

"야옹."

"이 녀석이, 응? 내 허락도 없이 새끼를 뱄어, 응? 나보고 키우라고?"

"야옹."

녀석을 안아 올려 어깨에 걸쳤다. 딩고는 몸이 무거운 모양인지 제대로 움직이질 못했다.

'불안…… 불안하다고? 왜 불안하지? 아, 새끼를 배서?'

혹시 새끼를 안전하게 키울 수 있는 장소를 찾을 수 없어 불안함을 느끼는 게 아닐까? 불안의 원인이 새끼라고 하면 저 문구가 이해가 된다. 바닷가재를 현관에 팽개치고 오두막에 녀석을 들였다. 포근한 보금자리를 마련해 주고 훈제한 흑멧돼지 고기와 물을 가져다 주자 정신없이 먹는다.

'오, 바뀐다.'

불안이 안식으로 바뀌었다. 동물들의 감정을 직접적으로 나타내 주는 시스템이 아닌가 싶다. 동물 친화 스킬이 3으로 오르면서 생긴 효과다. 딩고는 오두막에 들어와서야 비로소 안심했는지 고로롱 하며 잠에 빠져들었다.

성호는 조심스레 장비를 내려놓고 해안가로 가서 망원경으로 그림자를 관찰했다.

'음? 배잖아?'

배다. 그것도 범선이다. 메인 돛대는 쓰러져 바다에 반쯤 빠져 있었고 배 밑바닥이 암초에 걸려 있었다. 이름을 알 수 없는 바닷새들이 주위를 돌아다녔다. 그리고 데크 하우스처럼 보이는 구조물 안에 희끄무레한 것이 보였다.

'저거 해골인가?'

아무리 봐도 해골처럼 보인다.

'확실히 여기엔 문명이 있어.'

혹은 있었는지도 모르겠다. 저런 배를 만들 정도의 문명이 이런 풍요로운 곳을 내버려둘 리가 없잖은가? 혹시 정복하는 중이라면 얘기가 달라지겠지만.

'저 배에 가고 싶긴 한데.'

가는 수단이 문제다. 그리고 크라켄도 신경이 쓰였다. 처음 본 뒤로는 모습을 보이지 않았지만 언제 나타날지는 아무도 모른다. 성호는 배의 위치를 눈여겨본 뒤 오두막으로 돌아섰다. 먼바다로 나가기에 그는 기술도 없고 담력도 부족하다.

'일단은 배를 좀 만들어봤으면 좋겠는데.'

해저는 비교적 평평하다. 수심 3m 정도 되는 바다가 100m 정도는 뻗어 있다. 일정 크기 이상의 괴물은 해안가로 접근하지 못한다는 말이다.

'거창한 것 말고 우선 뗏목부터.'

언제나 친절한 선생님이 되어주는 미튜브를 보고 공부하면 될 것이다. 성호는 오두막으로 돌아가 딩고의 앞에 걸터앉았다. 새근새근 자고 있는 모습이 귀엽다.

*

'이상하네.'

매일같이 지팡이를 짚고 텃밭을 돌보러 가시던 할머니가 내려오

지 않는다. 작은 발걸음 소리조차 들리지 않았다. 할머니와의 약속
이 있었기에 조심스레 2층으로 올라가 문을 두드린다.

"할머니."

반응이 없다. 문고리를 탁탁 내리치며 외쳤다.

"계십니까!"

여전히 반응이 없다. 문고리를 당기니 삐걱 하며 오래된 문이 열
렸다. 퀴퀴한 공기가 느껴진다.

'청소를 안 하셨나?'

오랫동안 방치되어 있었는지 바닥에는 먼지가 제법 쌓여 있다.
성호는 신발을 벗고 안으로 들어섰다. 온갖 잡동사니가 어지럽게
널려 있다. 그리고 베란다 새시문 앞에 할머니가 쓰러져 있었다.

"할머니."

부리나케 달려가 부축했다. 낮은 숨소리, 파르르 떨리는 눈꺼풀.
할머니가 위독하다. 성호는 바로 구급차를 불렀다. 요란한 사이렌
소리가 울렸다.

"보호자분 되십니까? 혹시 동행 가능하세요?"

"예."

인근 병원에 이송된 후에는 기다림의 연속이었다. 가게 문을 닫
고 올 걸 그랬나 후회해 본다. 복도에서 기다리는데 간호사가 이름
을 불렀다.

"혹시 환자분과 어떻게 되십니까?"

"가족은 아니고, 그냥 세입자입니다."

"아, 그래요? 그럼 환자분께 가족이 있다는 소리를 들으신 적 있

습니까?"

"없습니다. 할머니의 지금 상태는 어떻습니까?"

"음……"

의사는 잠시 안경을 내려놓고 눈두덩을 비볐다.

"저희 차트에는 만성 신부전증을 앓고 계신 걸로 나왔습니다. 실은 얼마 전 그것 때문에 며칠 입원하기도 하셨죠. 퇴원을 하면 안 되는데 막무가내로 나가시는 바람에."

"그렇군요……"

"신부전이 대단히 악화된 상황입니다. 잘라 말해 신장 이식이 아니면 생존이 어렵습니다. 그러나 환자분의 몸이 버틸지는…… 아무래도 각오를 하셔야……"

"그…… 제가 어떻게 하면 되겠습니까?"

"일단은 자택에 가셔서 기다리시죠. 저희가 따로 연락을 드리겠습니다."

상호는 어두운 안색으로 가게에 돌아왔다. 단칸방에서 딩고가 애처롭게 울고 있었다. 녀석의 머리를 쓰다듬어준 다음 가게의 문을 닫았다.

며칠 후, 성호는 병원이 아니라 장례식장으로부터 연락을 받았다. 할머니가 돌아가셨다는 급보였다. 서둘러 달려가 보니 서류부터 내민다.

"어, 어떻게 되셨습니까?"

"영면하셨습니다."

그 간단한 말 한마디에 할머니의 죽음이 결정되었다.

"워낙 몸이 약하셔서 수술이 어려웠고요. 옆구리 통증을 호소하셔서 저희가 진통제를 투여했습니다. 하지만 결국 이렇게…… 안타깝습니다."

"……예."

이후로는 장례 절차가 진행되었다. 상주도 없어 성호가 홀로 빈소를 지켜야 했다. 찾아오는 사람은 거의 없었고 집 주위의 상가 사람들이 전부였다. 발인일에 관이 들어가고 나서 변호사가 그를 찾아왔다.

"정수현 변호사라고 합니다. 고인의 명복을 빕니다. 실은 김 할머니께서 얼마 전 저희 사무실에 찾아오셔서 유언장을 쓰셨습니다. 저와 사무장이 공증했고요. 유언의 내용은…… 강성호 씨에게 김 할머니의 모든 재산을 증여한다는 것입니다."

"제게 재산을 주신다고요?"

"예. 여기 목록이 있습니다. 유언장도 확인하시고요. 덧붙여 말씀드리면 김 할머니께선 부군이 영면에 드신 뒤 고독하게 살아오셨던 것 같습니다. 재산을 증여할 사람이 없었던 거죠."

"그렇습니까……"

할머니에게 자식이나 친지가 없다는 건 어렴풋이 알고 있었다. 그래도 이렇게 돌아가실 줄은 몰랐다. 변호사가 서류를 내밀었다.

"여기 사인하시면 필요한 절차를 진행하겠습니다. 다시 한번 고인의 명복을 빕니다."

그리고 변호사는 떠나갔다. 성호는 할머니가 들어간 납골당을 바라보았다. 아무 말도 할 수 없었다. 집으로 돌아와서 단칸방에 들어앉아 딩고를 보살폈다. 녀석이 가냘프게 울었다.

Part
2

1 ◆

뜻밖의 일 (2)

할머니의 죽음은 성호에게 작지 않은 충격을 가져다주었다. 나이가 많은 만큼 언제 돌아가셔도 이상하진 않았지만, 이렇게 갑자기 돌아가실 줄은 몰랐다. 가족도 아니고, 핏줄이 이어진 것도 아니건만 허탈했다.

'정신 차리자, 정신.'

벌써 며칠째 가게를 닫아놓은 상태다. 새벽부터 일어나 낡은 건물을 싹 청소하고 잡동사니를 내다 버렸다. 할머니가 서랍에 보관해 뒀던 재산 목록과 작은 주머니를 꺼낸다. 거기엔 도장과 통장 등이 들어 있다. 할머니가 평생을 모은 돈이다.

'할머니⋯⋯'

330제곱미터(100평)이 넘는 대지와 2층짜리 건물 전체가 성호의 것이 되었다. 하지만 성호는 할머니의 예금을 쓰지 않기로 했다. 좋은 곳에 써달라는 유언장의 내용대로 정부가 지정한 보육원에 기증할 생각이다.

'일하자, 일.'

산 사람은 살아야 한다. 그게 세상의 섭리다.

완연한 가을이 되었다. 딩고는 하루 종일 거의 움직이지 않고 단
칸방에서만 지냈다. 녀석의 몸이 온전치 못하기에 당분간 판타지아
에는 가지 않고 현실에서만 시간을 보낸다.

'요즘 그 학생들이 안 오네.'

미혜와 나경이가 보이지 않는다. 그 오 팀장이란 사람과 무슨 얘
기를 하기는 한 모양이다.

'혹시 캐스팅이라도 당했나?'

모를 일이다. 예전보다 장사가 훨씬 잘되어서 바쁘게 움직여야
만 했다. 한 아주머니가 품에 강아지를 안고 나타났다. 말티스였다.

"떡볶이 2천 원어치 주세요. 그리고 김밥 한 줄도. 어묵 국물은
먹어도 되죠?"

"네네."

강아지가 낑낑거렸다. 성호의 눈에는 강아지의 이름과 현재 감
정 상태가 보인다.

「개: 쫑이(고통, 앞발)」

'거참 신기하네.'

얼마 전만 해도 판타지아에서만 보였던 게 이제 현실에서도 보이
기 시작했다. 가게 앞에서 뒹굴고 있는 고양이들에게도 마찬가지다.

161

'동물 친화 스킬 레벨이 높아져서 그런가······'

강아지는 주인의 품에 안겨서 낑낑거리고 있는데, 앞발이 바르르 떨렸다.

"죄송한데요, 강아지 어디 아픕니까?"

뭔 상관이냐고 면박당하면 바로 접을 생각으로 던진 말이다.

"어제부터 이러네요. 베란다 화분에서 뛰어내린 다음부터 앞발을 저는 것 같아서 병원에 가봤는데 별 이상은 없다고 하는데, 자꾸 이러니 어떻게 해야 할지 모르겠어요."

"앞발 좀 볼 수 있을까요?"

"그러세요. 아유, 참. 쫑이야, 잠깐만."

아주머니가 강아지를 매대에 내려놓았다. 쫑이는 반사적으로 아픈 발을 들어 올렸다. 성호는 발바닥을 유심히 살핀 끝에 작은 돌조각 하나가 박혀 있는 것을 발견했다. 깊이 박힌 데다 털에 가려져 있어서 하마터면 놓칠 뻔했다.

"돌조각이 박혀 있네요."

"어머, 진짜요? 어떻게 아셨어요?"

"전에 저 고양이들도 유리 조각을 밟은 적이 있었거든요. 한쪽 발을 아예 들고 다니더군요."

"그럼 어떡하죠? 지금 빼내야 하나요?"

"잠시만요."

이쑤시개를 가지고 와서 주인에게 쫑이를 꽉 붙들라고 시킨 다음 돌조각을 살살 뽑아낸다. 녀석은 사방이 떠나가라 짖어댔다.

"깨개갱!"

간신히 돌조각을 뽑아내고 바셀린을 살짝 발랐다. 휴지로 동여매고 고무줄을 묶자 임시 붕대가 되었다. 아주머니는 성호에게 고마워했다.

"아휴, 정말 고마워요. 덕분에 우리 쫑이 한시름 났네요. 튀김 만 원어치만 더 주세요. 집에 가서 애들 주게요."

"고맙습니다."

이후로는 한가한 오후가 계속되었다. 그러나 그 평화를 사정없이 깨트리는 악마가 있었으니.

"아저씨, 안녕하세요!"

언제나 기운찬 미혜가 나타났다.

"어서 오세요."

"헤헤, 아저씨. 저 보고 싶지 않았어요?"

"글쎄요."

"전 아저씨하고 고양이들 되게 보고 싶었는데."

왜 안 왔느냐고 물어봐야 할 것 같은 느낌이 온다.

"그동안 무슨 일 있었습니까? 나경이 학생도 안 보이고."

"으흠, 그게 뭣 때문이냐면요……"

역시 그걸 말하고 싶었던 모양이다. 미혜는 웬 중년의 남자와 찍은 사진을 보여주었다.

"이게 뭐죠?"

"이 아저씨 모르세요? JM엔터 대표님이에요! 이형석!"

"글쎄요, 모르겠는데……"

그는 남들 다 안다는 무한걸스의 멤버 이름도 모른다. 미혜는 제가슴에 손을 살짝 얹었다.

"저 아이돌 하기로 했어요."

"아이돌? 걸그룹 얘기하는 겁니까?"

"네. 전에 그 배우님이 왔었잖아요. 김도준 아저씨. 그때 같이 온 아저씨가 무슨 무슨 팀장님이었거든요. 프로젝트가 하나 있는데, 제가 들어와줬으면 하고 얘기한 거 있죠?"

"그게 JM에서 론칭하는 걸그룹 프로젝트인 모양이군요? 잘됐네요."

"엄마가 허락해 줬어요. 어차피 공부도 못하는 딸내미, 그 얼굴 가지고 먹고살라고 하면서요."

어쩨 칭찬이 아닌 것 같다. 미혜는 매대를 짚고는 방방 뛰었다.

"나경이는요! 제가 계속 설득했는데, 그냥 요리 학원 다닌대요. 자기 엄마 고집을 못 이겼나 봐요."

"그럼 학생은 언제부터 활동하는 거예요?"

"몇 개월 있다가 바로요! 원래는 연습생으로 좀 있어야 하는데, 전부 패스했어요. 보컬 조금만 다듬어서 그냥 투입해도 되겠대요! 안무 연습 좀 하고요!"

"와, 그건 대단하네요."

아이돌 세계에 지식이 없는 성호지만 그래도 연습생 생활을 거치지 않고 바로 데뷔하는 게 얼마나 힘든지는 알고 있다.

"근데 아저씨."

갑자기 미혜가 울상이 되었다. 웃다가 울면 엉덩이에 뿔이 난다는데.

"예?"

"저 살쪘어요. 서울에 올라가서 며칠 있었는데…… 평소 먹던 대로 먹으니까 살이 막~ 저 어떡하죠? 실장님이 무조건 살 빼래요."

그러고 보니 볼이 통통해진 것 같다. 개울치 튀김을 안 먹었으니 당연히 먹은 게 그대로 살로 갈 수밖에.

"아저씨 가게에서 막 사 먹어도 살 안 쪘는데…… 혹시 저한테 뭐 숨기는 거 없어요?"

"그런 거 없는데요."

"아저씨, 너무해."

살짝 눈을 흘기는 미혜. 아무튼 미혜는 기분이 좋은 모양이다. 그도 그럴 것이 이제 공부의 압박에서 벗어났으니까. 서울로 올라가서 걸그룹으로 활동한다는 것에 상당히 들떠 있었다. 미혜는 조잘조잘 얘기를 하다가 가버렸고, 기다리기라도 한 듯 은주가 고개를 꾸벅 숙이면서 나타났다.

"아저씨, 안녕하세요."

"뭘 드릴까요?"

"저 밥 먹고 싶어요. 안에서요."

"예, 그러세요."

무슨 일일까. 방학 때 도시락을 사 먹긴 했어도 가게 안으로 들어와서 뭘 사 먹은 적은 없는 그녀다. 김치찌개를 먹고 싶다고 해서 끓여 주니 혼자서 호로록 먹는다. 왠지 그 모습이 쓸쓸해 보였다.

"전에 그 큰 고양이 어디 갔어요?"

비밀은 아니라서 방 안에 들어가 딩고를 안고 나왔다. 은주의 눈이 커진다.

"어…… 배가 커졌네요? 새끼 뱄어요?"

"좀 됐습니다. 조만간 출산할 것 같긴 한데."

아닌 게 아니라 성호의 눈에는 딩고의 현재 상태가 보인다.

「산고양이: 딩고(혼란, 출산)」

출산으로 인해 혼란을 겪고 있다는 말이다. 출산을 해야 혼란 상태가 사라진다는 뜻이리라. 은주는 밥을 다 먹지도 않고 꾸벅 인사하고는 가게를 빠져나갔다. 그걸 치우고 있으려니 나경이가 풍선껌을 불면서 나타났다. 왠지 삼총사가 번갈아 가면서 오는 느낌이다. 나경이는 인사도 하지 않고 의자에 털썩 앉았다.

"아저씨, 그 얘기 들으셨어요?"

"무슨 얘기요?"

"미혜, JM엔터 연습생으로 들어갔단 얘기요."

"아까 와서 그러더군요."

"은주도 왔었어요?"

"은주 학생은…… 이걸 말해도 될까 모르겠네."

"부산대 수의대 가는 건 알아요. 걔가 말했으니까."

"방금 왔었습니다. 왜 한 명씩 오는지는 모르겠지만."

"그냥 그렇게 됐네요. 전 엄마 가게에서 일하기로 했어요. 해운대 쪽에 있는 한정식집이에요."

"잘됐네요. 나중에 다 배우면 가게 물려받는 건가요?"

"아직은 모르죠. 근데 아저씨, 저 아저씨한테 조금 놀란 거 있어요."

"어떤 거요?"

"아저씨가 되게 요리 잘한다는 거요. 처음 봤을 때는 그냥 분식집 아저씨인 줄 알았는데."

"요리 별로 잘 못합니다."

"전에 제가 초밥 포장해서 간 적 있잖아요. 엄마가 드셔보더니 어디 초밥집에서 가져왔느냐고 물었거든요."

요리 스킬은 궁술처럼 전반적인 손의 움직임을 보정해 준다. 스킬 레벨이 4라면 제법 숙련된 요리사와 거의 맞먹는 정도다. 범위가 무척이나 넓어서 처음 보는 재료의 손질 방법도 척척 떠오른다. 정확한 계량은 물론이다.

"전에 어머님이 한식 연구가라고 하지 않았어요?"

"한식 연구가가 초밥 못 만들란 법은 없잖아요. 제가 분식집에서 사 왔다고 하니까 굉장히 놀라시던데. 새우 손질한 거 하며 밥의 모양도 굉장히 좋다고. 그래서 말인데요, 아저씨. 저희 엄마 한번 보러 가지 않을래요? 한정식집에서 일하게 해드릴 수도 있는데."

성호는 잠시 손을 멈췄다. 한정식집?

"마음은 고맙지만 난 여기가 마음에 들어서요."

"분식집보다는 한정식집이 낫지 않아요? 저희 엄마한테 이것저것 배울 수도 있는 거고요."

"아뇨, 그것보단 혼자 일하는 게 익숙해져서요. 누구 밑에서 일하는 게 엄두가 나지 않네요."

"흐음…… 아저씨도 고집 세네요."

"그럴 때는 고집이 세다고 하는 게 아니라 신념이 확고하다고 하는 겁니다."

"에휴…… 알았어요. 대신 나중에 저희 가게에 한번 놀러 오세요."

"다음에 한번 가죠."

나경이는 언제나 그랬던 것처럼 인사도 하지 않고 가게를 나갔다. 성호는 별 신경 쓰지 않았다. 어차피 졸업하고 나면 안 볼 사이인데. 설거지를 하고 의자에 앉아 차분히 생각을 해본다.

'역시 확장을 해야겠어.'

이대로 분식만 파는 것도 좋지만 본격적으로 음식점을 열고픈 욕심도 있다. 판타지아에서 나오는 무궁무진한 재료와 요리 스킬이 합쳐지면 상당한 파급력을 가져올 것이다. 싸고, 맛있고, 양 많고 깨끗한 음식점을 마다할 손님은 아무도 없다.

'대출을 받아야겠군.'

건물을 담보로 대출을 받는다면 이자가 높겠지만 갚아나갈 자신은 있다. 성호는 자신이 바라는 가게의 모습을 머릿속에서 그려보았다. 턱을 괸 채 이런 생각을 하며 흐뭇하게 있다가 딩고가 우는 소리에 깜짝 놀라 일어섰다. 녀석의 출산이 임박했다.

2 ◆

너의 목소리가 보여

딩고가 무사히 새끼를 낳았다. 모두 합해 네 마리. 새끼 고양이들이 어미 품에서 꿈틀거리고 있는 걸 본 성호는 꽤나 감격했다. 새끼를 낳았으니 영양 보충을 해줘야 한다. 명태포를 사 와서 육수를 푹 끓인 다음 생선 살을 넣어 딩고에게 주니 순식간에 해치운다.

당분간 판타지아에 가는 것은 관두고 분식집 운영에만 집중해야 할 것 같다. 그건 그렇고, 요즘 아침저녁으로 개를 데리고 산책하는 사람들이 제법 보였다. 날씨가 선선해져서 운동하기에 적당하기 때문일까.

성호가 가게에 있을 때는 개들도 별 반응이 없었다. 그러나 공터에 나와서 잡초를 뽑고 정리를 하고 있으면 지나가는 강아지들이 목줄을 팽팽하게 하고 달려든다. 물론 좋아서 그러는 거다. 동물 친화 스킬의 위력이랄까. 목줄을 잡은 주인들은 연신 얘가 '왜 이러지.' 하면서 고개를 갸우뚱한다.

'민폐군, 민폐.'

동물 친화 스킬을 꺼둘 수도 없다. 분식집의 아이덴티티라고 할 수 있는 고양이들이 가게 앞에 몰려 있기 때문이다. 성호는 하는 수 없이 공터에 나가는 것을 포기했다. 요즘 들어 분식을 사러 자주 오는 손님이 한 명 있다. 20대 남자인 안형우는 인근 펫 숍의 주인이다. 고양이 분식집으로 유명한 성호의 가게에 몇 번 찾아오더니 어느 날 그를 펫 숍으로 초대했다.

"형, 형, 여기요."
형우네 펫 숍은 꽤나 넓고 깨끗했다.
"안녕하세요. 얘기 들었어요. 형우 누나, 안희선이에요."
안희선은 형우가 여장한 게 아닐까 생각될 정도로 비슷했다.
"어…… 되게 이상하네요. 성호 씨가 온 뒤로 얘네들이……"
희선은 적지 않게 놀랐다. 시끄럽게 짖어대던 강아지와 고양이들이 갑자기 꼬리를 흔들며 성호만을 쳐다보고 있다. 마치 성호가 이 강아지, 고양이들의 주인이 된 것 같다. 그뿐인가. 그가 살짝 움직이자 동물들의 고개도 따라 움직인다.
"그냥 좀 긴장해서가 아닐까요?"
"아뇨, 아뇨. 전혀 아니에요. 지나치게 활기찬 애들이 좀 있거든요. 특히 어제 들어온 저 요키가요."
"얘, 얘. 너 진짜 못됐다. 나한테는 그렇게 앙칼지더니."
"누나한테만 그런 게 아니라 얘가 좀 성질이 고약하거든요, 형."
"헐, 대박. 요 녀석이 이렇게 얌전한 거 처음 봐요."
아르바이트생이 요키에게 손을 가져다 대자 요키는 '이걸 물어

말어' 엄청나게 고민하다가 외면해 버리고 만다.

「개: 뚜리(외로움, 주인)」

"이 강아지는 이름이 뭐죠?"

"뚜리예요. 수컷이고요. 여기에 온 지는 이틀 정도 됐는데 제일 시끄럽게 짖어대는 녀석이에요."

"지금은 별로 안 짖네요."

"그야……"

지금 이 상황은 동물을 오랫동안 돌봐온 안희선, 안형우도 이해가 되지 않았다. 펫 숍은 원래 시끄럽다. 하지만 그 당연한 상식이 지금 적용되지 않고 있었다. 사람들이 내는 소리를 제외하면 고요하다.

'확실히 스킬 위력이 끝내주는군. 이건 그냥 내 능력으로 해두는 게 좋겠어.'

이 스킬은 남들에게 알려진다 해서 손해 볼 것은 전혀 없다. 성호가 뚜리에게 손을 뻗자 녀석이 꼬리를 흔들며 달려들었다. 좋다고 안기는 녀석을 보며 형우가 투덜댔다.

"이틀 동안 밥 주고 똥 치워준 게 다 허사네, 허사야."

*

— 〈동물농원〉에 제보 드립니다. 저는 부산시에 살고 있는 여성

입니다. 작은 펫 숍을 운영하고 있는데요. 믿기지 않는 일을 경험해서 제보 드립니다.

타닥타닥—

안희선의 손가락이 키보드를 두들긴다. 분식집 아저씨가 그녀의 매장에 방문한 그날, 상식이 깨졌다. 앙칼진 동물은 원래 성격이 그런 거라는 상식 말이다. 말 안 듣던 고양이가 냥냥거리며 성호의 손에 머리를 비비는 것은 그야말로 충격이었다. 좀 쓰다듬어주려고 하면 하악질을 하던 녀석인데. 그뿐만이 아니다. 매장 전체의 동물이 그에게 집중하는 모습은 그야말로 경악 그 자체였다. 그가 움직이면 동물의 시선도 따라 움직였다. 누가 이걸 설명할 수 있을까.

아르바이트생도 신기하다며 동영상을 찍었다. 형우가 〈동물농원〉에 제보해야 한다고 난리를 치자 그는 웃기만 했다. 진짜 올린다고 했음에도 딱히 거절하지 않았다.

희선의 글이 〈동물농원〉 제보 게시판에 올라간 지 몇 시간도 되지 않아 담당 작가가 그것을 클릭했다. JBS의 이선미 작가는 안경을 슥 밀어 올리며 제보를 읽었다. 내용인즉 동물과 교감하는, 혹은 동물을 위압하는 사람인 것 같다.

"제보 영상 같은 건 없어?"

"네, 없네요. 아…… 잠깐만요. 메일로 보낸다고 쓰여 있는데."

"확인해 봐."

달칵달칵—

몇 번의 마우스 클릭으로 영상이 재생되었다. 평범한 펫 숍처럼 보인다. 키가 큰 남성이 강아지를 쓰다듬고 있는데 카메라가 주위의 동물들을 비춘다. 십수 마리의 동물이 있음에도 매우 조용했다.

"신기하네. 보통 이런 데 들어가면 막 짖는 소리 나던데."

"그렇죠, 선배? 조그만 애들이 대부분인데, 작은 애들이 더 앙칼지잖아요. 말티스, 요크셔 테리어, 치와와, 이런 애들."

"소그만 게 성깔 있긴 하지. 근데 선미야, 쟤네들 시선 보여?"

"무슨 시선이요?"

"동물들 시선 말이야. 저 남자를 따라가고 있는데?"

"헐! 진짜네."

영상은 〈동물농원〉 제작진인 작가들도 놀랄 정도였다.

"저 갑자기 무서워지려고 그러는데요. 혹시 저 남자 뒤에 귀신이 따라다니는 거 아니에요? 그래서 애들이……"

"뭔 헛소리야? 일단 제보자한테 연락해 봐. 만약 진짜라면 현장에 가서 확인해 봐야지."

*

성호는 딩고와 놀아주다가 뜻밖의 전화를 받았다. 전화를 건 사람은 〈동물농원〉 제작진으로, 영상의 진위를 직접 확인시켜 줄 수 있느냐는 내용이었다. 말인즉슨 형우의 누나 안회선이 펫 숍에서 일어난 일을 제보했고, 진위 여부를 확인코자 연락을 취했다는 것이다.

'어차피 알려질 능력이라면 미리 알려지는 게 낫지.'

성호는 자신의 동물 친화 능력을 더 이상 감출 수 없다고 판단했다. 동물 친화 스킬을 계속 끄고 다닐 것이 아니라면 켜놔야 하는데 범위가 점점 넓어지고 있었으므로, 언젠가 밝혀질 거라면 차라리 자진 신고를 하는 편이 나을 것이다. 동물 친화 능력은 알려져도 타격이 거의 없다. 사람들이 무서워하지도 않으며, 오히려 부럽다고 생각할 것이다.

'다만 내 인터넷 방송과는 분리하는 게 좋겠지.'

고독한 탐험가를 콘셉트로 하기 때문에 미튜브에는 철저하게 판타지아의 영상만을 올려야 한다. 자칫 헷갈려서 딩고와 가게가 동시에 나와 버리면 성호의 정체를 추측하는 사람이 생길지도 모른다.

"예, 괜찮습니다. 정확한 주소는 문자로 보내드리겠습니다."

"저…… 일본에서 애니멀 커뮤니케이터로 유명한 마이디와의 대결을 주선할까 하는데, 괜찮을까요?"

"마이디는 누구죠?"

"일본 동물 프로그램에 출연해 유명해지신 분인데요. 동물의 감정을 읽고 영혼을 본다고…… 동물이 무슨 말을 하는지 알 수 있다고 했어요."

'그거 사기꾼 아닌가? 일단 내 능력은 진짜니까 부딪쳐보면 되지.'

거기까지 생각한 성호는 승낙했다.

"좋습니다. 같이 촬영하도록 하죠."

제작진이 모여 회의를 통해 프로그램 진행을 구성했고, 대본이 쓰였다. 그리고 이미 참가 의사를 보인 바 있는 마이디도 초청해 데려왔다. 장소는 인근의 체육 공원. 호젓한 공간에 제작진과 섭외된 견주, 개들이 모였다. 성호는 안희선과 함께 다마소를 타고 공원에 도착했다. 촬영이 시작되었다.

*

"하아암~"

일요일 아침, 엄마가 있는 서울 아파트로 올라온 미혜는 하품을 하며 소파에 몸을 던졌다. 친구들은 공부 삼매경에 빠져 있을 시기이지만, 그녀는 보컬 트레이닝을 받기 위해 서울과 부산을 오가고 있었다.

"엄마! 〈동물농원〉 해!"

"잠깐만."

〈동물농원〉이 시작되었다. 익숙한 오프닝 곡이 지나가고 MC들이 나와 소개를 시작했다.

"오늘도 불쌍한 동물들 구조하는 건 아니지? 엄마는 가슴 아파서 그런 거 못 보겠어."

"아닐 거야. 저번 예고편에 다른 거 나온다고 했거든."

"어떤 거?"

"애니멀 커뮤니케이터? 동물과 대화할 수 있는 사람 둘이 나와서 대결을 한대."

"그런 거 다 사기 아니니?"

175

"다 짜고 하는 걸 거야."

〈동물농원〉의 열혈 시청자들도 방송에 소개된 사연이 모두 진짜라고는 생각하지 않는다. 동물은 아무 생각도 없는데 자막을 이상하게 넣은 경우도 많을 것이다. 그리고 가끔은 구조 활동을 하기도하는데 분량을 뽑으려고 일부러 구조를 늦춘다는 의혹이 돌기도 했다. 진실은 저 너머에 가려져 있지만.

— 자, 오늘도 꼭 본방 사수하길 바라면서 동물농원 출발하겠습니다. 열려라!
— 동물농원!

이어서 새로운 화면이 나왔다. 일본에서 유명하다는 애니멀 커뮤니케이터 마이디와 모든 동물을 복종시킨다는 의문의 사나이의 대결! 마이디의 행적이 쭉 나오고, 모녀는 사뭇 진지한 표정으로 티브이를 시청했다.

내레이션에 의하면 마이디란 사람은 사진만 보고서도 동물이 말하고자 하는 바를 알 수 있으며, 동물과 직접 대면하면 그 영혼까지읽을 수 있다는 초능력의 소유자였다. 마이디에 이어 한국의 동물지배자란 사람이 소개됐을 때, 미혜는 하마터면 입안에 든 밥을 뿜을 뻔했다. 고양이 분식집의 강성호 아저씨가 피디와 인터뷰를 하고 있었던 것이다.

"저 아저씨가 저기서 왜 나와?"

"그러게. 저 남자, 분식집 사장 아니니?"

176

"맞는데? 진짜네? 어?"

미혜가 티브이에 바짝 다가가 앉았다. 아는 사람을 이렇게 티브이에서 보니 되게 신기했다.

— 그럼 지금부터 이 불안에 떨고 있는 강아지가 과연 무엇을 말하고자 하는지, 대결을 통해 알아보도록 하겠습니다.

묵직한 내레이션과 함께 마이디가 셰퍼드에게 다가갔다. 셰퍼드는 첫눈에 보기에도 떨고 있었다. 단순한 불안 증세일까? 마이디는 잠시 정신을 집중하더니 영어로 말했다. 동시에 자막이 덧입혀진다.

— 아무래도 새끼 때부터 같이 지낸 형제와 떨어진 것 같아요. 그래, 그래 미안하다. 우리가 나빴어. 지금 네 형제를 찾아줄게.

셰퍼드를 앞에 두고 뭔가 중얼중얼하긴 하는데 보는 사람이 황당할 지경이다. 처음 보는 동물의 과거를 밝혀낼 수 있다고?

"말도 안 돼. 그나저나 성호 아저씨는 뭐라고 할까?"

"미혜야, 분식집 다니는 동안 그 사장한테서 이상한 능력 같은 걸 본 적 있니?"

"이상한 능력이라고 하면 좀 그렇고. 고양이하고 친하게 지내는 건 봤는데."

"길고양이?"

177

"응. 처음 보는 길고양이하고도 되게 친하게 지냈어. 난 처음에 아저씨가 주인인 줄 알았는데 길고양이래."

"그러니? 되게 신기하다."

"더 신기한 거 뭔지 알아? 그 고양이들이 절대 가게로는 안 들어가는 거야."

"쫓아내서 그런 게 아니니?"

"아냐. 그 아저씨가 얼마나 고양이들을 예뻐하는데."

마이디의 주장이 끝나고 마침내 성호의 차례가 되었다.

— 매우 간단하네요.

대체 뭐가 간단하다는 것일까? 미혜는 마른침을 꿀꺽 삼켰다.

— 김유상 씨, 혹시 이 셰퍼드의 주인 되십니까?

— 예, 맞는데요.

— 아무래도 견주가 아닌 것 같은데, 맞죠?

목줄을 쥐고 있던 청년이 눈에 띄게 당황했다. 자막에 느낌표가 연달아 튀어나왔고 MC들이 황당해하는 분위기가 카메라에 담긴다. 미혜와 김 여사도 '저걸 어떻게 알지?' 하며 집중한다.

— 여기에 셰퍼드 견주분 계십니까?

누구도 나오지 않는다. 성호가 헛소리를 하든가, 아니면 제작진이 숨겼다든가 둘 중 하나다. 성호가 일어나더니 목줄을 받고 셰퍼드의 귀에 대고 뭐라 뭐라 중얼거렸다.

"……개가 저걸 알아들으면 이상한 거지."

— 자, 뛰어!

성호가 엉덩이를 두드리자 셰퍼드가 힘차게 앞으로 달린다. 사람들이 놀라서 좌우로 퍼졌을 때 한 남성이 셰퍼드를 끌어안았다. 그의 품에 안겨 열심히 얼굴을 핥고 있는 셰퍼드.

— 아무래도 이분이 견주인 것 같은데, 맞습니까?

성호가 그렇게 선언했다. 카메라가 피디를 비추었고, 그는 황당해하는 표정을 지었다가 핫, 정신을 차리고 고개를 숙였다.

— 마, 맞습니다. 저희가 숨겨놨는데 어떻게 아셨죠?
— 그게 제 능력이죠. 아무래도 마이디가 틀린 것 같은데요?

통역사가 그의 말을 통역해 주자 마이디는 이맛살을 찌푸렸다.

— 아니에요, 아니에요. 당신들은 지금 거짓말을 하고 있어요.
— 어째서 거짓말을 한다고 생각하는 거죠? 제작진이 다 짜고

한다는 겁니까?

— 저는 동물의 영혼을 읽을 수 있습니다. 그가 그렇게 말했어요. 새끼 때 강제로 어미의 품에서 떨어졌다고. 친하게 지낸 형제가 있다고.

— 강아지를 분양해야 할 테니까 어미의 품에서 떨어트리는 건 당연하죠. 그리고 보통 개들은 새끼를 여러 마리 낳지 않습니까? 같이 뒹군 형제가 있겠죠.

— 당신은 날 모욕하는군요. 내 말이 맞아요. 영혼의 울림이 들리지 않나요?

마이디는 물러서지 않았다.

— 좋아요. 그럼 여기…… 한국에 와서 친해진 저의 동반자가 있어요. 이 친구를 지배한다면 당신의 말을 신뢰하도록 노력해 보죠.

마이디의 측근이 커다란 개를 데려왔다. 원래 키우던 동물은 아니고, 입국한 즉시 펫 숍과 연계해 친분을 쌓은 녀석이다. 하필 맹견으로 분류되는 핏불테리어를 동원한 걸 보면 마이디가 뭘 원하는지 알 수 있다. 성호가 겁을 먹길 바라는 거다. 제작진은 당황했고 이건 사전에 협의가 안 됐다고 통역사와 이야기했다. 그러나 마이디의 고집은 상상 이상이었다.

— 내 제안이 받아들여지지 않는다면 지금 즉시 촬영을 끝내고

돌아가겠어요.

— 좋습니다. 받아들이죠. 대신 마이디도 하나만 약속해 주시겠습니까? 만약 제가 이 핏불테리어를 다루는 데 성공한다면 영혼 어쩌고 하는 얘기를 철회하기로. 애초에 난 동물과 대화하지 못한다고 말이죠.

— 당신이 성공한다면 그렇게 하죠.

MC들은 아까부터 멘트도 하지 않고 집중해 지켜보고만 있었다. 모두의 시선이 성호와 핏불테리어에 쏠린 순간, 그가 핏불테리어에게 다가갔다.

"착하지."

"컹컹!"

핏불테리어는 자신이 지키는 마이디에게 누군가 다가오자 경계의 의미로 크게 짖었다. 동시에 마이디의 입가에 미소가 걸렸다.

'저렇게 경계하는데 어쩔 거야?'

순간 반전이 일어났다. 핏불테리어가 갑자기 고개를 숙이고 눈치를 보는 게 아닌가? 기세 등등하게 짖던 모습과는 완전히 딴판이다.

— 어구구, 그래. 피곤하지? 주인도 아닌 사람하고 오랫동안 있었지? 그래 그래. 이거 끝나면 돌려보내줄 거야.

놀랍게도 성호가 손을 내밀자 핏불테리어가 조심스레 핥았다.

마이디가 입을 쩍 벌렸고 제작진도 마찬가지였다.

— 마, 맙소사……

성호는 측근에게서 목줄을 건네받았다.

— 앉아.

놀랍게도 맹견인 핏불테리어가 그의 말을 듣고 있었다. 앉고, 엎드리고, 빵 하면 뒹구는 동작까지 완벽하게 수행해 냈다. 한 바퀴 돌아 얌전히 엎드리는 부분에서는 얘가 맹견이 맞나 착각할 정도다. 성호가 목줄을 마이디에게 건넸다.

— 자, 난 이 정도까지 할 수 있습니다. 당신은 얼마나 친하죠? 최소 며칠간 같이 지냈을 텐데, 친분을 확인해 봅시다.
— 나, 난…… 안 해, 안 해요. 이런 방송 안 한다고요. 이건 사기야, 사기라고!
— 대단한 거 요구하는 것도 아니잖습니까? 당신이 데리고 나왔잖아요?

성호가 이죽대자 마이디의 얼굴이 붉으락푸르락 변했다.

— 더 이상 할 얘기 없어요. 가자!

방송은 거기에서 끝났다. 마이디가 카메라를 손으로 가로막는 게 마지막 화면이었다. MC들은 황당해했으며 아무래도 강성호 씨의 승리인 것 같다고 판정을 내려주었다.

*

일요일 오전에 방영되는 〈동물농원〉 방송이 끝난 직후 시청자 게시판에는 글들이 폭주하기 시작했다. 대부분은 이거 짜고 치는 거 아니냐는 글이었다.

― 개소리지. 견주가 아닌 걸 어케 암? 처음 보는 개를.
└ ㅇㅇ 동의함. 저 아저씨도 제작진에서 섭외한 거임, 리얼.
― 마이디는 완전 사기꾼이고, 저 아저씨도 똑같음. 아니 어찌 보면 더 악질적임. 제작진하고 짜고 쳤으니까.
― 근데 반응이 너무 리얼한데요? 저게 짜고 친 거면 작가들이 배우 해도 되겠는데요.
└ 그냥 분식집 아저씨임? 그럼 JBS에서 밀어주는 건가?
└ 키 크고 허우대 멀쩡하니까 밀어줄 만하지.
└ 아닌데요. 저 학생인데요. 저 아저씨 방송국하고는 진짜 관련 없어요. 하루 종일 그냥 장사만 해요. 부산 동아여고 앞에 가면 볼 수 있거든요. 거기 튀김 되게 맛있어요.

누군가 다음 지도를 링크해 올린다. 놀랍게도 방금 〈동물농원〉

에서 본 그 청년이 가게 앞에 나와 있었다. 얼굴은 가려져서 보이지 않으나 체격이 똑같다. 그의 주위에는 고양이들이 모여 있었는데, 그게 시청자 게시판 사람들을 놀라게 했다. 뒤늦게 몰려든 사람들로 인해 게시판은 개판이 되었다.

그 시각, 모처럼 가게 문을 닫은 성호는 딩고를 돌보며 인터넷 쇼핑몰에서 구입한 노트북으로 판타지아에서 촬영한 영상을 편집하고 있었다.

'오늘 하루만 쉬지, 뭐.'

마이디와의 대결을 촬영한 게 방송되는 날이 아마 오늘일 것이다. 원래 그는 가게를 쉰 적이 거의 없다. 은주에게 말한 연중무휴는 지금까지는 거짓말이 아니었다. 하지만 아무리 홍보가 좋아도 오늘만큼은 가게를 닫아둬야 한다. 손님들이 자기 동물을 데리고 올지도 모르니까. 티브이에 나온 아저씨는 고달픈 법.

'좋아, 오늘은 이걸 올리자.'

영상 편집 프로그램은 처음 만져보지만 의외로 다루기 쉬웠다. 책을 봐가면서 기초적인 기능을 습득하니 빨리 돌리기, 천천히 돌리기, 자막 넣기 정도는 해낼 수 있게 되었다.

성호가 찍은 것은 훈연실에서 훈제된 흑멧돼지 뒷다리다. 자막으로 훈제 방법에 대해 설명을 넣었다. 그리고 밖으로 가지고 나와서 나무 그루터기에 턱 놓고 썰기 시작했다.

'크으~ 내가 찍었지만 죽이는군.'

이어 그루터기에 나이프와 포크, 코펠 등을 내려놓고 시식하는 장면이 나온다. 두툼하게 썰어서 한 입 먹자 질겅질겅 씹는 소리가 그대로 들린다. 자신이 찍은 건데도 군침이 돌 정도다.

'됐다.'

영상 편집을 종료하고 미튜브 계정에 올린다. 밖에서 누군가 그를 찾는 소리가 들렸다.

"아저씨! 아저씨! 오늘 문 안 여세요?"

보나 마나 〈동물농원〉을 보고 찾아온 꼬맹이들이 분명했다. 성인들은 의외로 방송을 보고도 잘 나서지 않는다. 귀찮기 때문이다. 조용히 숨을 죽이고 있으니 누군가 셔터를 쾅쾅 두드린다.

'저러다 가겠지.'

성호는 방문까지 닫고 귀마개를 낀 뒤 조용히 잠을 청했다. 딩고의 고르릉거리는 소리를 들으며.

3 ◆

뜬금없는 제안

　성호는 미튜브 계정을 보고 놀랐다. 후원금이 생각보다 많이 들어왔다. 게다가 조회 수도 폭등했고, 댓글도 100개 이상 달렸다. 왜 갑자기 이렇게 됐나 찾아봤더니 훈제 흑멧돼지 뒷다리 영상이 오늘의 인기 영상으로 등록되었다. 생각보다 다양한 댓글이 달렸다.

　— 흠…… 보통 먹방하고는 다르네요. 씹는 소리가 좋아요. 계속 올려주셈.
　— 다양한 거 먹는 거는 이 아재가 미튜브에서 짱인 거 같음. 겨우 삼겹살 구워 먹는 애들하고는 비교가 안 됨.
　— 화질도 좋아졌고 사운드도 괜찮네.
　— 오늘 저녁밥 먹을 돈으로…… 후원합니다. 저는 라면 먹으면 됨.

「불쌍맨님이 5,000원을 후원했습니다!」

「청춘이여오라님이 100,000원을 후원했습니다!」

「충무김씨님이 5,000원을 후원했습니다!」

'이게 돈이 꽤 되는구나.'

돈이 되는구나에서 꽤 되는구나로 평가가 바뀌었다. 성호는 한참 고민하다가 결국 댓글을 남기고 말았다.

— 부산어부: 안녕하세요. 부산어부입니다. 고독함을 콘셉트로 잡았지만 영상 밖에서도 그러면 곤란하겠죠. 앞으로도 자주 구독자분들과 만나고 싶습니다. 다음 영상은 야자집게 통구이가 되겠습니다.

이 밑으로도 댓글이 주르륵 달렸다. 계속 댓글을 달다간 끝이 없을 것이다.

딩고의 새끼들은 잘 크고 있다. 이제 겨우 눈을 뜨고 엉금엉금 기어서 보금자리를 벗어나려는 시기다. 손바닥보다 작은 녀석들이 꼬물꼬물 기어 다니는 걸 보면 무척이나 신기하다.

"딩고야, 여긴 아무래도 싫지? 좁고, 냄새 나니까."

"야옹."

성호는 이 좁은 방에서 다섯 마리 산고양이를 키우기란 어렵다는 결론을 내렸다. 그렇다고 가게나 2층에서 키울 수는 없다. 조만간 대출을 받아서 리모델링에 들어가야 하니까.

"역시 거기밖에 없어."

이제 새끼들도 적당히 컸으니 판타지아의 오두막에 데려다 놓아도 될 것 같았다.

"딩고야, 가자."

새끼들을 보자기에 싸서 차원 문으로 들어가니 딩고도 야옹거리며 따라왔다. 한동안 출입하지 않아서인지 오두막은 먼지로 가득했다. 그가 심은 작물들은 수확해도 될 정도로 자라 있었다. 양이 너무 많아서 혼자서 다 먹는 것은 불가능하니 팔아야 한다.

희한한 것은 판타지아의 과일이나 작물이 당최 썩지 않는다는 것이다. 상추는 자주 뜯어주지 않으면 너무 거칠게 자라서 결국은 못 먹게 되는데 딱 먹기 좋은 크기를 유지하고 있다. 이뿐만 아니라 숲의 각종 과일도 떨어져 썩는 걸 보지 못했다. 마치 누군가가 따줄 때까지 기다리고 있는 모양새다.

'여기는 거의 변하지 않았구나.'

딩고 녀석은 한동안 성호를 올려다보더니 우는 새끼들을 물고 집으로 들어갔다. 사료 공급기를 집 옆에 달아 가득 부어준다. 물은 수조에서 똑똑 떨어지고 있으니 그걸 받아 마시면 된다.

성호의 시선이 숲으로 향했다. 저 숲에는 도망가지도 못하고 포식자들에게 먹히는 역할을 담당하는 화조들이 잔뜩 살고 있다. 닭고기보다 약간 질기지만 크기가 매우 크다. 칠면조와 닭의 중간 정도 사이즈다. 그리고 알도 상당히 큰 걸 낳는다. 매일 낳는 것은 아니지만 크기로 커버할 수 있다.

'전기 구이나 해볼까? 아냐, 그건 따로 시설을 설치해야 해서 비

용이 들어. 그럼 닭꼬치?'

성호는 닭꼬치에 꽂혔다. 닭꼬치는 시판 양념을 사용하면 만들기가 수월하다. 요리조리 고민해 본 뒤 추가할 메뉴로 닭꼬치만 한 게 없다는 결론을 내렸다.

'누구나 다 좋아하는 메뉴가 될 거야.'

닭꼬치를 싫어하는 사람은 보질 못했다. 닭고기 자체를 싫어하는 사람은 제외하고.

그렇게 결심이 서자 정글도와 활을 들고 숲으로 들어간다. 늦봄인지라 상당히 덥다. 겨울딸기 나무와 개울 등을 지나쳐서 화조들이 모여 있는 곳을 발견했다. 녀석들은 동물 친화 스킬의 영향을 받아서 도망갈 생각도 않는다.

"구구구국."

화조들의 앞길을 가로막고 대장을 찾는다. 이런 무리에는 반드시 대장이 있다. 크고 화려해 보이는 수컷. 녀석을 잡았음에도 화조 무리는 동요하지 않는다. 오히려 성호의 뒤를 졸졸 따라다니기 시작했다.

'미안하다. 내 식량이 되어줘.'

무리를 이끌고 축사로 들어간다. 마음껏 먹도록 모이를 넉넉하게 준 뒤 물을 가져다주는데 어디선가 시선이 느껴졌다. 천천히 허리를 펴고 화살을 꺼냈다.

'누가 날 보고 있는 것 같은데.'

이 멍텅구리 화조들은 그것도 모른 체 구구국거리고만 있다. 천천히 고개를 돌리자 은빛 동물이 서 있었다. 개? 아니 늑대처럼 보인다. 중형견 정도로 그리 크지는 않았지만 털의 색이 무척 예뻤다.

「다이어울프」

'전에 그놈과는 어째 좀 다른데?'

새끼 늑대를 물고 간 어미는 몸집이 황소만큼 컸는데, 이 녀석은 시바견만 하다. 혹시 그 사이에 새끼 늑대가 성장해서 보은을 하러 온 것일까? 하지만 선물은 없는 모양이다. 슬슬 다가오더니 고개를 숙이며 땅을 파는 등 친한 척을 한다.

'새끼라서 스킬의 영향력을 적게나마 받는 모양이네.'

그렇다면 몬스터라도 결국 동물 친화 스킬의 영향을 받는다는 이야기가 된다. 아울베어는 상위종이라 아예 통하지 않았을지도. 하지만 여전히 이름을 입력하는 창은 뜨지 않았다. 야생성이 강해 서인가?

녀석은 슬그머니 다가와 성호의 다리를 물었다. 원래 상대를 가 볍게 깨무는 것은 갯과 동물의 종족 특성이다. 앞발로 성호의 다리 를 긁으며 눈치를 본다. 그 모습이 귀여워서 안아주자 헥헥거렸다.

'하지만 얘는 완전한 내 애완동물이 아니야.'

동물 친화 스킬의 영향을 받아 잠시 동료가 되었을 뿐, 그냥 파 트너라고 보면 된다. 딩고는 가족이고 말이다. 녀석을 바닥에 내려 주자 한 바퀴 빙 돌더니 숲으로 쏙 달려가 버렸다.

잠시 후, 성호는 다시 숲으로 탐험을 나섰다. 얼마 가지 않아 다 이어울프가 이쪽을 바라보며 땅을 긁는다. 빨리 오라고 말하는 듯하다. 배낭을 짊어지고 녀석을 추적하기를 10분. 놀랍게도 기묘한 소리를 내는 놈들이 있었다.

'코볼트…… 여기까지 왔구나.'

전에 코볼트 한 마리를 죽인 적이 있었는데 그놈의 무리인 모양이다. 10여 마리의 코볼트가 화조 몇 마리를 잡아 뜯어 먹고 있었다. 깃털도 뽑지 않고 살아 있는 걸 뜯어 먹는 걸 보면 본능적인 혐오감이 느껴진다.

외모는 무척이나 추한 주제에 이빨만은 날카롭다. 한두 마리 정도라면 맨손으로 싸워도 이길 자신이 있지만 열 놈이 넘다 보니 부담스럽다. 다이어울프는 낮은 자세로 놈들을 노려보고 있었다.

'잘했어.'

머리를 쓰다듬어주자 혀를 밖으로 내밀고 헥헥거린다. 이 녀석과는 좋은 파트너가 될 것 같다.

'가능하면 너 말고 어미가 왔으면 좋았을걸.'

그 황소만 한 덩치라면 이따위 녀석들은 금방 치워버릴 수 있을 텐데. 성호의 목숨도 위험하겠지만. 그런데 녀석들의 굴에서 무언가가 번쩍였다. 너무 순식간이라 뭔지 보진 못했지만 날붙이임이 분명해 보인다. 코볼트에게 빛나는 것을 수집하는 특성이 있을까?

'좋아. 여기까지 온 이상 싸우는 수밖에.'

'울프, 네가 좀 어그로를 끌어줘야겠다.'

녀석의 엉덩이를 툭 치자 기다리고 있었다는 듯 앞으로 튀어나간다. 코볼트 무리가 부산스러워졌다.

"크엉! 퀭! 컹컹!"

몽둥이를 휘두르며 난리를 부린다. 울프는 녀석들의 코앞까지 달려갔다가 잽싸게 방향을 틀었다. 흥분한 코볼트 네 마리가 울프를 쫓아갔다. 성호는 호흡을 멈추고 덩치가 가장 큰 놈을 조준했다. 화살을 쏘는 것은 꽤 익숙해졌지만 명중시키리란 확신이 없다. 아직까지 초짜란 증거다. 다만 3레벨의 궁수 스킬이 조준을 보정해 주리라 믿고 시위를 놓았다.

쉭!

바람 소리와 함께 대장 코볼트의 미간에 화살이 정확히 꽂힌다. 남은 놈들이 주위를 두리번거리며 경계했다. 아직 성호의 위치는 발각되지 않았다.

'아홉 발…… 다섯 마리.'

핏, 핏, 핏.

화살을 연달아 쏘자 명중률이 낮아졌다. 한 발이 명중해 코볼트의 배에 화살이 솟아났다. 하지만 다른 녀석들을 맞히지는 못했다.

"컹! 컹! 컹!"

녀석들이 이쪽의 위치를 알아냈다. 재빨리 일어나 위치를 바꾸려 하는데 기괴한 소리가 들렸다. 녀석들이 돌팔매질을 시작한 것이다.

'제기랄!'

성호는 나머지 화살을 다 쏘았다. 마음이 앞섰기 때문인지 제대로 명중시키지 못했고 두 마리에게 몽둥이찜질을 당했다.

"어억!"

울프가 코볼트에게 달려들었다.

평범한 사람이 갑자기 전투에 휩쓸리게 된다면 제대로 대응하지 못한다. 성호도 당연히 그랬다. 코볼트 두 놈에게 몽둥이찜질을 당하고 눈이 뒤집혀 코볼트들에게 달려든 기억은 나는데 뭐가 어떻게 된 건지 파악하질 못했다. 정신을 차리고 보니 정글도를 들고 헉헉거리고 있고, 눈앞에는 끔찍하게 난자된 코볼트들이 쓰러져 있었다.

"허억! 헉……"

허리가 뻐근하게 아팠다. 심장은 부서져라 쿵쿵 뛰었다. 정글도를 얼마나 세게 쥐었는지 손이 아팠다.

"제기랄, 제기랄……"

두 번째 전투이지만 여전히 익숙하지 않았다. 두들겨 맞고 완전히 돌아서 달려들었더니 놈들은 쓰러졌고 자신은 정글도를 쥐고 헉헉거리고 있다. 조금 더 침착하게 대응하고 싶었는데.

"크르르릉—"

울프가 위협적인 소리를 내었다. 성호의 시선이 천천히 돌아갔다. 울프 녀석을 쫓아갔던 코볼트 네 마리가 달려오고 있었다.

"죽어보자! 이 새끼들아!"

성호는 난동에 가까운 칼부림 끝에 타박상을 입긴 했지만 코볼트를 몽땅 죽이는 데 성공했다. 울프의 도움이 있었음은 당연하다. 녀석은 코볼트 주위를 빙빙 돌면서 위협적으로 짖어 코볼트의 시선을 분산시켰고 한 마리의 다리를 물고 늘어졌다.

코볼트에게 맞기 전에 집게 살을 먹어서 그런지 그렇게 아프지는 않았다. 마지막 남은 힐링 포션을 마시자 이제 병이 비었다.

'코볼트의 동굴에 뭐가 있는지 확인해야겠어.'

전투가 끝났으니 뭔가 보상이 있어야 하지 않겠는가? 아울베어와 같은 몬스터는 국물도 없었지만 코볼트는 지저분한 주머니를 들고 다닌다. 그리고 반짝이던 빛도 신경 쓰였다.

아까 코볼트에게 쐈던 화살들을 찾아 가지런히 모아놓고 살펴보니 역시 싸구려는 어쩔 수 없는 모양인지 네 발이 망가져 있다. 부딪칠 때의 충격을 버티지 못하고 부러진 것이다.

울프를 데리고 동굴에 들어갔다. 안에는 놀랍게도 번쩍번쩍하는 검이 한 자루 놓여 있었다. 인터넷에서 본 서양검과 거의 흡사했다.

「마르그리트의 검: 영원히 녹슬지 않음, 항상 날카로움, 검술+2」

'희한하군.'

항상 날카로움이란 옵션은 날이 상하지 않는다는 의미일까?

검을 들어보니 적당히 무게감이 느껴진다. 검술이라고는 전혀 모르는 성호가 느끼기에도 균형이 잘 잡혔다고 생각될 정도다. 검집은 옆에 버려져 있었는데 심하게 변색되어 있었다.

'검에서 짠 내가 나네. 그렇다면 이 검도 암초에 올라앉은 배에서 나온 건가.'

어쩌면 단검과 이 검의 주인이 아직까지 배에 있을지도 모른다. 백골이 되어서 말이다. 성호는 스탯 창이 바뀐 걸 확인했다. 아무래도 검술+2 옵션은 거짓이 아닌 모양.

「지구력: 12(+1) 힘: 12(+1) 민첩: 11 지능: 9

화염 저항: 7% 냉기 저항: 0% 독 저항: 0% 비전 저항: 0%

스킬 일람: 채집: 3 동물 친화: 3 요리: 4 투척: 2

낚시: 3 목재 가공: 4 궁술: 3 검술: 1(+2) 수영: 1

적용된 버프: [고통 내성 증가/2]」

'검술이 3이면 이제 제법 초보 티는 벗었다는 건데.'

하지만 몇 번 정글도를 휘두르다가 포기한 자신이 제대로 된 검술을 선보일 수 있을까. 대충 자세를 잡고 검을 휘둘러봤는데 전과는 뭔가가 달랐다.

'어? 이게 이런 느낌이었나?'

보이지 않는 손길이 휘두르는 검을 살짝 잡아 끄는 것 같다. 궁술과 같이 보정 효과가 들어가는 것일까? 울프를 물러서게 한 다음 본격적으로 휘둘러보자 전혀 생각지도 못한 움직임이 나왔다.

'이게 이렇게 되는 거군.'

이 검을 얻고 나서 코볼트를 상대했더라면 무차별적으로 썰어버릴 수 있었을 텐데, 조금은 아쉬웠다. 하지만 그로부터 살아남았고 검까지 얻었으니 만족하기로 했다.

"저기 구석에는 뭐가 있나…… 울프야."

쫑긋.

다이어울프는 자기를 부르는 걸 아는지 귀를 쫑긋 세웠다. 성호가 손을 뻗었다.

"저기에 있는 자루 가져올래? 몇 개 있는 거."

"컹."

울프가 물고 온 주머니들에는 식물성 기름과 힐링 허브가 잔뜩 들어 있다. 악취가 풍기는 고깃덩어리는 덤이다. 울프가 함부로 먹지 못하도록 고깃덩어리는 저 멀리 던져버린다. 울프는 뛰어나가려고 하다가 멈칫하고는 그 자리에 주저앉았다. 확실히 조교가 된 모양이다.

"호음, 운이 좋았네. 마침 힐링 포션이 다 떨어졌는데."

때국이 줄줄 흐르는 주머니는 버리고 힐링 허브와 식물성 기름을 분리해서 배낭에 담았다. 그리고 동굴 안으로 진입하는데 돌무더기에 가려져 있는 무언가에서 알림 창이 보였다.

「꿈열매: 요리에 첨가 시 한 가지 효능을 부여할 수 있다.
효능: 민첩 1 영구 증가」

"나왔다."

코볼트들은 알림 창을 보지 못하니 돌무더기를 그냥 내버려둔 모양이다. 하지만 이 열매가 왜 여기에 있을까? 돌무더기를 파헤치니 사과만 한 크기의 열매가 시커먼 진흙에 둘러싸여 있다.

"똥......"

냄새가 확 풍긴다. 어떤 동물이 꿈열매를 먹었다가 소화시키지 못하고 배설한 게 분명했다. 그놈의 똥구멍에 묵념하며 성호는 비닐에 꿈열매를 담았다. 아주 박박 씻을 거라고 다짐하며.

*

〈동물농원〉이 끝나고 월요일이 되었다. 그간 성호는 인터넷 반응 등을 적당히 무시했다. 어차피 월요일이 되면 잊힌다. 주변 사람들에게 홍보는 충분히 되었을 것이므로 목적은 달성했다. 가게를 깔끔히 청소하고 문을 여니 과연 아침부터 찾아오는 손님이 꽤 있다.

"안녕하세요, 아저씨. 어제 티브이에서 봤어요."

"아, 예. 아주머니. 저 못생기게 나오지 않았습니까?"

"호호. 티브이에서 보니까 듬직하던데요?"

일대에선 고양이 분식집으로 꽤나 유명해진 만큼 아는 척하며 지나가는 사람이 많다. 특히 강아지를 데리고 산책 나온 아줌마들이 그렇다. 분명 일부러 데리고 나온 것이 틀림없다.

점심시간이 되자 인근 여중생들이 그야말로 저글링 떼처럼 달려들었다.

"아저씨 어제 티브이 나오셨죠? 진짜 짱이에요! 짱!"

뭐가 짱이라는 건지는 모른다.

"아저씨 진짜 개하고 친해요? 처음 보는 개한테 명령할 수 있어요?"

일요일에 〈동물농원〉을 본 사람이 이렇게 많았을 거라고는 상상도 하지 못했다. 그리고 생각보다 매출이 나오지 않았다. 단지 더 귀찮아졌을 뿐이다.

'이거 생각을 잘못했나……'

홍보 목적으로 출연을 한 건데 남은 게 없다. 성호는 허탈한 마음에 가게 앞에서 자기들끼리 놀고 있는 고양이들을 보았다. 참 팔자 좋다.

띠리리릭—

그때 전화가 걸려 왔다. 휴대폰 액정을 확인하니 모르는 전화번호라 받지 않으려 했지만 왠지 길게 이어진다.

"예, 여보세요."

"아저씨, 전데요."

또 아저씨다. 하루 종일 아저씨란 소리를 들은 성호는 가슴 깊은 곳에서 우러나오는 한숨을 내쉬었다.

"제가 누군데요?"

"아이참, 미혜예요! 미혜! 이 고운 목소리를 모르시나요?"

"……내 전화번호는 안 가르쳐줬는데. 혹시 엄마한테 받았습니까?"

"아저씨 어제께 티브이 나온 거 봤거든요? 진짜 못됐어! 우리한테는 그런 능력 있다는 거 숨기고!"

"아니 별로 숨길 생각은 아니었는데요. 물어보지도 않았고."

성호가 말거나 말거나 미혜는 엄청나게 떠들어댔다.

"하긴 가게 앞에 고양이들이 막 아저씨 따를 때부터 눈치챘어야 하는데. 어제께 엄마하고 밥 먹으면서 티브이 보다가 얼마나 놀란 줄 알아요? 막 그랬거든요. 아저씨가 왜 저기서 나와 이러면서요."

괴롭다. 벗어나고 싶다. 정말이지 여고생의 수다는 성호의 상상을 초월했다. 은주나 나경이는 이렇게 말이 많진 않다. 그냥 미혜가

198

말이 많은 걸로 하자.

"참, 그리고 엄마한테 아저씨가 만든 반찬 받아가지고 먹자고 그랬어요. 저 잘했죠?

"……반찬을 배달시킨다고요? 거기 서울 아닙니까? 널린 곳이 반찬 가게일 텐데."

"아저씨가 요리해 준 반찬이 제일 맛있어요. 특히 해산물로 만든 거요."

성호는 그녀의 말에서 약간의 뿌듯함을 느꼈다. 맛있다고 해주는 사람들, 또 주문하는 사람들. 늘어나는 통장 잔고는 생각지 않기로 하자. 이 맛에 음식 장사를 하나 보다 싶다.

"아무튼 그래서요. 일주일에 한 번씩 반찬 만들어서 택배로 좀 보내주세요. 해산물이니까 안 상하도록 해주시면 좋겠어요."

"어려운 일 아니니까 그렇게 하죠."

돈을 버는 일은 마다하지 않는 성호다.

"근데요, 아저씨. 저를 그냥 미혜라고 불러주시면 안 돼요?"

"딱히 안 될 이유는 없지만……"

"아저씨하고 알고 지낸 지도 좀 되는데 왠지 거리감이 느껴져서요. 방학 때 자주 놀러 갔잖아요. 그러니까 편하게 대해 주세요."

"그래, 미혜야. 다음 주부터 택배 보내면 되지?"

"아싸, 성공! 네! 아저씨, 제가 다음 주에 연락드릴게요! 근데요, 혹시 다른 방송에는 안 나와요? 〈동물농원〉 그거 찍은 걸로 땡이에요?"

"찍은 다음에 별말 없었는데?"

"이상하다. 지금 시청자 게시판이 난리 났거든요. 아저씨를 빨리 고정으로 투입하라고요. 그쪽 스태프들이 시청자 게시판에 꽤 신경 쓰고 있거든요. 오늘내일 중으로 전화가 걸려 올지도 몰라요."

"그래? 하지만 나도 나름대로 할 일이란 게 있어서."

"고정으로 들어가면 출연료 많이 줄 걸요?"

"출연료라……"

지난번 〈동물농원〉에 출연하고 받은 출연료는 30만 원이다. 그 것도 현금이 아니라 백화점 상품권. 현금으로 지급된다면 생각해 볼 만하지만 상품권은 환금성이 떨어져서 사양이다.

그때 그녀의 말을 증명이라도 하듯 전화가 걸려 왔다.

"여보세요."

"안녕하세요, 사장님. JBS 〈동물농원〉의 이선미 작가입니다."

"아, 네."

"어제 방송분 나간 거 때문에 많이 힘드시죠?"

"뭐, 그럭저럭 버틸 만은 합니다."

"그럼 다행이네요. 사실 시청자 게시판에 요청 글이 많이 올라와 서요. 저희 작가진이 검토하고 피디님께 말씀을 드렸습니다. 〈동물 농원〉에 정규 컷을 넣자고요."

"정규 컷이 뭡니까?"

"네, 사장님께서 괜찮으시면 저희 〈동물농원〉 고정 게스트로 합류하게 되세요. 매주 방송마다요."

"매주요? 그건 좀 곤란한데…… 하루를 빼먹어야 한다는 얘기 아닙니까? 아시다시피 전 장사하는 사람이라서."

"그 손실분은 저희가 보충해 드리기로 결론이 났습니다. 1회당 50만 원이면 괜찮으실까요?"

"제가 고정으로 들어가면 어떤 일을 하게 되죠?"

"시청자 게시판에 올라온 제보를 받아서요. 저희와 함께 방문해서 동물의 사연을 알아보고 행동 교정을 시도하게 됩니다. 저희 프로그램 보셔서 아시겠지만 문제 행동을 일으키는 동물들이 굉장히 많아요. 주로 강아지가 그렇죠. 이 과정에서 반드시 결론이 나오지 않아도 상관없답니다."

"시청자 게시판에 올라오는 거면 전국을 다 돌아다니겠네요."

"아무래도 그렇겠죠? 다만 저희가 일정을 조정할 수는 있습니다. 그리고 2주 방영분을 한 번에 찍을 수도 있고요. 이 경우도 2회분의 출연료를 지급해 드립니다."

조건은 좋은 편이다. 다만 출연료가 백화점 상품권이면 곤란하다.

"현금이죠?"

"아, 네. 혹시 오해가 있을까 봐 말씀드리지만 정규 게스트분들에게는 모두 현금으로 출연료를 지급해 드리고 있습니다."

사실 성호의 능력에 그 누구보다 놀란 사람은 〈동물농원〉 제작진이다. 촬영에 들어가고 나서 성호가 호언장담한 대로 동물들을 움직이자 피디 이하 연출진의 얼이 빠진 것이 지금도 기억에 생생하다. 한 작가는 우리 사기꾼 되는 거 아니냐고 푸념하기도 했다. 누가 이걸 믿겠느냐면서.

"사장님? 혹시 출연료가 마음에 안 드시면……"

"70만 원으로 올려주시면 생각해 보겠습니다."

"저희 내부적으로 정해진 금액이 있긴 한데…… 가을 프로그램 개편이 걸려 있어서 아마 컨펌이 나올 것 같습니다. 일단 피디님께 전해 드리고 다시 연락드리겠습니다."

후우…… 겨우 통화가 끝났다.

저녁이 되자 온갖 군상이 다 몰려들었다. 은주도 왔다 갔고, 나경이도 아저씨 다시 봤다면서 놀다 갔다.

4 ◆

문명의 흔적

"너희들 왜 여기 와서 난리냐?"

성호는 자리에서 벌떡 일어났다. 몇 평 되지도 않는 좁은 오두막. 가게를 닫고 나서 편하게 쉬려고 판타지아에 들어왔더니 딩고와 새끼들 그리고 울프가 은근슬쩍 침입하는 게 아닌가. 고양이와 갯과 동물은 앙숙인 줄 알았는데 별로 그렇지도 않은 모양이다.

며칠 지난 사이에 딩고의 새끼들은 부쩍 자랐다. 그리하여 이제는 오두막 안을 돌아다니며 하악거릴 줄도 알게 되었다. 성호는 딩고와 새끼들을 밖으로 내보냈지만 문밖에서 앵앵거리는 통에 할 수 없이 들어오도록 했다. 울프도 마찬가지라서 자고 있으면 어느새 옆구리에 와서 달라붙어 있다.

"아오, 진짜. 내가 못 살겠다."

문을 활짝 열고 밖으로 나간다. 톱과 망치, 기타 도구를 챙기고 말려둔 나무를 가져와 근처에 쌓았다. 딩고와 울프가 주인이 뭘 하는지 궁금해서 그러는지 밖으로 나왔다.

"이제부터 집을 증축하는 거야, 알겠냐?"

"야옹."

"컹!"

"그러니까 너희들은 일단 나가 있어."

언제 봐도 고양이와 개가 말을 알아듣는 건 신기하다. 두 성체와 네 새끼는 터덜터덜 밖으로 나가더니 성호가 작업하는 것을 지켜보았다.

땅, 땅, 땅, 땅—

오두막을 증축하려면 우선 부숴야 한다. 다행히도 처음부터 증축을 염두에 두고 만들었기에 벽의 한 면만 헐면 된다. 그래도 길이 2m가 넘는 두꺼운 목재를 철거하는 것은 결코 쉬운 일이 아니었다. 간간이 태양사과와 겨울딸기를 주워 먹으며 작업을 진행했다.

"아이고, 죽겠다. 이 정도면 됐겠지? 응?"

"야옹."

"컹!"

오두막의 한쪽 벽이 뻥 뚫렸다. 이제 바닥을 단단히 다지고 자갈을 주워 와서 깔았다. 그 위에 나무판을 올리고 땅을 깊숙이 파 나무 기둥을 박는다. 그동안 하도 막노동을 해서 그런지 성호의 이런 행동은 꽤나 숙달되어 있다.

저녁이 다 되어갈 무렵, 드디어 증축이 끝났다. 3~4평 정도의 방이 하나 더 생겼다. 내부에 문도 달면 좋겠지만 어차피 혼자 사는 곳인데 필요가 있을까 싶다.

"휴우…… 힘들다."

숲에서 꿈 시리즈를 주워 먹은 덕분에 지능을 제외한 스탯이 1씩 오르긴 했지만 크게 체감이 되지는 않았다. 하지만 초여름 햇빛이 쨍쨍 비치는 곳에서 반나절 동안 중노동을 하고서도 아무렇지도 않은 것은 순전히 시스템의 힘이다.

"밥 먹자."

"컹컹! 컹!"

"냐아옹."

성호의 입에서 밥이란 단어만 나오면 짖는 소리부터 달라진다. 울프는 일어났다 앉았다 하면서 열심히 꼬리를 흔들었고, 딩고는 몸을 길게 쭉 뻗으며 기지개를 켰다. 사료를 주고 간식도 넉넉히 주고 있음에도 이렇다. 하여튼 먹보가 따로 없다.

'화조 말고도 뭘 키우긴 해야 하는데.'

저번에 본 흑멧돼지가 적당할 것 같지만 덩치가 너무 커서 다룰 자신이 없다. 조금 더 작고, 잘 먹고 잘 자라는 네발 동물이 있다면 좋을 텐데. 새끼도 쑥쑥 낳는 그런 돼지 같은 녀석 말이다.

'나중에 숲으로 가서 찾아보자.'

오늘내일은 할 일이 굉장히 많다. 밥을 먹고도 성호의 작업은 계속되었다. 다마소에 가득 싣고 온 사과나무 묘목과 배나무 묘목을 옮겨서 과수원 부지에 심는 것이다. 부사 계열이라 평범하게 키운다면 첫 수확을 하기까지 3~4년은 걸리겠지만 여기는 판타지아다. 시간을 빨리 돌리는 것처럼 빠르게 자라기 때문에 2~3개월 후면 완전히 성숙할 것이다. 삽으로 구덩이를 파서 묘목을 단단히 심는다.

이렇게 많은 과일을 어디다 쓰나 싶겠지만 판타지아에서는 수확하기 전까지는 썩지 않는다. 딴 후부터 숙성되고 썩기 시작한다. 아무래도 숲에서 나오는 힘이 부패를 방지하는 것 같았다. 생각하는 대로 이뤄지니 참으로 편리한 힘이 아닐 수 없다.

'그다음에는…… 닭꼬치를 만들어봐야겠군.'

가게에 투입할 새로운 메뉴를 시험할 차례가 왔다. 평범한 닭고기를 써도 되겠지만 화조를 써보기로 했다. 한 마리를 잡아 깃털을 뽑고 목을 쳐서 손질해 두고 살점을 발라낸다.

이렇게 재료를 일일이 손질하기에 성호의 분식집은 재료비 비중이 무척이나 낮다. 탄수화물이 들어가는 어묵이나 떡, 쌀 등 판타지아에서 못 구하는 것만 사면 되기 때문에 재료비가 거의 들지 않는다고 해도 과언이 아니다.

'대출을 받으면 좋겠지만.'

며칠 전 동네의 인테리어집에 리모델링 견적을 내러 간 적이 있다. 1층도 아니고 2개 층을, 그것도 외벽까지 바꿔야 한다는 조건을 들이밀자 사장은 상상 이상의 금액을 제시했다. 기본적인 공사만 했을 때 1억 원이고, 좀 더 때깔 좋게 하려면 천만 원 단위로 더 들어간다는 말이 나왔다.

처음에는 1억 원이 엄청나게 큰돈으로 느껴졌다. 하지만 곰곰이 생각해 보니 의외로 현실성 있는 금액이다. 이제 가게의 하루 매출만 해도 제법 나오고, 〈동물농원〉에 출연하게 되면 한 주에 70만 원이 추가로 생긴다. 이자를 감당하지 못할 일은 없다. 다만 원금을 갚아 나가는 것이 중요한데, 그건 더 열심히 일하면 되므로 문제없다고 여겼다.

'그래도 종잣돈은 있어야 하니까 조금 더 모아보자.'

이번 겨울이 지나면 적당히 돈이 모일 것 같았다. 그때 대출을 받아 건물을 리모델링해도 늦지 않다.

'일단은 닭꼬치를 메뉴에 추가해 보자.'

화조 고기 손질법을 고민하다 역시 고기 망치로 두드리는 것이 최고라는 결론을 내렸다. 파를 두툼하게 썰어 화조 고기와 같이 꼬치에 꿰어 허브 솔트를 살살 뿌려 바삭하게 굽는다.

'이건 닭꼬치가 아니라 야키토리인데?'

뭐가 됐든 맛있으면 그만이다. 성호는 화조 고기 꼬치를 콱 베어 물었다.

까드득─

희한하게 과자 부서지는 소리가 났다. 소금을 쳐서 그런가? 표면이 약간 굳어져 식감이 꽤 재미있다. 그리고 속살은 너무 부드럽지 않아서 뜯는 맛이 있다. 성호는 화조 꼬치를 정신없이 다 먹어치우고 말았다.

"개꿀맛이네."

이건 반드시 성공한다. 이게 안 팔리면 학생들 입맛이 잘못된 거라는 생각이 든다.

'1개당 천 원씩 하면 크기도 좀 크니까 잘 팔리겠지.'

다음 날, 푹 자고 일어난 뒤 성호는 곧장 해변으로 향했다. 이미
모든 것이 준비되어 있다. 작살과 튼튼한 밧줄 그리고 구명 튜브다.
그가 만들고자 하는 것은 배다. 배라기보다는 뗏목에 가깝지만, 어
쨌든 저 암초에 올라앉은 범선으로 갈 수 있는 수단이 필요했다.

판타지아에서 지낸 지 꽤 되었음에도 크라켄은 처음 한 번 본 이
후로 다시 보지 못했다. 녀석에 대한 공포심을 떨쳐낼 때다.

'좋아, 해보자고.'

울프가 좋다고 따라온다. 딩고는 새끼들에게 밤새 시달렸는지
반쯤 실신한 상태였다. 역시 어머니는 위대하다.

'나일론 밧줄보다는 덩굴이 나을까.'

일단은 둘 다 써보기로 한다. 덩굴을 가득 잘라 와서 준비해 놓
고 일정 크기의 통나무를 해변으로 열심히 날랐다. 바닥에 놔두고
밧줄과 덩굴로 통나무를 이리저리 묶으니 초보적인 뗏목이 완성되
었다.

'이거 너무 엉성한데.'

단순히 통나무를 밧줄로 묶는 거라서 스킬의 힘이 발휘되지 않
는 모양이다. 다시 만들고, 또 풀어 헤쳐서 다시 만드는 막노동을
통해 만족할 만한 뗏목을 겨우 만들어낼 수 있었다. 미튜브 영상을
볼 때는 '저런 거 금방 만들지' 하고 생각했는데 큰 착각이었다.

"흐이얍!"

다음은 만들어진 뗏목을 바다로 밀어 넣는 것이다. 뗏목 아래를
통나무로 받치고 굴리자 뗏목이 바다로 빨려 들어갔다. 하마터면
같이 바다로 들어갈 뻔했다.

"오, 떴다!"

뗏목이 바다에 둥둥 떴다. 뗏목에 구명 튜브를 묶고 생존 배낭을 올렸다. 특제 작살을 여러 개를 가지고 뗏목에 오른다.

"울프, 울프!"

녀석은 꼬리를 흔들긴 했지만 뗏목에 올라오려 하지 않았다. 바다가 무서운 모양이다. 하지만 성호가 뗏목을 치며 부르자 결국 헤엄을 쳐서 뗏목으로 올라왔다. 딩고는 아예 못 본 척하며 새끼를 물고 오두막으로 돌아간다.

'저, 저, 배은망덕한 놈 보소.'

영차영차 열심히 노를 젓는다. 해변가가 멀어짐에 따라 '이거 괜찮을까' 하는 생각이 자연스레 든다. 불안한 마음에 수경을 끼고 바다에 머리를 처박았다. 아주 평화로운 수중 세상이 펼쳐진다.

"푸하!"

바닷속에 별다른 게 없다는 걸 확인하자 비로소 용기가 났다. 허벅다리만 한 물고기까지는 전혀 두려울 게 없다. 성호가 두려워하는 것은 상어를 비롯한 커다란 육식성 물고기 그리고 바다 몬스터다. 크라켄이 있는 세상인데 몬스터 하나 없을까.

'까짓것, 죽기 아니면 까무러치기지.'

"흐음."

모든 것이 순조롭다. 조금 전부터 바다에서 나는 소리만 제외한다면.

"컹! 컹!"

울프가 바다를 향해 짖었다. 밑에 뭔가가 있긴 있는 모양이다. 여긴 바다다. 빠지면 어떻게 될지 모른다는 막막함이 심장을 조였다.

'제기랄, 괜히 왔나.'

되돌아가기엔 늦었다. 이제 성호의 뗏목은 망망대해로 나아가고 있었다. 그나마 암초가 희끗희끗 보이는 게 다행이라고 할까. 물 위로 약간 솟아 있는데 얼핏 보면 작은 섬 같다.

'두 평 정도네. 저기를 기점으로 하자.'

마침내 암초에 도착했다. 멀리서 봤을 때는 섬 같았는데 자세히 보니 섬이 아닌 범선이었다. 멀리서 볼 땐 작아 보여서 실망했는데 가까이 와서 보니 이게 웬걸, 엄청나게 크다. 물론 조선소에서 일할 때 10만 톤짜리 탱크선도 흔하게 봤지만 그건 애초에 논외다.

바람만으로 이 거대한 크기의 배를 움직일 수 있다는 것에 실로 경이로움을 느낀다.

"뗏목을 여기에 묶어놓고……"

범선 선저의 나무 기둥에 밧줄을 묶고 보니 느낌이 싸했다. 물이 차오르는 느낌이랄까? 무엇인지 확인할 겨를도 없이 울프를 범선에 던지고 곧바로 몸을 날렸다.

콰직!

뗏목 옆에서 뭔가가 튀어 올랐다. 깨진 배에 올라탄 성호는 녀석을 보며 황당해했다.

「시드래곤」

"드, 드래곤?"

드래곤이라는 게 실제로 존재하는 세계인가. 하지만 방금 솟구친 녀석은 아무리 봐도 성호의 상상과는 좀 다르게 생겼다. 거북이에 뱀을 합쳤다고나 할까. 목과 꼬리가 굉장히 길고 대가리는 상어와 닮았다. 전체 몸길이는 4~5m 정도 되는 모양인데 녀석이 뗏목 밑을 헤엄쳐 다니는 것만도 상당히 위협적이다.

'컹컹! 컹!'

울프는 자기가 안전한 곳에 있다는 걸 아는지 열심히 짖었다. 어쨌든 배에 올라온 이상 녀석에게서 안전하다. 성호는 울프를 데리고 배 탐사에 나섰다.

'그냥 흔한 중세 시대의 범선인 줄 알았는데……'

뭔가 이상하다. 곳곳에 보이는 소재가 목재나 철이 아니었다. 도자기? 세라믹? 아무튼 꽤 매끈해 보이는 재질인데 만져보니 단단했다. 판타지아에서는 이런 자원이 광범위하게 사용되었나 보다.

'가볍네.'

바닥에 흩어진 배의 파편을 들어보자 나무만큼이나 가벼웠다. 게다가 튼튼하기까지 해서 작살로 쿡쿡 찍어도 깨지지 않았다.

'이런 재료가 있으면 이걸로 배를 만들면 되지 않나.'

그럴 이유가 있었겠지. 대충 납득하고는 선창을 벗어나 계단을 올라간다. 오랫동안 바닷바람에 시달려서 그런지 금방이라도 부서질 듯한 소리를 냈다.

끼이이익—

문이 열리는 소리가 났다. 성호는 작살을 움켜쥐었다. 쓸모없을 것이라 생각해 두고 온 마르그리트의 검이 괜히 아쉽다.

'설마 여기에 괴물이 있진 않겠지……'

오래 방치된 배라 그런지 뭐가 나타나도 이상하진 않다는 생각
이 든다. 울프는 용감하게 성호를 앞질러 계단을 올라갔다. 마침내
갑판으로 올라간 순간, 망원경으로 확인했던 백골이 있었다. 데크
하우스 안 의자에 비스듬히 앉아 있다. 옷은 거의 넝마가 되었다.
밑에는 빈 상자가 널브러져 있다. 조심스레 접근해 본다.

꿀꺽.

자신도 모르게 마른침을 삼키는 성호. 울프도 분위기를 아는지
조심스레 뒤를 따랐다. 팽팽한 긴장감을 가지고 안으로 들어서자
퀴퀴한 냄새가 확 풍겨 왔다. 죽음의 냄새다.

'백골이 두 구……'

자세히 살펴보니 인간의 것이라 해도 의심치 않을 정도로 닮았
다. 판타지아에도 인간이 있는 걸까? 바닥에 쓰러져 있는 백골은 상
당히 크기가 작았다. 두개골부터가 작은 걸로 볼 때 아이이거나 여
성의 백골임이 분명해 보인다.

'책이 있네.'

테이블 위에 놓인 책을 펼쳐보니 난생처음 보는 희한한 문자가
눈에 들어왔다.

「게스토란트어 스킬 레벨이 1로 상승」

'언어도 레벨이 있나?'

마치 〈항해 시대 3〉을 보는 것 같다. 책의 내용 중에서 몇 단어만

번역되어 보이는 게 아닌가? 새로운 땅, 반란, 괴물, 희망. 한 페이지에서 알아낼 수 있는 것은 겨우 이 정도였다. 혹시 이 배는 새로운 땅을 찾았다가 반란과 괴물에 당해서 희망을 잃어버린 것일지도 모른다. 다른 페이지로 넘겼지만 시시콜콜한 내용만 기록되어 있다. 뭘 먹었다든지, 누가 규율을 어겨 징벌을 주었다든지.

'이거 일기네.'

선장의 일기에 가까워 보인다. 항해 일지를 찾아야 할 텐데 이 방에는 보이지 않았다. 여기저기 둘러보던 성호는 눈을 빛냈다.

'이게 뭐야.'

「차원 주머니

현재 용량: 0%

목록: 없음」

차원 주머니? 겉모습은 영락없는 가죽 주머니다. 등에 메고 다니라고 만들었는지 끈이 두 개 달려 있다. 집어 들어서 안을 열어보니 아무것도 보이지 않았다.

"헐, 이게 뭐야."

그러니까 안감이 보이지 않는다는 말이다. 공허를 삼켜버린 것처럼 시커먼 구멍만이 존재하고 있었다.

'차원 주머니…… 혹시 뭔가를 보관할 수 있는 건가.'

용량과 목록이라고 써진 것도 신경 쓰인다. 이게 농담이 아니라면, 이 차원 주머니의 공간에 뭔가를 채워 넣을 수 있다는 얘기가 된다. 뭔가를 집어넣으면 목록에 뜨고 말이다.

'무게가 느껴지면 뭔 소용이야.'

작살 하나를 밀어 넣어보니 진짜 목록이 갱신되었다.

「차원 주머니

현재 용량: 1%

목록: 작살 1개」

"오!"

도저히 감탄하지 않을 수 없다. 혹시나 해서 책을 넣어보니 마찬가지로 목록이 갱신되었다.

「차원 주머니

현재 용량: 2%

목록: 작살 1개, 책 1권」

'작살이나 책이나 1%씩 차지하는군.'

그럼 빼내려면 어떻게 해야 할까? 주머니 안에 손을 집어넣고 움직여봤지만 아무것도 느껴지지 않는다. 심지어 어깻죽지까지 쑥 들어간다. 주머니 크기는 훨씬 작음에도 말이다. 책을 넣었다는 생각을 하니 비로소 손에 잡혔다.

어쨌든 성호는 용기를 낸 대가로 좋은 아이템을 얻었다. 이제 숲을 돌아다닐 때 무거운 배낭을 짊어질 일도 안녕이다. 이리저리 돌아보던 성호는 몇 권의 책을 모조리 쓸어 담았다. 둘러보니 선장실과 연결된 계단이 하나 있었다. 하지만 성호는 밑으로 내려가지 못했다.

까가가각!

선원들의 선실에 널브러져 있던 백골들이 일어나기 시작했다. 아래턱을 덜덜, 전신을 부들부들 떨면서. 수가 제법 많아서 도저히 어찌해 볼 방법이 없다.

「스켈레톤」

퀭한 눈구멍에서 푸른 불길이 솟았다. 성호는 바로 계단의 문을 닫고 책장을 쓰러뜨려 문을 막아버렸다.

쿵쿵! 쿵!

놈들이 문을 두들기는 소리가 들린다. 당분간은 버티겠지만 여기에 오래 있는 것은 좋지 않다.

'튀자.'

아이템도 얻었으니 이쯤에서 만족하고 튀어야 한다. 울프와 함께 도망가려는데 선수 부분에 뭔가가 꽂혀 있는 게 보였다.

「그누트의 작살: 바다 위에서 던지면 반드시 명중한다. 투척+2」

수수한 모양의 작살이다. 하지만 옵션은 결코 수수하지 않았다.

'바다 위에서란 말은 배 위에서도 된다는 뜻이겠지?'

그렇다면 뒤의 투척 옵션은 뭍에서 적용되는 것인가. 작살을 잡고 뽑아내려 용을 쓰니 오래된 나무가 부서지면서 뽑혀 나왔다. 그 것을 차원 주머니에 집어넣고 들어왔던 곳으로 도망친다.

콰직!

문과 책장이 동시에 부서졌다. 스켈레톤 두 마리가 데크하우스에서 뛰쳐나왔을 때, 성호는 선저로 내려가 뗏목의 밧줄을 풀고 있었다.

"컹컹!"

울프가 갑판 위의 스켈레톤을 향해 짖었다. 노로 암초를 밀고 떠나는데 저 멀리서 헤엄치다가 접근해 오는 시드래곤이 신경 쓰인다.

'시험해 볼까.'

아이템을 손에 넣었는데 써보지도 못하고 죽으면 섭섭하다. 배 위에는 스켈레톤이, 바다에는 시드래곤이 기다리고 있다. 성호는 작살을 꺼내 시드래곤을 신중히 조준하고는 힘껏 던졌다.

파악!

"어?"

작살을 던진 성호는 어처구니가 없었다. 손에서 떨어지질 않았다! 이게 뭔 조화인가 하는데, 놀랍게도 작살 형태의 파란 기운이 시드래곤을 향해 쇄도하고 있었다.

명중!

작살의 기운은 시드래곤의 입을 정확히 관통했다. 약점이라고 생각하고 노렸던 그 부위다. 녀석은 처참한 울음소리를 내며 힘없이 축 늘어졌다. 천천히 바다에 피가 번졌다.

"허…… 대단하군."

*

그날 밤. 성호는 한숨 푹 잤다가 새벽에 깨어났다. 판타지아에 들어온 지 이틀. 분식집으로 돌아가려면 시간이 꽤 남았다. 촛불을 켜고 범선에서 가져온 책을 펼친다.

'흐음……'

적혀 있는 내용은 많았으나 몇 가지 단어만 번역되어 보일 뿐이다. 예를 들면 이런 식이다.

XXXX, XXXXXXX, XXXXX희망XXXX.

'다른 책도 볼까.'

마치 지렁이가 기어가는 듯한 글씨체다. 단어 몇 개만 보고 넘어가는 것을 계속하자 마지막 권에서 게스토란트어 스킬이 2레벨로 올랐다.

"이제 조금 읽을 수 있겠네."

우리는 새로운 땅 XXXX XXXXX XXXXX. 그러나 날씨가 XXX XXXX XXX.

이런 식으로 조금씩 내용을 알 수 있게 되자 꽤 재미가 붙었다.

마치 중세 시대 유령선의 비밀을 찾아내는 듯한 기분이랄까?

'전쟁의 참화를 피해 도망갔다라…… 그런데 선상 반란이 터졌고, 진압하는 데는 성공했지만 상당수가 사망. 시체는 상어 밥으로 주고 정처 없이 떠돌다가…… 잠깐, 전쟁이 꽤나 컸던 모양인데.'

다음 페이지를 넘긴 성호는 경악하고 말았다.

'음? 문명이 사멸? 살아남은 자는 극소수? 이게 무슨 소리야.'

문명이 사멸했다니. 성호는 이 말도 안 되는 문구에 경악하고 촛불을 바라보았다. 그의 눈동자에 일렁이는 촛불이 비친다.

어쩌면 이 넓은 세계에 살아남은 자는 극소수일 수도 있다. 성호에게 화살을 날린 자, 어쩌면 그와 주변의 인물만이 마지막 생존자일지도 모른다. 그렇다면 판타지아는 문명이 사멸하고 몬스터와 동물이 점령한 세계일까?

'지금까지의 흔적으로 봐서는 그렇다고 봐야지.'

조금 더 탐험할 필요가 있다. 화살의 주인을 찾아야만 수수께끼가 약간 풀릴 것 같았다. 게스토란트어를 3레벨까지 올린 성호는 오두막을 정리하고 단칸방으로 돌아왔다.

푹 자고 와서인지 새벽인데도 정신이 맑다. 노트북을 켜고 부산 어부 계정의 마지막 영상을 훑어보던 성호는 생각보다 생방송 요청이 많다는 것에 놀랐다.

'판타지아에선 생방송이 불가능한데 말이지.'

거긴 전기도 없고 전파망은 더더욱 없다. 한다면 이 단칸방에서 밖에 할 수 없는데 뭘 보여줄지 요리조리 궁리하던 성호는 이 능글맞은 아저씨들이 먹는 사운드 자체에 집착한다는 사실을 기억해

냈다.

'이럴 줄 알고 마이크를 좋은 걸로 샀지.'

전에 훈제 흑멧돼지 뒷다리를 썰 때 좋은 마이크의 필요성을 느끼고 곧바로 주문한 것이다. 핀 마이크인데 뭐가 이렇게 비싼지 모르겠다.

'손가락만 한 게 10만 원이나 하다니.'

그래도 마이크를 구비해 둔 덕분에 보다 실감 나는 사운드를 들려줄 수 있게 되었다. 성호의 영상을 틀어놓으면 잠이 잘 온다는 사람들이 점차 늘어나기 시작했다. 그와 비례해 좋은 마이크를 쓰라고 난리를 치는 사람도 많으니 구입할 수밖에.

'하여튼 오늘은 화조 고기 꼬치다.'

화조는 덩치가 커서 부위에 따라 식감이 약간씩 다르다. 그런데 이런 황당한 일이 있을 수가 있나. 분명 소금구이를 한 다음 비닐봉지에 담아 차원 주머니에 넣어 가져왔는데 꺼내 보니 김이 올라오고 있었다. 야자 잎 따위는 쓰지 않았는데도 말이다.

10분이면 꼬치가 식기에는 충분한 시간이다. 하지만 갓 구운 것처럼 열기가 식지 않았다. 혹시 차원 주머니 속에서는 시간이 멈추는 건가?

'시험해 볼 가치가 있어.'

낡은 폴더 폰을 차원 주머니에 넣고 10분 동안 기다렸다 꺼냈다. 놀랍게도 전혀 시간이 지나지 않았다. 뒤늦게 전파를 잡는다고 난리다.

'이거 좋은데.'

차원 주머니의 성능이 이 정도라면 분명 유용하게 쓰일 것이다. 다만 다른 사람이 그게 뭔가 하고 의심할 수도 있으므로 다른 배낭에 넣어서 위장하는 편이 낫다.

단칸방을 넓게 비운다. 방 가운데에 밥상 하나만 딱 놓고 야자잎 위에 화조 꼬치를 수북이 쌓았다. 원래는 분식집 새 메뉴에 넣기 위해 시식회를 하려고 가져온 것인데 먹방을 진행하기로 했다. 액션캠으로 주변을 날려버리고 꼬치와 성호의 턱만 보이게끔 세팅했다.

'후원자들한테 줄 감사의 메시지도 적고…… 좋아.'

마지막으로 맥주를 숨기고 마이크 핀을 셔츠에 끼운 다음 방송을 켠다. 단칸방에선 아무런 소리도 들리지 않고 있었다. 마음의 준비를 하자 곧바로 시청자들이 들어왔다.

— ?

— 뭐임?

— 생방이닷.

— 부산어부님 ㅎㅇㅎㅇ

— ㅋㅋㅋㅋㅋㅋㅋㅋㅋㅋ

— 헐, 이거 진짜냐?

— 아조 씨 턱만 보이는데요. 영상 조정 좀 해주셈.

— 근데 저건 뭐임?

— 닭꼬치 같은데 좀 크네.

그때 성호가 밥상에 맥주 캔을 턱 올렸다.

— 꺄아아아아아아아아아

— 헐! 닭꼬치에 맥주라니. 엄청 흔한 조합인데 살릴 수 있으려나.

— 꼬치 저걸로는 사운드 안 나올 텐데. 심심행……

— 사운드 같은 거 필요 없죠. 양으로 때우면 됩니다. 저거 다 먹으면 대식가 인정!

그때 알림 소리가 들렸다. 5,000원 이상 후원한 구독자에 한해서 방송에 들어왔을 때 굵은 글씨로 표시해 주고, 성호가 알 수 있게끔 알림이 뜬다.

「불쌍맨님이 입장하셨습니다」

성호는 조용히 밥상 밑에 있던 종이를 들어 보였다.

「불쌍맨님 어서 오세요」

— 헐 인사했다!

— 저거 왜 인사하는 거임? 그냥 들어왔다고?

— 후원자네. 후원자는 굵은 글씨로 저렇게 뜸.

— 근데 아조 씨 허겁지겁 종이 드는 거 귀엽당.

— 불쌍맨: ㅎㅎ…… 오늘 폐지 팔고…… 라면 먹고 남은 돈임.

「불쌍맨님이 5,000원을 후원했습니다!」

— 폐지 판 거 실화냐?.
— 불쌍맨님 너무 불쌍한 고야……

'저거 진짜가?'

아직 인터넷 방송에 대해서 잘 모르는 성호로선 폐지 팔고 왔다는 말에 혹할 수밖에. 어쨌든 순식간에 1,000명이 넘는 시청자가 모였다. 닭꼬치로 위장한 화조 꼬치를 들어 깨물자 오도독하는 소리가 난다.

— 희한한 소리가 나네.
— 저거 씹어 먹으면 무지 맛있겠당.
— 와~ 되게 빨리 먹네.

성호가 꼬치를 먹는 속도는 상당히 빨랐다. 오독오독 씹어 먹고 맥주 캔을 따자 특유의 경쾌한 소리가 울린다.

꿀꺽, 꿀꺽, 꿀꺽, 꿀꺽.

"하……"

가볍게 한숨을 내쉬는 것까지.

순식간에 열 개를 먹고 다음 꼬치를 집어 든다. 한 시청자가 후원을 했다.

― 꽃님이: 왜 소금구이만 먹나요? 양념구이도 먹어주세요.

「꽃님이님이 3,000원을 후원했습니다!」

아무튼 먹방은 성공리에 끝났다. 최대 시청자 1,700명. 후원 금액 55,000원. 방송 시간대가 새벽이라 많이 모이진 않았지만 동영상으로 다시 올릴 것이므로 추가 수입을 기대할 수 있다. 카메라를 향해 천천히 손을 흔들자 다들 'ㅃㅃ' 하고 타이핑했다. 그렇게 방송은 종료되었다.

'이거 의외로 괜찮은데?'

성호는 미튜브 시청자들에게 낚시/캠핑 카테고리 영상의 선구자로 인식되고 있었다. 그리고 최근에는 사운드를 중요시하는 먹방, 멘트를 하지 않는 먹방을 시작했다. 과연 이게 좋은 반응을 불러올지는 지켜봐야 할 일이다. 하지만 왠지 잘될 것 같았다.

*

오후부터 이어진 시식회. 시식회라고 하지만 별거 없다. 분식을 사 가는 손님에게 꼬치 하나씩 주고 맛있는지, 가격은 어떤지 묻는 것이다. 거의 모든 손님이 이건 대박이라고, 빨리 팔라고 말했다.

그리고 가격은 성호가 매긴 가격보다 다소 높은 1,500원대가 적당하다는 의견이 가장 많았다. 꼬치가 크긴 하지만 결국 닭꼬치인데 2,000원으로 올라가면 부담이니 그 가격대가 딱 맞다.

'하지만 난 거기서 500원을 더 내려버렸지.'

학생들이 부담 없이 사 먹을 수 있는 가격이어야 한다. 1,500원이면 거스름돈을 주고받아야 하니 귀찮아진다. 어차피 재료비는 거의 제로에 가깝다.

이제 문을 닫을 때다. 매대를 정리하려는데 누군가가 뛰어왔다.

"아저씨!"

하은주다. 요즘 통 얼굴을 보이지 않던 그녀가 다다다 뛰어와서는 가슴에 손을 얹고 숨을 몰아쉬었다.

"하아…… 하아……"

"천천히 오지, 뭘 그렇게 뛰어요?"

"그게 아니라…… 아, 아저씨 혹시 〈동물농원〉에 출연하기로 하셨어요?"

"학생이 그걸 어떻게 알죠?"

"왜냐하면…… 하아…… 제가 아르바이트 하고 있는 동물원에 연락이 왔거든요."

"동물원이요?"

뜻밖의 소식이다. 은주가 동물원에서 아르바이트를 하고 있다니. 분명 수의대에 갈 거라고 들었던 것 같은데. 그녀는 주말에만 나간다며 겸연쩍게 웃었다.

"그래서 뭘 촬영한대요?"

"저는 그냥 알바라서 잘은 모르는데…… 원숭이 아니면 아기 사자일 거 같아요. 사육장하고 축사 청소하는 거 보면요."

"원숭이는 딱 질색인데."

"근데 아저씨 이건 뭐예요? 닭꼬치?"

마지막 두 개 남은 화조 꼬치. 은주에게 그것을 건네주자 그녀는
말을 더듬었다.

"이거 먹으면 살찌는데…… 요즘 다이어트 중이라서."

"맛있게 먹으면 영 칼로리니까 먹어요. 참, 이거도 줄게요."

은근슬쩍 개울치 튀김을 접시에 담는 성호. 은주는 화조 꼬치를
먹고는 행복한 표정을 지었다.

"감사합니다. 엄청 맛있네요."

5 ◆

꼬마의 탈출

많이 왔다. 그러니까…… 손님이 상당히 많이 왔다. 화조 꼬치는
닭꼬치로 위장되어 불티나게 팔렸다. 다른 분식집의 닭꼬치보다 크
기는 훨씬 큰데 가격은 비슷하니 말 다 했다. 거기에 평범한 닭꼬치
에서 느낄 수 없는 오독오독한 식감과 육즙 덕분에 상당한 인기를
끌었다. 맛있는 닭꼬치 집이라면서 동아대에서 원정 오는 학생들도
종종 보인다.

성호는 화조 꼬치가 가져다주는 작은 변화에 만족했다. 후문에
상권이 만들어져 있는 동아대. 그 학생들이 여기까지 온다는 건 어
지간히 맛있다는 증거다.

〈동물농원〉의 이선미 작가로부터 연락이 왔다. 내일 아침 촬영이
시작된다고 한다. 장소는 부산 금정산 근처의 삼영파크. 어린이대
공원 안에 있는 곳으로 부산 인근에서는 유일한 동물원이다.

"저희는 오늘부터 촬영을 하고 있거든요? 혹시 가수 이홍기 아

세요?"

"아, 그 노래 부른 가수죠? 누나는 뭐 어쩌고……"

"네, 맞아요. 그 이홍기요. 실은 성호 씨가 맡은 코너는 이홍기 씨와 둘이서 가는 걸로 되어 있거든요."

"그러면 이홍기 씨가 먼저 촬영하고, 저는 그분을 도와주는 식으로 해서?"

"네네네. 저희 프로그램 자주 보면 아시겠지만, 성호 씨는 전문가 역할을 맡게 되세요. 물론 처음인 만큼 조금 부족한 점이 있겠고, 그걸 저희가 감안해서 촬영을 하기로 했으니 마음 편하게 오시면 돼요. 내일 촬영할 동물은 긴팔원숭이예요."

"예, 알겠습니다."

통화가 끊겼다. 성호는 메모하던 종이를 수첩에 끼웠다.

*

가수 이홍기는 생각한 것보다 더 서글서글하고 매력이 있는 청년이었다. 그 어떤 남자라도 초면에 "형님~" 하면서 고개 숙여 오는데 싫어할 수는 없을 것이다. 연예인 특유의 허세, 이게 없다. 이 코너에 참여한 지 얼마 되지도 않았다고 하는데 촬영 스태프들과 꽤 친해졌는지 분위기가 업 되어 있다. 성호도 어느새 그와 편하게 말을 하기 시작했다.

"형님, 제가 어제 긴팔원숭이 사육장에서 촬영을 했는데요. 아유, 진짜 못 하겠더라고요. 어찌나 말을 안 듣는지."

"원숭이는 머리가 좋다고 들었는데, 말을 안 들어?"

"그건 뭐, 좀 큰놈들 있잖아요? 침팬지나 오랑우탄. 이런 애들이고 긴팔원숭이는 별로라고 하네요. 고집도 세고."

"뭔가 안 좋은 행동을 하는가 보지?"

"저 여기 보이세요?"

홍기가 자신의 볼을 가리킨다. 긁힌 흔적이 있다.

"원숭이한테 긁힌 거야?"

"저 지난 번에 사육장에 들어갔다가 두들겨 맞았어요."

"그래?"

일요일의 동물원은 그야말로 인산인해다. 이홍기가 워낙 인기가 많아 여기저기서 이름을 부르고 난리가 아니다. 김강훈 피디와 최문호 작가가 다가왔다.

"홍기 씨, 저희가 이제 극적인 요소를 조금 투입하려고 하는데요."

홍기의 얼굴빛이 안 좋아지기 시작했다.

"최 작가님이 말하는 극적인 요소란 건, 결국 제가 당하는 거죠?"

"하하, 맞습니다. 지난 방송에서도 이홍기 씨가 긴팔원숭이에게 두들겨 맞는 부분에서 최고 시청률이 갱신됐어요. 혹시 시청자 게시판 보셨습니까?"

"아뇨, 아직."

"완전 난리가 났어요. 우리 홍기 오빠, 홍기 어떡하느냐고. 저 망할 놈의 원숭이의 버릇 좀 빨리 고쳐달라고."

"시청률을 위해 제 한 몸 불살라야 한다면…… 알겠습니다!"

홍기가 주먹을 불끈 쥐었다. 아마 그가 사람들에게 호감을 사는 이유는 이처럼 뭐든지 긍정적으로 생각하는 마인드 때문일 것이다.

사육장에는 긴팔원숭이 한 마리만 들어가 있다. 워낙 난폭해서 격리 조치를 했단다. 아까부터 동물 친화 스킬을 꺼두고 있었기에 주위의 동물들이 막 달려들진 않는다.

"자, 그럼 촬영 시작합니다."

김 피디가 손가락으로 숫자를 세더니 손뼉을 짝 하고 친다. 이홍기와 사육사가 만나서 저 난폭한 긴팔원숭이를 어떻게 다룰 것이냐 대화하는 장면이다. 그렇게 복도에서 이야기를 나누더니 사육사가 뭔가 제안을 했다. 긴팔원숭이가 좋아하는 사과를 주며 친해져 보라고 얘기하는가 보다. 홍기는 호들갑을 떤다. 촬영은 무척이나 순조롭게 진행되었다.

'확실히 연예인은 다르구나.'

반면 성호는 마이디와 함께 처음으로 촬영했을 때, 정말이지 많은 사람들 앞에서 말하는 게 어색했었다. 더군다나 카메라가 신경 쓰여 자꾸 그쪽을 바라보았다. 자연스러운 시선 처리가 어려웠다.

곧 자기가 등장할 차례가 될 것을 예상한 성호는 동물 친화 스킬을 켜고 긴팔원숭이를 쳐다보았다. 바로 알림 창이 떴다.

「원숭이: 호두(외로움, 짝)」

지금 긴팔원숭이 호두에겐 짝이 필요한 상태다. 보통 동물들의 외로움은 사육사가 달래줄 수도 있을 텐데 이 녀석은 특이하다. 자신이 인간과 다르다는 걸 알아차려버린 원숭이라고나 할까. 그래서 몇 년간 자기를 돌봐준 사육사도 거부하는 것이다.

'같은 방에 있던 마루를 괴롭혔다는데 관심의 표현이었나.'

하지만 관심의 표현치고는 폭력의 농도가 너무 짙었다. 그래서 여기에 격리된 것이니 자업자득이다.

"아이고! 호두야 잠깐만!"

아니나 다를까. 홍기가 호두에게 마구 쥐어뜯기고는 쫓기고 있다. 사람들은 은근히 새디스틱한 면이 있어서 저런 장면을 좋아한다고 한다. 톱스타가 나와서 망가지면 인간미가 있다나. 그걸 사람이 할 수는 없으므로 긴팔원숭이가 대신해 주는 것이다.

사육장 안에서 한참 난리 법석이 일자 김 피디가 흡족하게 웃었다. 오늘의 콘셉트에 부합하는 영상이 나왔다. 이제 저 긴팔원숭이를 확실히 훈련시킬 사람이 필요하다.

"컷, 다음 신 가겠습니다."

"성호 씨, 준비해 주세요."

최 작가가 나직이 말했다.

"예."

성호가 숨을 깊이 들이쉬며 앞으로 나서려는 순간, 어딘가에서 비명 소리가 들렸다.

"꺄아아악!"

"뭐, 뭐야?"

"뭔 일이죠?"

사람들은 혼란에 빠졌다. 평화로운 동물원에서 여자의 비명 소리라니? 몇몇 아이들이 울기 시작하고 관리자 몇 명이 달려와 관람객들을 진정시켰다.

"관람객 여러분, 지금 즉시 대피해 주십시오, 저희 파크에서 사육 중이던 말레이곰이 탈출했습니다!"

촬영이 중단되었고 관리자 중 하나가 김 피디에게 사정을 설명했다.

"아무래도 촬영을 중단해야 할 것 같습니다. 지금 말레이곰 한 마리가 사육실을 탈출했어요. 어디로 갔는지 확인이 안 되었습니다."

"저, 정말입니까? 곰이요?"

"그리 크지는 않고 비교적 온순하기 때문에 위험하진 않겠지만, 그래도 모릅니다. 하여튼 전부 대피하세요."

말레이곰이 작기는 하나 그래도 곰이다. 평범한 인간이 상대할 동물이 아니다. 그나저나 대체 어떻게 했기에 곰이 사육실을 탈출했을까. 관리소 측의 부주의겠지만 제대로 된 설명을 듣는 것은 힘들 것이다.

애애애앵—

몇 분도 되지 않아 사이렌이 울렸다. 경찰차가 온 모양이다. 김 피디가 작가들을 포함한 스태프진과 의논했다.

"이거 어떡하죠? 이대로 끝낼 수는 없는데."

"아…… 환장하겠네. 그 곰을 찍으러 가면 안 될까?"

"지금 경찰 출동하고 난리가 났는데 우리가 가봐야 면박만 당할 걸요?"

— 아아, 관람객 여러분께 알려드립니다. 현재 말레이곰 꼬마가 금정산 방향으로 도주 중에 있습니다.

다행히도 곰의 도주 경로가 확인된 덕분에 철수는 면했다. 그때 최 작가가 꾀를 냈다.

"아마 경찰 병력이 출동한 뒤에, 녀석을 잡으러 산에 올라갈 겁니다. 우리도 거기 끼는 게 어떻습니까? 경찰들의 활동을 기록할 겸 해서요."

"그걸 핑계로 댄다 이거지?"

"경찰 측에서도 나름의 홍보 영상은 있어야 하니까요. 채증용 카메라로는 안 될 테고. 우리도 좋지 않습니까? 1번 카메라 감독님, 곰이 탈출했다고 안내하는 사운드 담으셨죠?"

카메라 감독이 화면을 확인하고 고개를 끄덕끄덕한다. 최 작가가 김 피디를 설득했다.

"소수 인원만 차출해 가지고 갑시다. 빨리 포획만 하면 국민적인 관심이 집중될 겁니다. 이거 분명히 9시 뉴스에 나온다니까요."

"……그래?"

언세나 시청률에 목매는 게 피디나. 〈동물농원〉은 안정적인 시청률을 확보하고 있긴 하지만 이런 기회를 그냥 버리는 것도 아쉽다.

그가 성호에게 물었다.

"성호 씨, 곰도 가능할까요? 저번에 개처럼 말입니다."

"덩치만 비슷하면 상관없는 것 같더군요. 말레이곰 몸무게가 얼마나 나가죠?"

"대형 견보다 약간 큰 정도라고 하던데……"

성호는 그 정도라면 할 수 있을 거라는 확신이 섰다.

"혹시 저희와 동행하실 생각이 있는지…… 물론 출연료는 그대로 지급됩니다. 시간이 초과되면 수당도 나오고요."

그렇다면 거절할 이유가 없다.

"홍기야, 넌 어떠냐?"

"저요? 형님이 가시면 가야죠."

홍기는 재미있는 걸 발견한 어린아이처럼 웃고 있다. 성호는 배낭끈을 고쳐 맸다.

"갑시다."

말레이곰 꼬마의 탈출 소식에 대대적인 인원이 동원되었다. 동물원 측 직원 50여 명과 인근 경찰관 100여 명이 나서 산을 오르기 시작했다. 〈동물농원〉 일행은 경찰과 입씨름을 하고서야 겨우 촬영 허가를 받아낼 수 있었다. 인원수 다섯 명, 그리고 절대 등산로에서 벗어나지 말 것과 항상 경찰 병력과 동행하는 것을 조건으로. 아마 〈동물농원〉 측이 찍은 영상을 모두 제공한다는 조건도 들어 있었을 것이다. 그렇게 김 피디와 최 작가, 카메라 감독 그리고 홍기와 성호가 수색조와 함께 산을 오르게 되었다.

— 아아, 현재 말레이곰 꼬마가 청룡사 인근의 주택가에서 쓰레기통을 뒤지다가 도주했다는 통보.

두두두두—

헬기 소리가 들렸다. 거친 숨을 내쉬며 산을 오르던 홍기가 감탄했다.

"와! 형, 무슨 군사 작전 하는 것 같은데요?"

"이것도 작전은 작전이겠지. 민관 합동 작전. 그나저나 너무 늦지 않게 잡아야 할 텐데."

"예? 왜요?"

"산에서 곰을 따라갈 수 있는 사람은 없으니까. 위로 올라갈수록, 숲이 험해질수록 잡기가 어려워져."

계속해서 지루한 수색이 이어졌다. 수색대는 넓게 펼쳐서 가파른 산을 올라간다. 곰이 등산로를 이용할 가능성은 적기 때문에 수색대도 험한 산길을 올라야 했다. 처음에는 금방 잡겠지 하고 여유 만만했던 경찰들도 땀을 흘리기 시작했고 연신 가쁜 숨을 내쉬었다.

헬스로 몸을 단련한 홍기조차 숨이 고르지 못했다. 하나 성호는 비교적 편안한 호흡을 유지하고 있었다.

"와, 진짜, 형님 체력 진짜 좋네요."

그렇게 한참을 올라가는데 무전이 왔다.

— 발견, 발견, 말레이곰 꼬마 발견. 예상보다 훨씬 빠르게 포위망을 벗어났다. 현재 위치는 만덕고개, 만덕고개.

"와, 벌써 거기까지 갔어?"

"뭐 저리 빠르냐……"

예상보다 빠른 곰의 움직임에 다들 놀랐다. 인간은 걷는 반면 녀석은 뛴다. 어지간해서는 지치지도 않을 것이다. 녀석을 추적할 수 있는 것은 헬기뿐이었다.

그때 상황이 급변했다. 무전기에서 다급한 말이 막 들려오기 시작했다. 아니, 외침이었다.

— 몰아, 몰아, 몰아, 몰아, 몰아!
— 도망간다! 안 돼! 쏘지 마세요! 쏘지 말라고!
— 탕!

총탄이 발사되는 소리가 들렸다. 심상치 않은 분위기에 다들 긴장해선 무전 내용에 집중했다. 시끄러운 소리가 마구 섞여서 뭐라고 하는지 들리지 않았다. 그리고 잠시 뒤, 다시 무전이 들어왔다.

— 수색대장입니다. 곰이 사냥개에게 부상을 입히고 도주했습니다. 도주 경로는 대륙봉. 전 수색조원은 대륙봉으로 모일 수 있도록.

"대륙봉이랍니다. 갑시다."

"아니, 뭔 곰이 그렇게 빨라요?"

"이거 차를 타고 가는 게 더 낫겠는데요?"

"그래도 여기까지 왔는데……"

"한번 가봅시다. 지금 내려가서 다른 수색조원과 합류하려고 하면 내려가라고 할 확률이 높아요. 뭐라도 건지려면 이 조를 따라가야 합니다."

"아무래도 그렇죠. 다른 조 입장에선 우리와 동행하라는 명령이 없었으니까 책임을 지기 싫을걸요."

최 작가가 말했다. 다들 그 의견에 동감하는지 고개를 끄덕였다. 새끼 곰 하나 때문에 이게 뭔 개고생이냐고 속으로는 투덜거리겠지만.

"갑시다!"

수색조장이 다시 움직였다. 일행은 부지런히 그의 뒤를 따랐다.

*

큰일이다. 꼬마의 흔적을 놓쳤단다. 대륙봉에서 녀석을 포위한 것은 좋았는데 녀석이 낌새를 알아채고 금방 튀어버렸다고 한다. 시간도 꽤 지나서 지쳐 있을 줄 알았는데 전혀 그렇지 않았다고 한다.

"이거 큰일인데. 해가 지기 전에 내려가야 되는데."

저녁 5시. 늦가을이라 그런지 슬슬 어두워진다. 아직까지 녀석의 꽁무니도 보지 못했는데 이대로 산을 내려가기엔 아쉽다. 특히 〈동물농원〉 일행은 이제 내려가면 서울로 철수할 확률이 높았다.

"뭐라도 찍었으면 억울하지나 않지. 이게 뭐야 진짜. 차라리 촬영이나 계속할 걸." 김 피디가 스스로를 자책하고 있는데 저쪽에서 탕! 하는 소리가 났다. 총소리다.

"가봅시다!"

"형님, 저도요!"

"자, 잠깐만요! 저기요!"

성호가 산비탈을 올라간다. 홍기는 카메라 감독에게서 캠코더를 빼앗아 거의 무의식적으로 그의 뒤를 따랐다.

"홍기 씨!"

김 피디가 뒤에서 불렀지만 홍기는 뒤돌아보지 않는다. 숨이 목까지 차올랐는데 왜 여기까지 따라왔을까? 내일 스케줄도 있는데.

'그냥 한번 해보는 거지!'

열심히 뛰어 능선을 넘자 갑자기 시야가 탁 트였다. 수십 명의 경찰이 포위망을 좁히는 게 보였다. 사냥개가 곳곳에서 컹컹 짖어대고 헬기가 날아왔다.

삑삐익! 삐익!

곳곳에서 호루라기 소리가 울렸다. 간신히 성호를 따라온 홍기가 죽기 일보 직전이 되어 숨을 몰아쉬었다.

"허어억…… 혀, 형님…… 너, 너무 빨라요."

"홍기야, 넌 여기 있어라. 아무래도 꼬마가 도망친 것 같다."

"어, 어디로요……?"

"능선을 따라 가봐야 알 수 있겠는데. 골짜기로 들어가야 하나."

그때 성호의 눈에 꼬마의 스탯 창이 보였다. 사람들에게 쫓겨 수풀에서 잠깐 나온 것 같다.

「곰: 꼬마(혼란, 사람)」

"저기다! 저기!"

"포위망 풀지 마요!"

"총 쏘지 마, 쏘지 마세요! 더 흥분, 흥분하니까!"

"컹컹!

아무튼 개판이었다. 포위망은 애초에 의미가 없다. 녀석이 인간보다 훨씬 빠르기 때문이다. 거기다 곰은 지구력도 엄청 좋아서 어지간해서는 지치지 않는다. 성호는 배낭을 꽉 조였다.

"혀, 형님, 쫓아가시려고요?"

"날이 어두워지기 전에 녀석을 잡아야지."

성호가 드디어 뛰기 시작했다. 지금까지는 빠르게 걸었고, 이제 뛰는 것이다. 대체 체력이 얼마나 넘쳐흐르기에 산속에서 뛸 수 있는 걸까? 홍기는 혀를 내두르며 그의 뒤를 따랐다.

"아이고, 홍기 살려어~"

그의 옆으로 경찰들이 욕설을 내뱉으며 산비탈을 내려가고 있었다. 간신히 포위망에 몰았는데 녀석이 뚫고 나가면 매우 곤란해진다. 산 아래로 내려가면 민가가 몇 채 있는데 민간인에게 피해라도 생기는 날에는 시말서로 끝나지 않을 것이다. 그것이 비록 경찰들의 책임은 아니라 할지라도.

한편 성호는 말레이곰 꼬마의 뒤를 쫓고 있었다. 발걸음이 더없이 가볍게 느껴졌다. 단지 태양사과의 효능만은 아니었다. 오랫동안 판타지아의 숲에서 헤매고 다닌 결과, 그의 몸이 숲에 적응해 버린 것 같다.

"후욱, 후욱."

숨을 규칙적으로 내뱉으며 꼬마의 흔적을 따라 산비탈을 내려간다. 곰은 신체 구조상 내리막길을 내려가기 어렵다는 소리가 있는데, 헛소리임이 드러났다. 저렇게 빠르게 뛰고 있는데.

"꼬마야!"

성호가 버럭 소리를 질렀지만 녀석은 들은 체도 않았다. 사람들은 자신을 쫓아오는 위험한 것들이라고 인식하고 있음이 분명했다. 조금만 가까이 가면 동물 친화 스킬의 영향력 안에 들 것 같은데 녀석이 워낙 빨라서 접근하기가 쉽지 않다.

'제기랄.'

이제 급경사가 이어진다. 더 밑으로 내려가면 녀석을 쫓을 방도가 없다. 홍기 앞에서는 아닌 척했지만 슬슬 지쳐가고 있었다. 태양사과 스무디는 이미 바닥난 지 오래다.

그때 꼬마의 속도가 갑자기 줄었다. 급격한 경사가 있음을 알고 우회하려는 것이다. 작은 나뭇가지가 우수수 꺾이며 녀석이 몸을 틀었다. 성호는 내려가던 속도를 이기지 못하고 녀석에게 달려들었다.

"헉!"

달리 대처할 사이도 없이 성호는 꼬마를 껴안고 나뒹굴었다.

"크워엉!"

곰을 뒤에서 덮친 백 마운트 자세로 데굴데굴 굴러 비탈길을 내려간다. 뭐가 뭔지 상황을 파악하지도 못했다. 머리가 빙빙 돌았다.

한편 뒤에서 거의 탈진 상태에 빠진 홍기가 그 장면을 정확히 핸디 캠에 담았다. 거의 무의식적으로 캠을 들어 올렸고, 운이 좋아 찍혔다고 봐야 할 것이다. 비탈길을 뛰어가던 한 남자가 곰을 뒤에서 덮쳐 백 마운트를 거는 장면을 말이다.

"헐."

둘은 데굴데굴 굴렀다. 그 모습이 하도 어이가 없어서 씨근덕거리며 추격하던 경찰들도 그냥 지켜보기만 했다.

"형님! 형님!"

뒤늦게 정신을 차린 홍기가 비탈길을 내려간다. 곰도 어지간히 지쳐 있었는지 쓰러진 채 가쁜 숨을 내쉬고 있었다. 하지만 성호는 [고통 내성] 버프가 적용된 덕분에 별로 아프지 않다.

"잡았다, 요 녀석아."

"크어엉."

"네가 뭘 잘했다고?"

"크어엉."

마치 곰과 인간이 대화하는 것 같다. 홍기가 다가가자 성호는 입을 다물고 팔을 풀었다.

"하이고, 힘들어 죽겠네. 야, 꼬마야."

슬금슬금 일어나는 말레이곰 꼬마. 희한하게도 성호가 앞에 있으니 슬쩍 곁눈질을 할 뿐 도망치지를 않는다.

"형님…… 얘가 왜 안 도망가죠?"

"니도 모르지. 앉아."

"크어엉."

선 채로 앞발을 들어 올려 까닥까닥한다. 마치 그 모습이 나를 괴롭히지 말아 달라는 신호 같아서 홍기는 픽 웃고 말았다. 그래도 이 녀석은 맹수다. 이빨을 보니 제법 날카롭다. 홍기는 성호의 뒤에 숨어 캠코더만 내밀었다.

"앉으라고, 녀석아. 내가 앉혀줄까?"

성호가 강하게 압박하자 그제야 꼬마가 앉았다.

뒤늦게 경찰들이 달려 내려왔다. 너무 급했는지 한 명이 바닥을 굴렀다.

"어이쿠!"

곰도 사람도 지쳤다. 몇 시간을 산에서 뛰어다녔으니 지칠 수밖에. 덩치가 작긴 하지만 그래도 곰이라서 포획틀을 가져와야 하는데, 그러기엔 시간이 걸린다. 그래서 비교적 쌩쌩한 성호가 곰을 업고 산을 내려가게 되었다. 꼬마 녀석은 자신이 사람에게 업혀 있다는 걸 아는지 모르는지 어깨에 매달려서는 주위를 돌아보고 있다.

"푸흡."

아무리 생각해도 웃긴 모양이다. 성호 주위를 호위하듯 내려가고 있는 경찰들이 웃음을 겨우 참았다. 사람에게 업혀서 구조되는 곰탱이라니. 해외 토픽감이다. 성호의 곁에는 홍기가 바짝 붙어 영상을 촬영하고 있다.

"야야, 홍기야, 내 얼굴을 너무 찍지 말고 이 곰탱이를 찍으란 말이다."

"꼬마는 벌써 다 찍었는데요."

"난 뭐 볼 거 있냐고 찍냐? 보는 사람 시력 나빠지게."

'그 정도는 아닌 것 같은데.'

연예인처럼 잘생겼다고 할 순 없지만 전제적으로 훤칠한 인상이
다. 키가 무척 크고 어깨가 떡 벌어져서 그런지 단단해 보인다. 거기
다 그 무식한 체력은.

— 아아, 밑에 방송국 차량하고 기자단 대기하고 있습니다. 우리
의 임무는 꼬마를 포획틀에 넣어 트럭에 싣는 것입니다. 다들 긴장
하시고.

그렇게 열심히 뛰어다녔건만 경찰들이 얻은 이득은 별로 없다.
정작 꼬마를 잡은 것은 성호이기 때문이다. 등산로를 따라 주차장
으로 내려가자 플래시가 파파팟 터졌다. 벌써 연락을 받고 온 모양
이다.

트럭이 털털거리며 도착했고 경찰관이 성호네 일행을 인도했다.
성호가 꼬마를 업고 도착하자 기자들이 헉 소리를 냈다.

"고, 곰을 업고 있어?"

"저거 곰 맞아?"

"말레이곰 맞는 것 같은데요?"

"어? 이홍기다!"

너무 놀라서 홍기가 있다는 사실도 몰랐던 기자들. 뒤늦게 성호
에게 달려든다.

"잠깐만요! 얘기 좀!"

"곰을 어떻게 포획하셨나요? 성함은요?"

"일단 이놈 좀 싣고요."

꼬마의 무게가 만만치 않을 텐데도 별로 지친 기색도 없다. 경찰들이 포획틀의 문을 열자 성호가 등을 돌렸다.

"자, 빨리 들어가라."

"꾸워엉."

왠지 투정을 부리는 것 같다. 기자들이 재빨리 메모하며 사진을 찍었다.

"빨리 들어가. 나 힘들다."

성호의 언성이 높아지자 그제야 어깨에 올린 앞발을 치우는 꼬마. 자기 스스로 트럭으로 올라가 포획틀 안에 들어간다. 이 어처구니없는 모습을 20명이 넘는 사람이 지켜보고 있다.

기자들이 난리를 치기 시작했다. 경찰들이 나서서 상황을 수습했다.

"자자, 여러분! 사건 종료되었습니다! 나중에 지구대에서 발표가 있을 예정이니까요! 밀지 마시고요!"

"형님, 우리 뛰어요!"

"그럴까?"

몇몇 기자가 곰을 찍는다. 둘에게 관심이 약간 소홀해진 틈을 타 은근슬쩍 도망간다. 뒤늦게 도망가는 그들을 발견한 누군가가 소리쳤지만 그들은 주차장을 벗어난 뒤였다.

둘은 산에서 내려온 〈동물농원〉 제작진과 만났다. 김 피디가 걱정스러운 얼굴로 물었다.

"홍기 씨, 성호 씨! 괜찮아요?"

"김 피디님, 우리 형님이 꼬마한테 뭘 했는지 아시면 깜짝 놀랄 걸요?"

"뭘 했는데요?"

최 작가와 카메라 감독이 동시에 묻는다. 홍기는 실실 웃으며 핸드 캠을 가리켰다.

"여기 담겨 있으니까 나중에 편집실에 가서 보죠. 저 가도 괜찮죠?"

"어? 거기 화면 찍었어요? 누가 꼬마 포획했어요?"

"그건 나중에 확인하시고요. 자자, 서울 올라가야죠. 저도 내일 스케줄 있다고요."

"그래야죠. 일단 돌아들 갑시다."

차에 올라탄 홍기가 성호의 팔을 툭 쳤다.

"형님, 번호 좀 알려주세요."

"번호? 내 전화번호?"

홍기가 싱긋 웃으며 폰을 내민다.

"네. 형님 연락처 좀 알아두려고요. 오늘 정말 재미있었어요. 고생은 진짜 많이 한 것 같은데, 그래도 뛰어다닌 보람은 있네요."

이홍기 같은 스타가 자신 같은 사람의 연락처를 왜…… 그렇게 생각하는 것도 잠시, 성호는 그의 폰에 연락처를 입력했다. 생고생을 했음에도 구김 없이 웃는 모습이 보기 좋다. 홍기는 몰래 그의 이름을 바꿔 저장했다.

'괴물형.'

오래된 SUV 차량이 털털거리며 움직였다. 성호는 헤드레스트에 머리를 기댔다. 피곤이 한꺼번에 몰려왔다.

*

부산시 해운대구 마린시티 인근에 해담이라는 한정식집이 있다. 일단 간판은 한정식집이지만 전통적인 12첩 반상을 차리지는 않는다. 한식 연구가 임서원 여사의 모토에 따라 일품요리를 위주로 내놓는 곳이다. 식당이 있는 장소가 장소인 만큼 재료의 대부분은 해산물이다. 해산물을 가장 자연스럽고 멋스럽게, 그리고 맛있게 차려내는 한 상을 목표로 한다. 그래서 부산을 방문하는 정-재계 관계자나 돈 좀 있는 부유층은 해담을 들르는 것이 일종의 유행처럼 되어 있었다.

임서원 여사가 재벌집 며느리, 딸들의 요리 스승이기도 한 것이 그녀의 유명세에 도움을 주었다. 정나경은 그런 임 여사의 딸이다. 고등학교 2학년 때까지는 공부도 안 했고, 그저 놀러만 다녔다. 보다 못한 어머니와 아버지가 딸을 설득하길 1년째. 무슨 생각이 들었는지 갑자기 요리 학원에 다닐 거라고 선언하기에 이르렀다.

"요리 학원에 다니느니 우리 가게에서 일을 배우는 게 낫지 않니? 요리사는 경력이야. 네 나이면 요리를 시작하기에 아주 좋거든."

245

결국 그녀는 엄마에게 손을 붙잡혀 해담으로 끌려가게 되었다. 왜 갑자기 마음을 돌렸는지는 말하지 않았다.

그리하여 나경이는 해담에서 아르바이트를 하고 있다. 고등학교 졸업하기 전까지라는 조건을 달긴 했지만. 사장의 딸이다 보니 경력 있는 요리사들도 그녀에게 막 대하지는 못했다. 분명 막내는 막내인데 워낙 예쁜 데다가 사장 딸이라는 든든한 백까지 있으니 말이다.

덕분에 그녀는 부드러운 말만 들으며 가게 일에 적응해 가고 있었다. 가장 기본적인 채소 다듬기, 청소부터 시작해서 냉장고 정리, 간단한 샐러드 정도는 혼자 만들 수 있게 되었다.

남는 시간에는 임 여사가 직접 나서서 가르치니 실력이 빠르게 늘었고, 난다 긴다 하는 주방의 요리사들도 그녀를 가르치는 데에 재미를 붙였다. 임 여사를 제외하고 남자밖에 없는 이 험악한 주방에서 그녀의 존재는 활력소나 다름없었다.

이제 어느 정도 주방 일에 적응한 나경이에게 이해가 안 가는 것이 하나 있었다. 경력이 10년, 20년을 넘어가는 베테랑 요리사들을 보면 그런 생각이 든다.

'하여튼 희한한 아저씨야.'

묘한 호기심이 든다. 과연 그 분식집 아저씨가 여기에 와서 일하면 어떨까. 엄마 밑에서 얼마나 배울 수 있을까.

'남 밑에서 일하는 건 익숙지 않다고 했으니깐, 뭐.'

요즘 들리는 소문에 의하면 닭꼬치를 새로 만들어 파는데 인기 절정이라고 한다. 저녁 시간에 빨리 달려가지 않으면 다 떨어져서 못 먹는다나.

요즘 나경이는 학교를 마치면 길을 건너지 않고 바로 버스를 타는지라 거기에 갈 시간이 없다. 그저 먼발치에서 가게 앞에 여학생들이 진 치고 있는 걸 보기만 할 뿐. 은근히 샘도 났다. 우리가 발견한 가게였는데. 지금까지는 알지도 못했던 애들이.

'에휴.'

부질없는 생각이다. 나경이는 설거지를 끝내고 홀로 나갔다.

"나경아, 티브이 좀 켜. 9시 뉴스나 보게."

"네에."

— 첫 소식입니다. 어제 부산 금정산 일대를 달궜던 말레이곰, 꼬마가 붙잡혔다고 합니다. 자세한 소식을 김대기 기자가 전해 드립니다.

— 부산의 한 동물원. 말레이곰의 사육실에 사육사가 청소를 하러 들어갑니다. 그런데 CCTV 카메라에 말레이곰 한 마리가 빗장을 밀고 도망가는 모습이 포착되었습니다.

영상은 매우 흥미진진했다. 나경이는 말레이곰이 포위망을 피해 요리조리 달아나는 모습을 보고 감탄했다. 쪼그만 게 꽤 잽싸서 따라잡는 사람이 없다. 사냥개들도 벌써 지쳤는지 바닥에 쓰러져선 헥헥거린다.

— 그런데 여기서, 한 남자가 꼬마를 뒤쫓습니다. 꼬마가 잠시

멈칫하는 틈을 타 뒤에서 덮쳐 목을 껴안습니다. 둘은 그렇게 바닥에 나뒹굴었고 말레이곰은 포획되었습니다.

포획 영상은 아주 짧게 나왔다. 흔들려서 잘 보이진 않았지만 체격이 큰 남자가 부웅 날아서 곰에게 백 마운트를 거는 장면이었다. 제공으로 〈동물농원〉 로고가 박혀 있다.

"푸하하! 저게 되네!"

"와, 장난 아니네. 곰한테 저거를 하다니 미친 거 아냐?"

하도 어이가 없어서 웃음이 터졌다.

이어서 기가 막힌 사진이 나왔다. 아나운서도 커다란 화면이 가득 차게 사진을 크게 띄워 놓고 웃기는지 실실 웃고 있다. 남자가 곰을 업고 걸어가고 있었다. 마치 아기처럼 얌전히 업혀 있는 말레이곰을 보고 참 뭐라고 해야 할지…… 아나운서가 기어코 풋 하고 웃고 말았다.

— 푸흐흡…… 아, 죄송, 죄송합니다. 여기까지 부산 어린이대공원 소식이었습니다. 가, 감사합니다. 푸흡……

나경이는 멍하니 티브이를 쳐다보았다. 정말 여러모로 사람을 놀라게 하는 아저씨다.

6 ◆

새로운 메뉴

말레이곰 꼬마의 탈출 사건은 9시 뉴스를 챙겨 본 사람들에게 소소한 웃음을 전해 주었다. 정작 그가 누구인지는 잘 알려지지 않았다. 화면이 흔들렸고, 화질도 그렇게 선명하지 않았기 때문이다. 분식집 아저씨를 알고 있는 소수의 사람만이 성호라는 걸 눈치챘다.

그러나 성호의 일상생활은 크게 바뀌지 않았다. 다행히 〈동물농원〉 촬영분은 2주에 해당하는 것이어서 일주일간의 여유가 생겼다.

'이번에는 좀 과도하게 나댔지.'

전국에 얼굴이 팔리는 걸 감수하고 한 행동이다. 그가 유명해지면 분식집도 유명해질 테니까. 그러나 그 결과로 인해 행동에 제약을 당하는 것은 원치 않았다.

'슬슬 새로운 메뉴나 만들어볼까.'

김밥 혹은 컵밥. 그 외에 무엇이 되었든지 간에 메뉴 개발은 필요하다. 한평생 어묵, 튀김, 김밥을 팔면서 살 수는 없잖은가. 물론 세상에는 그렇게 해서 삶을 꾸려가는 사람도 있다. 성호의 취향에는 맞지 않을 뿐. 또한 판타지아라는 사기성 땅을 이용할 수 있는데 가만히 앉아 있으면 왠지 썩히는 듯한 기분이 든다.

'나중에 식당을 하더라도 분식집임을 잊어서는 안 돼.'

돈을 버는 건 좋다. 그러나 학생들이 외면하게끔 과도하게 가격을 올리거나 품질을 떨어트리는 일은 없어야 할 것이다.

'가게에서 그럭저럭 잘 팔리지만 의외로 손대기 어려운 메뉴가……'

바로 떡볶이다. 떡, 어묵 그리고 달걀까지 다른 분식집과 다른 게 하나도 없다. 건드리지 않았기 때문에 당연하다. 어묵도 마찬가지인데 참게를 손질해서 넣어주니 국물 맛이 좀 시원해졌을 뿐이다. 튀김은 그래도 다른 집에 비해 월등하다고 할 수 있다. 크기부터 압도하는 게살튀김과 새우튀김이 있으니까.

'어묵을 직접 만들어보면 어떨까? 달걀은 화조의 알을 쓰고.'

어묵이란 게 결국 밀가루와 생선 살의 집합체 아닌가. 수제 핫 바를 만드는 것도 생각해봄 직하다.

'좋아.'

투망을 비롯한 낚시 도구를 사서 판타지아에 들어가니 딩고와 울프, 딩고 새끼들이 엉덩이를 흔들며 열렬히 환영했다. 꽤 오래 자리를 비웠는데 다행스럽게도 싸우지 않고 잘 자라고 있는 걸 보니 마음이 다 뿌듯하다.

바닷가에 가서 투망을 던지자 그의 스킬에 영향을 받은 물고기들이 몰려들었다. 그러는 사이 대파와 당근 등을 수확해 씻고 손질한다. 믹서가 있으면 좋겠지만 여기에선 전기를 쓸 수 없다. 가게로 가져가기엔 왕복 20분에 가까운 시간이 걸리고.

탁탁탁탁—

하도 해댄 덕분에 성호의 칼질 솜씨도 제법 괜찮아졌다.

"아차참, 밀가루를 안 사 왔네."

자전거를 타도 될 정도인지 확인하고 차원 문에서 나와 이것저 것 사 온다. 근처 자전거점에서 8만 원짜리 싸구려 자전거를 구입하 고 짐받이까지 달았다. 차원 문으로 가져와 판타지아의 숲을 신나 게 달린다. 기동력이 훨씬 좋아졌다. 캠프와 차원 문의 왕복 20분은 그렇게 많은 시간은 아니지만 정작 왔다 갔다 해보면 은근히 멀다. 이제 자전거가 있으니 금방 다녀올 수 있게 되었다.

성호는 자전거를 창고에 넣어두고 화조 축사를 들여다보았다. 꽤 많이 잡아먹은 것 같은데 어째 마릿수가 더 늘어나 있다.

"하나, 둘, 셋, 넷…… 서른셋, 서른넷, 서른다섯…… 오십하 나…… 아니, 너희들 왜 수가 늘었냐?"

게다가 알까지 쑥쑥 낳았다. 바닥에 널브러져 굴러다니지 않고 나무 상자에 고이 보관되어 있다.

"고추 크기도 엄청나고."

한국의 오이고추보다 더 크다. 물에 씻어서 먹어보니 약간 매 운맛이 느껴졌다. 안을 파낸 뒤 소를 채워서 튀겨도 잘 팔릴 것 같 은데.

"이것저것 다 해보지 뭐."

남아도는 게 시간이다. 바닷가에 가서 투망을 걷어 왔다. 밀치와 참돔, 새우와 광어 등이 가득 들어 있다. 도마와 칼을 꺼내 즉석에서 손질한다. 이제 차원 주머니가 있기 때문에 짐을 옮기는 걱정은 한결 덜었다. 무한정 들어가는 것은 아니지만.

손질한 생선 살을 오두막으로 가지고 와서 밀가루와 혼합한다. 업소용 레시피를 쓰자 제법 찰기가 있는 반죽이 만들어졌다. 여기에 채소 다진 것을 투입하자 그럭저럭 어묵 반죽이 완성되었다.

'이걸 고추 속에 넣고 튀기면 고추튀김이지.'

하지만 화력이 부족해서 제대로 된 튀김이 나오지 않는다. 그렇다면 단칸방으로 가는 수밖에.

가게로 돌아와서 불을 지핀다. 판타지아에서 몇 시간을 보냈지만 아직 여기는 한 시간도 채 지나지 않았다. 기름의 온도를 올리고 넓은 칼로 반죽을 얇게 펴서 동글동글 말아 빠트리자 아주 맛있는 냄새가 났다.

만들어진 어묵은 핫 바와 굉장히 유사했다. 그러고 보면 핫 바와 어묵의 차이점은 뭘까? 반죽을 해서 튀기는 건 똑같은데. 고추도 몇 개 튀긴다. 튀김 망에 담아놓고 자태를 감상하니 엄청나게 맛있어 보인다.

수제 어묵과 고추튀김.

"둘 다 천 원에 팔면 되겠군."

수제 어묵을 한 입 깨무니 확실히 고속도로의 휴게소나 분식집에서 파는 어묵과는 차원이 다르다.

"호오옥. 맛있네."

"크~ 내가 한 건데도 이렇게 맛있나."

성호는 가게를 둘러본 다음 배낭에서 화조 알을 꺼냈다. 화조 알을 떡볶이에 투입해도 괜찮을까. 삶아서 먹어보니 달걀과 거의 흡사한 맛이 났다. 떡볶이에 넣는 어묵도 새로 만든 걸로 교체하는 게 낫지만 그러기에는 어묵 만드는 데 품이 너무 많이 들어간다. 성호네 분식집은 뭐든지 맛있다는 인상을 줘야 한다. 떡볶이에서는 떡이 가장 중요한데 그건 어쩔 도리가 없으므로 어묵이나 달걀 같은 사이드 메뉴를 업그레이드시켰다.

가끔 동아대 학생들도 성호네 분식집으로 원정을 온다. 밥을 먹고 가기도 하지만 분식도 주문하는데 여학생들은 10명이면 8명 정도는 떡볶이를 찾았다. 튀김과 만두 같은 건 사이드에 불과하다. 성호네 떡볶이는 다른 집에 비해 약간 매운 편이다. 개인적인 취향이 들어가서 그렇다. 아예 화끈하게 맵게 만들어도 괜찮을 것 같지만.

'그건 천천히 생각하기로 하고. 일단은 이 정도에서 반응을 봐야지.'

김밥, 컵밥, 매운 떡볶이. 이 정도만 개선해도 그의 분식집은 경쟁력을 충분히 가지게 된다. 아니, 완성하고 나면 주변에 경쟁 상대가 없어질 것이다.

그는 히죽히죽 웃으며 다시 판타지아로 돌아갔다. 참으로 바쁜 나날이다.

*

"아저씨! 아저씨!"

미혜가 나경이와 팔짱을 끼고 횡단보도를 건너 달려왔다.

"어서 와."

"저희 밥 먹으러 왔어요. 와, 맛있겠다. 이거 새로 내놓은 거예요?"

새로 만든 메뉴는 눈에 띄도록 앞쪽에 내놓고 큼직한 메모지도 끼워 놓았다. 나경이가 투덜거렸다.

"아저씨는 땅 파서 장사해요? 이만 한 어묵을 천 원에 팔게요?"

"음……"

의외로 정곡을 찌른다. 땅 파서 장사하는 걸 어떻게 알았지? 미혜가 어묵 하나를 집어 들곤 싱긋 웃었다.

"음, 이게 되게 맛있당. 이거 떡볶이 국물에 찍어 먹어도 되죠?"

"먹어도 돼."

나경이는 어묵을 한 입 먹어보고는 순식간에 한 개를 해치웠다. 그녀의 얼굴이 놀라는 표정으로 바뀐다.

"이거 어떻게 만드셨어요?"

"밀가루하고 생선 살 치대서 반죽했지. 양념 넣고."

"보통 먹는 어묵하고는 뭔가 다른데? 이상하다……"

"우리 떡볶이도 먹자. 아저씨, 떡볶이 5천 원어치 주세요."

이미 커다란 어묵을 몇 개씩 먹어서 배부르다고 할 줄 알았는데 아니었다. 다른 거 다 먹어도 떡볶이하고 커피 들어갈 배는 있다고 하던가?

"우와, 달걀 봐. 왕달걀이네, 왕달걀."

"진짜 달걀 맞아요? 뭐가 이렇게 크지?"

두 여학생은 자기들끼리 재잘거리면서 떡볶이를 모두 해치웠다. 나경이는 거울을 보며 입가를 닦은 후 성호에게 말했다.

"아저씨."

"왜요?"

"엄마가 언제 한 번 아저씨 보고 싶대요."

"어머니께서 저를 아세요?"

"대충은요. 분식집 하면서 곰을 덮친 사람이란 건 알죠."

"뭔가 대단히 오해를 불러일으킬 만한 설명인 것 같은데."

"아뇨, 그건 아니고요. 제가 방학 때 친구들하고 와서 민폐를 좀 끼쳤잖아요. 그 얘기를 했더니 아저씨 괜찮으시면 언제 한 번 가게로 모시고 오라고 하셨어요."

"어머니 가게, 비싼 집 아니에요? 부담스러운데."

"그렇게 비싸진 않아요. 엄마가 실험적으로 내놓는 요리가 주류라서."

그러면서 은근히 고개를 돌린다. 이번 주말엔 시간도 있고 하니 한 번 가보는 것도 나쁘지 않을 것 같았다. 공짜 밥 준다는데.

"일요일에 시간이 나네요. 저녁에 가면 되죠?"

얼음장 같던 나경이의 얼굴이 약간 밝아졌다. 그녀는 고개를 끄덕였다.

영업이 끝났다. 매대는 떡볶이를 제외하고 거의 텅 비어 있다. 역시 어떻게든 개선해야 할 것 같다. 기지개를 켜고 매대를 정리한 후 셔터를 내린다. 오늘도 하루 일과가 끝났다.

＊

재배도 좋고 요리도 좋다. 모두 성호의 취향이다. 그러나 잊어서는 안 되는 것이 하나 있다. 판타지아에는 몬스터가 존재한다. 지금까지 만난 놈만 헤아려봐도 몇 종류나 된다. 크라켄, 코볼트, 아울베어, 스켈레톤, 다이어울프, 시드래곤. 이놈들이 판타지아의 몬스터 전부일 리는 절대로 없다.

성호가 지금까지 탐험한 구역은 판타지아의 아주 일부분에 불과하다. 판타지아 곳곳에 수십, 수백 종류의 몬스터들이 들끓고 있으리라.

'역시 탐험 구역을 늘리려면 내가 더 강해져야 해.'

그도 남자다. 칼과 활에 로망이 없을 리 없다. 마르그리트의 검은 대단히 날카로워서 어지간한 나무도 싹둑 베어낼 정도였다. 다만 성호는 아직 자신이 없다. 이 대단한 검을 잘 다룰 수 있는 자신 말이다.

'우선 활부터 만들자.'

그가 인터넷에서 구입한 스포츠용 활로는 대단한 성능을 발휘하기 힘들다. 양산품은 어디까지나 양산품일 뿐. 몇 번 쏘지도 않았는데 화살대가 부러진다. 이래서야 급박한 전투에서 믿고 쏠 수가 없다. 그래서 직접 활을 만들기로 했다. 정보의 보고 미튜브. 활 제조 과정을 고스란히 올려놨다.

'컴파운드 활은 너무 복잡하고, 역시 리커브밖에 없나.'

지금 쓰고 있는 것보다 조금 더 강하면 좋을 것 같았다. 고민 끝에 50파운드 리커브 활을 주문하고 카본으로 만든 화살도 20여 개 주문했다. 처음에는 40파운드를 당기기에도 약간 힘이 들었다. 그러나 꿈풀을 먹고 근육이 단련되자 어렵지 않게 시위를 당길 수 있게 되었다.

지금 성호의 등 근육을 보면 상당히 발달되어 있을 것이다. 판타지아 숲에서 굴러다닌 결과다.

'일단 주문해 놨으니까 검술 스킬이나 올리자.'

성호는 고민 끝에 허수아비를 만들었다. 집중하기 쉽고 인간이라고 인식할 수 있는 적합한 목표물. 비록 나뭇가지 몇 개로 이뤄진 녀석들이지만 소기의 목적은 달성할 수 있을 것이다.

"합!"

내려치기부터. 미튜브에서 양덕후 형님들이 올려놓은 영상을 보고 그대로 따라 한다. 노트북 배터리가 그렇게 오래가진 않으니 대충 보고 슬립 모드로 바꾼 후 영 시원찮다 싶으면 다시 영상을 보고 자세를 교정하는 식이다. 한참 동안 그렇게 하자 알림 창이 떴다.

「검술 스킬 레벨이 2로 상승」

'이제 겨우 2네.'

확실히 다른 스킬보다 투척, 궁수, 검술 같은 전투 스킬들의 레벨을 올리기가 까다롭다. 아무래도 집중을 해야 하고 근육을 써야 하기 때문일 것이다. 검술보단 투척이 그나마 낫지만 영 재미가 없다.

고작해야 돌멩이를 던지는 게 재미있을 리가. 어쨌든 마음먹은 김에 검술을 3까지 만들어놓고 싶었다.

*

오랜만의 숲 탐험. 오늘은 조금 더 북쪽으로 가볼 참이다. 남쪽과 동쪽으로 추측되는 곳은 아예 바다이고, 서쪽은 절벽으로 막혀 있다. 그러니 남은 곳은 북쪽. 찌는 듯한 더위가 엄습했지만 겨울딸기와 화조 고기를 계속 구워서 먹은 덕분에 스탯 창에는 두 개의 버프가 계속 활성 상태였다.

「적용된 버프: [시원함/2] [화염 저항/2]」

이 둘이 동시에 활성화되니 놀랍도록 시원했다. 탐험에 따라온 울프와 딩고에게 먹여주니 신이 나서 숲을 뛰어다닌다.

'숲이 꽤 울창한데.'

북쪽으로 올라갈수록 험해진다. 나무의 덩치가 더 커져서 숲에 음영이 더 어둡게 드리워졌다. 시야가 제한되어 있는 곳이 많아 함부로 돌아다닐 수 없다. 딩고와 울프가 있으니 둘의 도움을 받는 수밖에.

"컹! 컹!"

후각이 좋은 울프가 저 멀리서 성호를 불렀다. 녀석에게 가보니 의기양양하게 꼬리를 흔들고 있다. 내가 이걸 발견했으니 빨리 간식을 달라는 의미다.

"이걸 잘 찾았다고 칭찬해야 될지 모르겠네."

주변을 둘러보니 황소고추와 설탕나무 수액이란 게 보인다.

「황소고추: 요리에 첨가 시 한 가지 효능을 부여할 수 있다.

효능: 2분 동안 [매운맛 증가/2] 버프 활성화」

「설탕나무 수액: 요리에 첨가 시 한 가지 효능을 부여할 수 있다.

효능: 4분 동안 [매운맛 중화/2] 버프 활성화」

"흠…… 이건 어디다 쓰는 거냐."

가만히 생각해 보니 그거다. 매운 고추와 우유. 매운 고추를 먹으면 입에서 불이 난다. 그걸 조금이라도 가라앉히려면 우유를 마시는 게 제일이다. 효능을 가진 작물인 만큼 그 효과는 확실하리라. 황소고추는 뭉툭하게 생긴 시뻘건 고추이고, 설탕나무 수액은 웬 작은 나무의 생채기에서 조금씩 흘러나오고 있었다.

'황소고추가 어떻게 매운지 맛을 봐야겠는데.'

청양고추보다 매울까? 성호는 황소고추를 따서 불에 구워 먹어 보았다.

"흐어읍!"

자만의 대가가 여기에 있다. 마치 가스실에 들어 있는 느낌이다. 점막이란 점막에 모두 불이 났다. 숨쉬기가 힘들었고 심한 기침이 났다.

콜록! 콜록!

정확히 2분 동안 땅바닥을 뒹굴고서야 겨우 고통에서 벗어날 수 있었다.

"흐어어어……"

얼마나 매웠으면 이 큰 덩치가 주저앉아서 울고 있다.

"이거 잘못 내놨다간 내가 맞아 죽겠다."

쓰려면 아주 조금만 써야 한다.

"일단 챙기자."

설탕나무 수액도 실험해 봐야 하는데 황소고추를 또 먹을 엄두가 나지 않았다. 황소고추를 죄다 따서 이중 삼중으로 비닐에 싸서 차원 배낭에 넣는다. 물병 하나를 꺼내 다 마시고 수액을 채취했다. 냄새를 맡아보니 제법 달콤한 향이 느껴졌다. 메이플 시럽과 비슷하다.

"이건 괜찮은데, 그렇지? 야야, 먹지 말고!"

딩고와 울프가 입맛을 다시며 물러났다. 하여튼 이 먹깨비들은 보는 족족 입에 넣으려 해서 문제다. 그런 주제에 황소고추 근처에는 얼씬도 하지 않는 걸 보아 겁을 단단히 먹은 게 분명했다.

7 ◆

수능 이벤트

판타지아에서 나온 재료는 버프를 준다. 그렇다면 성호가 아닌 다른 사람이 판타지아의 재료로 요리를 만들어도 될까? 아니다. 성호와 판타지아. 이 둘 중 하나만 빠져도 버프를 받을 수 없다.

오후, 비교적 한가한 시간대. 이런저런 실험을 해본다.

'요리로 인정받으려면 어떤 조리 과정이든지 한 단계는 거쳐야 돼.'

날것으로 먹으면 버프가 절대 생기지 않는다. 찢거나 칼로 잘라도 마찬가지. 가장 확실하게 요리로 인정받는 방법은 굽거나 삶는 것이다. 튀기는 것도 된다. 하여튼 불로 재료를 변형시키는 게 가장 쉽다. 채를 썰어서 양념으로 무쳐도 된다. 그러나 굽는 것만큼 간단하진 않기에 성호는 차원 주머니에 항상 스토브를 넣어 다닌다.

'황소고추, 이게 꽤 독특한 매운맛이 난단 말이지.'

아주 소량으로도 상당한 매운맛을 낸다. 청양고추나 캡사이신 등에서 나는 매운맛과는 약간 다르다. 상쾌하면서도 강렬하다고 해야 할까? 대신 눈물 콧물을 줄줄 흘려야 하지만.

'이걸 써서 떡볶이를 만들어보자고.'

[매운맛 증가] 버프와 [매운맛 중화] 버프를 동시에 구비해 둔다. 황소고추를 약간 넣은 떡볶이를 먹은 학생들은 연신 매워를 외치면서도 그 맛에 중독될 것이다. 그리고 설탕나무 수액을 통해 얼얼한 혀를 중화시켜준다면?

'설탕나무 수액은 음료수에 타는 게 좋겠어.'

냉차라고 해서 팔면 된다. 떡볶이를 주문하면 무료!

'좋아.'

황소고추와 설탕나무 수액을 잔뜩 채취해 와서 떡볶이와 냉차를 만든다. 직접 먹어보니 얼큰함을 넘어 약간 매운 정도다. 희한하게 황소고추는 아주 소량만 넣어도 버프가 적용되었다. 해산물과 과일, 향신료 등의 버프 적용 방법이 다른 것 같다.

'여기에 하나가 더 필요한데.'

단순히 맵고 달기만 하면 안 된다. 뭔가 고소한…… 여성들의 입맛에 착 달라붙는 그런 게 필요하다. 성호는 언젠가 먹었던 치즈 닭갈비가 생각났다.

'그게 제법 맛이 괜찮았지.'

치즈 닭갈비라고 해봐야 닭갈비 위에 슬라이스 치즈 하나 올린 것뿐이지만 의외로 맛이 있었다. 기본 단가가 있으니까 3천 원부터 팔면 그럭저럭 수익이 날 것 같았다. 실제로 3천 원어치를 떠서 치즈를 올려 먹어보니 맛이 상당했다. 맵고, 달고, 고소하나.

성호는 그날 새로 만든 떡볶이를 다 팔았다. 화조 꼬치와 튀김

등의 주문이 떨어질 정도로 엄청난 반응이다.

'역시 치즈가 최강이야. 다른 건 필요 없어.'

하지만 치즈는 판타지아에서 구할 수 없다. 단가를 내릴 방법은 없을까? 성호의 고민은 깊어만 간다.

*

수능일 아침이 되었다. 기상청의 예보와는 달리 그렇게 춥지는 않다. 공교롭게도 동아여고의 고3들은 동아여중에서 시험을 치르게 되었다고 한다. 원래는 조금 떨어진 학교로 배정받는데 특이한 일이다.

"동아여고 파이팅!"

"3학년 언니들 힘내세요!"

차가 막히고 경찰들이 동원돼 도로를 통제하고 난리도 아니다. 은주는 벌써 배정받은 교실에 들어갔다. 하나 수능과는 전혀 연관이 없는 두 마녀가 있었으니.

"하아암."

아침부터 가게에 늘어져 있는 하릴없는 고3 두 명. 미혜는 아예 원서도 안 넣었고 나경이는 원서는 넣었는데 몰래 쨌다고 한다. 그러고선 이것저것 잔뜩 시켜놓고 시험 치러 들어가는 학생들을 바라보며 히죽 웃는다. 앞날이 일찌감치 정해진 자들의 여유라고나 할까.

미혜는 편의점에서 커피를 사 들고 와서 마셨고, 나경이는 다리를 꼬고 폰을 들여다보고 있다.

띠리리릭―

전화가 걸려 왔다. 오래된 친구 창수다.

"어. 창수야."

둘의 귀가 쫑긋해졌다.

"성호야, 이번 주 일요일에 뭐 하냐? 광수네 가족이랑 놀러 가려는데 너도 시간 되면 함께 가자."

"나는 기장 위쪽으로 낚시나 갈까 하는데."

"쩝, 안 되면 뭐 어쩔 수 없지. 그럼 다음에 보자."

"그래."

가고 싶은 마음은 있지만 총각이 두 가족 사이에 끼어서 뭘 하겠는가. 괜히 박탈감만 생길 뿐이다. 그런데 미혜가 은근히 목소리를 낮추며 물었다.

"아저씨, 일요일에 낚시 가세요?"

"응? 아, 그래. 오랜만에 한번 가보려고."

"가서 뭐 잡으실 건데요?"

"통발도 던지고 할 거니까 뭐 이것저것 나오겠지? 대상 어종은 광어하고 감시지만. 무늬오징어도 나오겠고."

"감시요?"

"감생이, 감성돔."

대답을 듣자 미혜는 한참 고민하는 모양새였다.

"저 아저씨랑 같이 낚시 가고 싶어요! 혼자 가신다면서요? 저도 좀 데려가 주세요!"

"뭔 소리야…… 너네 엄마가 별로 안 좋아하실 텐데."

안 좋아하는 게 아니라 미쳤느냐고 물을 게 분명했다. 그녀를 고개를 도리도리 흔들었다.

"엄마한테 물어보지는 않았지만, 아마 허락하실걸요? 이제 쉬는 것도 마지막이고, 다음 주부턴 서울로 올라가 있어야 하거든요. 안무 연습이랑 할 게 많아서. 그리고 저희 엄마하고 모르는 사이도 아니잖아요."

실은 그렇다. 매주 반찬을 만들어서 미혜 어머니에게 택배로 부치는 게 어느덧 일상이 되었다. 미혜의 엄마 김수정 사장은 일주일에 한두 번 정도 성호와 통화하곤 했다. 반찬 종류를 바꾼다든가, 직접 요리를 해보려고 하는데 어떻게 하면 좋겠느냐고 묻는다든가. 그래서 성호도 김 사장과 그렇게 데면데면한 사이는 아니었다. 나이 차이도 별로 안 나기도 해서 이제는 그냥 누나라고 부르고 있다. 처음엔 미혜 어머니라고 불렀는데 그게 그렇게 싫단다.

"아니, 그래도……"

"제가 괜찮으니까 괜찮아요. 아저씨만 허락하면 돼요."

미혜는 그렇게 말하면서 생글생글 웃는다. 아마 그녀의 머릿속은 낚싯대에 걸려 올라올 물고기로 가득 차 있을 것이다. 어릴 적 다녔다는 낚시에서 좋은 경험만 해봤을 확률이 높다. 그때 주머니에 손을 넣고 있던 나경이가 말했다.

"아저씨, 이번 일요일 저녁에 저희 가게에 오기로 하셨잖아요. 낮에는 낚시하고 저녁에 가게로 오면 되겠네요. 뭣하면 저도 따라갈까요?"

"응, 그게 좋겠다. 나도 저녁에 너네 엄마 가게에 함께 가고."

뭔가 상황이 급진전되고 있다.

"잠깐, 나경이 학생도 함께 간다고요? 어머니께선?"

"별말씀 안 하실걸요. 아빠도 마찬가지고요. 아저씨를 아니까."

"날 어떻게 아시고? 만난 적도 없는데."

"아, 그냥 그렇다고요."

그러면서 고개를 푹 숙여버린다. 미혜가 히죽 웃었다.

"은주한테는 시험 치고 나오면 제가 물어볼게요. 근데 걔네 부모님도 별말씀은 안 하실걸요?"

"저도 괜찮고, 저희 엄마도 괜찮고. 나경이 부모님도 괜찮고. 그럼 은주네만 허락하면 되는 거죠? 저희 낚시 가는 거죠?"

가만히 듣고 있던 성호는 미혜의 흥심을 눈치챘다.

"낚시는 나만 하는 거지? 너희들은 먹기만 하고."

"혜혜혜."

"저희는 낚싯대도 잡아본 적 없어요. 아저씨가 책임지셔야 돼요."

이야기가 이렇게 되나.

'방학 때 열심히 팔아준 거 생각하면……'

삼총사 덕분에 적잖은 수입을 올렸는데 이제 와서 매몰차게 거절하는 것은 도리가 아닌 것 같다. 게다가 미혜는 이번에 서울로 올라가면 당분간 못 내려온다고 하고. 성호는 고민 끝에 수락하고 말았다. 한 가지 조건을 걸고서.

"학생들 부모님과 전화 통화를 해야겠어. 나중에 내 딸내미 어디 갔느냐고 닦달하시면 곤란하니까."

정말 놀라운 일이다. 미혜와 나경이는 그렇다 치더라도 은주네 부모님까지 허락하실 줄은 몰랐다. 세상에 어느 부모가 누군지도 모를 놈팽이 낚시 가는 데 딸내미를 딸려 보낸단 말인가.

'희한한 일이네⋯⋯'

성호는 모른다. 이 동네에서 그의 평판이 어떤지 말이다. 고양이 분식집이라고 하면 모르는 사람이 없는 정도까지는 아니지만 최소한 학교 일대에서는 꽤 알려져 있다.

성호의 이미지는 건실한 분식집 아저씨, 혹은 말레이곰을 업은 남자 정도다. 거기에 강아지를 키우고 있는 몇몇 아줌마에겐 믿을 만한 사람이라는 신뢰를 주기도 했다.

일요일 아침, 셋이 가게 앞의 공터에 모였다. 제법 두텁게 차려입었고, 미혜는 큰 가방까지 들었다.

"미혜야, 그건 뭐냐?"

"이거요. 텐트예요. 저희 지낼 텐트는 있어야 하잖아요."

슬쩍 보니 꽤 비싼 물건이다. 최첨단 소재를 아낌없이 사용한 텐트계의 명품, K1. 성호가 물끄러미 텐트를 바라보자 미혜가 가방을 넘겨주었다.

"출발!"

넷을 태운 다마소는 힘겹게 굴러갔다.

"바다다! 바다!"

미혜가 창문에 볼을 대고 외쳤다. 나경이가 한숨을 쉬었다.

"맨날 바다 보면서 뭘 또 바다야. 우리 부산에 산다고."

"그래도 이렇게 가까이서 보는 건 오랜만이거든!"

티격태격 싸우고 때로는 간식을 꺼내 먹기도 한다. 적당한 해안가에 도착했다. 성호는 짐을 들고 나왔다. 세 여고생도 배낭을 메고 그의 뒤를 졸졸졸 따른다. 아닌 게 아니라 셋은 거의 소풍 온 듯한 분위기였다. 은주도 시험을 치고 나서 해방감을 느꼈는지 발걸음이 가볍다.

"자, 여기에 텐트를 칠게요."

"아저씨, 아저씨."

나경이가 성호의 팔을 쿡쿡 찌른다.

"예?"

"이제 우리 모르는 사이도 아니잖아요. 미혜한테만 말고 저랑 은주한테도 말 놓으세요. 존댓말 섞어서 쓰니 왠지 불편해요. 나이 차도 많이 나잖아요. 아저씨 몇 살이에요?"

"서른……하나."

"저희 열아홉인데, 띠동갑이잖아요. 그냥 말 놓으세요."

"그렇게 하세요, 성호 아저씨."

"그럼 그렇게 하자. 일단 여기 텐트를 칠 거니까…… 미혜는 까불지 말고."

막 바다를 향해 달려가려던 미혜가 뚝 멈췄다. 하얀 얼굴에 웃음기가 가득하다.

적당한 곳에 통발 두 개를 던지고 낚싯대를 편다. 미혜가 쪼르르 달려와서는 옆에 쪼그려 앉았다. 채비를 끝내고 길게 캐스팅을 한다. 싸구려 미끼가 저 멀리로 날아간다.

"맛있는 물고기 나왔으면 좋겠어요."

나경이의 말이 끝나자마자 입질이 왔다. 평범한 낚시꾼이 느끼는 것처럼 생선이 획 잡아당기지 않는다. '나 맛있을 거임!' 하면서 대주는 쪽에 가깝다. 릴을 감자 놀랍게도 커다란 감성돔 한 마리가 올라왔다. 셋이 기겁했다.

"히야! 잡았다! 잡았어!"

"우와~ 몇 초 지나지도 않았는데……"

"……"

나경이의 눈이 경악으로 물들었다. 이게 가능한 일일까? 넣자마자 감성돔이 낚이는 게? 은빛 비늘을 가진 커다란 감성돔은 낚싯줄 끝에 매달려 꼬리를 쳤다. 미혜와 은주가 아이처럼 기뻐한다.

"엄청 크다…… 와! 아저씨!"

"이거 회 쳐 먹으면 맛있을 거다."

나경이가 잽싸게 다마소로 가서 테이블과 접시, 수저와 초장 등을 가져온다. 회를 쓱쓱 썰어내고 접시에 수북하게 담는다. 젓가락이 마구 회를 채 간다.

"와, 맛있다. 진짜 맛있어."

여고생들의 식탐은 상상을 초월한다. 그 많던 회가 바닥나 버렸다. 얼마나 맛있는지 별로 대화도 하지 않았다. 그러고서도 미혜는 젓가락을 쪽쪽 빨았다. 더 먹고 싶다는 강렬한 눈빛. 성호는 그녀의 눈을 외면하지 못했다.

"잠깐만."

슬그머니 일어서서 통발을 던져둔 곳으로 향한다. 나경이가 외쳤다.

"아저씨, 어디 가요!"

"통발 보러."

"그거, 던진 지 얼마 되지도 않았잖아요!"

통발 하나를 들어 올리니 꽤나 묵직하다. 광어가 몇 마리 들어 있다. 비교적 수심이 낮은 곳이라 그런지 씨알이 좀 작다. 그러나 아기 새처럼 입을 벌리고 있는 세 여고생을 만족시키기엔 충분한 양이다. 다른 통발에는 큼지막한 광어가 퍼덕이고 있었다. 문어 한 마리는 덤이다.

그렇게 넷은 그들만의 공간에서 작은 소풍을 즐겼다. 오후가 되기도 전에 낚시 소풍은 끝났다. 애들이 워낙 많이 먹어서 배부르다고 했기 때문에. 추가로 잡은 물고기는 깨끗하게 손질해서 미혜와 은주에게 쥐여 주었다. 생각지도 않은 선물이 생긴 둘은 싱글벙글했다.

성호는 그녀들을 차에 태워 집에 보내주고 나경이네 가게로 향했다. 미혜도 동행하려고 했지만 배가 너무 불러서 거기 가도 멀뚱히 앉아만 있을 것 같다며 포기하고 말았다. 조수석에 앉은 나경이가 말했다.

"아저씨 진짜 신기한 사람이네요."

"어떤 면에서?"

"고기를 그렇게 낚는 사람 처음 봤어요. 무슨 5초 만에……"

"오늘은 운이 좋았나 보지 뭐."

"낚시 경력 10년 이상 된 우리 가게 아저씨들도 그렇게는 못하던 데요. 쉬는 날 하루 종일 잡아도……"

"너희들하고 같이 와서 행운이 따랐나 보다."

나경이가 아무 말도 하지 않고 고개를 창밖으로 돌린다. 해운대에 위치한 한정식집 해담이 가까워졌다.

해담에는 세 사람 자리가 미리 예약이 되어 있었다. 성호는 얌전히 방에 들어가 앉았다. 소담하고 예쁜 가게다.

'정치인들이 많이 오는 곳이라고 들었는데……'

부산에 오면 반드시 들르는 곳이라고 한다.

'왠지 내가 올 곳이 아닌 것 같단 말이지.'

그렇게 생각하고선 쓴웃음을 짓는다. 해담이라고 해도 결국 음식점인 것을. 나경이네 어머니가 부담 가지지 말고 한 번 방문해 달라는 얘기도 했고 말이다. 편하게 앉아 있는데 종업원처럼 앞치마를 두르고 모자를 쓴 나경이가 쟁반을 가지고 왔다.

"아저씨, 조금만 기다려주세요. 엄마가 지금 손님 만나고 계시거든요."

"아, 그래."

"흐음…… 아저씨 긴장하셨네. 어깨 움츠러든 거 봐."

여기서 아니라고 피력해 봐야 웃음거리만 될 뿐이다. 나경이는 쿡쿡 웃으며 쟁반에 든 것을 내려놓고 대각선 맞은편에 앉았다.

"조금 있다가 식사 내올 거예요. 먼저 드세요."

정갈하다는 표현이 딱 걸맞다. 일품요리가 전문인지 반찬은 찾아볼 수 없다. 해산물을 중점으로 하여 온갖 소스로 볶고, 찌고, 삶고, 구웠다. 플레이팅도 상당히 화려하다.

"맛있어요?"

"응. 맛있네."

"엄마가 얘기하기 전에 제가 먼저 얘기하려고 왔어요. 사실은 요……"

"무슨 얘기를?"

"방학 때 아저씨 가게에 자주 놀러 갔었잖아요."

단순히 놀러 온 게 아니라 아예 눌러앉았지만.

"그때 제가 좀 그랬었거든요. 노는 애들하고 어울리고, 술 마시러 다니고."

"그랬어?"

성호는 처음 나경이를 봤을 때 날라리로 인식했다. 그냥 느낌이 그랬는데 그게 맞았던 모양이다.

"맨날 야자 빼먹고 놀러 다니는 게 일상이었어요. 그나마 남자는 안 사귀었지만. 다들 오징어같이 생겨가지고 들이대는 게 싫었거든요. 그렇게 노는 것도 싫증이 나던 중이었는데 아저씨가 생선 손질하는 걸 봤거든요. 저도 음식집 딸이라서 조금은 아는데…… 아저씨가 생선 손질하고 요리하는 거 보고 조금 놀랐어요."

"별로 특별한 건 아닌데? 음식집 주방장이면 다 할 수 있는 거야."

실제로는 그렇지 않다. 요리 스킬은 요리 전반에 관련된 모든 능력치를 올려준다. 처음 보는 재료도 오래 다뤄본 것처럼 능숙하게 손질할 수 있게 해주며, 몇 가지 요리를 동시에 해도 막히는 법이 없다. 빠르고 정확하게 음식의 맛을 최상으로 끌어올린다. 물론 재료가 가진 한계점을 극복하지는 못한다.

"에이…… 아저씨는 몰라요."

"뭘 모른다고?"

"그런 게 있어요."

성호의 요리 솜씨를 보고 놀라 자신도 그렇게 되기 위해 요리 학원에 다니려 했다는 말은 차마 하지 못했다. 생각해 보면 웃긴 일이다. 분식집 아저씨한테 감동을 받다니.

"하여튼 엄마하고 아빠가 그때 저를 막 설득하고 계셨거든요. '뭐라도 해야 되지 않겠니' 하는 식으로. 어차피 저도 음식점 딸이니까 요리를 하기로 했어요. 그래서 요리 학원에 등록한다고 말했던 거고요."

"학원에 등록할 필요는 없지. 현장이 바로 눈앞에 있는데."

"그러게요. 하여튼 아저씨 때문에 이 길로 들어오게 되었네요."

"그게 왜 나 때문이야?"

"그냥 그런 게 있어요."

영감처럼 한숨을 내쉬는 나경이. 그러면서도 이것저것 집어 먹느라 바쁘다. 이윽고 한복을 곱게 차려입은 나이 지긋한 아주머니가 들어왔다. 성호는 망설이지 않고 인사를 했다.

"반갑습니다, 어머니. 강성호라고 합니다."

"말씀 많이 들었어요. 자, 앉으세요. 경이 너도 앉거라."

참으로 부담스러운 자리다. 무슨 선보러 온 것도 아니고 말이다. 미혜 어머니처럼 좀 젊었다면 부담이 덜할 텐데. 나경이는 늦둥이인 모양이다.

"엄마, 엄마. 내 말 맞지?"

"으응, 그렇구나."

임서원 여사는 눈앞의 청년을 찬찬히 훑어보았다. 생각한 것보다 키가 더 크고, 체격이 대단하다. 어깨가 떡 벌어졌고 팔뚝이 굵었다.

'경이가 그렇게 칭찬을 하더니.'

여고생 둘이 방학 내내 눌러앉았음에도 잔소리 한 번 하지 않았다는 그 인내심, 뛰어난 요리 솜씨. 사실 이런 것들은 임 여사에게 별로 중요한 게 아니다. 딸내미가 요리의 길을 걸을 수 있도록 가이드 역할을 한 것. 그것에 감사하기 위해 방문해 달라고 요청한 것이다. 그가 의도하지 않았다고 해도 상관없다.

"말씀 많이 들었어요. 임서원이라고 합니다."

"아, 예. 어머니. 말씀 낮추십시오."

나이 차가 거의 곱절은 난다. 그녀는 잔잔하게 웃었다.

"그래도 손님인데 하대를 할 수는 없지요. 예원아, 음식 좀 내오거라."

"네에."

잠시 후 종업원이 음식을 내왔다. 성호는 눈치를 살피며 젓가락을 놀렸다. 나경이는 아까부터 입을 다물고 있었고, 임 여사가 젓가락을 내려놓는다.

"우리 경이가 성호 사장님을 보고 많이 배웠다고 합니다. 그 더운 날씨에…… 고등학생 둘이 이거 해달라, 저거 해달라 하는데도 묵묵히 들어주시고."

"아뇨. 그렇게 대단한 건 아닙니다."

면전에서 칭찬을 들으면 쑥스럽다.

그 후로는 대화가 훈훈하게 진행되었다. 성호는 1시간 동안 좌불안석에 처해 있다가 간신히 풀려났다. 나경이가 배웅을 나와선 꾸벅 고개를 숙였다.

"나경이 너는 여기서 계속 일할 거야?"

"일단은요. 근데 아저씨."

"왜?"

"나중에요……"

나경이는 여기까지 말하곤 입술을 달싹거렸다. 이 당찬 애가 갑자기 왜 이러나 싶다.

"나중에 건물 리모델링한다고 하셨잖아요."

"그랬지. 내년 봄쯤에."

"음식점 새로 열게 되면…… 그것도 분식집이죠?"

"아마 그렇겠지? 크기만 좀 큰 분식집일 거야."

"그럼 주방 일도 많아질 텐데 보조 안 필요하세요? 서빙이라든가."

"필요하긴 하지. 아마 서빙이 필요할 텐데. 그때 아르바이트를

275

구해 봐야지. 근데 왜?"

　나경이는 곧바로 돌아섰다.

　"아무것도 아니에요. 안녕히 가세요!"

　그러면서 가게로 들어가 버린다. 홀로 남은 성호는 뒷머리를 긁적이며 주차장으로 향했다.

8 ◆

조금씩, 앞으로

미혜가 서울로 올라갔다. 여고생 삼총사에게 협력한 하루는 결코 헛된 고생이 아니었다. 미혜가 이제 자기 집에는 필요 없다면서 캠핑용품을 성호에게 잔뜩 넘겨주고 간 것이다. 더 글램의 시그니처 블랙 라인. 최소 100만 원은 되어 보이는 텐트와 자질구레한 캠핑용품들. 성호가 꼭 사고 싶었던 티타늄 컵에 서바이벌 나이프까지 있다. 거의 쓰지 않았는지 새것 같다. 다 합치면 200만 원은 넘어 보인다.

성호는 자전거를 타고 이계의 오두막으로 향했다.

"야야야."

"냐오오옹."

그가 오기를 목이 빠지게 기다렸는지 딩고와 울프가 달려들어 애정을 표시한다. 딩고의 새끼들도 집에서 나왔다. 이제 녀석들도 제법 포동포동하게 자랐다. 문제 중 하나라면 울프한테도 배웠는지 가끔 개처럼 행동한다는 것이랄까. 특히 울프는 나무 토막 주위 오

277

기 놀이를 좋아하는데 딩고의 새끼들도 우르르 따라간다.

여전히 평화로운 곳이다. 성호는 리커브 활을 과녁에 쏘는 시험을 해 보았다.

"오! 뭔가 다른데."

활대가 생각보다 쉽게 구부려지지 않는다. 사이트 설명에도 50파운드 활은 당당한 사냥용이라 되어 있었다. 사슴은 물론이고 곰에게도 충분한 타격을 줄 수 있다는 것이다. 하지만 성호의 힘도 12(+2)나 된다. 평균적인 사람보다 1.4배나 강하다는 의미다. 시위를 힘껏 당겼다가 놓자 카본제 화살이 쉬잇 하는 소리를 내며 날아갔다. 속도가 훨씬 빨라졌다.

"괜찮은데? 너희들도 그렇게 생각하지?"

어쨌든 보다 강한 활이 손에 들어왔다. 이걸로 뭔가 사냥이라도 해보고 싶은 것이 남자의 본능. 새끼를 낳은 후 먹기만 해서 배때기가 뒤룩뒤룩 늘어진 딩고를 버려두고 울프와 함께 숲에 들어간다.

"울프, 가자."

"컹!"

녀석이 크게 짖고는 냉큼 따라나섰다.

'요즘 동물들이 자주 드나든단 말이지.'

흑멧돼지 무리와 계곡사슴 무리를 자주 관찰한 바 있다. 일지를 적어보니 나름 규칙 있게 다니는 게 목격되었다. 성호가 숲에 없는 시간 동안은 주인이 없는 거나 마찬가지다. 별다른 천적도 없다 보니 이쪽으로 자꾸 옮겨 오고 있는 모양.

'갈수록 수가 불어나던데 조금 줄여야겠어.'

계곡사슴은 [식욕 회복]의 버프를, 혹멧돼지는 [힘+2]의 버프를 준다.

덤불을 조심조심 밟으며 그림자 속으로 스며들었다. 혹시 모를 몬스터의 공격을 방지하기 위해. 공터에 혹멧돼지 무리가 보인다.

'새끼 넷, 성체 다섯……'

'저걸 잡으면 어떤 요리를 만들지?'

그건 나중에 생각하기로 한다. 동물 친화 스킬을 켜놓은 상태라 성호를 보면 바로 달아날 것이다. 그냥 몰고 가서 오두막에서 키워도 되겠지만 사냥이란 걸 해보고 싶다.

화살을 걸어 시위를 당긴다. 궁술 스킬이 4로 오름과 동시에 화살이 발사되었다. 놀랍게도 머리에 정확히 박혀 꾸이익 하는 소리와 함께 녀석이 쓰러진다. 남은 무리는 깜짝 놀라 우르르 도망갔다.

쓰러진 혹멧돼지에게 가보니 완전히 숨이 끊어지진 않았다. 멱을 따서 보내주고 둘러업어 오두막으로 향한다. 몇 번 해봐서 그런지 이제 도축도 어렵진 않다. 손질한 고깃덩이를 창고에 걸어두고 남은 것은 깊은 바다에 던졌다. 리커브 활 다루기에 제법 익숙해졌으니 이젠 혹멧돼지 무리를 몰아올 차례다. 스킬을 켜고 아까 도망친 녀석들에게 다가가자 얌전히 따라왔다. 미리 지어 놓은 축사에 밀어 넣고 문을 잠근다. 혹멧돼지의 힘이라면 이깟 나무 축사 정도야 부수고 달아날 수 있지만 그러지 않을 것이다. 그게 동물 친화 스킬 레벨 3의 힘이다.

이렇게 한 번 가두어 두면 낮에는 자기들이 알아서 숲에 들어가 과일 등 먹이를 먹고 밤에는 축사로 들어온다. 이는 화조를 기를 때 발견한 것이다. 한 놈이 양계장을 탈출하더니 밤에 돌아오는 게 아닌가? 다른 놈도 똑같이 따라 하는 걸로 봐서 혹멧돼지에게도 마찬가지로 적용될 것이다.

'다음은 배나 만들어보자.'

뗏목으로 범선까지 다녀오긴 했지만 역시 조금 더 튼튼하고 안전한 배를 만들고 싶다. 이를테면 카누? 남태평양의 원주민들은 카누를 만들어 태평양을 횡단했다고 하지 않던가. 성호의 목재 가공 스킬도 4씩이나 되는 만큼 그에 뒤처지지 않는 배를 만들 수 있을 것이다. 딱 혼자 들어갈 정도의 크기로 뒤에는 울프를 태우고 앞에는 짐을 실을 수 있으면 된다.

"막노동의 시작이다, 울프야."

받침대로 쓸 나무 기둥을 몇 개 만들어 바닥에 놓아둔다. 아름드리나무를 슬쩍 보곤 크기를 얼추 가늠해 본다. 그 후로는 슬금슬금 톱질에 들어가는데 나무가 워낙 커서 시간이 오래 걸렸다.

"으샤. 으샤. 으샤."

열심히 나무를 자른다. 30분 정도 지나고 나무가 크게 진동하자 울프가 성호의 바짓가랑이를 물고 끌어당겼다. 빨리 나와 튀자는 소리다. 딩고였으면 혼자 도망쳤을 텐데.

'하여튼 갯과 동물이 충성심이 좋아.'

후르르르…… 쾅!

큰 나무가 쓰러졌다. 잔가지를 자르고 대충 가늠해서 카누의 길이대로 통나무를 잘라 바다로 옮겼다. 무지막지하게 무겁다.

"으이구!"

밑에 나무를 받쳤는데도 온힘을 동원해 밀어야만 겨우 몇 바퀴 구른다. 태양사과 스무디를 마시며 해안가로 나른 후 성호는 주저앉아 숨을 크게 내쉬었다.

"후아아…… 이거 죽겠구면."

온갖 버프를 동원해 몸의 온도를 낮추고 있어서 다행이다. 여기는 정말 지독하게 덥고 추운 곳이다. 아무튼 카누 하나를 만드는 선에서 끝내진 않는다. 두 척을 만들어 서로 연결하고 위에 판을 얹으면 그게 바로 배다. 동남아에선 흔히 쓰는 방식이다. 다만 판타지아의 겨울엔 강풍이 부는지라 이용하기 어렵다. 봄에서 가을까지. 딱 그 정도.

'불을 놓으면 된다고 했지.'

남태평양의 원주민들은 카누를 만들 때 통나무의 가운데에 불을 놓고 속을 판다고 한다. 쉽지 않은 작업임은 분명하지만 여기까지 와서 포기할 수는 없다. 더군다나 성호의 목재 가공 스킬 레벨은 4나 되니까. 목재를 다루는 모든 작업에 있어서 정확한 손놀림을 가능케 해준다.

작은 통나무를 가져와서 실험을 몇 번 해본다.

"흐음…… 그렇게 어렵진 않겠는데."

원래라면 엄두도 못 냈을 일. 통나무를 반듯하게 잘라 불을 놓고 속이 시커메지자 도끼와 끌, 망치를 이용해 파낸다. 판타지아에서 하는 일 중 중노동 아닌 게 없지만 이것도 그랬다. 불이 나무를 숯으로 만들 때까지 기다려야 하기에 상당한 인내심이 필요한 작업이다.

그래도 지금까지의 개고생이 헛되지 않았는지 며칠에 걸쳐서 속을 판 결과 혼자 앉을 만한 카누를 만들어낼 수 있었다. 그다음은 외형 다듬기다.

쓱싹쓱싹.

몇 시간 정도 투자하니 슬슬 모양이 나왔다. 확실히 스킬의 보정은 절대적이다. 나무 깎기라곤 초등학생 시절이 마지막인 성호가 이렇게 근사한 카누를 만들다니.

"내가 만들었지만 죽이는군. 그렇지 않냐?"

뒤늦게 울프에게 물었지만 녀석은 지루했는지 오두막에 들어가 버리고 없다. 성호는 입을 다물고 집중해 카누를 하나 더 만드는 데 성공했다. 성호는 이 과정을 열심히 찍어 미튜브에 영상을 업로드했다.

*

그날 저녁. 성호는 미튜브의 부산어부 계정에 접속했다. 그런데 이게 웬일인가. 구독자 수가 1만 명을 돌파했다.

"벌써 1만 명이라니."

불과 며칠 전까지만 해도 분명 3,000~4,000명 정도였는데? 통계를 보니 어제 영상을 올린 게 즉효 약이었다. 하루 만에 구독자 수가 세 배로 증가했다. 카누를 만드는 동영상이 일간 인기 동영상 1위를 차지했다. 10시간이 흐른 지금, 조회 수는 무려 12만. 상당한 숫자다.

"이거 왠지 댓글을 열어보기가 싫어지는데."

미튜브의 영상은 올린 뒤에 다시 업로드를 해도 기록이 남지 않는다. 그것 때문에 초기부터 봐온 시청자와 새로이 유입된 시청자들 사이에 개싸움이 벌어지고 있었다.

— 불씨 놓고 속 파는 거, 저게 실제로 되는 거구나……

　└ 이 아저씨 무지 센스 있음. 지루한 건 빨리빨리 돌리고 결과만 딱 보여줌.

　└ㅇㅇ 나도 그렇게 생각함. 조금 구경하고 있으면 지루한데 누가 등을 긁어주는 느낌.

— 불쌍맨: 오늘 열심히 일하는 거 보기 좋네요. 땀 흘리는 당신에게 5,000원을 바칩니다…… 제가 인형 눈 1,666개 붙이고 받은 돈임. ㅎㅎ

　└ 개당 3원, 진짜임?

　└ 이쯤이면 불쌍맨 콘셉트가 아닌 것 같다……

— 청춘이여오라: 요즘엔 먹방 안 하시네요.

— 충무김씨: 고기를 착 낚아가지고 잘 먹어야 하는데…… 그것이 조금 아쉽구먼.

이 셋은 성호가 자기 취향의 영상을 올릴 때마다 후원금을 준다. 취향도 약간씩 다른데 청춘이여오라는 육고기를, 충무김씨는 물고기를 좋아하는 편이다. 불쌍맨은 그냥 매번 5,000원씩 주고 있고. 그나저나 저 불쌍맨 콘셉트는 진짜일까 아닐까. 성호는 물어보려다가 키보드에서 손을 뗐다.

─ 이 아저씨 생김새 대강 알 것 같음. 우선 난 처음 영상부터 봐왔음. 고양이를 키우는 30대 초반 아저씨임. 팔뚝 보면 몸이 상당히 근육질임. 목젖이 상당히 많이 튀어나왔을 것임. 그리고 키가 되게 큼.
ㄴ 그걸 어케 알죠?
ㄴ 처음 영상부터 봐왔다잖아. 지금은 이 아저씨가 조심하는데 처음 영상에는 신체 부위가 몇 부분 드러난 적이 있음. 닭꼬치 먹을 때도 목이 조금 보였고.
ㄴ 키는 카메라 위치 추측해 보면 됨. 모자에 액션 캠 같은 거 달고 있을 거임.

'조금 더 조심해야겠군.'
자칫 잘못해서 얼굴이라도 나가는 날에는 큰일이다. 성호는 이미 세 번이나 티브이에 나온 적이 있다. 말레이곰을 덮친 사건은 그렇다 치더라도 국민 예능인 〈동물농원〉은 빼도 박도 못 한다. 이윽고 카누 하나가 완성되고 두 번째 만들 때부터는 엄청나게 빨리 돌아가는 영상이 나왔다.

'그나저나 수입이 꽤 많이 들어왔군.'

부산어부 계정을 만든 이후로 한 번도 정산하지 않았다. 후원금과 조회 수당 얼마 해서 들어온 돈이 제법 되었다. 300만 원이 넘는데 그가 가을부터 영상 제작을 시작했다는 걸 생각하면 상당한 금액이다. 주수입이 아니라 부수입이라서 더 기분이 좋다.

'앞으로는 더 많이 들어오겠지.'

누가 별사탕을 몇 개 받았느니, 미래팟에서 누가 100만 원을 쐈다느니 이런 건 중요하지 않다. 하고 싶은 일을 하면서 천천히 성장해 돈을 버는 게 더 좋다. 성호는 지금도 조금씩 앞으로 나아가고 있었다.

Part
3

1 ◆

누들로드

여고 바로 앞에 있던 분식집 하나가 문을 닫았다. 성호네 가게의
공세를 버틸 수가 없었기 때문이다. 메뉴만 봐도 가격 경쟁력에서
상대가 안 되는데, 티브이에까지 나온 가게를 이길 수는 없었으리
라. '〈동물농원〉에 나오는 아저씨', 여중생, 여고생들에겐 그걸로 끝
이다. 예전 성호네 가게가 그랬던 것처럼, 하루 종일 장사해 봐야 인
건비도 못 버는 사태가 일어났을 거다.

'내가 저렇게 될 수도 있었어. 정신 차리자, 강성호.'

차원 문과 판타지아가 우연히 나타나지 않았다면 성호도 몇 개
월을 겨우 더 버티다가 문을 닫았을 가능성이 크다. 일요일 하루를
제외한 6일 동안 새벽부터 일어나 일을 한다. 청소하고, 재료 준비
하고 하는 것들은 워낙 습관이 되어 있어서 별로 힘들지도 않다.

그렇게 장사를 계속하던 어느 날, 어떤 학생이 물었다.

"여긴 라면 말고 다른 면 요리는 없어요?"

"어…… 면 요리?"

"쫄면, 우동 이런 거요."

"그, 글쎄?"

그러고 보니 성호네 가게에는 면 요리가 없다. 왜 없을까. 예전에는 테이블은 장식이었고 매대에서만 팔았기 때문에 면 요리가 있을 필요가 없었다. 찾는 사람도 없었고 말이다. 전형적인 매대 분식집인 셈이다.

'그냥 평범하게 만들어서 팔아도 되겠지만…… 뭔가 새로운 건 없을까.'

그 학생이 얘기한 대로 식료품 도매상에서 면 떼어 와서 삶고 양념 뿌려 내줘도 되긴 하겠지만 그것으로는 만족스럽지 않았다.

'요즘 인기 있는 면이 뭐였더라……'

그때 파스타가 눈에 띄었다.

'파스타도 인스턴트로 할 수 있긴 하지만 면 삶는 시간이……'

쫄깃한 면발을 원한다면 8분 이상이 걸린다. 부드러운 식감은 9~10분이고. 주머니사정이 넉넉하지 않은 학생들도 즐길 수 있는, 매우 빠르고 간단한 음식이다. 단지 인식이 이상하게 박혀서 비싼 파스타가 주류를 이루고 있을 뿐.

'야자 잎에 놔두면 음식이 안 변하잖아.'

하지만 파스타를 미리 만들어두는 건 바람직하지 않다. 손님 앞에서 볶는 것을 보여주어야 한다.

메뉴는 토마토 파스타와 해물 파스타. 화조 고기가 남아도니까 훈제한 것을 가늘게 썰어서 고명으로 올리고 치즈 가루와 파슬리를 뿌리면 된다.

'가격은 토마토 파스타는 5천 원, 해물 파스타는 6천 원으로 하자.'

사이드 메뉴도 없으므로 이 이상을 받는 것은 무리다. 그리고 양도 조금 적게.

'그 자리에서 후루룩 먹고 가는 음식이니까.'

달걀과 만두 등이 들어가는 라면이 3천 원이다. 파스타를 6천 원받는다고 해서 누가 뭐라고 할까. 다만 단가를 낮추는 게 어렵다. 올리브 오일, 면, 토마토, 치즈 등은 다 사서 써야 한다. 그간 판타지아에서 무한대에 가까운 재료를 가져다 쓰다 보니 이제는 돈 주고재료를 사려면 아깝다는 생각이 든다.

'일단은 만들어보자.'

필요한 재료 등을 사 와서 요리하고 있으니 할 게 없어진 고3들이 와서 구경했다. 수능을 끝낸 고3들은 세상에서 가장 잉여로운존재라는 말이 있다.

"아저씨, 뭐 만들어요?"

"파스타."

"우와, 파스타래. 여긴 레스토랑도 아니잖아요?"

"레스토랑이 아니면 파스타 팔지 말란 법은 없잖아?"

"그건 그렇지만."

팬에 기름을 두르고 면과 함께 온갖 재료를 때려 넣고 볶는다. 면은 이미 삶아져 있으므로 열기만 올라올 정도로 볶고 고명을 슥슥뿌려 내놓으니 그럴듯한 파스타 한 접시가 완성되었다. 성호는 아까부터 턱을 괴고 기다리고 있던 여학생에게 접시를 내밀었다.

"먹어볼래?"

"그렇게 만들어도 괜찮아요? 파스타 면을 미리 삶아뒀잖아요. 팅팅 불었을 것 같은데."

"일단 먹어보고 판단해. 어차피 공짜잖아."

"잘 먹겠습니다."

일회용 포크에 일회용 접시가 참으로 볼품없지만 분식집에서 뭘 바라랴. 포크로 돌돌 말아 한입 가득 오물오물 씹는다.

"음, 으음. 맛있는데요?"

그러면서 파스타 한 접시를 다 먹어치운다. 성호가 은근히 물었다.

"그거 5천 원 받으면 어때?"

"5천 원이요? 그럼 매일 사 먹죠!"

"진짜?"

"사실 그 정도는 아니고. 저희가 돈이 별로 없잖아요. 헤헤."

"하여튼 돈값은 한다 이거지?"

"어지간한 파스타집에 가서 먹는 거보다 더 나은데요? 아저씨 분식집 왜 하세요? 그냥 레스토랑 주방장 하시지."

실은 차원 문 때문이라는 걸 누가 알까. 성호는 여기를 떠날 수 없다. 돈이 아주 많아도 건물을 다시 지을 수 없다. 가게 뒤의 단칸방에 차원 문이 있기 때문에. 해물 파스타도 만들어서 다른 학생들에게 줘보니 좋다고 먹는다. 반응은 상당했으나 결과는 메뉴 하나를 늘린 정도밖에 되지 않는다.

결정적으로, 분식집에서 파스타를 주문하는 사람이 별로 없다. 기왕이면 분위기 있는 파스타집에 가서 먹으니까.

'메뉴 하나 늘린 걸로 만족하자.'

*

한 해가 다 저물어가는 12월의 어느 날. 성호는 숲의 지도를 거의 완성했다. 오두막에서 북으로 약 5km. 동으로 약 6km가 그의 영역이다. 이 안에는 몬스터가 거의 없다. 가끔 아울베어와 다이어 울프가 나타나긴 하지만 자신들의 영역이 아닌지 돌아가버린다. 지도에는 식재료 분포지도 제법 자세하게 표시되어 있다. 어디에 가면 뭘 깨고 잡을 수 있는지 말이다.

이 영역이 사실상 성호의 안마당이다. 바다는 범선이 있는 곳까지. 다른 곳으로 진출하려면 절벽을 넘거나 북쪽의 으스스한 숲을 뚫어야 한다. 그러나 아직은 위험을 감수하면서 영역을 넓힐 생각은 없다. 지금 있는 것만으로도 충분하니까.

하여튼 신기하고도 풍요로운 곳이다. 지도를 작성하면서 추가로 몇몇 작물을 더 발견했다. 여름감자, 기름나무 그리고 하늘토마토다.

「여름감자: 요리에 첨가 시 한 가지 효능을 부여할 수 있다.
효능: 3시간 동안 [따스함/2] 버프 활성화」

「기름나무: 요리에 첨가 시 한 가지 효능을 부여할 수 있다.

효능: 3시간 동안 [맑은 소리/2] 버프 활성화」

「하늘토마토: 요리에 첨가 시 한 가지 효능을 부여할 수 있다.

효능: 3시간 동안 [시력 상승/2] 버프 활성화」

세 가지 작물을 남김없이 뜯어서 배낭 속 차원 주머니에 넣었다. 이렇게 가져가도 내일 또 와보면 새로 자라 있다. 정말 무시무시한 힘이 아닐 수 없다.

'여름감자를 보니 옛날에 먹던 감자 면이 생각나네.'

생각보다 면이 빨리 익고, 하여튼 쫄깃했던 기억이 난다. 혹시 이걸 메뉴에 넣을 수는 없을까? 성호는 감자를 한아름 캐서 가게로 가져갔다. 인터넷으로 감자 면 만드는 법을 검색해 본다.

'감자를 가루로 만들어야 되는구나.'

바짝 말리고 가루로 만들어 밀가루와 혼합하는 과정이 필요하다. 생각보다 품이 많이 들어가지만 해볼 만하다.

노력을 하면 성과가 바로 나타난다. 스킬이 오르고, 매출이 늘어난다. 학생들이 맛있다고 해주고 평판이 좋아진다. 노력을 하지 않을 이유가 없다. 심지어 그것이 막노동에 가깝다 해도.

필요한 재료를 사서 판타지아로 들어간다. 개울가에 가서 펌프질을 몇 번 하고 자전거를 타고 오두막으로 향했다. 반죽을 만드는 것은 그렇게 어렵지 않은 일이다. 요리 스킬 레벨 4가 그것을 가능하게 해준다. 전에 스킬 레벨이 몇까지일까 확인해 본 적이 있었는데 대략 다음과 같았다.

「스킬 레벨: 1-2(수습), 3-4(숙련), 5-6(전문), 7-8(대가), 9-10(전설)」

'숙련자 정도면 동네에선 꽤 맛집이라고 봐도 되겠지.'

티브이에 나오는 유명한 요리사들이 전문, 세계적으로 유명한 요리사들이 대가라고 봐도 될 듯하다. 열심히 반죽을 만들어 슥슥 썰어낸다. 제면기가 있으면 좋겠지만 일단은 시험용이니까. 면을 끓이고 우동 국물을 부어 고명을 올린다. 고명으로는 성호가 직접 만든 화조 고기와 새우, 파가 들어간다.

후루루룹.

"괜찮은데?"

괜찮은 게 아니라 상당히 맛있다. 시판 우동이 싸구려라는 생각이 확 들 정도로 깊은 맛이 난다. 우동 국물을 만들 때 조개를 많이 넣어서 그런지 확실히 감칠맛이 끝내준다.

'면발도 탱글탱글하고…… 이건 이대로 내놔도 되겠다. 가격은 4천 원으로 하면 되겠지.'

근처의 김밥지옥은 우동을 3,500원에 판다. 아무것도 들어가지 않은 기본 우동이 그렇다.

'역시 제면기를 사야겠어.'

본격적인 면 요리를 선보일 시간이다.

그렇게 생각하며 다양한 면 요리를 만든다. 순간 요리 스킬 레벨이 5로 상승했다.

*

고양이 분식집에 새로운 메뉴가 등장했다. 파스타, 쫄면, 우동. 그럴듯한 현수막이나 메뉴판 같은 건 없다. 언제나 사람이 붐비고 입소문이 금방 퍼지기 때문에. 세상에서 가장 잉여로운 전투 종족이라는 고3들이 단체로 우르르 몰려왔다.

"아저씨, 토마토 맛 하나 주세요!"

"저는 해물 주세요!"

접시를 하나씩 들고 후루룩 먹는다. 성호가 단가를 생각해서 조금 적게 담았지만 그래도 여느 파스타집의 것보다는 양이 많다. 워낙에 손이 큰 사람이라서.

제면기를 가게에 설치하고 면을 쑥쑥 뽑아낸다. 여름감자를 섞었기 때문에 면 요리를 먹은 학생들은 갑자기 따뜻해졌다며 이마를 훔쳤다.

"한겨울인데 갑자기 덥네."

"그러게. 바람이 멈춰서 그런가?"

학생들 사이에는 새로 내놓은 면 요리가 대호평이다.

가게 셔터를 내리기 전, 은주가 찾아왔다. 친구를 데리고 왔는데 아주 자그마한 아이였다. 고3이 맞나 싶을 정도로 체구가 작았다. 그리고 그 뒤로 초등학생으로 보이는 남자아이도 따라왔다.

"안녕하세요, 아저씨."

"안녕."

"아, 안녕하세요……"

목소리가 기어들어 간다. 왠지 주눅이 들어 있는 것 같다. 가끔 작은 여학생들이 성호의 큰 체격을 보고 겁을 먹는 경우가 있다.

'하지만 난 아무것도 안 했는데?'

무척이나 억울한 노릇이다. 은주가 다가와서 소곤소곤 말했다.

"아저씨, 잠깐만요."

"왜? 무슨 일 있어?"

"아이참, 잠깐 귀 좀요."

뭔가 비밀 얘기인 모양이다. 동행한 여학생과 남자아이는 더욱 고개를 숙였다.

"제 친구는 아니고 같은 동네에 사는 동생들인데요. 부모님이 안 계시거든요. 그래서 그 기초…… 아시죠? 방학 때는 식권을 받아요. 동생하고 같이요. 그래서 아저씨께서 식권 받고 밥 좀 해주시면 안 되나 해서요."

그런 의미였나. 성호는 빙그레 웃음을 지었다.

"안 될 거 없지. 자자, 앉으세요."

"감사합니다……"

거의 울 것 같은 표정으로 가게에 들어와 앉는 두 아이. 식권을 받아서 보니 4천 원권이다. 은주가 발돋움을 해서 다시 귀에 속삭였다.

"하루에 두 장이래요."

"알았어. 이제 내가 알아서 할게. 은주, 너도 뭐 먹으러 왔어?"

"네. 같이 먹으려고요."

식권을 받고 성호는 돌아섰다. 훌쩍거리는 소리와 함께 은주가 여학생에게 울지 말라고 달래고 있었다. 보지 않아도 애들이 겪었을 고초를 알 수 있다. 밥 좀 먹으려고 해도 식권 자체를 안 받는 곳이 많다. 게다가 요즘 물가도 올라서 4천 원으로는 밥 한 끼 먹기 힘들다.

'애들이 얼마나 못 먹었으면.'

체구가 너무 작다. 분명 나라에서 굶기지는 않았을 텐데 이런저런 사정이 있는 모양이다. 성호는 새로 제작한 메뉴판을 가져다주었다.

"아무거나 주문하세요."

"4천 원으로 먹을 수 있는 건……"

"아뇨, 돈 생각하지 말고 먹고 싶은 걸로."

작은 여학생과 남자아이의 입이 벌어진다. 은주가 맛있겠다 하면서 자연스럽게 메뉴판을 펼친다.

"신상 조사를 하자는 건 아니고, 집에서 밥 먹을 수 있어요?"

"먹을 수 있긴 있는데 쌀하고 김치밖에 없어서……"

정부에서 지원해 주는 쌀이 있다. 하지만 한창 자랄 애들에겐 턱없이 모자라다. 성호는 최대한 자연스럽게 말했다. 불쌍하다는 표정이 나오지 않도록.

"학생은 몇 학년이죠?"

"고등학교 2학년……"

"옆의 동생은 아직 저학년으로 보이는데?"

"초등학교 1학년이에요."

"이렇게 해요. 앞으로 하루 세끼 여기로 먹으러 와도 괜찮아요. 가격에 신경 쓰지 말고 먹어요. 아직 한창 자랄 나이인데 잘 먹어야 되니까. 알겠죠?"

"어…… 저희가 하루 쓸 수 있는 식권은 두 장씩인데요."

"그거 생각하지 말고 밥 먹으러 와요. 배고프면 그냥 와도 괜찮으니까."

여학생은 성호의 말에 울컥했는지 입을 손으로 막았다. 은주는 전혀 예상하지 못했는지 눈만 끔뻑끔뻑하고 있다. 남자아이는 그저 좋아하고.

"농담 아니니까 앞으로 그렇게 해요. 여기 가게가 망하기 전까지는 배불리 먹게 해줄 거니까. 알겠죠?"

"흑흑…… 네…… 감사합니다……"

성호는 남자아이의 머리를 쓰다듬었다.

"뭐 먹을래?"

"도, 돈가스요."

"잠깐만 기다려라. 그쪽 학생은 이름이?"

"흑…… 아, 죄, 죄송합니다. 저는 나유현이고요. 동생은 나유준이에요."

"유현 학생은 어떤 걸?"

옆에서 은주가 환하게 웃으며 거든다.

"얘는 저하고 같은 거 먹을 거예요. 해물 파스타 주세요."

"비싼 거잖아……"

"왜에에~ 아저씨가 뭐든지 먹어도 좋다고 했는데. 맞죠, 성호 아저씨?"

"당연하지. 그럼 해물 파스타 두 개, 돈가스 하나?"

"저희 배고파요. 빨리 좀 갖다 주세요."

"보챈다고 음식이 바로 나오냐?"

은주에게 퉁명스럽게 대답하고 바로 음식을 준비한다. 부모가 없다는 점에선 저 아이들이나 성호나 같다. 하지만 고등학교 2학년이 할 수 있는 일은 한정되어 있다. 성호는 바로 조선소에 뛰어들어 입에 풀칠은 하고 살았지만, 유현이는 여자인 데다가 동생까지 딸려 있다.

'어린애들이…… 에휴.'

파스타를 볶고 돈가스를 기름에 튀긴다. 그때 누군가의 배에서 꼬르륵 소리가 났다. 성호는 팔고 남은 튀김이며 어묵을 접시에 가득 담아 테이블에 내려놓았다.

"오늘 팔고 남은 거니까 먹어요. 부담 가지지 말고."

"아저씨, 감사합니다……"

"우와, 누나! 고추튀김!"

아이는 누나의 속도 모르고 마냥 좋다고 히죽히죽 웃는다. 그냥 모르고 자라는 것이 제일인데. 음식을 하면서 시선을 슬쩍 뒤로 둔다. 유준이가 며칠 굶은 것처럼 마구 튀김을 집어 먹고 있었다. 유현이도 조심스럽게 어묵을 깨문다.

파스타가 먼저 완성되었다. 시판용보다 더 양이 많고 고명도 가득 올랐다. 은주는 포크로 테이블을 콕콕 찌르고 있다가 접시를 보곤 윽 하고 놀랐다.

"아저씨, 양이 너무 많은데요?"

"남겨도 돼."

유현이도 파스타의 양에 질린 모양이다. 그러면서도 은주를 보며 포크를 들고 조심조심 면을 돌돌 말았다. 포크질이 서투른 걸 보면 처음 먹는 모양이다. 파스타를 한 입 먹은 유현이는 갑자기 공기가 훈훈해지는 걸 느꼈다.

'이게 왜 이러지?'

그녀의 머리 위에 [따스함] 버프가 떴다. 성호는 돈가스와 샐러드를 담아 동생 유준이에게 가져다주었다. 녀석이 꾸벅 고개를 숙인다.

"아저씨, 고맙습니다!"

"많이 먹어. 그래야 빨리 크지."

"우와~ 맛있겠다!"

먹는 시간은 대부분의 사람들에게 행복한 시간이다. 부모를 여윈 남매에게도, 은주에게도. 양이 너무 많다던 은주는 거의 마시듯이 파스타를 먹었다.

"예전부터 생각한 건데, 아저씨 진짜 음식 잘하시네요. 파스타는 처음 만드신 거 아녜요? 파스타 하우스보다 더 맛있는데……"

요리 레벨 5니까 어지간한 동네 맛집보다 더 잘할 수밖에.

"준아, 이거 먹어봐. 아앙~ 해봐."

"아앙."

누나가 동생의 입에 음식을 넣어주는 모습은 참으로 흐뭇하다. 성호는 그걸 바라보고 있다가 몸을 돌렸다. 이런 사람도 있고, 저런 사람도 있다. 하지만 이 가게에는 가능하면 좋은 사람만 왔으면 싶다.

*

건물 뒤편의 텃밭이 말랐다. 할머니가 소천하신 후 돌봐주는 사람이 없어서다. 성호도 손을 대고 싶긴 했지만 어쩔 수 없었다. 자그마한 텃밭에 비해 판타지아의 땅은 기름지고 드넓으니까.

'이참에 그냥 모조리 심어보자.'

지금 키우는 것은 고추, 상추, 가지, 오이 등 밑반찬 거리와 사과나무, 배나무다. 그리고 흑멧돼지와 화조도 키우고 있다. 더 나아가 모든 작물을 키우고자 하는 게 최근 생겨난 욕망이었다. 가령 망고스틴 나무 같은 것을 키운다면 어떨까? 배추와 홍고추를 길러서 직접 김치를 담가 먹는다면? 모두 성호가 바라는 것이다. 거의 완전한 자급자족. 밀이나 쌀은 대규모 농지가 필요하기에 어렵지만 그 외의 것들은 대부분 가능하다.

'하나씩 심어보자고.'

우선 가게에서 그나마 많이 나가는 배추와 무, 홍고추를 심었다. 농사일이 절대 쉬운 게 아니라지만 판타지아에선 무척 쉬운 일에 속한다. 그냥 심으면 땅이 알아서 키워준다. 병충해도 재해도 없다. 마치 숲 자체가 보호해 주는 것 같다.

사과와 배를 한가득 따서 나유현, 나유준 남매에게 쥐어 주던 어제저녁이 떠오른다. 백화점에서 파는 것보다 더 큰 과일을 선물 받은 남매는 눈물이 그렁그렁해서는 연신 '감사합니다'를 외치며 집으로 돌아갔다.

'……그냥 그렇게 사는 거지.'

마트에 가서 망고스틴과 애플망고를 구입해 왔다. 원래 이 녀석들을 원예로 키우기 위해선 상당한 노력이 필요하다. 열매를 맺는 것은 한국 날씨에선 불가능하다. 그러나 판타지아에선 가능할 거라 생각했다. 성인 남자의 주먹만 한 사과를 불과 몇 달 만에 키워낸 땅이니까.

핥핥거리며 반기는 울프에게 망고스틴 과육을, 딩고에겐 애플망고 과육을 준다. 울프는 환장하면서 먹는 반면 딩고는 눈을 게슴츠레 뜨더니 앞발로 팍 쳐버렸다.

"이 배은망덕한 녀석아. 기껏 맛있는 거 가져왔더니."

"야옹."

"뭐? 그건 내 취향이 아니니까 다른 거 가져오라고? 건방진 녀석이군."

물론 실제로 딩고가 저렇게 말을 하는 건 아니다. 그렇게 느꼈을 뿐.

가게를 마치고 판타지아에 들어오면 거의 80시간을 지내게 되는데, 자는 시간을 세외하곤 항상 일하고 있다고 해도 과언이 아니다. 힘들긴 하지만 활력을 보충할 수 있으니 할 만하고, 무엇보다 몸이 부쩍 건강해지는 게 느껴졌다.

'여기로 들어온 뒤로부턴 몸이 참 가벼워졌단 말이지.'

'그나저나 이젠 텃밭이 아니라 농장이 되어버렸네.'

텃밭치고는 지나치게 넓다. 온갖 작물이 자라고 있어서 보고 있으면 그냥 만족스럽다. 그리고 바다에서는 온갖 해산물이 넘쳐난다. 마르지 않고 상하지도 않는 식품 창고를 가지고 있는 셈이다.

적당히 배를 채운 후 울프, 딩고를 데리고 부산호를 탔다. 부산호는 카누 두 척 위에 나무판을 얹어 연결한 일종의 연안선이다. 제법 넓어서 울프가 뛰어다닐 정도다. 그러나 발을 잘못 디뎠는지 바다에 빠져선 푸닥거리다가 겨우 위로 올라왔다. 늠름한 은색 늑대가 쥐새끼가 되어버렸다.

힘차게 노를 저어 연안으로 나간다. 만약의 사태에 대비해 차원 배낭과 수중 작살, 그누트의 작살을 준비해 둔 상태다. 물론 미튜브의 미션을 완성하기 위해서 낚싯줄과 액션 캠도 준비했다. 후원금 5만 원은 큰 금액은 아니지만 가능하면 하는 게 좋다. 후원하려는 다른 사람도 그 결과를 보게 되니까.

"액션 캠을 내리고…… 야, 딩고야. 거기 있으면 물고기가 잡아간다."

"야옹."

워낙 물고기가 많고 물이 투명해서 밑에서 헤엄치는 게 다 보인다. 게다가 여기는 수심도 낮다. 고작해야 3~4m 정도다. 캠을 달고 낚싯줄을 슬슬 내린다. 그런데 물고기가 아니라 큰발바닷가재가 달려들었다. 아마 액션 캠에는 웬 괴물이 달려드는 게 촬영되었을 것이다. 녀석을 끌어 올리고 보니 딩고가 앞발로 툭툭 건드리다가 발바닥을 물렸는지 빼애액 하고 뒤로 후다닥 도망갔다.

"쯧쯧…… 내 그럴 줄 알았다. 뭐하러 손을…… 아니, 발을 대냐?"

다행히 큰 상처는 입지 않은 모양이다. 발바닥을 핥으며 바닷가재를 노려보는 딩고. 대신 복수를 하려는지 울프가 입질을 하기 시작했다. 녀석이 주둥이를 물려서 빼액거리기 전에 바닷가재의 머리에 단검을 쑤셔 넣고 그었다.

"이제 살을 발라내야지. 야야, 너희들 카메라에 안 찍히게 조심하라고."

찍혀도 편집하면 되지만 귀찮다. 얼마 전 미튜브 영상에서 성호의 모습을 현미경으로 들여다보는 사람이 있다는 걸 안 이후로 부쩍 조심하게 되었다. 바닷가재 이후로는 커다란 광어가 잡혀 올라왔다.

「산호광어: 요리에 첨가 시 한 가지 효능을 부여할 수 있다.
효능: 3시간 동안 [긴장 완화/2] 버프 활성화」

'흠…… 긴장하지 않는다고?'

면접이나 시험을 앞둔 사람에게 참 좋을 것 같다. 무게는 거의 4kg은 되어 보인다. 보통 2~3kg짜리를 대광어로 칭하는 걸 생각하면 이 녀석은 대단히 큰 편이다.

더 즐거운 것은 먼바다에는 이놈보다 더 큰 놈들이 즐비하다는 사실이다. 먼바다에 나가려면 시드래곤인가 하는 몬스터를 처치해야겠지만. 산호광어를 적당히 손질한 뒤 준비해 온 간장에 살짝 찍어 맛을 본다.

"죽이는군."

진한 지방 맛이 확 느껴진다. 숙성을 안 해서 그런지 감칠맛은 조금 덜하지만 대신 탄력이 대단하다. 산호 일대에서 먹이 활동을 하는 녀석인 만큼 이리저리 휙휙 움직이며 다녀서인지 근육이 많다. 대충 먹고 살점을 발라내어 울프와 딩고에게 한 점씩 던져준다. 크기가 워낙 커서 먹을 게 많아 한참을 씹는다.

성호는 캠을 끄고 갑판 위에 드러누웠다. 뜨거운 여름, 넘실거리는 바다 위에 누워 있으려니 잠이 온다. 성호는 스르륵 눈을 감았다. 정말이지 한량이 따로 없다.

*

서울 강남구 역삼동 JM엔터테인먼트 빌딩의 지하 안무 연습실. NG 프로젝트, '미스 윤'의 멤버들이 격렬한 안무 연습을 소화하고 있다. 멤버 네 명은 놀랍게도 전부 윤 씨다. 윤 씨를 일부러 모은 게 아니라 채우다 보니 윤 씨더라는 소소한 얘기가 회사 내에 돌았다.

그래서 본부장뿐 아니라 엔터 대표까지도 이건 길조라고 하며 '미스 윤'을 예뻐하는 분위기가 조성되었다. 아직까지는 연습생 신분이긴 하지만.

한겨울인데도 땀을 흘리며 대형 거울 앞에서 안무를 소화하는 윤미혜. 안무가 조상희가 그녀에게 주의를 준다.

"미혜, 고개 내려갔어! 첫 앨범 콘셉트 몰라? 도도하게!"

"네, 네!"

오현수 팀장이 슬그머니 들어왔다. 멤버들이 그를 보고는 반색했다. 팀장이 들어올 때는 보통 무슨 일이 있기 때문이다. 쉴 수 있는 절호의 기회인데 어찌 반가워하지 않을 수 있을까. 그러나 오 팀장은 네 명을 스윽 훑어보고는 안무가 조상희에게 말을 걸었다.

"상희 씨. 애들은 괜찮아요?"

"세 명은 괜찮아요. 몇 년 동안 호흡을 맞춘 게 티가 나네요."

"……한 명이 잘 안 된다는 소리죠?"

"팀장님이 픽업해 온 쟤요, 쟤. 올라온 지 얼마 안 됐으니까 미세하게 동작이 틀어지는 건 이해하겠는데."

"이해하겠는데?"

"애가 너무 4차원이랄까. 집중을 못 해요. 지금도 쟤 머릿속은 빨리 안무 연습 끝내고 간식 먹어야지 하는 생각밖에 안 들어 있을 걸요."

"하하, 상희 씨가 좀 신경 써주세요. 연습생 생활을 겪어보지도 않은 애라."

상희는 팔짱을 끼고 미혜를 바라보았다.

"뭐, 확실히 예쁘긴 하네요. 오 팀장님이 바로 센터로 점찍었다는 게 이해가 돼요. 그래도 적당히 동작은 맞춰 보내야죠. 저대로 내보냈다간 안무가 누구냐고 욕을 사발로 얻어먹을 텐데."

미혜 외의 세 명은 2~3년간 연습생 생활을 계속해 오고 있다. 반면 미혜는 픽업되자마자 보컬 트레이닝을 받고 바로 안무 연습에 들어갔다. 그래서인지 다른 멤버와 동작이 조금씩 어긋나는 게 보인다. 상희가 집중시키기 위해 손뼉을 짝짝 치고는 오디오를 조작했다.

"자, 집중해! 2배속이야!"

쿵짝쿵짝 하고 비트가 빨라졌다. 네 멤버는 빠른 음악에 맞춰 몸을 흔들고 동작을 취하느라 땀을 뻘뻘 흘린다.

"윤미혜! 너 계속 그럴 거야?"

상희의 날카로운 목소리가 쩌렁쩌렁 울렸다. 연습은 중지되었고 미혜는 잔소리를 한바탕 얻어먹어야 했다.

"히잉."

조상희가 나간 뒤 미혜는 우거지상을 하고선 바닥에 주저앉았다. 연정, 나래, 바다가 그녀를 위로한다.

"괜찮아, 미혜야. 상희 언니 하는 말이 맨날 저거야. 정신 어디다 두고 춤추는 거야? 너네 간식 생각만 하지? 막 이래."

"진짜?"

"응. 그러니까 신경 쓰지 마. 며칠 안 됐으니까 앞으로 잘하면 되지."

사실 윤 씨 멤버들이 미혜를 좋게 보는 이유는 따로 있다. 언제 데뷔를 할 수 있을지 막막했는데 마침 센터가 들어오는 바람에 마침내 본부장이 결정을 내린 것이다. 복덩이랄까. 어차피 셋 모두 센터 포지션이 될 수 없다는 건 알고 있다.

"자자, 간식 좀 먹으면서 쉬어."

오 팀장이 간식 바구니를 내밀었다. 멤버들이 환호성을 지르며 달려든다. 그러나 어째 내용물이…… 연정이 바구니 안에서 채식주의자나 먹을 법한 샌드위치와 아메리카노를 들어 올렸다.

"칼로리 계산 철저히 해서 사 왔나 봐."

"우리 팀장님도 이렇게 좀 먹었으면 좋겠네~"

"정작 급한 건 우리가 아니라 팀장님 배인데. 그지, 미혜야?"

"응."

오 팀장의 후덕한 뱃살에 대한 비난이 난무한다.

"미혜야, 어디 가냐?"

"간식 가지러요."

연습실 구석에 멤버들의 가방이 놓여 있다. 미혜는 자기 가방을 무슨 신줏단지 모시듯 소중히 들고 왔다.

"그거 뭐야?"

"뭔데? 뭔데?"

"이거? 내 간식."

자랑스럽게 내보이는 간식의 정체는…… 오 팀장은 손바닥으로 이마를 덮고 말았다. 튀김, 김밥, 어묵…… 그야말로 살찌는 것들로만 가득하다. 멤버들은 오 팀장의 눈치를 보았다.

"미혜야, 너 김 이사님이 사람 얼마나 잘 갈구는지 모르지? 피가 바짝 마를걸."

그가 나직이 경고했지만 미혜는 바보같이 웃는다.

"헤헤, 괜찮아요. 저 이거 먹으면 살 안 쪄요."

"그게 무슨 소리냐? 칼로리 대박인 걸로만 용케 모아났는데 그거 먹어도 살이 안 찐다고? 소화를 하나도 못 시키니?"

"그건 아니고요. 그런 게 있어요. 저하고 친한 아저씨가 만들어주신 거거든요. 이거 먹으면 살 안 쪄요. 다른 분식은 먹으면 살찌고요."

"아이고, 두야. 그게 말이…… 안 되겠다. 압수다."

오 팀장이 나서자 미혜는 결사적으로 가방을 끌어안았다. 절대 안 주겠다는 각오다. 미혜가 식탐이 많은 건 진작 알고 있었다. 이번 기회에 버릇을 고쳐주리라.

"좋아. 그럼 나하고 약속하자. 오늘 그거 다 먹되 내일…… 아니 모레 김 이사님 앞에서 몸무게 재는 거다. 늘어 있으면 어떻게 된다고?"

"그때는 이런 거 안 먹고 풀떼기만 먹을게요. 약속!"

"좋아. 그럼 먹어."

"야호!"

미혜는 환호성을 지른 뒤 곧바로 입에 김밥을 집어넣었다.

"새우튀김 큰 거 봐. 나도 먹고 싶다."

"바다, 너도 살 안 찔 자신 있으면 먹어."

오 팀장이 그렇게 권했지만 고개를 도리도리한다. 김 이사, 김정은의 잔소리가 얼마나 사람을 미치게 하는지 알기 때문에. 그야말로 마녀가 따로 없다. 그리고 미혜는 그 마녀를 한 번도 겪어보지 않았다. 멤버들은 이틀 뒤 질질 짤 미혜를 위해 미리 기도했다.

2 ◆

울프가 떠나다

약속한 날이 다가왔다. 미혜는 멤버 중 바다와 함께 김 이사의 사무실로 향했다. 바다가 한 살이 더 많지만 둘은 거의 친구처럼 지내고 있다. 슬렌더 체형인 미혜와는 달리 제법 볼륨감이 좋아 '미스 윤'에서 몸매를 책임지고 있다는 우스갯소리를 듣곤 한다.

바다는 미혜가 대체 무슨 생각인지 의심스러웠다. 안무 연습실에서 그 많은 분식을 다 먹어치운 것도 모자라 숙소에 돌아와서는 부산에서 보내줬다는 소고깃국에 밥을 말더니 김치까지 찢어 얹어 먹었다. 다른 멤버들이 식단 조절하느라 닭가슴살과 양상추만 깔짝일 때 말이다.

'저렇게 먹고도 살이 안 찐다고? 에이, 설마. 진짜 그렇다면 살이 안 찌는 체질이겠지.'

연습생을 하다 보면 정말 부러운 사람들이 가끔 있다. 먹어도 살로 안 가는 체질을 가진 사람이다. 먹고 싶은 만큼 먹어도 살이 안 찐다니! 아이돌을 희망하는 '미스 윤' 멤버들로선 정말 가지고 싶은 체질이다. 20대 초반 여성들의 식욕은 그야말로 활화산 같은데 몸매 관리한다고 거의 굶다시피 하니 오죽할까. 하지만 미혜의 말에 의하면 체질이 아니란다. 오히려 먹으면 바로 살로 가는 스타일이라니 믿을 수가 없다.

"너의 비밀을 빨리 우리에게 이실직고하지 못할까?"
"으혜혜혜! 언니 잠깐만!"

간지럼 태우기 끝에 약속을 받아냈다. 이사님에게서 무사히 벗어나게 되면 비밀을 얘기해 주기로. 김정은 이사. JM엔터의 안살림을 맡아보고 있는 사람이다. 회계와 아이돌의 식단, 운동 등을 관리한다. 대표와는 친척 사이라나 뭐라나. 나이는 대략 30대 중반? 그녀를 보면 예전에 읽었던 『B 사감과 러브레터』가 생각난다. 김 이사를 보면 누구든지 B 사감을 떠올릴 수밖에 없다.
그녀는 미혜를 보더니 반무테 안경을 슬쩍 들어 올렸다. 마치 만화 속 악당처럼 안경알이 빛난다.
"미혜 왔어? 오 팀장님하고 약속했던 거, 안 잊었지?"
"네, 네!"
"그래. 과연 네 말이 맞는지 확인해 보자. 이틀간 그렇게 먹어댔다고 들었는데…… 볼에 살이 조금 올라온 것 같은데?"
"아, 아니에요. 저 살 안 쪘어요."
"그걸 지금부터 확인해 볼 거야. 여기로 올라와 볼래?"

공포의 체중계. 무한걸스를 비롯해 실패한 걸그룹, 연습생들까지 수많은 아이가 여기에 올랐다가 호되게 야단맞은 적이 있다. 디지털 체중계가 숫자를 띄웠다. 미혜는 눈을 질끈 감고 있다가 숫자를 보고는 안도의 한숨을 내쉬었다.

"……"

"저, 살 안 쪘죠? 오히려 빠졌는데요?"

"이게 고장 났나? 일단 내려와. 다른 체중계 써보게."

고약한 마녀 같으니라고. 어떻게든 꼬투리를 잡으려 한다. 하지만 미혜는 자신이 있었다. 그 어떤 체중계를 갖고 와도 문제없다. 다른 체중계에 올라갔음에도 몸무게는 그대로였다.

"히히."

"이상하네. 정말 먹어도 안 찌는 체질인가 보네."

'체질은 아니고요……'

미혜는 김 이사에게 손목을 붙들려선 책상 앞에 섰다. 의자에 다리를 꼬고 앉아 식단 관리의 중요성을 설파하는 잔소리가 이어진다.

"그래. 네가 살이 잘 안 찌는 체질인 건 알겠어. 그래도 말이야, 걸그룹엔 이미지란 게 있는 거야. '미스 윤'의 콘셉트가 뭐지?"

"도도, 섹시요."

"넌 센터야. 비주얼 포지션이라고. 그 버릇 못 고치면 나중에 난리 난다. 우걱우걱 뭘 먹고 있는 널 보고 팬들이 무슨 생각을 할까?"

"반전 매력이라고 하지 않을까요?"

"……하아……"

"그래도 너넨 팀이잖아. 팀의 사기를 생각해야지. 너만 살 안 찐다고 그렇게 먹고 있으면 나머지 멤버는 어떻게 해? 다들 언니잖아."

"같이 먹으면 되는데……"

"미혜야, 미혜야…… 그럼 살이 안 찌겠니? 안무 연습실에서 오 팀장님이 간식으로 뭐 가져왔든? 염소 새끼나 뜯어 먹을 풀 쪼가리 빵하고 아메리카노가 전부야. 그것도 안무 연습했다고 가져다준 거고."

미혜는 염소 새끼나 뜯어 먹을 풀 쪼가리란 말에 빵 터져서는 푸흐흡 웃어대었다. 김 이사는 머리가 지끈거려 오는 것을 느꼈다. 이 4차원을 어떻게 해야 할까? 그러나 약속은 약속이다.

'먹어도 살이 안 찐다니…… 부럽긴 하네.'

아이돌처럼 식단을 빡세게 관리해야 하는 건 그녀도 마찬가지다. 세상엔 맛있는 것들이 얼마나 많은데. 바보처럼 헤헤헤 웃고 있는 미혜를 보니 열불이 뻗친다.

"알았어. 알았어. 그래도 식단 관리 좀 해. 나중에 나이 들면 고생할 수도 있으니까."

"넵."

"나가봐."

미혜는 조심조심 까치발로 이사실을 나왔다. 나래도 걱정이 돼서 왔는지 바다와 함께 밖에서 기다리고 있었다.

"어땠어? 어땠어?"

"표정은 괜찮은데?"

"마녀의 솥단지에서 살아남았도다!"

미혜가 장난스럽게 손을 위로 뻗으며 외쳤다. 뒤의 이사실에서 '누가 마녀얏!' 하는 뾰족한 소리가 들려왔다. 다들 '히익' 하고는 복도를 달렸다. 휴게실로 뛰어 들어오니 연정이 차를 호로록 마시면서 기다리고 있다.

"이제 왔니?"

"응응. 언니, 나 통과했어!"

"다행이야."

활짝 웃으며 마치 자기 일처럼 기뻐해 주는 윤연정.

휴게실 소파에 우르르 앉아서는 이야기를 나눈다.

"그래서 어떻게 됐어? 살 빠졌어?"

"응응. 나 그렇게 먹어도 살 빠졌어. 그러니까 김 이사님이 아무 소리도 못 하더라. 언니들 생각해서 먹는 거 자제하라고 그러던데?"

그녀의 철없는 말에 바다와 나래가 동시에 한숨을 내쉬었다.

"하여튼 이제 됐지? 빨리 비밀이 뭔지 얘기해봐, 빨리."

바다가 미혜의 옆구리를 간질였다. 그녀는 끅끅거리며 참다가 항복하고 말았다.

"자아, 비밀은?"

"그게 어떻게 된 거냐면 말이야…… 나도 잘 몰라."

"뭐어?"

대단한 비법이 있을 거라 기대하던 멤버들이 벙쪘다.

"나 부산에서 살았잖아. 단골 분식집만 드나들다 보니까 이렇게 됐어. 이상하게 그 집이 아닌 다른 집에서 먹으면 막 살이 찌거든? 그래서 거기만 가게 됐어. 주인아저씨도 되게 친절하고 멋있어."

"분식집 메뉴는 살찌는 데 직빵인데……"

왕언니 연정이 나직이 말했고 다들 공감을 표시했다. 나래가 물었다.

"그래서 부산 어디 분식집인데?"

"나 다니던 학교 근처에. 고양이 분식집이라고 있어."

바다가 미혜의 볼을 잡아당기며 말했다.

"그러면 어쩔 거야. 언니들 것도 챙겨 줄 거야?"

"히히. 다음에 택배 올 때 양 많이 보내달라고 하면 되지!"

"택배로 보내면 상하지 않아?"

미혜가 손을 휘휘 저었다.

"아냐아. 그 아저씨가 보내는 건 전혀 안 상해. 금방 만든 것처럼 튀김이 바삭하거든. 나도 깜짝 놀랐어."

과연 진짜일까? 멤버들은 미혜의 말을 도저히 믿을 수 없었다. 진짜 살이 안 찌는 음식이 있다면 그 아저씨는 재벌이 됐을 텐데 말이다. 그래도 한 가닥 희망을 버리지 못했다. 진짜라면 좋고, 아니면 말고.

*

그날 밤, 성호는 언제나 그랬던 것처럼 판타지아로 들어갔다. 그런데 울프와 딩고의 사이가 심상치 않다. 장난으로 싸우는 건 봤는데 현재 분위기가 상당히 험악하다.

'얘네들이 갑자기 왜 이러나.'

혼을 내기 전에 이유라도 알고 싶어서 잠시 지켜봤다. 울프가 이빨을 드러내고 있었다.

「다이어울프: (적의, 본능)」

'설마 몬스터의 본능 때문에 적의를 가진 건가.'

딩고와는 꽤 오래 같이 지냈는데 왜 갑자기…… 녀석의 체격이 부쩍 커진 것을 새삼스레 느낀다. 레트리버 크기이던 다이어울프는 어느새 조랑말 수준으로 커졌다.

'내 동물 친화 스킬이 버티지 못하는가 보군.'

레벨 3은 큰 개나 말레이곰까지 영향을 미치는 것을 확인했다. 그러나 울프는 그 녀석들보다 더 크다. 게다가 동물도 아니고 몬스터다. 완전히 복속되지 않았기에 이름도 없다. 그저 성호가 마음 내키는 대로 부르고 있을 뿐.

"울프야, 괜찮아."

"컹!"

울프가 이쪽을 향해 짖었다. 자기가 왜 짖었는지 몰라 당황해서는 콧김을 뿜으며 물러났다. 그러다가 또 콧잔등을 일그러트린다. 녀석과 이별해야 할 시기가 왔다. 울프를 받아들인 지 얼마 되지는 않았지만 판타지아 세계의 시간으로는 몇 개월이 흘렀다.

새끼는 아성체가 되려 하고, 몬스터의 야성을 되찾으려 한다. 붙잡으려 하면 할수록 결말은 비극적일 것이다.

'놓아주자. 더 큰 문제가 생기기 전에.'

"쯧쯧, 이리 와."

녀석을 오두막 밖으로 불렀다. 같이 사냥하고 놀던 기억이 남아 있는지 주춤거리면서도 따라왔다. 성호는 활과 검으로 중무장한 채 녀석을 인도했다. 숲속 깊숙이 들어가 어두운 곳까지 진입하자 녀석이 낑낑거리기 시작했다.

성호는 거리를 벌린 뒤 동물 친화 스킬을 껐다. 귀여운 다이어울프는 사라지고 흉포한 몬스터만 남았다. 하지만…… 녀석은 덤비지 않았다.

"컹컹!"

잘 있으라는 인사일까? 울프는 성호를 지그시 쳐다보더니 그대로 덤불 속으로 사라졌다. 저렇게 몸을 숨기고 기습하진 않을까 대비했지만 공격은 없었다. 울프가 성호의 곁을 떠났다.

'어쩔 수 없는 일이지.'

다이어울프는 길들여지지 않는다는 것을 확인했다. 조금만 더 늦었더라면.

'됐어. 더 이상 생각하지 말자.'

오두막으로 돌아와 불안해하는 딩고를 달랬다. 울프와 장난치면서 친하게 지내고 있었는데 녀석이 갑자기 으르렁거리자 엄청나게 놀란 모양이다.

*

"딩고야, 가자."

"야옹."

"저 강을 따라 올라가면 시야가 확 트일 것 같은데, 그지?"

"야옹."

힘을 내서 강줄기를 따라 걸음을 옮긴다. 저 멀리 있는 산이 상
당히 신경 쓰인다.

"아니, 그렇게 멀리 있는 산도 아닌 것 같은데……"

고작해야 몇 킬로미터 정도일까. 산 위의 희끄무레한 것은 구름
아니면 만년설인 것 같다. 갑자기 딩고가 산을 보고 하악대었다.

"응? 갑자기 왜 그러냐?"

혹시 딩고는 저 산에 올라갔던 게 아닐까? 산고양이가 왜 산고양
이겠는가. 원래 서식지가 저기일지도 모르는 일이다.

'저기 되게 험해 보이는데 따로 넘어갈 길이 있나.'

일단 위로 올라가 보기로 했다.

"하이고, 저 위로 올라가야 되네."

자갈밭이 끝나고 경사가 심한 언덕이 나왔다. 딩고는 성호의 차
원 배낭에 매달렸고 성호는 거의 기다시피 하여 위로 올라갈 수 있
었다. 마침내 강물의 본원이 그 모습을 드러내었다. 맑다 못해 투명
한 물을 품은 거대한 호수가 산 아래를 떡하니 차지하고 있었다.

"크…… 죽이는군."

흡사 컴퓨터 바탕 화면을 보는 것 같다. 어디에서 물이 흘러 들어

오나 했더니 산 중턱에 폭포가 보였다. 성호는 잠시 자리에 주저앉아 이 멋진 풍경을 만끽했다.

그런데.

크워어엉—

심상치 않은 소리가 들렸다.

'뭔지 안 보여. 이럴 때는.'

하늘토마토란 게 있다. 효능은 무려 [시력 상승]. 미리 구워둔 하늘토마토를 꺼내 먹자 버프가 떴다. 성호의 원래 시력도 나쁘지 않은 편이지만 하늘토마토를 먹은 뒤의 시력은 장난이 아니다. 멀리 있는 것을 망원경으로 당긴 것 같다. 거기다 집중을 하니 조절도 가능했다.

'대체 뭐가 싸우는 거야.'

곰 한 마리. 그리고 오크 세 마리.

"오크?"

덩치가 큰 녹색 괴물이다. 코볼트가 이족 보행하는 흉측한 개라면, 오크는 이족 보행하는 흉측한 돼지에 가깝다. 털은 없지만 그게 더 끔찍해 보인다. 근육질의 피부가 드러나 있으니.

세 마리의 오크는 조잡한 창칼로 곰을 마구 공격하고 있었다. 새끼 곰은 앞발로 오크들을 물리치려 했지만 상황이 여의치 않자 부리나케 달아나기 시작했다.

'아직 성체가 아니라서 그런가.'

딩고가 하악질을 했다. 곰과 오크가 이쪽으로 오는 것을 느꼈기 때문이다. 성호는 뒤를 돌아보았지만 까마득한 절벽뿐이다. 도망치려면 왔던 길을 되돌아서 암반을 올라가야 한다. 너무 먼 길이다.

'하는 수 없지.'

카본제 화살을 시위에 건다. 움직이는 목표물은 맞히기가 어렵다. 하지만 노리다 보면 기회가 오기 마련. 마침내 성호와 곰과 오크의 방향이 일직선이 되었다. 곰이 살짝 옆으로 비켜난 순간 성호는 시위를 놓았다.

"꿰엑!"

맞았다. 돼지 같은 오크가 가슴에 화살을 맞고는 나동그라졌다. 곰은 네발로 열심히 뛰어왔다. 이곳으로 오면 살 수 있다고 느끼는 듯하다. 덩치는 작아 보이는데 과연 동물 친화 스킬의 영향력에 들 것인가? 거리가 가까워지자 녀석이 멈칫했다. 말레이곰과 같은 현상이 일어났다. 성호는 안심하고 크게 소리쳤다.

"비켜!"

그 말이 전해졌는지는 모른다. 딩고가 성호의 배낭 위에 올라왔고, 곰이 지그재그로 달리며 오크의 추격을 벗어나고 있을 때, 다시 화살이 바람을 갈랐다.

쉬잇!

이번에는 배에 명중했다. 궁술 스킬 레벨이 4나 되지만 역시 움직이는 목표물을 정확히 맞히는 건 쉽지 않다. 성호는 오크의 머리를 노렸는데.

'너무 가깝다.'

곰이 성호를 본체만체하고 뒤로 지나친다. 남은 오크 한 마리가 코앞으로 접근했다. 녀석들에겐 죽음의 공포가 없는 것일까? 동료

두 마리가 바닥에 쓰러졌는데도 달려오다니. 마르그리트의 검을 꺼내어 자세를 잡는다. 갑자기 실전이라니, 몸이 떨려 왔다.

'제기랄, 저렇게 못생겼을 수가.'

돼지에게 미안하다고 마음속으로 말한 뒤 야자집게를 먹어 [고통 내성] 버프를 얻었다. 그리고 앞으로 달려나가며 크게 베었다.

"하아압!"

검술을 믿고, 검을 믿고 그대로 받아친다. 그것은 수련의 결과가 아니라 그저 본능이었다. 까강 하는 소리가 나며 마르그리트의 검이 오크의 검을 그대로 베어냈다. 녹색 괴물의 머리 반쪽이 너무도 쉽게 잘려 나갔다.

"헐."

핏물이 후두둑 쏟아졌다. 성호는 멍하니 서 있다가 기겁하곤 자리를 피했다.

"이야옹!"

딩고도 깜짝 놀란 모양이다.

"자, 장난이 아니구나……"

날카로운 줄은 알았지만 머리를 통째로 벨 정도라니. 그러나 안심하기는 이르다. 아직 두 마리의 숨이 끊어지지 않았다. 멀리서 화살을 쏴서 녀석들의 숨통을 끊었다. 곰은 어디로 갔는지 보이지 않았고 고요한 호수 주변에 핏물이 번졌다. 성호는 오크 한 녀석이 옆구리에 찬 주머니를 뒤졌다.

'힐링 허브……'

힐링 허브와 식물성 기름은 오크와 코볼트의 기본 소양인 모양이다. 손을 더 넣어 만져보니 썩은 고기 조각과 날카로운 무언가가 만져졌다.

"이건······"

성호가 꺼낸 것은 화살촉이었다. 그런데 이거, 아무리 봐도 딩고가 물고 온 화살촉과 똑같다.

'이 화살을 쏜 누군가가 이 근처에 있다는 거군.'

혹은 저 산 너머에 있을지도 모른다.

*

성호가 판타지아 세계를 마구 쏘다니고 있을 그 무렵. 〈동물농원〉의 집중탐사팀은 경상도 가야산을 온통 헤매고 있었다. 어떤 동물의 배설물과 발자국이 인근 주민에 의해 발견되었기 때문이다. 가야산은 예로부터 범이 있다는 소문이 자자했다.

탐사팀을 따라나선 동물생태학자는 주민들이 삵을 표범으로 착각했을 가능성이 있다는 가설을 내놓았다. 그러나 현장에 가서 배설물과 발자국을 확인한 순간, 생태학자는 이건 삵이 아니며, 대형 육식 동물이라고 결론을 내렸다.

김강훈 피디는 기뻐 날뛰었다. 드디어 〈동물농원〉이 한 건 하는구나, 한국의 마지막 대형 육식 동물이 살아 있었구나 하는 벅찬 감정이 솟아올랐다. 하지만 배설물과 발자국은 증거가 되지 못한다. 탐사팀을 전부 동원해 무려 열두 곳에 배치하고 기다리기를 나흘째. 표범을 발견하고야 말겠다는 사명감에 불타던 탐사팀원들도 다들 지쳐선 잠에 곯아떨어졌다. 그가 기대하고 있는 동물은 코빼기도 보이지 않았다. 하다못해 꼬리라도 보여준다면 좋으련만.

"이거 포기해야 하나……"

차의 대시보드에는 차갑게 식은 커피가 놓여 있다. 입이 찢어져라 하품을 하고 컵을 쥐는 순간, 열두 개의 화면 중 하나에 갑자기 붉은 것이 슥 지나갔다.

"어? 뭐야?"

너무 빨라서 보이지 않았다. 나중에 편집하며 봐야겠다고 생각하는데 카메라가 툭 떨어졌다.

까드득― 까드득―

뭔가가 카메라를 씹는 것 같다. 김강훈 피디는 정신을 차리지 못했다. 마침내 카메라가 고장 났는지 신호가 끊겼다. 급하게 영상을 돌려 확인해 보던 그가 마른침을 삼켰다.

"꿀꺽."

크다. 삵으로 보기에는 너무 크다. 날렵한 덩치를 가진 어떤 짐승이 카메라 바로 앞을 지나갔다. 열화상 카메라라서 털 색깔이나 무늬 등은 보이지 않지만 녀석이 육식 동물이란 것은 충분히 알 수 있다. 강훈은 소리 없는 괴성을 질렀다. 자고 있는 팀원들을 다 깨워 영상을 보여주니 다들 환호성을 내지른다.

다음 날, 〈동물농원〉에서 대형 육식 동물을 포착했다는 소식이 공중파를 탔다. 아침 뉴스에서, 9시 뉴스에서 앵커가 이 사실을 보도했다.

— 다음 소식입니다. 경상북도와 경상남도에 걸친 가야산. 이 가야산에서 최근 동물의 배설물과 발자국이 발견되었습니다. 평범한 동물의 것일까요? 글쎄요, 〈동물농원〉이 확인한 바에 따르면, 한국의 마지막 대형 육식 동물일 가능성이 크다고 합니다. 최진환 기자가 보도합니다.

한편 성호는 유현, 유준 남매와 함께 9시 뉴스를 보고 있었다. 티브이에서 까드득 까드득 하는 소리가 들리자 둘은 어깨를 움츠렸다.

"아저씨, 저거 무슨 동물이에요?"

"그야 나도 모르지. 나도 처음 보는데."

한국에서 대형 육식 동물은 멸종한 지 오래라고 한다. 호랑이는 물론이고 늑대, 표범도 없다. 그런데 갑자기 대형 육식 동물이 튀어나오다니.

티브이에서는 공무원이 나와 따분한 설명을 줄줄이 늘어놓았다. 그의 설명을 듣고 있자니 '진짜 들개인가?' 하는 생각이 든다. 그건 유현이와 유준이도 마찬가지인지 '에이' 하고 실망하고 만다. 성호는 하품을 했다. 들개건 뭐건 어차피 그와는 상관없는 것을.

3 ◆

가야산의 짐승

"여보세요."

"아, 성호 씨. 저 〈동물농원〉의 김강훈 피디입니다. 잘 지내셨죠?"

"예예. 어쩐 일인지요?"

"다름이 아니라 혹시 뉴스 보셨습니까? 가야산 동물 어쩌고 하는……"

"환경부 공무원이 나와서 들개라고 추정하는 건 봤습니다."

"하이고, 아닙니다. 그건 절대 들개가 아닙니다. 끝이 둥글둥글한 꼬리 보셨습니까? 개 꼬리는 절대 그렇게 안 생겼습니다."

"정책관이 보여준 영상에는 꼬리가 안 나와 있던데요?"

"자기들 주장과 배치되니까 자른 겁니다. 안 그래도 연말에 일 많다고, 쓸데없는 제보 받기 싫다고 자른 거죠. 어차피 이 한반도에 대형 육식 동물은 없다고 단정하는 겁니다."

김 피디의 말을 듣고 보니 또 '그런가?' 하는 생각이 든다.

"근데 있는 것도 좀 이상하지 않습니까? 호랑이건 뭐건 멸종된 지 꽤 오래 지났을 텐데 지금에서야 나타나는 건 좀."

뭔가 다른 세계에서 온 것도 아니고 말이다. 그렇게 말을 하던 중 판타지아가 생각나서 얼굴을 굳혔다. 만에 하나…… 그 동물이 판타지아에서 온 거라면? 차원 문이 성호네 단칸방 외에도 더 있어서 거기를 통해 나온 거라면?

"실은 그 영상이 나간 후에 저희가 사진을 하나 찍었습니다. 바로 당국에 제보를 할까 하다가 들개라고 우기는 걸 보고 짜증이 나서 안 하기로 했습니다. 대신 성호 씨에게 믿고 보내드리겠습니다."

그러니까 당국에 제보하지 말라는 말이다. 성호는 잠시 전화를 끊고 기다렸다. 사진을 받으니 뒷다리와 꼬리만 보인다.

'표범? 이건 표범인데.'

엉덩이만 보면 표범이다. 하지만 꼬리가 새카맣다. 이런 동물은 적어도 한반도에는 없다. 아프리카나 인도에 가면 있을까. 다시 전화가 걸려 왔다.

"보셨죠? 저희 스태프가 찍은 겁니다. 절대 거짓말 아니고요. 가야산 일대에서 촬영한 거 맞습니다. 사진 정보 확인해 보면 아실 겁니다."

그렇다면 진짜 이런 동물이 한국에 있다는 말인데…… 위험하다.

'이게 판타지아에서 넘어온 동물이라면 다른 곳에도 차원 문이 있다는 건가.'

물결치는 푸른 문 얘기를 안 하는 걸 보면 아직 발견하진 못한 것 같다.

"얘가 삵보다는 훨씬 큰데, 레트리버만 하다더군요. 제가 찾아 봤는데 우리나라 동물원에서 이런 배색을 가진 동물은 안 키운답니 다. 엉덩이부터 꼬리까지 시커먼데 나머지는 또 표범 같지 않습니 까?"

"가야산 어디에서 발견했습니까?"

"만약 성호 씨가 여기로 오시면 알려드리겠습니다."

볼 것도 없다. 가서 정체를 밝힌다고 확정된 것은 아니지만 그래 도 확인해야 한다. 녀석이 진짜 판타지아에서 넘어온 동물인지. 그 리고 다른 곳에도 차원 문이 있는지. 거기에 돈까지 준다는데 뭘 망 설일까.

"알겠습니다. 지금 가죠."

"여기 위치는 문자로 넣어드리겠습니다."

차원 배낭에 이런저런 물건을 때려 넣었다. 외출이 길어질 것을 대비해 도시락을 넣어두는 공간에 유현이와 유준이를 위해 여분의 돈도 놔두었다. 가게를 2~3일 정도 닫을 수 있으니 이 돈으로 밥 사 먹으라는 메모와 함께.

「개인적인 사정으로 오늘 휴점합니다 ―고양이 분식집」

*

며칠간 가야산에서 캠핑을 했다는 탐사팀의 몰골은 그야말 로…… 말을 말자. 김강훈 피디는 턱에 수염이 가득한 상태로 성호를 맞았다. 카메라 감독도 최문호 작가도 지저분했지만 눈빛만은 생생했다. 뭔가 해냈다는 자신감. 한국에서 대형 육식 동물을 발견해 냈다는 기쁨. 그것이 그들로 하여금 가야산을 떠나지 못하게 하고 있었다.

"저희가 어젯밤 새로이 확보한 영상입니다. 보시죠."

영상을 빠르게 돌리자 화면에 그림자 하나가 나타났다. 조심성이 많은 녀석인지 카메라를 경계하여 다가오려 하지 않았다. 최 작가가 볼펜을 휙휙 돌리며 말했다.

"아주 의심이 많은 녀석입니다. 카메라 특유의 냄새를 잘 맡고 있어요. 그 냄새를 없애려고 참 개고생을 했는데…… 어쨌든 여기서 녀석의 머리가 나옵니다."

영상을 앞으로 돌리자 녀석의 머리 그림자가 나타났다. 치타? 표범? 아무튼 그 비슷한 동물의 머리로 보인다. 작고 날렵하며 고양잇과 동물 특유의 실루엣이 보인다. 확실한 건 들개는 아니란 거다. 녀석은 한참 동안 주변을 경계하며 서성이더니 그림자만 보여주고는 사라졌다.

김 피디가 스케치북을 꺼냈다.

"보여드렸던 사진과 머리를 합성한 사진입니다. 표범과 거의 흡사한데 꼬리만 검지요. 이런 모습이 되겠습니다."

"……그냥 표범이네요?"

"네, 작은 표범이에요. 중대형견 정도의 크기를 가진 표범입니다. 검은 꼬리를 갖고 있고요."

"구름표범, 눈표범, 스라소니, 카라칼, 서벌…… 거의 모든 고양잇과 동물들을 확인했습니다. 그런데 전체가 검은 꼬리를 가진 동물은 단 하나도 없습니다. 특히 엉덩이 일부도 검은 것으로 보이는데."

'그렇다면 판타지아의 동물이 넘어온 거군.'

어쩌면 몬스터일지도 모른다. 성호의 시선이 가야산으로 향했다. 저 어딘가에 그 동물과 차원 문이 있을 확률이 높았다. 판타지아를 몰랐다면 모를까, 아는 데 모른 척할 수는 없다.

"좋습니다. 전 준비됐는데, 바로 출발할 수 있습니까?"

김 피디가 차에서 내렸다.

"조금 있으면 조연출들이 오는데…… 일단 갑시다. 제가 카메라 들겠습니다."

"그런데 가야산이 그렇게 낮은 산은 아닌데 괜찮겠습니까? 좀 지치신 걸로 보이는데."

"이 정도는 끄떡없습니다."

본인이 괜찮다는데 더 간섭하는 것도 그래서 성호는 뒤를 따라가기로 했다.

해발 1,400m를 넘는 산이다 보니 카메라 하나 설치하고 회수하려면 꽤나 땀을 빼야 한다.

"헉…… 헉……"

김 피디는 체력에 꽤나 자신 있어 했지만 성호가 보기엔 너무 느렸다. 아마 며칠간 누적된 피로가 상당할 것이다. 차라리 성호가 카메라를 들고 뛰는 편이 나을 것 같아 김 피디에게 카메라를 받아 들었다.

"제가 확인해 보죠. 위치는 대충 알고 계십니까?"

"아, 예. 저 등산로를 따라 올라가면 저희가 해놓은 표식이 있습니다. 이런 X자 모양의…… 그것을 따라가시면 됩니다. 한 바퀴 빙 돌게 되어 있고, 나뭇가지가 꺾여 있습니다. 저 그런데 괜찮으시겠습니까?"

"오늘 저녁까진 내려가겠습니다. 그런데 이거 어떻게 만지는 거죠?"

"이건 말입니다……"

김 피디가 핸디 캠 조작법과 배터리 교체법을 가르쳐주자 그가 바람처럼 떠났다. 김 피디는 험한 등산로를 평지 뛰듯이 올라가는 그를 보며 고개를 설레설레 저었다.

성호는 김 피디를 뒤로하고 빠르게 위로 올랐다. 구운 무지개연어와 태양사과를 번갈아 씹어 먹으면 무한대에 가까운 지구력을 발휘할 수 있다.

'저기군.'

생각보다 표시가 크다. 등산로가 아니라 탐사팀이 개척해 놓은 소로로 접어들자 갑자기 주위가 어두워졌다. 길이 아닌 곳, 여기 어딘가에 카메라와 정체 모를 동물이 있다.

'딩고보다는 크고 울프보다는 작군.'

이놈은 울프가 아니다. 한결 마음을 놓은 후 다른 카메라를 찾았다. 놈의 배설물을 확인하는데 등 뒤에서 뭔가가 쳐다보는 듯한 느낌이 들었다.

'이상한데……'

뭐라고 설명할 수 없는 기이한 기분. 성호는 모른 척하며 시선이 느껴지는 쪽으로 방향을 틀었다.

"어, 배가 고프네."

태연하게 구운 하늘토마토를 먹자 시력이 향상되었다. 그리고 시선의 주인을 확인했다.

「그림자표범: (불안, 인간)」

'너였구나!'

녀석을 포착했다. 성호는 시선을 돌리고 표범이 움찔하며 달아나는 그 짧은 순간에 핸디 캠을 들이대었다. 촬영된 시간은 아주 짧다. 길어봐야 2초. 그러나 녀석의 전신을 핸디 캠에 담는 데 성공했다.

하지만 성호는 만족하지 못했다. 녀석을 잡고, 차원 문을 찾아야 한다. 핸디 캠을 들고 벼락처럼 내달린다. 녀석이 깜짝 놀라 후다닥 튀었다.

푸스스스—

정신없이 뛰는데 녀석은 더 빨랐다. 조금만, 조금만 더 가까워진다면 동물 친화 스킬의 영역에 들어올 텐데. 성호는 한참 뛰다가 녀석을 놓치고 말았다. 보통 사람보다 훨씬 재빠른 그지만 진짜 몬스터에 비하면 아직 부족함이 많다.

대신 그는 동굴 하나를 발견했다. 표범의 것으로 보이는 발자국이 안에서 밖으로 이어져 있다.

'여기에서 나왔다 이거지.'

동굴의 입구는 매우 비좁았다. 동굴이라기보다는 길게 이어진 틈에 가깝다. 위로는 암벽이 쭉 솟아 있다. 차가운 대지를 밟으며 녀석의 발자국을 따라 안으로 움직였다. 하늘이 가려지며 빛이 사라졌다.

'잠깐, 발자국이 끊겼는데.'

하늘로 솟았나, 땅으로 꺼졌나? 무의식적으로 고개를 드는데 진짜 거기에 차원 문이 있었다.

'헐.'

저기에서 튀어나왔구나. 그런데 어째 차원 문의 상태가? 단칸방에 있는 것과는 묘하게 다르다. 오래된 전구가 깜빡이듯, 차원 문이 요동치고 있었다. 성호가 알고 있는 차원 문은 아주 잔잔한데 말이다.

'이게 왜 이렇지? 혹시 금방 닫히는 건가?'

그리고 이 차원 문이 왜 발견되지 않았는지도 궁금했다. 탐사팀이 여기를 놓쳤을 리가 없는데.

'혹시 차원 문이 나한테밖에 보이지 않는 건가.'

어쩌면 차원 문은 적합한 자격을 가진 자에게만 보이는 건지도 모른다. 차원 문을 발견한 행운을 누렸을 뿐, 그에게 특별한 힘은 전혀 없었다. 단칸방의 차원 문이 최초로 열렸을 때, 근처에 있던 성호를 열쇠로 인식하고 자격을 부여했다면…….

'관두자.'

추측해 봐야 진실을 밝혀낼 길은 없다. 여기에 차원 문이 있다는 걸 알아냈으니 녀석을 찾아야 한다. 하지만 굳이 녀석을 찾으러 돌아다닐 필요는 없어 보였다. 둥지가 침범당했다고 생각했는지 그 녀석이 차원 문 입구를 떡하니 막고 하악 거리는 게 아닌가.

가까이 다가가자 자세를 낮추며 엉덩이를 흔들흔들한다. 고양잇과 동물이 사냥 직전에 보이는 행동이다. 녀석이 덮치기 전, 동물 친화 스킬이 위력을 발휘했다.

"쯧쯧, 이리 와."

녀석은 보통의 고양이처럼 총총거리며 다가왔다. 손을 내밀자 발라당 드러누워 앞발로 툭툭 건드린다. 배를 쓰다듬어주자 갸르릉 기분 좋은 소리를 냈다.

크르륵.

그러고 보니 아까부터 이름 창이 깜빡거리고 있다. 여기서 이름을 지어주면 그에게 복속하게 된다. 하지만 이 녀석을 데리고 갈 방법이 없다. 딩고가 좋아할지도 의문이고.

"그나저나 저거 되게 신경 쓰이네."

차원 문의 표면 요동이 아까보다 더 심해졌다. 돌멩이를 집어 던지자 안으로 사라졌다. 표범은 차원 문이 보이는지 앞발 짓을 하며 으르렁거렸다. 처음 열렸을 때 근처에 있는 생명체를 주인 비슷한 것으로 인식하는 게 거의 분명해 보인다.

'저 차원 문도 어딘가로 연결되어 있겠지.'

한번 가보고 싶긴 하다. 그러나 어디로 연결되어 있는지 모른다. 만약 녀석과 함께 들어갔는데 차원 문이 닫혀버린다면? 그의 숲과 수천 킬로미터 떨어진 곳에 도착한다면?

'끔찍하구먼.'

그나저나 이 녀석을 어떻게 해야 하나. 성호의 손을 노리개로 인식하고 있는지 앞발로 계속 툭툭 건드린다. 참 귀여운 녀석이긴 하지만 데리고 가기가 마땅찮다. 김 피디에게 이 녀석의 정체를 어떻게 설명할까.

'……하는 수 없지. 메모리를 지우는 수밖에.'

그렇게 생각하고 핸디 캠을 조작하는데 일렁이던 차원 문이 갑자기 줄어들기 시작했다. '어?' 하는 사이에 팟 하고 완전히 사라졌다. 성호는 황당한 마음에 차원 문이 있던 곳을 손으로 휘저어 보였다.

'크, 큰일이다……'

이 녀석을 판타지아로 되돌려 보내지도 못했는데 차원 문이 사라지다니. 엎친 데 덮친 격으로 저 멀리에서 발걸음 소리가 들렸다. 아마 탐사대의 일원이 뒤늦게 올라온 것이리라. 성호는 표범을 바닥에 내려놓고 손짓했다.

"가!"

"갸르릉."

"도망치라고!"

녀석은 마치 딩고처럼 말귀를 알아듣고 밖으로 내달렸다. 표범이 동굴 틈을 빠져나간 순간, 탐사대의 목소리가 높아졌다.

"으아!"

"찾았다! 저기, 저기잇!"

"카메라 어딨어!"

"이런 제기랄."

볼 것도 없다. 성호는 바닥에 뒹굴었다. 옷에 흙을 마구 묻히고 밖으로 나가자 세 명의 스태프는 귀신을 본 듯 기겁했다.

"흐이익!"

"성호 씨, 저거 봤습니까? 저 표범요!"

'제기랄, 봤구나.'

퇴로가 막혔다. 성호는 순순히 그림자표범을 촬영한 핸디 캠을 내밀었다. 내용을 확인한 탐사대가 기뻐 날뛰었다.

"우와아! 여기 나와 있어! 찍혔다고!"

"가만, 이런 표범도 있나? 귀도 시커멓잖아?"

"표범 아종이 꽤 많잖아요? 이런 놈이 있을 수도 있죠. 돌연변이 이거나."

"그래도 덩치가 좀 작은데…… 새끼인가? 그럼 어미도 있다는 말인데."

2초도 되지 않는 영상을 돌려보며 구경하기를 수차례. 한 명이 성호의 비루한 옷차림을 보고는 놀랐다.

"아이고, 이를 어째. 쫓다가 넘어지셨나 보죠? 하도 빨라서 잡을 수가 없으니 원."

"전 괜찮습니다. 일단 모습은 확인했으니까 내려갑시다. 어차피 우리 인원으로는 못 잡잖아요."

"그럴까요? 잠깐만요. 전화 좀 하게요."

스태프는 베이스캠프로 내려간 김 피디에게 전화했다. 흥분했는지 엄청난 목소리가 들려 왔다.

"그렇다니깐요. 확실히 찍으셨습니다. 예. 성호 씨가요. 아주 짧긴 한데 외형이 다 나와 있습니다. 예. 성호 씨가 그냥 내려가자는데요? 녀석이 워낙 빨라서. 예."

통화가 끝났다. 그가 빙그레 웃었다.

"가잡니다. 이걸 정책관에게 안 주고 9시 뉴스에서 터트릴 거라고 하네요."

"흐, 그럼 기분 좋겠죠. 그 정책관 얼굴을 한번 보고 싶은데."

그렇게 말은 했지만 사실 성호는 김 피디와 정책관의 알력 싸움에 대해선 별 관심이 없다. 녀석이 뒤를 따라오느냐가 중요하다.

'제발 따라와라, 제발 따라와라.'

녀석을 몰래 다마소에 태워서 데려간 다음 분식집 차원 문을 통해 판타지아로 밀어 넣을 계획이다. 그렇게만 된다면 모든 게 완벽하다. 당국이 녀석을 찾느라 고생을 좀 하긴 하겠지만······

'녀석을 공개할 수가 없으니.'

제일 뒤에서 산을 내려간다. 다들 이 개고생이 끝났다는 기쁨에 발걸음이 가볍다. 성호는 귀를 기울였다. 발소리에 맞춰 아주 작은 소리가 들린다.

'녀석이다.'

곁눈질을 하니 과연 녀석이 나무 사이에 숨어서 따라오고 있었다. 그 모습은 경쾌할 뿐만 아니라 은밀하다. 그림자표범이라는 이름이 왜 붙었는지 이해가 간다. 등산객이 올라오거나 하면 잽싸게 모습을 감추었다. 참으로 기특한 녀석이다.

'딩고의 상위 호환이군.'

별로 쓸모는 없는 잉여 고양이 녀석. 하지만 성호는 그런 녀석을 아낀다. 등산로를 따라 내려가니 김 피디가 활짝 웃으며 뛰어왔다.

"동영상! 동영상!"

"여기 있습니다."

스태프가 핸디 캠을 내밀자 다들 우르르 몰려와선 같이 확인했다. 김 피디는 그림자표범이 아주 짧게 나타났다가 몸을 돌리는 장면에서 희열을 느꼈는지 몸을 부르르 떨었다.

"크으! 성호 씨! 진짜 수고 많았습니다! 제가 다른 건 못 해 드려도, 하여튼! 붙일 수 있는 수당 최대한 붙여 드리겠습니다! 정말 우리가 얼마나 여기에서 개고생을 했는지……"

"아, 예."

거의 울 것 같은 그에게 '그 표범은 이제 제가 데리고 갈 거고요. 이제 가야산에서 찾아볼 수 없을 겁니다. 헛수고하지 마세요.'라고 말할 수 없는 게 안타깝다.

성호는 넉넉한 수당을 약속받고 다마소에 시동을 걸었다. 김 피디가 창문을 열고 인사하는 것을 받은 후 조용히 기다린다. 마침내 사람들이 전부 빠져나갔다.

등산객도 없는 절호의 시간, 녀석이 나무 뒤에서 모습을 드러냈다. 성호는 조수석의 문을 열고 손짓했다. 녀석이 다다다 돌격해 성호와 부딪쳤다.

"아이고!"

억 소리가 절로 난다. 딩고와는 다르다. 레트리버만 한 녀석이 전력으로 달려와 부딪치니 충격이 장난이 아니다. 그게 미안했는지 그의 볼을 핥아주는 그림자표범. 이렇게 곁에서 보니 대단히 멋진 녀석이다. 정말 반려동물로 삼고 싶을 정도로.

'딩고야, 미안하다.'

이런 녀석은 숲으로 보내줘야 한다. 가끔 찾아와서 얼굴을 보는 정도면 족하다. 그래서 이름도 짓지 않기로 했다. 성호는 다마소를 몰아 부산으로 내려갔다. 가게에 도착한 후 도시락과 돈이 없는 것을 확인하고 안도의 한숨을 내쉬었다.

최대한 가게 문 가까이에 다마소를 붙이고 잽싸게 그림자표범을 안아 단칸방으로 데려갔다. 판타지아로 들어가자 녀석이 버둥거렸다.

"이제부터 여기가 네 집이다."

"갸르릉."

녀석은 바닥에 몸을 비비더니 이리저리 뒹굴었다. 불안이 안식으로 바뀌었다. 아마도 여기가 마음에 드나 보다. 포식자는 없고 이런저런 동물이 많으니 마음 편히 지낼 수 있으리라. 성호가 스킬을 끄자 녀석은 멈칫하더니 뒤도 돌아보지 않고 튀었다.

"휴우."

무거운 짐을 내려놓은 것 같다. 판타지아에서 나와 주섬주섬 가게를 정리하는데 성호가 찍은 표범 영상이 텔레비전 뉴스를 통해서 흘러나오고 있었다.

— 이 영상에서 확인할 수 있듯이, 생물자원보전 정책관이 들개라고 주장한 동물의 정체는 표범이었습니다. 저희 JBS 〈동물농원〉제작진과 강성호 씨가 함께 끈질기게 탐사한 끝에 이 영상을 찍는 데 성공한 것입니다. 앞으로 당국이 어떤 대응을 할지 기대되지 않을 수 없습니다. JBS 뉴스, 김동출이었습니다.

당분간 가야산이 시끄러워지겠지만 곧 조용해질 것이다. 아무것도 모르고 가야산 전체를 뒤질 수많은 사람에게 잠시 묵념.

지금 가야산은 몸살을 앓고 있다. 표범 영상이 공중파를 타버렸기 때문이다. 외형 일부만 보고 들개라고 추정한 당국은 엄청난 비난을 들어야 했다. 당장 표범을 포획하라는 여론이 들끓었다. 이쯤되면 아무리 엉덩이가 무거운 정부 부서라 해도 움직일 수밖에.

수십 명의 엽사가 사냥개를 데리고 가야산 전역을 훑었다. 그러나 표범은 보이지 않았다. 흔적은 있었지만 어디에서도 볼 수 없었다. 대체 뭐 하냐는 여론이 들끓었고 당국은 헬기까지 동원했다.

성호는 다시 가야산에 올라가자는 김 피디의 제안을 정중히 거절했다. 영상 하나 찍었으면 되지 않았느냐며.

'나는 나대로 할 일이 있으니까.'

판타지아로 들어가기 전, 미튜브에 올렸던 영상을 확인해 본다. 1만 명을 조금 넘었던 구독자 수가 2만 명이 되어 있다. 조회 수는 약 12만. 낚시/캠핑 카테고리에선 압도적인 1위이다. 심지어 스폰서 제안까지 와 있다. 우리 제품을 써달라고 말이다.

'그건 안 되지.'

더 글램의 장비조차 액션 캠 앞에선 사용하지 않는 그다. 그의 정체를 추측할 가능성이 있는 것은 모두 배제하는 게 좋다.

성호는 자주 후원금을 보내주는 구독자들에게 감사의 인사를 표하고 판타지아로 들어갔다.

지난번에 호숫가에서 오크들과 만나 전투한 것은 정말 짜릿한 경험이었다. 근처에는 더 이상 아무것도 없었기에 돌아왔지만 하나의 목표가 생겼다. 설산을 넘는 것이다. 정상에 오르는 것이 아니라 그 너머의 세계를 보고 싶었다. 굳이 높이 오르지 않아도 된다. 딩고와 오크가 가봤을 거기에 가서 화살을 쏜 존재가 무엇인지 알고 싶은 것뿐이다.

오두막에 가보니 산고양이 다섯 마리가 옹기종기 마중 나와 냥냥거렸다. 창고에 쟁여둔 훈제 화조 다리를 던져주고 여행 배낭을 쌌다.

"딩고 시리즈들아, 가자."

먼 길을 걸어 암반을 내려가 자갈밭을 오른다. 호수에 다다르자 저녁이 되었다. 저 밑에서 강물이 흐르는 소리를 들으며 텐트를 쳤다. 오크 같은 놈이 또 오지 않았으면 좋겠지만.

성호는 거의 뜬눈으로 밤을 지새웠다. 딩고 녀석들이 교대로 경계를 해주면 좋으련만 주인을 믿었는지 단체로 뻗어버렸다. 하여튼 귀여움을 주는 것 외에는 전혀 도움이 안 되는 녀석들이다.

"그래도 귀여우니까 됐어."

새벽이 되자 텐트를 접고 길을 떠난다. 호수에 뭐가 있는지 대강 확인해 보고 메모지에 슥슥 적었다. 그리고 우렁차게 흐르는 계곡을 따라 산을 올랐다. 엄청나게 거대한 바위 사이로 계곡물이 쏟아지고 있었다.

"죽이는군."

그런데 계곡을 조금 올랐을 무렵, 갑자기 딩고가 앞서가기 시작했다. 혹시 예전의 기억이 떠오른 것일까? 성호는 부리나케 녀석의 뒤를 쫓았다.

'그나저나 8일 만에 이 거리를 왕복했다니 대단한 녀석인데.'

왜 여기까지 왔는지는 모르지만 아무튼. 딩고는 가끔씩 뒤를 쳐다보며 야옹 하고 울었다. '어설픈 인간아. 빨리 안 와?'라고 하는 것 같다.

'도움 안 된다는 말 취소.'

적어도 원조 딩고는 도움이 된다. 하여튼 녀석을 따라가니 놀랍게도 길이 조금씩 보이기 시작했다. 누군가가, 무언가가 만든 인위적인 길이다.

'오크? 곰? 아니면 코볼트? 그것도 아니면 화살의 주인공?'

아무래도 딩고가 안내하는 길은 산을 넘는 지름길인 것 같다. 덤불을 헤치고, 바위 사이를 통과하고, 계곡에 바지를 적시며 몇 시간 동안 강행군을 이어 갔다. 하루 종일 그렇게 걷자 어지간히 튼튼한 성호도 조금씩 지쳤다. 몸이 힘든 게 아니라 그냥 쉬고 싶은 거다.

"아이고, 딩고야. 조금 쉬었다가 가자."

갑자기 딩고가 하악질을 했다. 성호의 눈에는 왜 게으름을 부리냐고 묻는 것처럼 보인다. 한숨을 쉬며 다시 걷는다.

"알았다, 알았어. 시어머니가 따로 없네."

그렇게 1시간이나 걸었을까. 갑자기 평지가 되었다. 시야가 확
트였다. 성호는 산 밑의 평원을 멍하니 바라보았다. 숲이 아니라 평
원이다. 저 멀리 지평선과 그림자가 보였다.

'하늘토마토…… 하늘토마토……'

[시력 상승] 버프를 얻고 다시 바라본다. 마을과 울타리가 있다.
그리고 아주 작은 막대기들이 걸어 다니는 게 보였다. 그것들을 뚫
어져라 노려보았지만 거리가 너무 멀어서 형체를 확인하는 게 불가
능했다.

"저건 뭐지? 인간인가?"

아니면 인간 비슷한 그 무엇. 아무래도 화살의 주인은 저 평원 너
머에 살고 있는 것 같다. 당장 가고 싶은 마음이 굴뚝같지만 일단
정보를 찾아보기로 했다. 좋다고 갔는데 하필 식인종이어서 산 채
로 붙잡히면 매우 곤란하다. 망원경을 가져올 걸 그랬나.

'그런데 어떻게 정보를 얻나……'

평원이라서 들키지 않고 접근하는 건 거의 불가능해 보인다. 아
니면 길게 이어진 능선을 통해 최대한 가까이 가는 방법도 있겠다.
어쩔 수 없이 산을 타야 하는 처지다. 딩고가 칭찬해 달라는 듯 앞
발로 성호의 신발을 탁탁 쳤다. 녀석을 안아 올려 쓰다듬어주자 고
르릉 하는 소리를 내었다.

'일단 여기를 베이스캠프로 하자.'

이제 텐트를 치고 배수로를 파고 주변을 정리하는 것은 손쉽다. 하도 해서 익숙해진 덕분이다. 언제든 화살을 날릴 수 있도록 준비해 두고 텐트 입구에 마르그리트의 검을 두었다. 딩고 시리즈들은 숲으로 들어가더니 자두만 한 열매를 물고 왔다.

"이건 또 뭐냐?"

「설산나무 열매: 요리에 첨가 시 한 가지 효능을 부여할 수 있다.

효능: 3시간 동안 [청력 상승/2] 버프 활성화」

[시력 상승]이 있으니 [청력 상승]도 있으리라고 당연히 예측할 수 있다. 성호는 딩고 시리즈들이 귀여운 것 외에는 도움이 안 된다는 말을 취소했다. 채집 스킬이 낮아 알림 창이 보이지 않는 곳까지 달려가 가져오다니 말이다. 물로 씻은 다음 먹어보니 자두와 맛이 비슷했다.

"맛있는데."

하긴 판타지아에서 나는 먹는 것 중에 맛없는 건 없었다. 뭐든지 크고 맛있다. 얇게 잘라서 팬에 구워 먹으니 [감각 극대화] 버프와는 느낌이 달랐다. 딩고 2호기가 땅을 긁는 소리, 나뭇가지가 바람에 스치는 소리 등이 아주 선명하게 들렸다. 이 모든 소리가 불쾌하지 않고 조화롭게 들리는 게 장점이다. [감각 극대화] 버프는 못 버틸 정도로 자극적이었으니까.

"꽤 멀리 있는 소리까지 들리는군."

성호는 행복하게 잠이 들었다.

오늘은 중요한 일이 있다. 산 정상에 오르는 것이다. 만년설을 직접 확인해 봐야 속이 시원할 것 같았다. 소중히 가져온 라면을 두 개 끓여서 먹는데 문득 웃음이 나왔다. 이렇게 평화롭게 지내도 되는 걸까?

"호호호."

4 ◆

계절 나기

만년설이 쌓인 설산을 오르는 것은 원래라면 매우 어려운 일이다. 만약 여기가 지구였더라면 애초에 시도하지도 않았을 것이다. 장비도 없고 산소도 부족하다. 등산로가 따로 있는 것도 아니라서 길을 찾는 것조차 어렵다.

그러나 저산소는 [수중 호흡] 버프를 주는 화살새 고기로 해결하고 길은 딩고 시리즈가 찾아주었다. 녀석들은 딱 사람이 올라갈 만한 장소를 찾아서 먼저 올라간 다음 성호를 기다렸다. 참으로 기특한 녀석들이다. 다섯 마리 산고양이와 함께 산을 오르니 그렇게 지루하지도 않다. 녀석들만 따라가면 되니까.

'그래도…… 힘들긴 하네. 힘내자, 강성호!'

어느새 흙바닥이 눈으로 물들었다. 날씨가 다소 서늘해졌고 옷도 찢을 법한 날카로운 바람 소리가 들렸다.

'희한하지. 이 날씨에도 눈이 안 녹으니.'

조금 서늘하긴 하지만 분명히 영상권이다. 하지만 바닥에 홑뿌려져 있는 눈은 거의 녹지 않았다.

'이쯤이면 물이 졸졸 흐르는 소리가 나야 하는데.'

"야옹."

선두에서 걷던 딩고가 뒤를 돌아보았다. 이어 네 마리 딩고 시리즈가 차례차례 고개를 돌려 뒤를 확인하는 것은 꽤 뭉클한 장면이다. 서로가 안전한지 보는 거다. 녀석들의 덕분에 드디어 정상에 도달했다.

「만년설: 영원히 녹지 않음. 영원히 [시원함/3] 버프 적용. 화염 저항 +30%」

"뭐냐 이건?"

이 눈이 영원히 녹지 않는다고? 3레벨의 [시원함] 버프와 화염 저항 +30%는 처음 보는 대단한 것이다. 음식에 '첨가 시'라는 말이 없는 걸로 봐서 아이템인 게 분명했다.

'이게 아이템이라고?'

성호는 발밑의 눈을 꽉 쥐고 들어 올렸다. 체온 때문에 금방이라도 녹아내릴 것을 기대했지만 물은 한 방울도 흐르지 않았다. 그리고 스탯 창에 변화가 생겼다.

「지구력: 12(+1) 힘: 12(+2) 민첩: 11(+1) 지능: 9

화염 저항: 7%(+30%) 냉기 저항: 0% 독 저항: 0% 비전 저항: 0%

스킬 일람: 채집: 4 동물 친화: 3 요리: 5 투척: 2(+2)

낚시: 3 목재 가공: 4 궁술: 4 검술: 3(+2) 수영: 1

적용된 버프: [시원함/3]」

"으~ 추워."

놀랍기 그지없는 일이다. 만년설을 손에 쥔 순간 주위 온도가 엄청나게 내려가는 듯한 착각이 일었다. 아니, 이건 절대 착각이 아니다. 총 37%에 달하는 화염 저항과 3레벨의 [시원함] 버프가 그를 춥게 만들고 있는 것이다.

'이건 뭐, 냉장고 같잖아?'

전기 없이 작동하는 냉장고와 다를 바 없다. 비록 냉동 기능은 없지만 그게 어딘가. 성호는 신이 나서 비닐을 꺼내 만년설을 마구 담았다. 너무 많아서 담아도 담아도 줄지를 않는다.

'이 정도면 당분간은 괜찮겠지.'

그런데 정상 구석이 신경 쓰인다. 웬 새의 둥지가 떡하니 자리 잡고 있었다.

'매 둥진가.'

이 근처에서 매라고 하면 몇 종류가 있지만 성호가 직접 본 건 천둥매 뿐이다. 정말 멋지게 생긴 녀석이어서 언젠가 한 번 잡아서 키워보고 싶었지만 엄두가 나지 않았다. 저걸 가져가면 분명 어미가 찾을 것이다. 단지 키워보고 싶다는 욕망으로 천둥매를 곤란하게 하고 싶진 않았기에 그냥 포기하기로 했다.

'그건 그렇고 저쪽은 아예 평원이네.'

산을 경계로 지형이 아예 다르다. 성호의 영역은 숲, 저기는 평원과 황무지. 그 너머에는 또 그림자가 있는 것 같았지만 뭔지는 확인이 불가능했다. 다시금 집에 두고 온 망원경이 아쉬워졌다.

'앞으로는 망원경도 갖고 다녀야겠군. 여기까지 올라온 기념으로 밥이나 먹고 갈까.'

물론 쓰레기는 깨끗하게 치워야 한다. 이 멋진 자연을 더럽히고 싶지는 않았으므로. 딩고 시리즈들은 사슴 고기로 포식했는지 성호를 귀찮게 하지는 않았다. 조심조심 돼지고기 육포를 뜯는데 어째 기분이 싸하다. 둥지 주위에 분명 어미가 있을 텐데. 지금쯤이면 어미가 날아와 돌면서 삑삑거려야 한다. 둥지의 알을 성호로부터 지켜야 하니까.

'멀리 갔나?'

자연 다큐멘터리에서 본 바에 의하면 둥지를 가진 새는 일정 반경에서 돈다고 한다. 만약 부부가 같이 양육한다면 하나에게 맡기면 되므로 꽤 멀리 나가겠지만.

'이상한 걸.'

그 흔한 삐익 하고 우는 소리조차 들리지 않는다. 불안한 마음에 둥지 주위를 훑어보니 만년설에 핏자국이 묻어 있다.

'피……'

암벽 밑을 확인해 보니 5m 정도 밑에 천둥매와 흑멧돼지 새끼가 죽어 있었다.

'설마 흑멧돼지 새끼를 잡아 왔다가 무게를 이기지 못하고 굴러 떨어진 건가.'

혹멧돼지 새끼의 크기는 작았지만 그래도 천둥매가 쉽게 붙잡아 올라갈 수 있는 무게로는 보이지 않았다. 아슬아슬하게 둥지로 가지고 오긴 했는데 새끼가 격렬하게 반항했다면? 올라오면서 저걸 발견하지 못한 이유는 수풀의 뒤에 있기 때문이다. 아무래도 정상에 올라가는 게 급했으니까.

그나저나 어미로 보이는 천둥매가 죽어 있으니 이제 이 알들을 어떻게 한다? 성호는 딩고에게 손가락을 까닥까닥했다.

"야옹."

왠지 힘이 없다. 뭔가 무리한 것을 시킬 거라는 걸 본능적으로 깨달았기에.

"안 되겠다, 딩고야. 당분간 네가 저 알들을 품어라."

딩고가 뜨악한 얼굴로 성호를 올려다본다. 고양이가 크게 놀랐을 때의 그 얼굴이다.

'지금 뭐라 하는 거냥?'

실제로 딩고가 말한 건 아니지만 성호에겐 이렇게 들렸다. 뇌내 보정이랄까.

"저 알들 좀 품어주라고. 네 털이면 따뜻할 테니까."

"야아옹."

능구렁이처럼 도망가려는 딩고. 성호가 녀석을 안아서 둥지에 내려놓았다. 녀석은 거의 반포기한 채 알들을 품기 시작했다. 천둥매 알을 품는 산고양이라니, 참 걸작이다.

'원래는 저 능선을 따라 마을 가까이에 가려고 했지만.'

천둥매 알을 얻은 덕분에 그 계획은 조금 미뤄야 할 것 같았다.

별로 아쉬움은 없다. 시간은 많고 저 마을이 없어지는 것은 아닐 테니까. 다음에 더 철저히 준비를 해서 오면 된다. 성호는 딩고 시리즈들과 함께 오두막으로의 복귀를 서둘렀다.

*

만년설을 발견한 덕분에 성호의 판타지아 생활은 매우 윤택해졌다. 일정량을 쏟아주면 주변이 서늘하게 변한다. 온도계를 가져와 온도를 재보니 대략 2℃ 정도였다. 냉장고 역할을 하기에 충분하다. 나무판으로 육각형의 궤짝을 짰다. 그리고 차원 배낭에 보관하고 있던 식량을 꺼냈다.

'임연수어를 좀 손질해 볼까.'

밖의 작업장에서 물을 퍼 와서 임연수어 손질을 시작했다. 작은 생선이라 숙련된 솜씨에 금방 대가리와 내장이 떨어져 나갔다. 살코기만 필요하므로 뼈를 세심하게 발라낸다. 임연수어는 살이 상당히 무르기 때문에 조심해서 취급해야 한다. 보기 좋도록 살코기의 양옆을 치고 해풍이 강한 곳에 빨래처럼 널었다. 근처에 만년설을 가져다 놓으니 너무 뜨겁지도 않고 차갑지도 않은, 생선 말리기에 적합한 환경이 만들어졌다.

"뭐 간단하구먼."

한국 시간으로 이틀이 약간 안 되는 시간. 판타지아에선 거의 200시간 이상이다. 임연수어가 말라도 충분히 마를 시간이다. 임연수어를 말리는 이유는 한정식집 해담 사장인 임 여사가 딸 나경이에게 내준 숙제를 돕기 위해서다. 어린애가 먹을 해산물 요리를 연구하거나 보고 오라고 했단다. 잘 말린 임연수어를 찌고, 양념을 발라 굽고 간을 해서 토치로 구우면 애들이 좋아하는 임연수어 스틱이 완성될 것이다. 그러기까지 시간이 남았기에 농장을 좀 둘러본다.

먼저 텃밭.

"흠…… 얘네들 너무 많단 말이지."

판타지아의 풍요로움에 감사하며 과수원을 둘러본다.

'그나저나 얘네들은 잘 크고 있나.'

구석으로 가본다. 망고스틴 묘목과 애플망고 묘목이 뿌리를 내리고 잘 자라고 있었다. 이제 현실 시간으로 한 달 정도만 더 지나면 다 자랄 것이고 열매를 맺기 시작할 것이다. 사과나 배에서 볼 수 있듯, 망고스틴과 애플망고도 엄청 크게 자랄 것이 분명했다.

'다음 여름에는 팥빙수도 팔아야겠구만.'

다음으로는 축사. 현재는 혹멧돼지와 화조를 키우고 있다. 축사라는 이름으로 울타리를 쳐놓긴 하지만 항상 문을 열어 놓으므로 사실상 방목이나 다름없다. 며칠 신경을 안 썼더니 또 수가 늘었다. 특히 화조는 꼬치로 만들어 엄청나게 소모하고 있는데도 그걸 무시하고 번식하고 있었다. 학생들이 먹는 것보다 얘네들이 늘어나는 속도가 더 빠르다.

'자기네들이 알아서 먹고 돌아오는데, 뭐.'

계곡사슴도 키워보고 싶은 생각이 있다. 그러나 데려오려면 거리가 제법 멀고 개체 수도 충분치 않은 것 같았다. 오두막과 이런 시설들을 다 합치면 비로소 성호의 농장이 된다. 바닷가에 설치해 놓은 낚시터까지 포함해서.

저녁이 되자 딩고 1, 2, 3, 4호기가 숲에서 돌아왔다. 다들 대단한 모험을 했는지 털이 엉망진창이다. 녀석들을 씻겨주자 몸을 부르르 떨더니 화로 앞에 쪼르륵 앉아 털을 말렸다.

'이런 게 행복이지.'

성호는 아무런 근심과 걱정이 없다. 요즘 들어 급격히 추워진 날씨만 제외한다면 말이다. 유현이와 유준이는 분명 이런 한파에 난방도 없이 겨울을 나고 있으리라. 배는 채워줄 수 있지만 애들이 겨울을 날 수 있도록 도와주는 것은 조금 생각해 봐야 한다.

'은주 말로는 기름 보일러도 없다고 했지.'

*

유현 남매가 밥을 먹으러 가게에 들렀다. 언제나처럼 성호를 보자마자 다소곳이 인사하는 게 참 귀엽다.

"아저씨, 안녕하세요."

"어, 들어와라."

유현이는 추운지 장갑을 끼고 있다. 그런데 실내에 들어와서도 벗지 않는 이유는 무얼까? 화목 난로를 틀었기에 제법 훈훈한데도.

"유현아, 손 다쳤니?"

"아, 아니요……"

"그럼 왜 실내에서 장갑을 끼고 있어?"

"그······."

유현이는 자신의 의사를 표현하는 데 서투르다. 평생 눈치를 보면서 살았기 때문이리라. 애를 추궁하는 게 좀 그래서 적당히 그만하려고 했는데 퍼뜩 생각나는 게 있다. 과거의 자신이 기억나서였다.

"유현아, 장갑 벗어봐."

"······."

그녀는 우물쭈물하며 고개를 푹 숙였다. 뭐 잘못한 것도 없는 애가. 유준이에게 튀김을 주어 잠시 주방으로 들여보내고 장갑을 벗기자 역시나 동상 흔적이 보인다. 작은 손이 빨갛게 물들어 있다.

"동상이네."

"네······."

안 그래도 움츠린 어깨가 더 움츠러든다. 성호는 담담하게 말했다. 이럴 때일수록 질책하는 말은 하지 않는 게 좋다. 그리고 왜 걸렸는지 물어서도 안 된다.

"아저씨도 어렸을 때 동상 걸린 적이 있었거든."

평범하게 말을 건네며 방에 가서 힐링 포션을 가져왔다. 그녀의 작은 얼굴에 눈물이 그렁그렁하다.

"죄송해요······."

"죄송할 건 없어. 이제 알았으니 동상을 치료해야지. 유현아, 오늘 밤에 자기 전에 이걸 한 모금 마시고 자는 거야, 알겠지?"

작은 텀블러에 힐링 포션을 나눠 붓고 그녀에게 건넸다.

"이게 뭔가요?"

"동상에 좋은 특효약이야. 달달하게 만들었으니까 꼭! 자기 전에 한 모금 마시고 자면 좋아."

"네…… 감사합니다, 아저씨."

"날씨 참 춥다. 저기 난로 앞에 가서 불 쬐고 있어. 금방 저녁 만들어 줄 테니까. 그리고 장갑 끼고. 유준아!"

"네에!"

손님도 없고, 한가하게 식사를 준비하는 평화로운 저녁. 약속한 대로 나경이가 찾아왔다. 그녀는 가게 안에 앉아 있는 유현이와 유준이를 보고선 깜짝 놀랐다.

"어? 유현이네?"

"아, 안녕하세요 언니……"

"누나 안녕하세요!"

유준이가 힘차게 인사하자 나경이가 웃음을 베어 물었다.

"아하~ 은주가 소개시켜 줬구나? 아저씨 가게에 밥 먹으러 왔니?"

"네…… 언제든 먹으러 오라고 하셔서……"

"아저씨 밥 맛있어요!"

"그래그래, 나도 알아."

나경이는 유준이 옆에 바짝 붙어 앉으며 손바닥을 화로에 가까이 댔다.

"나경아, 잠깐 여기로 와볼래?"

성호가 부르자 나경이 종종걸음으로 주방에 들어온다. 그는 두툼하게 말린 임연수어를 들어 보였다.

"그게 뭔데요?"

"임연수어 말린 거. 이걸로 애들 간식을 만들 거야."

"엄마한테 물어봤는데 임연수어 살은 별로라고 그러던데요."

"평범하게 먹으면 그렇지."

나경이가 성호의 곁에 다가와 요리하는 걸 구경했다. 간장으로 보이는 양념을 치덕치덕 바르더니 붓으로 이상한 걸 칠했다. 몇 분을 찌고 굽고 하는 과정을 통하니 임연수어가 갈색으로 물이 들었다.

'과자처럼 생겼네.'

츄러스처럼 보이기도 한다. 한데 껍질은 왜 안 벗겼을까?

"임연수어는 껍질이 맛있거든. 이걸로 쌈 싸 먹다가 집안 말아먹었다는 얘기도 있어."

등 껍질에 달걀물을 입히고 온도를 높인 기름에 넣어 살짝 튀긴다. 마지막으로 토치로 살을 그을리자 희한하게도 쩍쩍 갈라졌다. 성호는 완성된 몇 개를 접시에 올려놓았다.

성호는 별말을 하지 않고 남매에게 임연수어 스틱을 가져다주었다. 유준이는 갑자기 먹을 게 생겨서 싱글벙글 웃는다.

"유준아, 솔직히 말해 줘야 돼. 이거 맛있는지 맛없는지. 알았지?"

"네!"

어린애는 정직하다. 한 입 크게 베어 물더니 야무지게 씹었다.

"맛있어요!"

"맛있어? 어떻게 맛있어?"

"달고…… 음…… 고소해요! 쫄깃하고요!"

"나경이 너도 먹어봐."

스틱을 받아본 나경이는 육포 같은 질감에 놀랐다. 부드러운 살을 가진 임연수어가 이렇게 쫀득쫀득하게 변하다니. 간장 향이 은은하게 풍겼지만 씹어보니 상당히 달았다. 달고 짜고 은근히 고소한 맛이 났다. 어린애가 딱 좋아할 법한 맛이다. 그렇다고 유치한 맛만 나는 게 아니었다.

껍질은 마치 자반고등어의 그것을 연상케 했다. 솔직히 말하면 임연수어 스틱은 간식으로도 전혀 손색이 없었다. 유현이도 맛있는지 꼭꼭 씹어 먹고 있다. 성호가 싱긋 웃으며 말했다.

"그 정도면 되겠지? 애들한테 먹일 거."

"아저씨, 이거 어떻게 만든 거예요?"

"말리고 쪄서 구운 거야. 딱 한 번만 설명해 줄 테니까 잘 들어야 된다."

"네."

나경이는 임연수어 스틱 몇 개를 가지고 엄마의 가게로 향했다. 만드는 방법은 대충 들었지만 도저히 똑같이 만들 자신이 없었다. 모양은 되게 간단하지만 생각보다 품이 많이 들어간다고 한다.

'어차피 엄마도 뭐 대단한 걸 바라지는 않았을 거야.'

주방에 가서 임 여사에게 얼굴을 비치니 빙그레 웃음을 짓는다.

"웬 과자를 들고 왔니?"

"엄마가 내준 숙제를 해 왔지. 상호 아저씨네 가서 배웠는데, 임연수어 스틱이래."

"임연수어? 아…… 귀퉁이를 잘랐구나."

임 여사가 스틱을 꼼꼼하게 들여다본다. 손톱으로 살짝 찢으니 육포처럼 갈라졌다.

"이상하네. 임연수어로 만든 것 맞니?"

"어, 임연수어 맞대."

"이런 촉감을 가진 생선이 아닌데."

"그거 말리고 찌고 구웠대. 마지막에 토치로 그을리고."

임 여사의 이마가 좁아졌다. 이걸 만드는 데 그렇게 많은 노력을 들였다고?

'어디……'

약간 씹어보니 딱 어린애가 좋아할 법한 맛이 느껴졌다. 이건 해담에서 내놓을 요리가 못 된다. 너무도 유치한 맛이다. 그러나 나경이에게 낸 숙제를 생각해 보면 100% 정답이라고 할 수 있다. 어린애가 먹을 해산물 요리를 연구하거나 보고 오라고 했으니까. 사실 그 분식집 사장님을 염두에 두고 숙제를 내긴 했지만.

'이렇게까지 딱 맞는 걸 찾아올 줄이야.'

임연수어 스틱은 임 여사도 물론 알고 있다. 하지만 이런 식감을 낼 줄은 생각지도 못했다. 어떻게 하면 그 부드러운 생선을 이렇게 만들 수 있을까?

'그런데 이거 맛있네.'

임 여사는 임연수어 스틱을 씹고 있는 자신을 발견하곤 조금 놀랐다.

*

조짐이 심상치 않다. 천둥매의 알을 품고 있던 딩고가 펄쩍 뛰어
올랐다. 배 밑에서 갑자기 뭔가 깨지는 소리가 났으니 놀라는 것도
당연하다. 이윽고 알의 껍데기가 깨졌다. 성호는 조심스레 새끼가
껍데기를 깨는 것을 도와주었다.

‘다른 두 녀석은……’

안타깝게도 두 알은 깨어나지 못했다. 간신히 알을 깨고 나온 녀
석은 역시 새끼 천둥매다. 푸른 깃털에, 솔직히 귀엽다고 하기에는
좀 그런 몰골을 가졌다. 새끼 새가 다 그렇긴 하지만. 딩고는 자기
가 품은 것이 이런 괴물일 줄은 몰랐는지 털을 바짝 세웠다.

“삐약삐약.”

“아고고, 그래그래. 깨어났어요?”

성호가 녀석을 손바닥에 올렸다. 천둥새는 삐약삐약 울며 몸을
떨었다. 새끼가 태어나면 어미가 제일 처음에 하는 게 뭐더라? 새가
아닌데 그걸 알 리가 있나.

‘어쨌든 새끼란 말이지. 이렇게 더워도 몸을 따뜻하게 해 주고 먹
이를 준비해야겠어.’

가짜 둥지를 만들고 딩고 시리즈의 털을 모아 바닥에 깔았다.

‘크면 참 멋있겠는데.’

일직선으로 하강해 바다토끼를 순식간에 채 가던 그 모습을 다
시 볼 수 있다면. 그리고 폼 나게 어깨 위에 얹고 다닐 수 있다면.

‘크…… 좋겠다.’

"이제부터 너희들이 애를 키워야 하는 거야. 알겠지? 그냥 적당히 노른자 부순 거, 이걸 갖다 주라고. 좀 핥아주고."

"야옹."

대장 딩고가 꾸벅꾸벅 졸고 있는 천둥매를 보고 소리를 내었다. 그러더니 둥지로 가 털썩 드러누웠다. 새끼가 삐약거리자 깃털을 핥아주는 등 정성을 다해 보살폈다. 성호는 그제야 흡족해하며 짐을 챙겨서 한국으로 돌아왔다.

벌써 아침이 되었다. 판타지아에서 푹 자서 그런지 전혀 피곤하지 않다. 티브이를 켜니 가야산 일대 토종 표범 포획 계획이 중지되었다는 뉴스가 나왔다. 새벽에 결정된 모양이다. 〈동물농원〉 소속인 김 피디와 공무원들이 침을 튀기며 싸우는 게 보였다. 일이 잘 안 되면 어디서든 파열음이 생기기 마련.

"흠……"

5 ◆

귀여운 녀석들

동상을 입은 유현이의 손은 이틀 사이에 거의 치료되었다. 혹시 하룻밤 만에 치료되면 유현이가 놀랄까 봐 물을 조금 탄 것이 효과가 좋았나 보다.

그리고 남매의 겨울은 이제 여름감자를 넣은 크로켓이 책임지게 되었다. 아침에 밥 먹으러 왔을 때 몇 개씩 가져간다. 남매는 왜 크로켓을 먹으면 몸이 따뜻해지는지 이해하지 못했다. 그러나 성호에게 묻지도 않았다. 둘에게 성호는 이미 든든한 버팀목이나 다름없으니까.

성호는 유현이에게 전기장판도 사 주었다. 집을 직접 둘러보고 싶었지만 어린 마음에 상처 입을까 봐 그만두었다. 어쨌든 구청과 인근 주민들의 지원 그리고 성호의 도움으로 유현 남매는 예전보다 훨씬 아늑하게 겨울을 날 수 있게 되었다.

성호는 언제나 그랬던 것처럼 청소를 했다.

"흐그으윽!"

기지개를 켜고 가게 문을 열었다. 한겨울, 서늘한 공기가 가게 안으로 들어왔다. 겨울이니만큼 새로운 메뉴를 늘릴 때가 왔다. 지금 생각하고 있는 건 호떡과 잔치국수다.

명색이 분식집인데 없는 게 왜 이리 많으냐고 학생들이 잔소리를 해댔다. 순대도 없고, 호떡도 없다. 메뉴가 제한적인 이유는 성호 혼자서 일하기 때문이다. 그나마 최근에는 우동과 쫄면, 파스타를 메뉴에 추가한 덕분에 잔소리가 좀 줄었다.

'호떡으로 가자. 잔치국수는 우동으로 대체할 수 있으니까.'

그렇게 생각하며 손님을 맞았다. 점심때가 되어 유현 남매가 밥을 먹고 나가자 검은색 대형 세단이 공터 안으로 들어왔다. 다마소가 불쌍해 보일 정도의 대단한 크기다.

'저런 건 1억 원도 넘겠지.'

차가 멈추고 세 명의 여성이 내렸다. 한 명은 성호도 익히 알고 있는 김 여사, 그러니까 미혜 어머니이고 다른 두 명은 처음 본다. 성호를 가리키며 호들갑을 떨던 여성이 발목이 접질려서 땅에 주저앉았다.

'......'

"강 사장님."

"어서 오세요."

'이상한데, 왜 누나가 나를 사장이라고 부르지?'

성호는 미혜 엄마와 나이 차가 많지는 않다. 겨우 열 살 위다 보니 어머니 소리를 듣기 싫었던 모양이다. 그래서 아무 의미 없이, 개인적인 통화를 할 때에는 누나라고 부르기로 했다. 그녀는 '성호야.' 하고 부르고 말이다. 그런데 왜 강 사장이라는 호칭을 쓰는 걸까? 또 함께 온 저 두 사람은 누구지?

"히이이잉, 아파아."

"아직 하이힐에 적응이 안 돼서 그럴 거야. 일어나."

'허참, 아이돌이 따로 없네.'

바닥에 주저앉아서 칭얼거리는 여자나, 그녀의 팔을 잡아당기는 여자나 외모가 대단하다. 전에 잠깐 분식을 먹고 갔던 무한걸스보다 더 예쁜 것 같다.

'근데 목소리를 어디서 들었던 것 같기도?'

매일 100명이 넘는 여학생들의 목소리를 듣다 보니 비슷한 목소리인 줄 착각했는지도 모른다.

"아저씨, 안녕요!"

넘어져 있던 여성이 일어나 매대 앞에서 폴짝 뛰었다. 성호는 얼굴을 굳혔다. 이 아가씨는 누구기에 아는 척을 하는 걸까? 처음 보는 얼굴인데.

"누구신지?"

"예? 저 몰라요? 아저씨! 저 미혜예요! 미혜!"

성호는 충격을 받았다. 이 아가씨가 미혜라고?

"……미혜? 진짜?"

"응응. 아저씨 되게 웃겨요. 화장 좀 하고 옷 좀 바꿔 입으니까 아예 몰라보네!"

"이것아, 네가 화장을 떡칠하니까 그렇지."

미혜 엄마가 핀잔을 주고는 성호에게 눈인사를 하고 안으로 들어왔다. 그러거나 말거나 성호는 공황 상태에 빠져 있었다. 화장을 하니까 아예 다른 사람이 되었다. 거기에 하이힐을 신으니 예전의 미혜가 전혀 연상되지 않았다.

"미혜야, 나 좀 소개시켜 줘야지?"

또 다른 여성이 미혜의 팔을 잡아당겼다. 미혜는 '아!' 하더니 헤헤 웃으며 그녀의 허리를 끌어안았다.

"아저씨, 저희 미스……"

"쉿, 쉿. 그거 아직 말하면 안 돼."

"아, 맞다. 저희 왕언니예요. 이름은 윤연정."

"안녕하세요. 처음 뵙겠습니다."

차분한 외모의 여성이 성호에게 허리를 숙였다. 그도 황망히 마주 인사했다.

"어…… 그러니까…… 걸그룹? JM엔터의?"

"응응, 맞아요."

놀랍기 그지없다. JM에서 새로 론칭하는 걸그룹. 정확히 말하면 연습생들이 이런 곳에 오다니. 그나저나 여긴 왜 왔을까. 김 여사가 지갑을 열며 말했다.

"연정이는 여기서 밥 먹고 가면 되지?"

"네, 어머니. 저 분식 되게 좋아해요."

성호가 테이블에 메뉴판을 슬쩍 내려놓았다. 연정이 자신의 손을 맞잡았다.

"아, 맞다. 사장님. 보내주신 음식 정말 잘 먹고 있어요. 살이 하나도 안 찌는 거 있죠?"

"언니, 그거 내 덕이야. 내가 처음 발견했거든?"

"그런 말을 듣긴 했는데…… 아무튼 희한한 일이군요."

알아도 모른 체해야 한다. 아무튼 이들에겐 성호의 가게를 널리 홍보할 생각이 없는 모양이었다.

"저기, 성…… 성호 사장님. 애들 밥을 안 먹었는데 좀 부탁드려도 될까요?"

"분식 말고 밥을 해드릴까요?"

"네. 그냥 가정식으로……"

"초밥!"

엎드려 있던 미혜가 벌떡 일어났다.

"여기 초밥도 돼요?"

연정이 꽤 놀란 듯했다. 그도 그럴 것이 분식집과 초밥은 전혀 어울리지 않기 때문이다. 성호가 김 여사에게 물었다.

"초밥으로 해드릴까요?"

"아이고, 이거 미안해서……"

"잠시만 기다려주세요."

대단한 건 없지만 광어와 새우, 연어는 있다. 초밥용으로 쓰려면 밀치도 쓸 수 있다. 생선구이용으로 언제나 손질해 두고 있었으므로 곧장 작업에 들어간다. 연정은 분식집에서 커다란 광어가 튀어나오자 깜짝 놀랐다. 미혜가 그녀의 옆에 매달렸다.

"언니, 여기 되게 신기하지? 새우도 엄청 커."

"크다…… 근데 저거 연어 살 떠놓은 거 아니니? 엄청 큰데?"

"히히. 이 가게에 있는 건 다 크거든. 우리 튀김 먹자."

바구니에 튀김을 마구 담아 와선 테이블에 턱 놓는다. 김 여사는 자기도 모르게 한숨을 쉬었다.

'저걸 어째. 저걸 다 먹으면 뱃살이 장난 아니게 나올 텐데.'

사실 그녀는 살이 안 찐다는 미혜의 말을 완전히 믿고 있지는 않았다. 그냥 체질이 바뀐 것으로 생각했다.

이윽고 성호가 주방에서 뭔가를 슥슥 만들기 시작했다. 단촛물로 밥에 간을 하고 생선을 큼직하게 썰어 몇 번 쥐니 그럴듯한 초밥이 완성되었다. 평소에 계속해 온 것처럼 너무 자연스럽다. 대단한 재료는 없지만 전부 판타지아산인 만큼 맛은 훌륭하다. 10피스 정도를 만들어 테이블에 내려놓자 미혜의 눈이 반짝거렸다.

"우왕~ 맛있겠당."

연정은 하얀 초밥을 간장에 살짝 찍어 입에 가져갔다. 광어인가 했는데 뭔가 식감이 부드럽다. 지방이 꽉꽉 들어차 있다.

"이건 어디 부위죠? 되게 고소한데……"

"엔가와입니다. 지느러미 있죠?"

"아, 그런데 시중에서 먹는 건 안 이렇던데."

김 여사가 연신 고개를 갸웃한다. 고소함의 차원이 다르다고 할까. 녹을 것처럼 부드럽기도 하고.

"아저씨가 가지고 오는 건 엄청 크잖아. 원래는 다 일본에 수출하는 거래."

일본은 참 좋은 핑계가 된다. 질 좋은 해산물을 일본으로 수출하는 건 어지간한 사람은 다 알고 있다. 인맥이 조금 있어서 그걸 빼돌렸다고 하면 다 납득한다.

"아저씨, 저하고 언니들이에요. 예쁘죠?"

"어."

"우와, 진짜 영혼 없어."

"와, 예쁘구나."

이제 스무 살짜리 애들한테 뭐하러 관심을 갖겠는가. 성호의 관심은 오로지 판타지아와 분식집에만 쏠려 있다. 요즘은 거기에 유현 남매도 포함된다. 미혜는 그게 불만스러운지 입술을 삐죽거렸다.

오늘 하루도 무사히 끝났다. 가게 밖에서 놀던 고양이들이 텃밭 한구석의 집에 들어갔다. 플라스틱으로 만든 집인데 못 쓰는 이불과 옷가지 등을 넣어줘서 꽤 포근하다.

성호는 창고에서 사료 포대를 꺼내 그릇에 사료를 담았다. 눈치만 보던 고양이들이 한꺼번에 몰려나왔다. 이 고양이들은 어지간해서는 가게 주위를 벗어나지 않는다. 그래서 다른 주민들에게 민폐를 끼칠 일도 거의 없다. 고양이 울음소리야 좀 그렇긴 하지만, 가게 근처에 주택이 별로 없어서 그럭저럭 잘 지내고 있었다.

"너네는 어째 볼 때마다 구성원이 바뀌냐?"

"야옹."

한 녀석이 사료를 먹다가 머리를 들었다. 여태까지 보지 못했던 검은색 고양이다. 아닌 게 아니라 가게 뒤 이 공간도 인근의 고양이들 사이에선 나름 명당으로 인정받고 있는 모양이었다. 여기에 오기 위해 치열한 암투가 벌어지고 있는지도.

"검은 고양이 네로~ 네로~ 네로~"

"야옹."

성호는 판타지아로 들어가 자전거를 타고 숲을 지나 농장으로 향했다.

삐이이익—

못 본 사이에 천둥매 새끼가 제법 커졌다. 아직 날지는 못하지만 딩고 시리즈들과 푸닥거릴 정도는 되었다. 산고양이가 되어서 새끼매 하나 제압하지 못하는 것은 아니다. 단지 놀아주는 것뿐.

삐삑거리며 도망가는 천둥매를 딩고들이 뒤쫓고 있다. 붙잡으면 앞발로 툭 건드려서 한 바퀴 굴린다. 원조 딩고는 그것도 귀찮았는지 배를 드러내고 자빠져 자고 있다.

'아무래도 저 녀석은 빼야겠어.'

딩고는 분식집 앞에서 학생들의 사랑을 듬뿍 받은 바 있다. 사바나캣으로 오해한 것인데, 어쨌든 미튜브 구독자들 중 그걸 알아채는 사람이 나올지도 모른다. 딩고 1, 2, 3, 4호기는 털 배색이 약간씩 다르고 덩치도 작다. 들통날 가능성이 거의 없다.

"딩고! 너 빼고! 전부 이리 와!"

성호가 부르자 딩고 2호기가 천둥매를 머리 위에 얹고 냐냥거리며 뛰어왔다. 팔을 뻗자 천둥매가 풀쩍 뛰어올라 성호 어깨 위에 자리 잡았다. 크기는 작고 귀엽지만 꽤나 잘생긴 녀석이다.

"네 이름은…… 그래, 천둥이로 하자."

성호가 액션 캠을 들고 왔다 갔다 하자 딩고 시리즈들은 '대체 뭐 하는 거냥?' 하는 얼굴로 바라보았다.

'좋아, 세팅은 끝났고.'

미튜브의 동물 카테고리는 현재 개판이라고 해도 과언이 아니다. 아무래도 고양이보다는 개를 키우는 사람이 많기 때문이다. 그마저도 인기가 높은 영상은 별로 없었다. 아직 활성화되지 않은 것이다. 사바나캣을 닮은 고양이 네 마리는 분명히 인기를 끌 것이다. 어쩌면 사룟값 정도는 벌 수 있을지도.

차근차근 녀석들을 돌아보면서 앞발과 귀, 엉덩이 등을 만져본다. 1호와 2호까진 괜찮았는데 3호에서 문제가 생겼다. 손을 내밀자 녀석이 앞발로 성호의 손을 지그시 내리누르는 것이다. 함부로 손대지 말라고 경고하는 것처럼 보인다. 갸르릉거리는 게 제법 앙칼지다.

'이 녀석이……'

혹시 스킬을 끄면 여기서 덤빌까? 산고양이라서 별로 위험하진 않을 것 같아 스킬을 꺼봤다. 머리를 쓰다듬으려 했는데 느닷없이 성호의 손을 물어버린다.

"뜨아악!"

성호는 깜짝 놀라 손을 뺐다. 딩고 3호가 허공에서 대롱대롱 흔들렸다.

'씁…… 아픈데.'

야무지게 문 덕분에 꽤 큰 상처가 났다. 하지만 이것도 장난이라고 문 거다. 산고양이가 제대로 물면 피가 콸콸 쏟아진다. 확실히 스킬을 끄면 위험하다. 힐링 포션을 조금 바르자 상처는 금방 사라졌다. 4호는 성격이 더 지랄 맞기 때문에 아예 건드릴 생각조차 못 했다. 그나마 1, 2, 3, 4호 한꺼번에 부를 때만 명령을 좀 들어먹는다.

이런저런 영상을 찍고 녀석들에게 화조 다리를 하나씩 주었다. 네 마리가 나란히 앉아서 고기와 뼈를 통째로 씹어 먹는 것도 촬영했다.

'제법 때깔이 나오는데.'

사람만 먹방을 하란 법은 없다. 고양이 먹방도 어쩌면 인기를 끌수 있지 않을까? 야무지게 이빨을 세우고 고기를 뜯고 뼈를 갈아대는 모습을 보면 왠지 모르게 마음이 흡족해진다. 딩고들은 고기를 다 먹고 기지개를 크게 켜더니 성호에게 다가왔다. 배부르게 먹인 이 순간만큼은 3, 4호도 비교적 온순하다. 그렇다고 장난을 안 치는 건 아니라서 성호의 손을 붙잡고는 꽉꽉 물어대었다.

성호는 천천히 바닥에 드러누웠다. 1호가 배 위에 올라와서 하품을 하곤 식빵 자세를 취했다. 2호는 겨드랑이 사이의 냄새를 맡았다가 충격을 받았는지 움직이지 못했다. 3, 4호가 성호의 손과 열심히 전투 중이다.

'대충 이 정도면 됐겠지.'

성호는 액션 캠을 끄고 메모리를 뽑아 단칸방에 돌아와서 바로 영상을 편집했다. 딩고 3호가 물었을 때 지른 비명 소리 외에는 목소리가 없으므로 적절한 자막은 필수다.

'흐음…… 비명 소리 이거, 빼야 되나.'

처음 찍은 영상에는 분명 목소리가 들어가 있었다. 신비주의를 고수하기 위해서 목소리를 지웠으니 비명 소리도 지워야 할까. 하지만 왠지 모르게 마음에 든다. 연출이 아니라 아주 자연스러운 상황에서 나온 것이기 때문에 더더욱.

'그냥 넣자. 제대로 목소리를 알아볼 것도 아니고.'

단순한 비명 소리일 뿐이다. 성호는 편집을 끝내고 영상을 업로드했다. 그리고 판타지아로 들어갔다. 천둥이가 하늘을 날 때까지는 당분간 농장에서 지낼 셈이다.

*

다음 날 아침, 성호는 판타지아에서 단칸방으로 돌아와 자기 전에 올려둔 미튜브 계정에 접속했다. 요즘 그는 미튜브 계정 키우기에 몰두하고 있었다.

올린 동영상을 카테고리별로 나누는 것은 이미 기본적인 작업이다. 부산어부가 올린 영상은 모두 네 개로 구분된다. 고독한 건축가는 집을 짓고 울타리를 보수하는 등의 영상이 올라가 있다. 고독한 대식가는 그냥 먹방이다. 먹기만 하는데 조회 수가 제일 높다. '좋아요'도 압도적.

은근슬쩍 늘어난 안티들도 먹는 거 하나는 시원하다는 점을 인정했다. 깨작깨작 먹지 않고 다 먹는 영상에서 뭔가 쾌감을 얻는지도 모른다.

'여기에 하나 더……'

고독한 조련사. 1편은 산고양이 네 마리가 출연했다. 영상을 확인하니 생각보다 반응이 더 좋았다. 조회 수도 시간 대비 가장 많다. 뜻밖에도 반응이 상당히 좋다. 아니, 폭발적이라고 해야 하나. 'ㅋㅋㅋㅋ' 댓글만 수십 개가 달렸다. 그러고 보니 조회 수가 그리 높지 않은데도 댓글은 천 개가 넘어가고 있었다. 지금도 실시간으로 달리는 중이다.

'내가 물리는 걸 보고 왜 좋아하는 거지?'

도저히 이해가 되지 않았다. 정작 물린 사람은 아파 죽겠구먼. 그리고 고양이 네 마리의 먹방도 상당히 인기가 좋다.

— 하…… 요즘에는 소새끼 사료 먹방도 모자라서 고양이 먹방도 나오네.

└ 소새끼 사료 먹방은 뭐임?

└ 축사에 카메라 설치해 두고 하루 종일 황소 사료 먹는 거만 보여줌. 가끔 똥 싸기도 함.

└ ㅋㅋㅋㅋㅋㅋ

— 고양이들 찹찹거리며 먹는 거 보니까 내 마음에 안식이 찾아온다…… 후원금 던짐.

└ 부산아저씨 이걸로 고양이들 간식 사 먹이는 거야.

371

「뒹굴이님이 5,000원을 후원했습니다!」

「파워후덕님이 3,000원을 후원했습니다!」

「불쌍맨님이 5,000원을 후원했습니다!」

성호는 후원 금액 합계를 보고 눈을 비볐다.

무려 50만 원이 넘게 들어왔다. 고양이들 밥 먹는 영상인데 말이다. 만 원 넘게 준 사람은 거의 없었고 대부분이 5천 원 미만의 소액이었다. 어떤 사람은 연고라도 바르라며 2천 원을 보냈다. 성호는 한동안 댓글을 구경하다가 미튜브를 껐다.

'하여튼 요즘은 별 희한한 콘텐츠가 돈이 되네.'

카테고리를 추가한 보람이 있다. 다음에는 무슨 영상을 찍을까 고민하며 서둘러 샤워를 하고 옷을 챙겨 입었다. 오늘은 아침부터 경기도 용인으로 가야 한다. 〈동물농원〉 촬영을 그곳에서 하기 때문이다.

최근 김 피디는 정부와 방송사 윗선 양쪽에서 엄청나게 쪼여서 힘들어하고 있었다. 용인시의 네버랜드를 고른 까닭도 안정적인 시청률을 위해서이리라. 사파리는 워낙 많이 나와서 식상하긴 하지만 그래도 인기가 좋은 코너에 속한다. 홍기와 성호가 할 일은 별로 없겠지만.

"형, 형! 여기예요, 여기요!"

촬영장에 도착하니 홍기가 손을 흔들었다. 〈동물농원〉 제작진의 분위기는 뭐랄까. 축 처져 있었다. 그날, 표범 탐사를 포기한 그날부터 쭉 이랬다고 한다. 김 피디는 그야말로 사방에서 쪼여서 엄청난 스트레스를 받았다고. 그 스트레스가 얼굴에 그대로 나타나 있다. 간이 의자에 앉아 작가들과 대화를 나누는 김 피디의 얼굴에서 피곤이 묻어난다.

표범을 촬영하는 데는 성공했다. 그러나 실물을 잡진 못했다. 그 때문에 책임이 김 피디에게 돌아갔다. 환경부는 수백 명의 군경을 동원하고서도 표범을 놓쳤다. 김 피디에게 대놓고 뭐라고 하지는 않았지만, JBS에 어마어마한 압력이 들어갔을 것이다. 거의 퇴사 직전에 몰렸다고 하니까.

그나마 군인들이 표범의 것으로 보이는 털을 어느 정도 발견해서 다행이었다. 그것마저 없었다면 김 피디는 표범 영상을 날조해서 엄청난 비용을 낭비한 사기꾼이 되었을지도 모른다.

"홍기 씨, 성호 씨. 잠깐 회의 좀 하겠습니다."

"옙!"

홍기가 크게 대답하고는 달려갔다.

"자, 오늘 찍을 장면은요. 아, 먼저 이 얘기부터 해야겠네요. 저희 팀의 제작비가 어마어마하게 칼질당해서 이제 대단한 건 못 찍습니다."

"그러면 제가 있을 필요가 없네요?"

성호가 말하자 최 작가가 겸연쩍게 웃었다.

"성호 씨 빼면 난리가 나서요. 그때 홍기 씨하고 부산에서 말레이곰을 쫓았던 게 꽤나 좋게 보였나 봅니다."

"그래요? 별거 아닌데 신기한 일이군요."

"형, 형, 그래도 사파리 재밌어요. 요즘에는 사자하고 호랑이하고 막 치열하게 싸우고! 애정 싸움도 장난 아니던데요? 호철이! 호랑이 대빵이잖아요."

주먹을 휘두르며 말하는 홍기에게선 순수한 열정이 보인다. 이 프로그램을 어떻게든 살리고자 하는 열정 말이다. 그런데 이 작가가 딴지를 걸었다.

"그 호철이 말이에요. 최근 왕좌에서 밀려났다고 그러던데요."

"예? 그 호철이가요? 혹시 사자들한테 다구리를 맞았나요?"

"아뇨, 그건 아니고요. 갑자기 쇠약해져가지고 밥도 안 먹고 끙끙 앓고 있다네요. 수의사들이 살펴봤는데 원인을 모르겠다고 하고."

"불쌍하네."

성호가 호철이를 본다면 바로 원인을 알 수 있을 것이다. 다만 호랑이처럼 커다란 녀석에겐 동물 친화 스킬 3레벨로는 무리다.

'그냥 수의사들에게 슬쩍 알려주면 되겠지.'

홍기와 함께 가이드인 최현일 대리가 모는 SUV 차량에 올라탔다. 차량은 천천히 출발해 사파리를 돌기 시작했다. 사자와 호랑이들이 곳곳에서 어슬렁거리고 있었다.

'크군……'

혹멧돼지보다 덩치가 더 큰 녀석들이 돌아다니는 것은 경이에 가까웠다. 홍기는 자주 와서 나름 익숙한지 이름을 알려줬다.

"쟤가 요미고요. 저 암사자가 완전 세거든요? 자기 남편까지 막

구박하고 그러더라고요.

"아무리 그래도 암사자가 수사자를 구박하는 건 좀……"

현실성이 없지 않으냐는 질문이다. 홍기는 증거를 보여주겠다면서 조금만 기다리라고 했다. 이윽고 암사자가 앙칼지게 숫사자를 몰아붙이는 광경이 펼쳐졌다.

「사자: 꽃순이(분노, 대길)」

「사자: 대길(딴청, 옥빈)」

'이건 또 뭔 막장 드라마여.'

아무래도 저 대길이라는 수사자는 옥빈이라는 암사자에게 관심이 있는 모양이다. 꽃순이는 그런 대길이가 못마땅하고 말이다. 하지만 사자는 대개 프라이드란 무리를 짓는다. 그 무리의 대장인 수컷이 여러 마리의 암컷을 거느리는 게 당연한데. 성호가 가이드에게 물었다.

"대리님, 혹시 저 수사자가 무리에서 별로 힘이 없습니까?"

"어? 그거 어떻게 아셨죠? 대길이가 무리의 우두머리긴 한데 되게 힘이 약해요. 그래서 암사자들 중 대빵인 꽃순이한테 맨날 얻어맞죠. 원래 야생에서는 이런 일이 거의 없는데, 여기는 여러 프라이드가 부딪히는 장소니까요."

"우와, 형 그건 또 어떻게 아셨어요?"

"그냥."

"그냥요? 저도 그냥 알았으면 좋겠는데."

이윽고 사자 무리가 사라지고 호랑이가 한두 마리씩 나타났다. 역시 '독고다이'인 호랑이답게 무리를 짓는 모습은 보이지 않는다. 최 대리가 귀띔했다.

"원래는 호철이라는 개체가 있었거든요. 걔는 정말 사교성이 좋은 호랑이였어요. 다른 암컷들도 꼬시고 수컷들과도 두루 친하게 지냈는데 갑자기 힘이 약해지는 바람에 지금 호랑이 세계는 콩가루예요, 콩가루."

"최 대리님, 호랑이하고 사자가 싸우면 누가 이기죠?"

누구나 생각해 봄직한 호랑이 VS 사자. 그 어떤 조용한 커뮤니티라 할지라도 이 떡밥을 던지면 최소 100개 이상의 댓글을 넘기며 활활 타오를 것이다. 아시아권 커뮤니티에선 대개 호랑이가 이긴다고 결론이 나고, 서양권에서는 사자가 이긴다고 말한다. 어차피 그놈이 그놈인 것 같지만.

SUV가 관람을 위해 잠시 멈추자 홍기가 불안한 듯 주위를 둘러보았다. 호랑이가 하나둘씩 다가와 차의 철망을 씹는 등 관심을 보였다. 그 순간, 알림 창이 떴다.

「동물 친화 스킬 레벨이 4로 상승」

'드디어.'

2에서 3으로 올라가는 기간은 그리 길지 않았지만 4로 올라가기까지는 상당한 시간이 흘렀다. 그건 그렇고 효과는 확실했다. 대놓고 으르렁거리던 호랑이들이 입을 다물고 성호의 눈치를 보기 시작했다.

성호가 호랑이들을 향해 손을 흔들자 놀랍게도 녀석들이 울부짖었다. 위협, 경고가 아닌 부드러운 음색이다. 홍기는 연신 '부럽다' 라고 중얼거렸다. 조금 있으려니 사파리 한쪽의 사육실이 보였다.

"여긴 말썽을 일으킨 개체를 격리하는 사육실입니다. 워낙 싸워대는 녀석들이 많아서요. 하지만 안에 있는 녀석은 경우가 좀 다릅니다. 어디가 아픈 것 같긴 한데……"

원인을 못 찾겠다는 말이겠지. 잠시 후에 녀석이 힘든 걸음걸이로 밖으로 나왔다. 철망 앞에서 털썩 주저앉고는 혀를 빼고 헥헥거린다.

「호랑이: 호철(고통, 목구멍)」

'흠? 목구멍이 아프다고?'

수의사들이 거기는 보지 않았던 걸까? 원한다면 마취해서 내시경을 넣어볼 수도 있었을 텐데. 최 대리가 시선을 뒤로 향했다.

"물은 먹는데 밥을 못 넘긴답니다. 입안에 뭔가 탈이 있나 해서 살펴봤는데 아무것도 없고요. 목구멍에도 별 탈은 없습니다."

"목구멍이 괜찮았다고요?"

"네. 불빛을 비춰서 확인했거든요."

그렇다면 깊숙한 곳이 잘못되었을 확률이 높다. 호랑이 밥은 보통 생고기다. 혹시 고기 속에 있던 뼛조각이 목구멍에 박힌 건 아닐까?

'좋아.'

성호가 슬쩍 차 문의 잠금장치를 푸니 최 대리의 눈이 커졌다.

"어? 자, 잠깐만요, 그거 푸시면 안 됩…… 위험합니다!"

"잠깐 다녀오겠습니다."

성호가 차 문을 열고 나가자 홍기가 깜짝 놀라 버둥거렸다. 쿵하고 차 문을 닫은 성호는 철조망을 딛고 올라가기 시작했다. 엎어져 있던 호철이 뒤로 슬금슬금 물러난다.

"위험하다고! 이봐요! 위험하다고! 올라가지 맛!"

최 대리가 고래고래 고함을 질렀다. 저 미친놈이 기어코 호랑이 우리에 뛰어들었다! 뒤차에 타고 있던 카메라 감독은 거의 본능적으로 카메라를 성호에게 들이대었다. 호철이 성호에게 슬금슬금 다가가서 앞발로 건드릴 때는 모두가 눈을 질끈 감았다. 금방이라도 비명 소리가 들릴 것 같다. 하지만 의외로 조용하다. 홍기가 슬며시 눈을 떴다. 눈앞에 기막힌 모습이 펼쳐졌다.

"헐, 대박!!"

단지 그 말밖엔 할 수 없다. 호랑이가 사육사도 아닌 일반인에게 배를 드러내고 애교를 부리고 있었다. 끄르르릉 하고 울며 뒹굴뒹굴하는 게 무척이나 기분이 좋아 보인다. 카메라 감독 옆에 탄 김 피디의 입이 쩍 벌어졌고 최 대리도 황당해했다.

"호철이 지금 되게 신경이 날카로울 텐데……"

"되게 좋아하는데요? 진짜 큰 고양이처럼 구네."

성호는 배를 뒤집으며 굴러다니는 호철이의 콧잔등을 쓰다듬었다. 철조망을 반쯤 내려갔을 때, 녀석이 적대적인 반응을 보이면 바로 도망칠 생각이었다. 동물 친화 스킬에 대한 절대적인 확신을 갖고는 있지만 굳이 목숨을 걸 필요는 없지 않은가. 하지만 스킬의 위력은 대단했다. 거의 200kg에 달하는 호랑이가 애교를 부린다. 딩고나 다름없다.

"그래그래. 자자, 이제 엎드려서 입 좀 벌려봐. 뭐가 있는지 확인 좀 해보려고 그래."

성호는 녀석의 입을 벌리고 안을 살폈다. 역겨운 냄새와 뜨거운 숨이 얼굴에 닿았다.

"아이고, 냄새야."

"크르르릉—"

녀석이 숨을 몰아쉴 때마다 썩은 내가 난다. 토할 것 같아 잠시 숨을 멈추고 녀석의 입안에 다시 얼굴을 들이밀었다. 목구멍 안쪽이 부어오른 게 보였다.

'저건가? 저걸 왜 수의사들이 못 봤지? 아…… 이렇게 있어야 보이는구나. 누워 있으면 저 흔적이 안 보이겠는데.'

내시경까지는 안 해본 모양이다. 성호는 단단히 결심을 하고 녀석의 입을 벌렸다. 그리고 손을 안으로 쑥 집어넣었다. 그걸 지켜보고 있던 사람들이 기겁할 듯 놀랐다. 물론 호철이도 엄청 놀랐다.

"미, 미친! 손을 집어넣었어!"

"아오, 난 못 보겠다!"

모두 눈을 질끈 감았다. 고통스러운 비명 소리가 들려 올 것 같아서였다. 특히 김 피디는 거의 사색이 되어 있었다. '여기서 성호가 죽으면 어떻게 하지? 〈동물농원〉 폐지되는 건가? 아니, 그보다 왜

저런 미친 짓을 하는 걸까? 우리 프로그램에 무슨 억하심정이 있
어서?' 등등의 온갖 상념이 주마등처럼 그의 뇌리를 스치고 지나
갔다.

"흠…… 조금만 참아라."

성호는 호랑이의 목구멍에 손을 집어넣고 주물럭거렸다. 미끌미
끌한 감촉은 정말이지 최악이었다. 호철이도 더 이상 참지 못하겠
는지 앞발을 들고 버둥거렸다. 그의 옷이 걸려 찢겼다. 그 순간, 성
호는 호철의 목구멍에서 뭔가를 찾아냈다. 아주 단단한 것이 박혀
있다. 힘을 주어 뽑아내니 호철이 거의 발광을 하기에 이르렀다. 무
척이나 고통스러운 모양이다.

"흡!"

빠르게 팔을 빼냈다. 그의 팔은 호철의 침으로 인해 아주 지저분
했다. 손에 들려 있는 것은 큼지막한 뼛조각이다. 철조망 밖으로 던
져버리곤 팔 냄새를 맡아보았다.

"우우웩!"

괜히 맡은 것 같다.

"하, 하하……"

김 피디는 죽다 살아났다. 카메라 감독은 직업 정신을 십분 발휘
해 눈을 감았음에도 여전히 촬영을 계속하고 있었다. 성호가 철조
망을 넘어오자 홍기가 차 문을 열고 그를 반겼다가 엄청난 악취에
토악질을 해댔다.

"우우웩!"

확실히 호랑이의 입 냄새는 상상을 초월하는 것 같다. 성호는 태

연하게 최 대리에게 말했다.

"돌출 행동을 해서 죄송합니다. 그래도 확신이 있었거든요."

"화, 확신요? 호랑이가 안 건드릴 거라는 확신 말입니까?"

"보셨듯이, 사실로 드러났죠."

"아니, 전······ 그게 뭐라고 해야 할지······"

최 대리는 고개를 설레설레 저었다. 정말이지 어느 누구에게 얘기해도 백 명이면 백 명이 다 거짓말이라고 치부할 일이 눈앞에서 일어났다.

그나저나 홍기가 차 안에서 구토를 한 바람에 역한 냄새가 풍겨왔다. 최 대리는 코를 부여잡으며 차를 몰았다.

6 ◆

살아남은 종족

"이건 대박이다, 대박이야."

스태프 몇 명이 모여 영상을 돌려 본다. 몇 번을 확인해도 대박이란 소리밖에는 나오지 않는다. 사육사도 아닌 사람이…… 아니, 사육사라 하더라도 호랑이 입에 팔을 쑤셔 넣진 않는다. 하물며 네버랜드에 처음 온 사람이?

"성호 씨, 감사합니다. 덕분에 시청률이 조금은 올라가겠네요."

"도움이 됐다면 다행입니다."

김 피디는 아마 모를 것이다. 성호가 표범 건으로 인해 그에게 약간의 죄책감을 갖고 있음을. 이걸로 조금이나마 도움이 됐으면 하는 마음이다.

"이건 분명히 뜹니다. 다음 주에 풀 장면으로 내보낼 거예요. 마지막의 마지막…… 아니지, 2주 편성으로 해도 되겠는데."

"그러니까 이 영상을 제대로 된 홍보도 없이 한 방에 소모하는 게 아깝단 얘기네요?"

"뭐, 따지고 보면 그렇죠. 저희 프로그램이 따로 티저가 나가는 것도 아니니까요. 생각해 보면 표범 그걸 3주씩이나 하면 안 됐는데. 에휴."

"그럼 이런 건 어떨까요? 제가, 그 영상 있죠? 성호 형이 호철이 입속에 팔 집어넣는 거. 거기에서 사운드 빼고 파일로 만들어서 인터넷 커뮤니티에 뿌릴게요."

홍기의 말에 김 피디의 안색이 어두워졌다. 그걸 인터넷에 뿌린다고?

"그게 클라이맥스인데 뿌린다고요?"

"그러니까 제가 양념을 좀 치는 거죠. 막 올리면서 너희들이 이거 뭔지 알겠냐, 이거 합성 아님, 이렇게 어그로를 끌면 사람들이 막 달라붙거든요? 합성이네, 조작이네, 근거 대라 등등. 그럼 저는 일요일까지 최대한 여러 곳에 어그로를 끄는 거죠. 귀찮아질 때까지."

"마지막으로 이거 진위 여부 확인하고 싶으면 일요일에 〈동물농원〉 본방 사수해라?"

김 피디가 말하자 홍기가 손가락을 튕겼다.

"역시 감독님이네. 그게 홍보지. 홍보가 별거예요? 요즘 어떤 세상이에요. 핫 이슈 하나 뜨면 몇 시간 안에 각 커뮤니티에 다 뜬다니까요. 그런 거 찾아다니는 사람도 있어요."

"괜찮은데요? 감독님."

최문호 작가는 마음에 들어하는 눈치다. 김 피디도 홍기의 제안에 솔깃해졌다.

"이걸로 가봅시다. 그럼 홍기 씨 부탁 좀 할게요. 우리도 본방 사수해 달라고 글 올려야지."

아무튼 초반의 축 처졌던 촬영장 분위기는 그럭저럭 훈훈하게 마무리되었다. 그런 미친 짓을 실제로 한 성호는 예외로 두고, 그 장면을 놓치지 않은 카메라 감독이 많은 칭찬을 받았다.

촬영은 저녁까지 계속되었다. 성호는 저녁이 되어 겨우 고속버스에 올라탈 수 있었다. 홍기가 밖에서 손을 흔든다.

'착한 애네.'

여기까지 태워다 주기도 하고. 대단한 스타임에도 연예인병도 없이 사람을 편하게 대한다. 성호는 하루의 피로를 잊으려 잠시 눈을 감았다. 오늘 밤에도 할 일이 많이 있다.

*

홍기가 매니저와 함께 인터넷에 GIF 파일을 올려 어그로를 끄는 그 시각. 성호는 충전형 손전등을 샀다. 사면서도 이걸 사야 되나 1초 동안 고민했다.

'액션 캠도 들고 가는 주제에.'

언젠가는 발전기도 들일까 생각도 해봤다. 그러지 않은 까닭은 판타지아를 더럽힌다는 느낌이 들어서였다. 다른 건 몰라도 발전기, 전기선 이런 것들은 가급적이면 끌고 들어가지 않을 생각이다. 랜선도 마찬가지.

'생방으로 올리다가 자칫 실수할 위험성도 있으니까.'

미튜브 부산어부 계정의 구독자가 1만 5천 명을 넘어가면서 주목도가 높아졌다. 동시에 게시판에서 싸움이 생겨났다. 부산어부가 대체 어디서 저걸 찍는가에 대한 문제를 두고 의견이 분분하다.

만에 하나 랜선을 끌고 들어가서 생방송을 하는 데 성공했다 치자. 자칫 잘못하면 판타지아가 드러나게 되어버린다.

손전등을 들고 즐거운 마음으로 숲을 지나치는데 느닷없이 푸른 새 한 마리가 날아왔다. 천둥이가 어느새 날기 시작한 것이다. 뻑뻑거리며 성호의 자전거를 따라오더니 자전거의 속도를 늦추자 성호의 어깨에 자리를 잡고는 볼에 깃털을 비벼댔다.

"엄마도 없는데 날았어? 어이구, 착해."

천둥이가 대체 어디서 나는 법을 배웠는지 모를 일이다. 혹시 딩고 시리즈들이 집어 던져서 나름의 방법을 깨우쳤을까? 어깨에 얹고 있으니 제법 묵직하다. 이대로 똥만 안 싼다면 참 좋으련만.

농장에 도착하니 딩고 시리즈가 마중을 나왔다. 성호는 요즘 농장 가꾸는 재미에 푹 빠져 있다. 최초에 상추, 고추, 가지 등 비교적 흔한 작물로 시작했던 농장은 이제 어지간한 운동장 정도로 넓어졌다. 성호는 대농주처럼 뒷짐을 지고 농장을 천천히 둘러보았다. 그냥 심기만 했는데도 작황이 푸짐하다. 보는 재미가 있다고 해야 할까.

'지금 당장 안 따도 되니 얼마나 좋아.'

그렇게 감상하고 있는데 하늘로 올라간 천둥이가 뻑뻑거렸다. 대체 뭘 먹었는지 목청이 아주 크다.

"왜에!"

성호가 크게 소리치자 천둥이가 해변가로 날아가기 시작했다.

그리고 카누 주위를 돈다.

"나를 부르는 건가?"

그렇지 않고서야 저렇게 삑삑거릴 리가 없다. 농장에서 빠져나와 해변가로 터덜터덜 걸어간다. 고작 500m도 안 되는 짧은 거리. 카누가 있는 자갈밭에 웬 시커먼 게 누워 있다.

"뭐, 뭐냐?"

물개인가 싶었는데 아니었다.

「횐줄돌고래: (탈진, 낙오)」

'낙오해서 탈진한 건가.'

몸길이는 1m 정도 되어 보인다. 아무래도 무리에서 낙오해 탈진한 것 같다. 아니면 그 반대일지도 모른다. 아직 새끼인 모양인데. 성호는 녀석을 들어 올려 바다로 돌려보내려 했다.

그런데 이 녀석, 완전히 탈진했는지 밑으로 자꾸 가라앉고 있었다. 돌고래라고 해도 물속에서 숨을 못 쉬면 익사한다. 그렇다고 이대로 뭍 위에 올려두면 내장 기관이 압박될 뿐만 아니라 회복력이 극히 떨어진다고 다큐멘터리에서 본 적이 있다. 물에서 사는 동물이 다 그렇다나.

"이걸 어쩌냐……"

성호는 고민 끝에 물웅덩이로 녀석을 데려가기로 했다. 밀치와 새우, 소라 등이 가득 서식하고 있던 곳이다.

"허이구, 제법 무겁네."

아무리 새끼라도 체장이 1m에 달하는 만큼 만만한 무게가 아니었다. 훈제 혹멧돼지 고기를 썹으니 그나마 수월하게 들을 수 있다. 녀석을 물웅덩이에 넣기 전 힐링 포션과 태양사과 스무디를 가지고 왔다. 입을 벌리니 새끼다운 귀여운 치아와 혓바닥이 보인다.

'새끼들은 참 귀엽네.'

포션과 스무디를 섞어서 목구멍으로 흘려주고 내려가기 쉽도록 머리를 들어주었다. 그러자 녀석이 슬그머니 눈을 떴다. 동물 친화 스킬의 영향을 받았는지 퍼덕이지 않는다. 성호는 녀석을 붙들고 물웅덩이에 슬쩍 내려놓았다.

버둥거리던 것도 잠시, 배에 팔을 넣어 받쳐주자 꼬리지느러미를 조금씩 움직이며 헤엄치기 시작했다. 그래도 아직은 탈진 상태에서 완전히 회복되지 않은 모양이다. 성호는 녀석에게 태양사과 스무디를 모조리 쏟아부은 다음 깨달은 것이 하나 있다.

'활력이란 게 100% 다 채울 수는 없는 거구나.'

어쩐지 태양사과 스무디를 계속 섭취해도 뭔가 무기력한 증상이 나온다 했다. 그래도 흰줄돌고래는 정신을 차리고 열심히 헤엄치고 있었다. 성호가 자신을 보살펴준 것을 아는지 가까이 다가와 애교를 부리기도 했다. 옆에 설치해 놓은 통발을 보니 역시 온갖 해산물이 가득하다. 새끼 숭어 한 마리를 녀석에게 주자 꿀떡꿀떡 받아먹는다.

시간이 지나자 그럭저럭 회복된 모양인지 물웅덩이 밖으로 나가려고 한다. 녀석을 들어 올려 바다로 빠져나가기 쉽도록 도와주었다. 마침내 돌고래가 바다로 복귀했다. 빠르게 헤엄쳐 먼바다로 가

더니 곧장 돌아와 성호에게 물을 뿌렸다. 혹시 인어 아가씨라도 데
려와 줄까 기대하고 있던 성호는 물벼락을 맞고 말았다.

"하이고, 이거 은혜를 원수로 갚는 녀석일세."

그래도 기분은 나쁘지 않다. 생명을 살리는 건 좋은 일이니까. 다
만 성호가 생각하는 생명에 먹을 수 있는 동물은 제외된다. 생선이
나 멧돼지, 뭐 이런 녀석들.

녀석들이 말을 할 수 있다면 우리도 보살펴 달라고 버럭 화를 냈
을지도 모르지만 식재료라는 선입견이 단단히 박혀 있으니 어쩔 수
없다.

"뭐, 갔으면 됐지."

몸에 묻은 물을 털고 농장으로 향했다. 저녁이 되어 밥을 먹은 뒤
해가 지자 배낭에서 주섬주섬 책을 꺼냈다. 여기에선 할 일이 별로
없기 때문에 해가 지면 오두막에 들어와 책을 읽게 된다. 노트북을
가져와 게임을 할 수도 있겠지만 그렇게까지 하고 싶지는 않았다.
판타지아에서 게임이라니.

"흠……"

딩고 다섯 마리가 성호의 곁에 바짝 붙어서 고르릉거리며 잠에
빠져들었다. 천둥이는 성호의 어깨에 똥을 쌌다가 야단을 맞고 새
장에 틀어박혀 있다. 요즘 성호가 보는 책은 바다와 범선에 대한 것
이다.

200톤 남짓한 캐러벨선으로 대양을 횡단한 탐험가들의 일기를
읽다 보면 진정 대단하다는 생각이 먼저 든다.

'그 보물선에 있던 스켈레톤들…… 지금이라면 상대할 수 있을

것 같은데.'

처음 마주쳤을 때는 정말 놀라서 도망가야 한다는 생각밖에 들지 않았다. 하지만 만반의 준비를 한다면 이쪽이 밀릴 것 같지도 않았다. 바다에서 100%의 명중률을 보여주는 그누트의 작살이 있지 않은가. 궁술도 꽤 늘었고, 최후의 수단으로 마르그리트의 검도 있다. 갑판 밑에 어떤 보물이 있는지 확인해 보고 싶었다.

'좋아, 내일은 녀석들을 퇴치하러 가보자.'

복슬복슬한 고양이들 사이에 몸을 눕히고 꿀잠을 잤다.

다음 날 아침, 기지개를 켜며 일어나는데 밖에서 삐익 하는 소리가 들린다.

"천둥이 저 녀석은 왜 또 아침부터 난리야……"

뭔가 싶어서 터덜터덜 해변으로 걸어가는데 놀라운 광경이 펼쳐져 있었다.

"응?"

"끼이이익—"

넓은 해변에 수십 마리의 흰줄돌고래가 장사진을 이루고 있었다. 물보라를 일으키고 뭍에 올라왔다가 바다로 돌아가는 게 묘기를 부리는 것처럼 보였다. 성호는 이 녀석들이 왜 여기에서 이러고 있는지에 대한 고찰을 잠시 했다. 생면부지인데 설마 식량을 내놓으라는 건 아닐 테고.

'아, 어제 구해 준 그 녀석 식구들인가.'

그중에 한 녀석이 입에 물고 있던 뭔가를 퉤 뱉었다. 자갈밭에 나

뒹군 것은 놀랍게도 대왕진주조개였다.

「대왕진주조개: 요리에 첨가 시 한 가지 효능을 부여할 수 있다.
효능: 3시간 동안 [수압 완화/2] 버프 활성화」

"크다……"

거의 어른 머리통만 한, 상당히 큰 조개다. 이름을 봐서는 안에
진주가 들어 있을 법도 하지만, 껍데기를 벌려 확인해 보니 진주는
없고 조갯살만 가득했다. 이걸 무쳐서 먹으면 술 도둑이 따로 없을
것이다.

"크, 고마워!"

대장 돌고래로 보이는 녀석이 몸을 돌려 바다로 돌아갔다. 하지
만 녀석들은 깊은 바다로 들어가지 않고 있었다.

"잠깐만, 잠깐만 기다려!"

말을 알아들을 리는 없지만 이 녀석들도 대충 분위기는 파악하
고 있을 것이다. 원래 돌고래는 머리가 좋기로 유명하니까.

오두막에 들러 차원 배낭에 이것저것 물건을 집어넣었다. 이것저
것 챙기려니 시간이 제법 걸렸다. 당분간은 얌전히 있으려 했는데
갑자기 탐험심이 불타오른다. 어젯밤에 항해 관련 책을 읽고 자서
그럴까.

'먼바다로 나가면…… 역시 몬스터가 있겠지.'

여기는 성호 혼자뿐인 데다가 위험한 것들이 넘쳐난다. 그 생각
을 하니 손이 조금 느려졌다가 다시 빨라졌다.

'그래도 지금은 배가 있으니까.'

엄청나게 무거운 카누를 바다로 밀었다. 흰줄돌고래들이 카누 옆을 툭툭 밀어 바다로 나가는 것을 도와준다.

'이 녀석들 진짜 머리 좋네.'

어느덧 먼바다로 나온 성호는 몇 마리의 돌고래가 무리에서 떨어져 나가는 걸 목격했다. 혹시 배를 뒤집어서 날 빠트릴 생각인가 하고 긴장하는데 그게 아니었다.

시드래곤 한 마리가 뭣도 모르고 다가온 것이다. 돌고래들이 바삐 움직였다. 성호는 투명한 바닷속의 치열한 전투를 지켜보았다. 작살을 던지고 싶지만 너무 깊은 곳에 있다.

'잘 싸우는데?'

돌고래들의 전법은 교활하면서도 재빨랐다.

"삐이이익—"

바닷속에서 돌고래 특유의 소리가 들렸다. 성호는 자신도 모르게 작살을 던졌다.

명중!

시드래곤은 작살의 파란 기운에 관통당했다. 돌고래들이 뭔지 모를 소리를 냈다.

'마치 승리의 노래 같네.'

고래도 노래를 부른다. 성호는 그걸 듣고 있다가 전면을 응시했다. 저 멀리 구름이 걷히며 검은 그림자가 보였다.

'저거 혹시 섬인가?'

항해 아닌 항해하기를 약 30분. 드디어 섬이 보이기 시작했다.

"그리 크진 않은데, 그치?"

"여긴 완전히 난리구먼, 난리야."

야자집게와 참게 수백 마리가 돌아다니고 있었다. 자기들끼리 부딪쳐서 집게로 싸움질을 하는 걸 보면 웃기지도 않다. 그리고 멀리 있어서 이름도 알 수 없는 새들이 수백, 수천 마리나 배회하고 있었다. 알림 창이 너무 많이 떠서 알아보기가 힘들다. 그중에서도 가장 눈에 띄는 것은 수많은 껍질로 이뤄진 커다란 나무였다. 야자수와 대단히 흡사한데 위에 달린 것은 다름 아닌⋯⋯

「바다코코넛: 요리에 첨가 시 두 가지 효능을 부여할 수 있다.
코코넛 과육 효능: 3시간 동안 [두통 완화/2] 버프 활성화
코코넛 과즙 효능: 3시간 동안 [고열 완화/2] 버프 활성화」

"버프가 두 개네?"

버프가 두 개인 건 또 처음 본다. 본토의 야자도 버프는 하나였다. 굳이 나무 위로 올라갈 것도 없이 낮은 곳에 달려 있는 바다코코넛을 땄다. 본토의 것과는 달리 옅은 옥색이다.

"[두통 완화], [고열 완화] 버프면 감기에 딱이네."

감기 자체를 치료하는 약은 아직 보지 못했다. 코코넛을 몇 개 따서 차원 배낭에 쑤셔 넣고 섬 안쪽으로 들어가자 심상치 않은 분위기가 풍겼다. 나무 여러 그루에 생채기가 나 있다.

성호는 활을 들었다. 언제든지 화살을 시위에 걸 수 있도록 준비

를 해두고 조심스레 정글을 걸었다. 그리고 수풀을 헤치고 나가자 놀라운 광경이 펼쳐졌다. 작은 공터. 백골이 비스듬하게 누워 있었다. 캠핑이라도 했는지 백골 주변에는 잡동사니가 가득하다.

'혹시 그 범선에서 도망친 사람인가?'

슬그머니 접근하니 참게 몇 마리가 급하게 도망치고 있었다. 성호는 커다란 화로를 발견했다.

「헤일람의 화로: 영원히 불타오름, 요리+2」

영원히 불타오름 옵션은 혹시 불을 붙이면 계속 타오른다는 얘기가 아닐까?

'무슨 무한 동력도 아니고.'

내친 김에 화로를 가져와서 그 안에 코코넛 껍질을 가득 넣었다. 라이터로 불을 붙이니 놀랍게도 희한한 불꽃색을 내면서 타올랐다. 선명한 노란색의 불꽃이었다.

"코코넛 껍질을 태우면 이런 색이 나나?"

더더욱 신기한 건 코코넛 껍질이 다 타버렸음에도 불꽃이 유지된다는 점이다. 2분, 5분, 10분 동안 쳐다봤는데도 화로는 계속해서 불꽃을 내고 있었다. 성호는 혀를 내둘렀다. 안 그래도 더운데 화로가 내는 열기 때문에 아주 뜨겁다.

'그런데 이거 어떻게 끄는 거야.'

이리저리 둘러보다가 에라 모르겠다 하며 물을 끼얹었다. 그러자 영원히 타오를 것 같던 불꽃이 순식간에 사라졌다. 불을 끄기엔 다소 모자란 게 아닌가 했는데.

'잠깐, 꺼지면 영원히 타오르는 게 아니잖아.'

하지만 성호가 개입하지 않았다면 계속 타오를 확률이 높았다. 그런데 이런 녀석들은 대체 무슨 에너지로 움직이는 것일까? 단검, 작살, 검까지는 이해하겠는데 화로는 도무지 이해가 되지 않았다. 무한 발전기가 내장되어 있지 않은 이상 어디선가 에너지를 끌어와야 할 게 아닌가.

"내가 고민해 봐야 뭐하나."

아는 것이 아무것도 없으니 고민해 봐야 헛수고다. 화로에 손가락을 살짝 가져다 대봤는데 전혀 뜨겁지 않았다. 마법의 불꽃을 일으키는 것 같다. 차원 배낭의 입구를 최대한 벌리자 화로가 겨우 들어갔다. 원래 가지고 다니던 짐과 바다코코넛 여러 개, 화로까지 넣으니 용량이 꽤 찼다.

성호는 백골에 꾸벅 고개를 숙이곤 주위를 살폈다.

'은화……'

주위엔 이전에 보물 상자에서 발견했던 것과 같은 은화가 몇 개 떨어져 있다. 이게 금화라면 참 좋을 텐데. 어쨌든 값진 것으로 보이므로 주머니에 넣어 보관해 둔다.

이것저것 살펴보던 성호는 놀라운 것을 발견했다.

"이 시계는……"

백골의 손목에 오래된 시계가 걸려 있다. 아직까지 작동하고 있었다. 그러나 성호를 놀라게 한 것은 그게 손목시계라는 점이다. 범선과 전혀 어울리지 않는다. 시계를 풀어보니 가죽 끈 부분을 제외하고는 거의 원형을 유지하고 있었다.

글라스 주변이 금테인 것이 꽤 고풍스러우면서 자연스러운 멋이 풍겼다. 글라스 안의 초침과 시침 등은 이 세계와는 전혀 어울리지 않는 이질적인 것이다. 중세 시대에 이런 것을 만들 수 있었을까?

'흠…… 좋아 보이는데.'

꽤 오랜 시간이 흘렀을 텐데도 글라스에는 작은 흠집조차 없다. 뒷판에는 원래 제조사가 기입해 놓은 잡다한 설명이 쓰여 있기 마련이지만 꽃봉오리 모양의 문양만 보였다. 심지어 틈도 없었다. 뒷판을 열기 위해 작은 틈을 만들어두기 마련인데도.

용두를 돌려 폴더 폰의 시간과 맞추자 째깍째깍 돌아간다. 가죽 끈만 교체하면 당장 차고 다녀도 될 것 같다. 성호는 시계를 주머니에 넣고 무인도를 돌아다녔다. 워낙 작은 섬이라 사방에 가득한 참게를 제외하면 별로 볼 게 없었다. 바다코코넛도 무지하게 많았지만 그뿐이다.

여기에서 얻은 것은 효능이 두 가지가 있는 것도 존재한다는 사실, 그리고 시계와 화로다. 잠깐 방문한 것치고는 꽤 쏠쏠하다고 할 수 있겠다. 성호는 해안가에서 기다리고 있던 돌고래들의 도움을 얻어 본토로 돌아왔다.

*

확실히 홍기가 어그로를 잘 끈 모양이다. 한국의 인터넷 커뮤니티 중 사용자가 많기로 유명한 상위 20여 개에 성호가 호랑이 입안에 팔을 집어넣는 장면이 찍힌 파일이 돌아다녔다. 누구는 합성이라고 했고, 누구는 아예 CG라고 못을 박았다. 홍기는 뭘 모르면서 그런 소리를 한다며 슬슬 사람들의 열을 돋우었다.

뭐랄까, 은근히 즐기고 있다고 보는 게 맞겠다. 가수 하랴, 배우 하랴, 예능 출연하면서 받는 스트레스를 여기에 풀고 있는지도 모르겠다. 아무튼 홍기의 어그로력은 매우 뛰어나서 규모가 큰 인터넷 커뮤니티는 호랑이 파일에 대해 이를 가는 수준이 되었다. 홍기는 어마어마한 욕을 먹으며 마지막 글을 올렸다.

— 진짠지 궁금하면 이번 주 일요일에 〈동물농원〉 보든가. 거기 나옴.
└ 빨리 꺼져.
└ 이 새끼 혹시 〈동물농원〉 스태프 아님?

대체로 부정적인 반응이 주를 이었다. 전혀 새로울 것이 없으니 당연하다. 그러나 사파리 투어 도중 차 문을 열고 나가는 성호의 모습이 비치자 갑자기 게시판이 폭주하기 시작했다.

— 헐! 저거 미친 거 아님? 너 임마 개한테나 왕이지 호랭이한테는 도시락임!
— 저 아저씨 죽겠네, 죽겠어.
— 근데 〈동물농원〉이 미치지 않고서야 사람 죽은 걸 내보낼 리가……

그런데 놀라운 일이 일어났다. 성호를 바로 덮칠 것 같던 호랑이가 바닥에 드러누워 애교를 부리는 게 아닌가? 심지어 남자가 호랑이의 머리를 쓰다듬자 부드러운 소리까지 내고 있었다!

— 헐…… 지가 고양이야 뭐야?
— 저 아저씨 전에 마이디하고 나왔던 아저씨 아님? 개한테 막 명령하던 아저씨?
— 와 진짜 부럽다…… 나도 호랑이 배 만지고 싶은데.

그러나 그게 끝이 아니었다. 성호가 호랑이의 입을 벌려 안을 살펴보고 갑자기 입속에 팔을 쑥 집어넣는 순간 게시판이 터졌다. 너무 많은 사용자가 몰려들어 게시판 서버가 버티지 못하고 터진 것이다.

아빠, 엄마와 함께 집에서 편안하게 귤을 까먹으며 〈동물농원〉을 보고 있던 은주는 너무 놀라서 귤을 떨어트리고 말았다.
"웬일이니, 웬일이니. 성호 아저씨 진짜 간도 크다, 얘. 원래 저런 사람이었니?"
"나, 나도 모르겠는데……"
소파에 비스듬히 누워 있던 은주 아빠도 놀라서는 눈이 휘둥그레졌다.
"허허, 저런 사람이 진짜 있었네. 난 매스컴에서 쇼하는 건 줄 알았는데."

"당신은 참. 저 성호 아저씨는 진짜라니깐. 그지, 은주야?"

"응, 응."

은주네 부모님이 투덕거리는 사이, 성호는 호랑이의 입에서 꺼낸 무언가를 획 던져버렸다. 은주는 바로 일어나 옷을 챙겨 입었다. 그녀의 엄마가 은근히 묻는다.

"은주야, 너 어디 가니?"

"그냥, 갈 데가 있어서."

"분식집 가는 거지? 저거 물어보려구?"

"……."

말도 하지 않은 채 신발을 신고 은주는 집을 나선다.

*

12월의 일요일. 원래는 〈동물농원〉 촬영일이었지만 저번에 촬영한 사파리 편이 2주로 편성이 되면서 시간이 비게 되었다. 아침에 유현 남매가 온 것 외에는 평화로운 시간이다. 이불 밖은 위험하다는 명언을 착실히 지키고 있는데 밖에서 누가 문을 두드렸다.

"아저씨! 아저씨!"

성호는 하품을 하며 슬리퍼를 끌고 주방으로 나갔다. 절반쯤 내려가 있는 셔터를 올리자 패딩을 입은 미혜가 웃으며 서 있다.

"웬일이야? 일요일인데."

"아저씨하고 점심밥 먹으러 왔어요!"

"좀 있으면 애들 올 텐데, 같이 먹을래?"

"네!"

성호는 먹는 것에 관해서 매우 관대하다. 휴일에 이렇게 찾아오는 것이 민폐라는 건 미혜도 안다. 그러나 오늘은 와야 할 이유가 있다. 의자에 앉아서 작은 상자를 꺼내 쪼물락거렸다.

"그건 또 뭐냐?"

"이거요. 아저씨 선물이에요."

쌀을 씻던 성호의 움직임이 멈췄다.

"뭔 선물?"

"스마트폰이에요. 요즘 나온 거 갤럭시 Q."

"그거 비싼 거 아니냐?"

"엄마가 아저씨한테 주라고 한 거예요. 그동안 신세 많이 졌다면서."

"글쎄다…… 신세 진 것까지는 아닌데."

"아저씨 앉아보세요. 요즘 세상이 어떤 세상인데 폴더 폰을 여태 쓰고 있어요? 다들 스마트폰 쓴다고요."

"아니, 난 폴더 폰으로도 충분한데."

"그래도 이게 더 좋잖아요. 보이죠?"

스마트폰을 들어 보이는 미혜. 확실히 폴더 폰에 비하면 화면이 크다. 4인치 대화면이라고 쓰여 있는데 성호가 혹할 정도다.

"원래 엄마는 캠핑용품을 선물로 주려고 했는데요. 제가 스마트폰 선물하자고 막 우겼어요. 아저씨 폴더 폰 쓴다고요. 이거 나중에 명의 바꿀 수 있어요. 엄마가 주중에 내려오실 거니까……"

"가족이 아닌데 명의 변경이 되니?"

"네, 돼요. 아직은요."

"그렇구나. 아무튼 감사하다고 말씀드려라."

"헤헤."

스마트폰을 만져보니 괜히 뭉클한 기분이 든다. 그래도 사람들에게 베풀고 살아서 이런 행운도 찾아오나 싶다. 그런데 밖에서 누가 달려왔다. 은주와 나경이였다.

미혜는 '쳇.' 하고 중얼거렸고 성호는 헛기침을 하며 일어섰다. 오늘 무슨 날인가? 오래간만에 삼총사가 모이다니.

한참을 재잘거리던 삼총사 중 은주가 입을 열었다.

"나 오늘 합격했어."

"합격? 무슨 합격? 대학 발표 2월 아니야?"

"아니, 부산대 수시. 수의학과 넣었잖아."

"아, 맞다."

미혜와 나경이가 동시에 은주를 껴안았다. 볼을 비비고 난리도 아니다.

"꺄악! 우리 은주 잘했어! 이제 대학생이네!"

"오늘 파티 해요! 파티! 미혜가 쏜다!"

"뭘 쏘는 거야? 어차피 여기 분식집이잖아."

"아저씨가 우리가 먹고 싶다는 것 다 만들어 주실 거야. 아저씨, 저희 맛있는 거 좀 주세요."

"알았다. 조금만 기다려라."

작은 분식집 주방에 맛있는 냄새가 퍼졌다. 행복한 냄새였다.

시간은 정직하게 흘렀다. 판타지아를 발견한 지 어느덧 6개월쯤 지났다. 아직 즐길 것은 많이 남았고 지금 미래를 걱정해 봐야 아무것도 바뀌진 않는다. 성호는 현재를 즐기기로 했다. 모든 것이 잘되고 있는데 괜히 혼자 끙끙 앓아봐야 자기만 손해다.

차원 배낭을 메고 판타지아로 들어갔다. 엊그제 배송 온 소형 액션 캠을 시험해 볼 차례다. 천둥이의 목에 소형 액션 캠을 채워 마을로 날려 보내 촬영하게 해보려는 것이다. 촬영한 영상을 보려고 노트북과 배터리도 가지고 왔다.

그런데 천둥이가 너무 하늘 높이 날면 구름밖에 찍히기 않기 때문에 마을을 좀 더 자세히 찍으려면 이 녀석이 하강해야 한다는 비교적 사소한 문제가 있다. 성호는 녀석에게 단단히 다짐해 두었다.

"밑을 찍어야 되는 거야, 알겠지? 토끼 같은 거 있으면 잡아보고."

"삐이익."

그렇게 얘기한들 알아먹을 리도 없지만 이게 은근히 효과가 있다. 녀석을 팔뚝에 얹고 밖으로 나가 힘차게 팔을 흔들었다. 천둥이가 날개를 펼치고 하늘 높이 날아올랐다.

'잘하네. 저렇게 날면 해안선이 다 보이는 걸 아는가 본데?'

이번에 구입한 액션 캠은 다 좋지만 크기가 작은 만큼 성능이 떨어지고 촬영 시간도 짧다. 그래도 상관없다. 대단한 영상을 찍는 게 아니니까.

"천둥아!"

얼마 후 녀석을 부르자 팔뚝 위에 날아와 앉았다. 보상으로 고기 조각을 먹여주고 액션 캠에서 메모리를 빼서 노트북으로 확인해 본다. 천둥이에게 구운 태양사과를 먹여가며 찍은 영상으로 지형을 분석해 지도 제작에 들어갔다. 지금까지 그가 기록한 것은 여기에 뭐가 있고 여긴 어디고 하는 식의 위치도에 가깝다. 이제 영상을 통해서 제대로 지형을 확인하니 여기는 남동쪽 끝에 툭 튀어나온 반도였다.

'반도였구나. 난 그냥 조금 튀어나온 곳인 줄 알았는데.'

대충 여기가 어디인가는 파악했다. 얼마 전에 다녀온 바 있는 무인도의 위치까지 기입해 두고 나니 제법 노련한 탐험가가 만든 지도처럼 보인다. 스스로의 작품에 만족하고선 차원 배낭에 이것저것 쑤셔 넣었다. 드디어 그들의 정체를 확인할 때가 왔다.

"천둥아! 가자."

자갈밭을 지나 호수에 다다르기까지 곰이나 계곡사슴을 만난 것 외에는 별다른 게 없었다. 이렇게 먹을 것이 많은데 왜 몬스터가 별로 없을까?

'혹시 저 위에 뭔가 무서운 게 살고 있다거나…… 설마, 아니겠지.'

걸어서 결국 설산 위에까지 올랐다. 확실히 한 번 와본 길이어서 그런지 속도가 빠르다. 정상에 올라가 만년설을 퍼 담은 다음 능선을 따라 이동했다. 목적지는 저 멀리 보이는 검은 그림자, 마을. 언뜻 보면 연기가 피어오르는 것처럼 느껴진다.

'혹시 밥을 하고 있나?'

가까이 다가가면 다가갈수록 그들의 흔적이 발견되었다. 나무를 인위적으로 자른 흔적, 뭔가를 태운 흔적 등이 보였다. 그러나 성호를 놀라게 한 것은 따로 있다. 그들의 발자국.

'신발……'

진흙을 밟은 신발 자국이 단단하게 굳어 있었던 것이다. 이를 통해 그들이 적어도 신발을 신었고 성호와 비슷한 발 크기임을 알 수 있었다. 거기다 보폭도 대강 추측할 수 있었는데, 다리 길이는 성호보다 짧은 것 같았다.

'부러진 창대도 있고……'

화살도 하나 발견했다. 아무래도 이 부근이 그들의 사냥터인 모양이다. 역시 딩고는 여기까지 올라왔다가 공격당해 놀라서 도망쳤을 확률이 높았다.

성호는 화살촉 몇 개를 모두 수거했다. 현재의 그로선 만들 수 없는 귀중한 물건이다. 그날 밤에는 숲에 있는 것이 무서워서 바위 위에 올라가서 잤다.

아침이 되자 간단하게 요기를 한 후 다시 천둥이를 마을로 날려보냈다. 마을에 어떤 생명체가 살고 있는지 여부를 알고 싶어서다.

'가능하다면 나와 비슷한 사람이었으면 싶은데.'

그때 밑으로 하강하려던 천둥이에게 뭔가가 쉬익 하고 날아오는 소리가 들렸다.

'화살이다!'

다행히 화살은 천둥이 근처에도 못 미쳤고, 깜짝 놀란 천둥이는 재빨리 성호에게 돌아왔다.

화살이 날아온 이상 천둥이를 함부로 날려 보내고 싶진 않았다. 조금 더 안전한 거리에서 확인할 수는 없을까. 성호는 천둥이 앞에서 비스듬한 곡선을 그려 보였다. 어떻게 비행해야 할지 가르치는 거다.

"너무 급강하를 하려고 하니까 그렇지. 멀찍이에서 조금만 밑으로 가는 거야. 거기까지는 화살이 닿진 않거든, 이렇게."

"삐이익."

오늘은 여기에서 캠핑을 하며 저들을 관찰하기로 했다. 텐트가 보이지 않도록 잘 가리고 천둥이를 계속 날려 보낸다. 나중에는 조금 지쳤는지 다시 날도록 종용하는 성호의 손가락을 물기도 했다. 녀석이 삐치면 안 되므로 고기를 먹여가며 눈에 천을 덮어주었다.

그렇게 몇 차례에 걸쳐 천둥이가 찍어 온 영상을 노트북에 연결해 살펴보니 바람 소리와 누군가가 외치는 목소리가 섞여 난장판이었다. 쉬익 하면서 화살이 날아오기도 했다. 그중에서 성호는 한 명의 얼굴을 정확히 캐치하고 정지 버튼을 눌렀다.

"……귀가 왜 이렇게 길어?"

액션 캠에 찍힌 사람은 선이 고운 한 여성이었다. 머리카락은 은빛이고 형형색색의 띠를 이마에 둘렀다. 겁을 먹은 듯한 주황색 눈동자가 이색적이다. 피부는 희었고 귀가 매우 길었다. 거의 한 뼘이나 튀어나와 있었다.

"설마 이 사람들, 판타지에 나오는 엘프들인가."

하지만 엘프들은 숲에 산다고 들었는데 이런 평원에 사는 이유가 뭘까.

영상을 계속 돌려가며 확인한 결과, 제법 흥미로운 사실이 몇 가지 드러났다.

'되게 원시적인 마을이구나.'

베틀을 돌려서 옷감을 만드는 사람. 무두질을 하는 한 노인. 사슴을 돌보는 청년들. 대장쟁이인 듯한 근육질의 아저씨. 아무리 봐도 대단한 문명을 가진 것 같지는 않았다. 시대로 따진다면 14세기? 어쩌면 그 이하인지도 모른다. 타조같이 생긴 희한한 동물도 있었다. 덩치가 엄청 커서 몬스터로 착각했는데 이마엔 커다란 뿔이 달려 있었다. 창과 화살 등으로 무장한 청년들이 그걸 타는 것으로 봐서 말 대신인 모양이다.

'재밌겠다.'

저 큰 새를 하나 데려올 수 있다면 참 편할 텐데. 하지만 저렇게 애지중지하는 걸 보면 결코 쉽지는 않을 것이다. 저들과 접점도 없고, 언어도 모르는데.

'먹는 건 나하고 비슷하네.'

고기와 과일, 인근의 농장에서 가져온 듯한 채소가 전부인가? 자세히 살펴보니 빵 비슷한 것도 있었다. 부풀어 오르지 않은 빵이다.

'딱 중세 시대네.'

그때 시끄러운 소리가 들렸다. 정확히는 한참 전이다. 천둥이가 돌아와서 쉬고 있으니까. 주변이 어수선해지더니 큰 새를 타고 있던 근육질의 청년이 창대를 내지르며 뭔가 지시하고 있었다. 분위기가 급박해진 것을 보면 뭔가가 쳐들어 온 걸까? 천둥이도 하나둘씩 날아오기 시작한 화살에 질렸는지 하늘 높이 날아올랐다.

'휴우.'

적어도 성호와 별반 다르지 않은 생명체가 있다는 건 알았다. 저들이 자신들을 뭐라 부르건 상관없이, 일단은 엘프라고 명명하기로 했다. 그냥 엘프처럼 생겼으니까 엘프다. 저들과 어떻게 접촉할 방법이 없을까 고민하는데 근처에서 소란스런 소리가 들렸다.

성호의 얼굴이 굳어졌다. 영상을 확인하고 있는 동안 전투가 여기까지 번진 모양이다. 황급히 배낭에 물건을 쑤셔 넣고 천둥이를 팔뚝에 올렸다. 화살을 시위에 걸고 조용히 숲속에 몸을 숨긴 채 소란의 주범을 기다린다. 오크 몇 마리가 엘프들에게 쫓기고 있었다.

성호는 힘들게 찾아낸 새로운 인류, 엘프들과 어떤 모습으로 조우하게 될까 스스로 궁금해지기 시작했다.

기적의 분식집

초판 1쇄 발행 2020년 1월 3일
지은이 슬리버
펴낸이 안지선

편집 배수은
디자인 석윤이
일러스트 최호형
교정 신정진
마케팅 최지연 김재선 장철용
제작 투자 타인의취향

펴낸곳 (주)몽스북
출판등록 2018년 10월 22일 제2018-000212호
주소 서울시 서초구 신반포로3길8 반포프라자 321
이메일 monsbook33@gmail.com
전화 070-8881-1741
팩스 02-6919-9058

ISBN 979-11-965190-9-4 03810
이 도서의 국립중앙도서관 출판도서목록(CIP)은 서지정보유통지원
시스템 홈페이지(http://seoji.nl.go.kr)와 국가자료공동목록시스템
(http://www.nl.go.kr/kolisnet)에서 확인하실 수 있습니다(CIP 제
어번호:CIP2019052097)

mons (주)몽스북은 생활 철
학, 미식, 환경, 디자인, 리빙 등 일
상의 의미와 라이프스타일의 가치
를 담은 창작물을 소개합니다.